当代世界出版社

目录
CONTENTS

01 买号送老公 / 001
02 沉冤难雪 / 009
03 化敌为友 / 026
04 缄默谢幕 / 037
05 男人的私房话 / 049
06 见面前夕 / 066
07 即使知道要见面 / 082
08 小荷才露尖尖角 / 108
09 已有蜻蜓立上头 / 120
10 奶瓶捍卫记 / 140
11 慧极必伤,情深不寿 / 174
12 我们的爱,只在大荒 / 195
13 毛哥 / 231
14 如是我闻 / 252
15 且共相爱,不用化蝶 / 272
番外 两个人的天下 / 291

01 买号送老公

"怎么会不是呢?琉璃仙,你怎么可以不是人妖呢?你看看你那虽然很丑却很拉风的邪影宝宝,你看看你那系统免费赠送的、灰扑扑的门派新手弟子服,你看看你那昭著于全服的臭名,还有骗尽全服排行榜前一百个男号的辉煌记录,你有什么理由不是人妖呢?"

水月洞天服昵称为斑点花猪的一个四十二级女医生号站在我面前,紧跟着上句话又发了无数个捶桌飘泪的表情,"作为我仰望已久的偶像,您怎么可以不是人妖呢?"

那时候我还存有一种名叫恻隐之心的东西,下不了狠手去破碎她美好的幻想,作为进入本服后第一个笑脸相向而不是扛着大刀阔斧追杀我的漂亮妹妹,你让我怎么能如此残忍地破碎这美好的梦幻呢?

于是我点头,并在私聊栏内补了一句:"姑娘好眼力,在下确实就是传说中如假包换的人妖。"

刚一按发送,她便在我身边一蹦三丈:"我就知道我就知道,哈哈哈哈,琉璃仙哥哥!"

[陌生人]你对斑点花猪说:……

事实上我并没有时间和她聊很久,后面一群顶着大红名、骑着狮子、赶

着熊猫的追兵们已经临近眼前,仿佛可闻叫骂之声。我脚踩着风火轮,逃得很是无奈。

不错,你没看错,追在众人前面,那个也踩着风火轮、银发飘飘、着一身白色时装的男医生,就是我……呃,错了,就是琉璃仙现任的老公——只羡鸳鸯不羡仙。

有好几次他的针都差点戳到我,但好在也只是差点。天下这个游戏中虽然人物死亡后不掉经验,但是装备却是需要花费大把银子来修的。更何况天天被他们追着疲于奔命,基本上抽不出练级的时间。

逃到安全区内,他们没再追过来,只是地区上散落于大荒各处的口水还清晰可见。省去实在是难以总结出来的脏话,大致也就剩下:

[地区]葡提老煮:琉璃仙你个死人妖,有种出来单挑。

[地区]马蹄追疯:骗子,垃圾!

[地区]西门吹狗:有本事一辈子躲在守卫裤裆底下别出来!

[地区]西门吹猪:居然还敢上线!

众:呱唧呱唧……

我把号停在九黎太守区的传送石边,一样的没有回只言片语。这就叫无知者无畏,你越回,他们越兴奋。而且就算我现在是虎落平阳被犬欺,我也不认为凭着葡提老煮那身六十级的剑客套装可以赢我。开玩笑,你当我这一身七十战场套装是唬烂的啊!

只是我还是不打算出去,因为我压根也不认为他们真的会单挑。

咳,好汉不吃眼前亏,好汉不吃眼前亏嘛!我忍!

我猫在传送石边装死,他们都顶着大红名,一时半刻谁也不敢进来。来往于主城的NPC守卫虽然长得一般,但等级栏那个"极"字完全可以让他们牛气冲天,秒杀一切奸恶宵小。

安全区安全却无聊,我翻翻好友名单里亲人那一栏,看着夫君栏亮着的只羡鸳鸯不羡仙,我实在是有几分悲催。

这事说来有些话长,我本是这款网游的一个老玩家,N久以前觉得了无生趣(是游戏里面),于是转手卖号默默地离开了这游戏。N久以后的某天,在官网上看见改良后的截图,又兼官网公告说出了可以飞的坐骑,当时脑子一热，就打算重回。

重回一个游戏最怕的是什么你知道吗？

对，就是打怪升级，于是当时就贪图了个方便，在天下的游戏贴吧狂嚷了一阵，想收个七十级以上的号，装备、门派都不限。

其实当时的打算就是随便弄一个等级高些的号，装备吗，慢慢砸也没有关系。不料连喊两天后，就从天上掉下一个大馅饼把我砸了一跟头。

一个叫风吹鼻毛两边倒的家伙加了我的QQ，声明是一个七十二级的道士女号，一身七十级战场套，装备平均八钻，三匹马与人物同级，竟然只卖八百块钱。

当时也不是没有疑惑的，但是他有图有真相，整个号看起来确实是没有问题，却便宜得过了分。

我上号检查的时候也很是谨慎，但该号装备的确都是实打实的，人物修为很高，看得出来绝非速成号。唔……只是刚一上线，就被一只抡着双锤的战士给调戏了，天知道我连技能键位都不熟，当然是连意思思地反抗一下都来不及，被他连着四锤就给圆满了。

当时也在QQ上发信息问他，他就是极不耐烦地回了一句："靠，我卖个号给你，还要保证你不被人杀啊？要不要快说！"

我一想，也是。再看看这个号，一咬牙，就从支付宝上汇了钱过去。他倒也很守信，立刻就将密保、安全码、资料通通都给了我。

可是直到真正用这个号上线，我才知道我买到了一个多么惊天地、泣鬼神的号。

空站无聊，顺带着瞅瞅这些奸商们都卖些什么东西，突然一个正在摆摊的小号跳了起来。

[当前]小耗子勾勾：仙哥哥，仙哥哥！

[当前]琉璃仙：？

[当前]小耗子勾勾：嘿嘿，我是斑点花猪！

[当前]江湖艺人：靠，这个骗子居然还在！公告公告，琉璃仙是人妖、骗子，大家谨防上当！

在这个虚拟的世界里，舆论的威力是无穷的，一行金黄色的消息横过每

一个玩家的屏幕上方，足以瞬间让你家喻户晓，谁有时间辨别真假？

[陌生人]斑点花猪对你说：仙哥哥，小耗子是我的小号，专门摆摊用的。

[陌生人]你对斑点花猪说：那么请问您的大号是？

[陌生人]斑点花猪对你说：这就是我的大号……泪奔……

我看着那个仅四十二级、还穿着二十级副本散装的医生号，也想泪奔了。

[陌生人]你对斑点花猪说：有空带你练下级吧，看看你这什么垃圾号啊。

小丫头估计网游小说看多了，丝毫没有因我的打击而不悦，反倒是轻飘飘地道："能让大神带我练级，哇哇哇……"

后面跟了一串红心。

哄完了小女孩儿，看看时间，我开始了每日一解释，对象就是琉璃仙这位"法定"老公。

[好友]你对只羡鸳鸯不羡仙说：在不在？我说你听我解释好不好？这号真的是我从那个家伙手上买的。不就是骗了你几件装备吗？你有必要这么穷追不舍吗？再说了，我招你惹我啦？我警告你不准再来烦我了啊！

[好友]你对只羡鸳鸯不羡仙说：靠，你到底看见了没有？是不是男人啊你，吱个声会死！

[好友]你对只羡鸳鸯不羡仙说：给我说话！

[系统]对不起，您的信息已被该玩家列入屏蔽名单。

哟呵！居然还敢屏蔽我信息！

天下七十级时候赚钱的任务是，养一棵摇钱树，也就是需要玩家在非安全区挂机，六分钟一次，大约需要十八分钟，这对我来说是最困难的。该死的游戏里面夫妻能够看到对方的准确位置。一般我只得趁他不在线的时候悲催种树。

其实游戏里的人心都是比较散的，一个号就算是人品再差也很难落到这种人神共愤的地步。但等我从斑点花猪那里了解了这个号的光辉壮举之后，我坦然了，要知道人妖能做到这种地步，也是一种境界啊……

（以下丰功伟绩由斑点花猪口述，因其格外口水啰嗦，琉璃仙将其整理如下：）

水月洞天服务器中若论操作牛叉的人，那自然是很多，可是若论人缘最好的，必然是这叫只羡鸳鸯不羡仙的大医生无疑。因为众老粗一致认为鸳鸯这种高雅的动物实在和他们不是一个档次，所以就叫他鸳鸯的兄弟，也就是——鸭子。

……至少长得像嘛……

鸭子，从开服的第一天起，一直是老好人一个。从来不PK，但不论是下副本过任务，绝对随叫随到。如果你差什么任务道具，只要跟他招呼一声，比某些送子观音庙外的广告语吹的还灵，真的是有求必应。

在无数聪明人将他当作冤大头的同时，当然也有无数自认热血仗义的傻帽将他当做了出生入死的兄弟。所以总的来说，这个人不是不PK，而是没有人和他PK。据说只要他招呼一声，哪怕是你在兵荒马乱的战场上八个爪子横着爬过去，也没有人会对你动手。

好了，这个人大致清楚了，然后我们来说说琉璃仙。

琉璃仙，一只不知道什么时候冒出来的女道士，当然这人的名声想必大家都是有所耳闻的了。当时系统为了黑钱，出了个改名功能，丫连改无数个名字，骗尽了服务器排名前一百名的男玩家。后来系统黑够了钱，又出了一个曾用名查询的功能，继续黑钱。

于是这厮披了马甲也混不下去了。

大凡一说到人妖，可能很多人马上会想到一个猥琐的大男人翘着兰花指，捏着嗓子喊："哥哥，带人家一下嘛……"

其实真正能够媚人于千里之外的人妖，完全不是这样子的。

首先，这个琉璃仙操作非常好，此道士号曾以这身中等偏上的装备占了水月洞天第一道士的头衔，这个称号是别人封给他的，称其单打独斗无敌。

其次，他从不穿任何时装，长年一身门派新手弟子服，至于看起来怎么样嘛，我说一句话你就明白了：这件时装是系统免费赠送的。

再次，道士职业本来就是一个适合一个人单练的职业，所以他的一切装

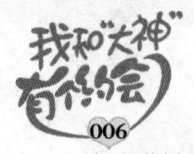

备全遵循那句名言：自己动手，丰衣足食。

但是如果他认准机会下手，看中的必然是很稀有很贵重的东西。而且他性格十分安静，如此才有诸多英雄难过他这道"美人关"。

说起来，这只羡鸳鸯不羡仙其实也不算亏，毕竟人家虽然连骗了他三次，至少还是以身相许、给了个夫妻名分吗，说起来也是这人妖牺牲最大的一次……

当然这一次也彻底地让琉璃仙在水月洞天混不下去了，这种上线就等着被人黑白的日子还真是有些刺激。于是这厮几经思索，嗯，便找了个不明真相、贪图便宜的白痴，把号低价脱手了。

而凑巧的是，我……就是那个不明真相、贪图便宜的白痴。

种完树，牵着斑点花猪前去刷四十二级的副本，反正闲着也是闲着，更重要的是自己开的副本只有自己一个团队的人能进，如此，也算是个躲避追杀的好地方。

想我堂堂良家少女，这是造了什么孽。

[陌生人]你对斑点花猪说：喂，那些东西别捡了，垃圾。

[陌生人]斑点花猪对你说：这怎么行，拿出去可以卖152个铜币啊！

[陌生人]你对斑点花猪说：还不够传送费。

[陌生人]斑点花猪对你说：一个不够，两个不就够了吗？再说了，卖东西哪还能传送啊？我一般都跑着去。

[陌生人]你对斑点花猪说：……

我继续打着四十二级副本里面的BOSS，她在旁边跳来跳去把所有壮烈的哥们儿都摸了个干干净净。一边还发信息给我："大神难道也有大手大脚的意思吗？"

[陌生人]你对斑点花猪说：大神？我不过是个人妖。

[陌生人]斑点花猪对你说：[流口水]酷，实在是太酷了……

[陌生人]你对斑点花猪说：……

刚从副本里面出来，花猪前去清理包裹，让我等她一会儿。于是女道士便孤零零地站在副本门口。谁知不一会儿，便收到系统热情的红色提示：你受到了玩家外星人的攻击，系统已自动加入仇人名单。

我赶忙开心法，大技能招呼，乖乖，这年头连外星人也玩网游了。

刚和这只外星人玩了一会儿，眼看着他的血条就快到底了，就只见一长溜系统提示：×××狂性大发了。（表示附近有玩家开红）

我拼命反抗了一下，最终还是没能逃脱这已注定的命运——再度黑白了。然后无数人对着地上的尸体一阵拳打脚踢。我看看还在众ID之后的只羡鸳鸯不羡仙，好小子，老虎不发威，你当我是病猫，我记住你了！

现今当务之急，当然是练级，等级上不去，有好装备也穿不了啊！可是我悲催地放眼一望，发现在水月洞天这片茫茫大荒，竟然没有一个能够组队的队友。

曾经有一个难得刷出来的BOSS站在我面前，我试了试却打不赢，游戏里最痛苦的事情莫过于此，如果时间能再来一次，我会对旁边那个战士说——和我组队吧，我真不是人妖啊！如果一定要证据证明……我会再补一句——上QQ我发照片给你好吗……

又被杀了一次，我的小宇宙，爆发了！你凭啥逼得我走投无路啊？这一个破号八百块钱，算算面包两块钱一个，都可以买四百个了！三个面包混一天，可以混上四个多月呢，我容易嘛！

不行，你不让我升级，我也不让你升级，大不了大家都别玩了，有什么了不起，哼！

那一天开始，我停止了万分艰难的练级任务，每天上线只做三件事——种树、遛猪、打老公！

这游戏的医生有个缺点，没有加速技能，呃，通俗地说，也就是跑得奇慢。曾经在下副本的时候，我巴不得给后面的医生脚上装俩轮子，现在才知道这种设计的高明之处。

于是那以后便有了很多乐子，游戏中很多任务是限时的，需要在规定时间内完成，经常是我追着他打着打着他的任务就失败了；还有些任务是幻化的，接任务的时候人会变成小动物或者小妖怪，这时候是没有办法攻击的，如果被打死也就任务失败了，每到这时候我是最兴奋的，小样儿，让你

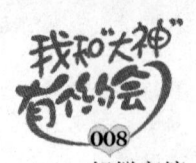

胡搅蛮缠；更多时候是整队做任务，这时候一般骚扰医生的话队里其他成员没人加血，自然就挂了，最后打断他的复活技能，让大家没办法复活，可怜巴巴地在他面前躺着。

最喜欢的是一路跟着他，他追过来的时候咱就开道士的加速技能跑，他不追的时候咱贴上去，瞅准他挖矿啊、采药啊、挖珠子啊之类时就冲上去放个负面技能给打断，看到他挂机或者摆摊更好，直接冲上去挂掉，然后虐尸！

如此下来，我确实是一扫往日的郁闷，开心了几周。可是后来丫学聪明了，不管在哪里总和一个叫圣骑士的高大战士组队而行，我偷袭了几次都倒蚀了一把米。

好吧，我承认我的操作还没有好到可以同时对付一个微操不错的医生和一个操作也不错的战士。而且他的好友遍大荒，随手都可以召来一堆，于是恨得牙痒痒，每次看着花猪慢吞吞地升级就有些恨铁不成钢。

[好友]你对斑点花猪说：猪啊，你要快快地长啊。

[好友]斑点花猪对你说：不要，人怕出名猪怕壮。

[好友]你对斑点花猪说：……

晚上，再带花猪刷完四十五级的副本，出来西陵城，在城外闲晃时惊喜地发现那个叫圣骑士的战士在一堆人旁边站着，好像……在挂机？！

我搓了搓手，差点往手上吐两口唾沫，好哇，你丫终于落我手上了吧，看我今天不将你先圈圈，再叉叉，再圈圈，再叉叉……

冲上去开红，就定住他抽蓝。然后突然刷的一声，提示我受到玩家攻击……然后几乎是瞬秒的，我就英勇地荣升了烈士。然后一排白字解答了我的疑惑。

[当前]梅川内酷：是琉璃仙那个垃圾！

[当前]我天下第一：这个死人妖！

[当前]外星人：太嚣张了，竟然敢在我们工会拍全家福的时候公然开红杀我们老大！

……

此事被流传成好几个版本，有人说我狂妄，有人说我就是一傻帽，但是不管怎么说这种豪气还是受到了大多数人的肯定。所以我也就没解释其实我是以为他在挂机……

02 沉冤难雪

中午，上线无事，闲晃了一阵发现"夫君"的坐标显示在东海之滨，及至带着花猪四十五副本出来后他还在，于是我就琢磨着八成是在挂机。当下就抱着发扬好人做到底送佛送到西的精神，传送到了东海之滨。

这里是一片海滩，没有开放任务，所以来的人也是极少的。极目之处，黄沙与碧海相连，海水拍打着沙滩，发出哗哗的声响。从传送石高高的台子跳下去，置身于其中，我有瞬间的恍惚，似乎又回到了当年，S市的大梅沙海边，也是这般的景象。

如此心神一滞，差点忘了自己的初衷，不错，我就是来偷袭他的！

走过几只虎视眈眈的怪，就看到了我传说中的夫君。这傻帽果然是盘着腿，以一个极帅气的姿势坐在海边，耳机里海潮退涨，一声一声寂寞寥落。

我试探性地在他背后站了一会儿，也被这破游戏的画面给震撼了。广阔无垠的大海，金色的沙滩，低语的海浪，那情景怎么这么熟呢？是了，九年前S市的大梅沙海边，也有人曾经这样站在我身后，微笑着对我说："以后我们一起供一所属于我们的房子，面朝大海，春暖花开。"

那时候的我还是个傻帽，随手往鼻孔插两根葱就敢充大象。大三辍学跟着他私奔到了这座传说中的"天堂"，幻想着我们可以天天这般，面对大海，一世缠绵。

又一阵风浪声，我突然醒过神来，最近似乎越来越爱回忆了，难道我真

的老了？大惊失色地摸了摸脸，应该不至于吧……

如此一摸，鼠标的声音又提醒了我：我是来偷袭的！

当下不再犹豫，迅速地开状态、召宝宝，上前就招呼了个符惊鬼神（道士的绝技，使对方陷入恐惧状态，并抽取对方的法力值），然后立刻化心魔，用退鬼符一阵狂砍，果然天不负我，他如往常一般，死在了我的暗箭之下。

我这边没能笑多久。

因为……

他原地复活了……

难道不是在挂机？

尽管也不是第一次偷袭他了，但被当场抓住还是有些不好意思。我倒也不怕他，医生速度慢，如果我真有心要跑，他杀不了我。我看着他的血条一点一点地自动补满，生平第一次觉得有些尴尬。刚才在他身后站了那么久，他不会一直都在吧？

心虚地打开私聊频道，想跟他说点什么，结果念头一转，又给了自己理直气壮的理由：如果不是你苦苦相逼，我至于吗？

如此一想，遂心安理得，踩上风火轮转身飘走，他却也没有追过来，连骂我一句也不曾。

结果那一天，看了几次坐标，他一个人，呃，应该说是一个号在东海之滨待了整整一下午，直到我下线的时候他还在。

晚上再上线，习惯性地密斑点花猪："过来，哥带你副本。"

然后一个不慎，选择了群发……不幸的是，琉璃仙的好友名单里除了斑点花猪以外，就只剩下这只无法删除的夫君了。

然而更不幸的是……

[系统]只羡鸳鸯不羡仙向你发出入团申请。

GM(游戏管理员)快来看呐——系统抽风了……

那天刚好是斑点花猪升到四十八级的日子，于是我便注定了要做牛做马将她带到四十八副本锁妖塔逛逛，顺便帮她刷一套五十级的套装。

当这只聒噪无比的猪看清了团员名单之后，团队聊天频道就一直没能清静。

[团队]斑点花猪：[眼冒红心]天呐，我看见了什么！

[团队]斑点花猪：仙哥哥，你要把他拖到团里来杀吗？

[团队领袖]琉璃仙：……

及至传到锁妖塔副本，这头猪更是围着鸳鸯转个不停："你们俩……和好啦？"

好在那位也没理她，立刻加了固本和润脉（医生专有的正面状态，定时回复气血值，所有属性上升），我开了技能冲到怪堆里，没办法，谁让咱是打手呢。

鸳鸯的操作果然了得，完全免了我的后顾之忧，只是打到里面最厉害的BOSS时突然时不时看见加血八百多点的提示，我大惊。

[团队领袖]琉璃仙：五秒加八百多点血，鸳鸯，你好厉害的固本。

[团队]斑点花猪：那是我的妙手啊……泪奔……（固本：全名固本培元，满级固本一般五秒回复一次气血值，每次三百多点。妙手：医生靠它吃饭的加血技能，一般加六七千点至一万点，随等级提升。）

[团队领袖]琉璃仙：……

等到出去的时候，这只猪贼兮兮地又问了一句让我喷血的话。

[好友]斑点花猪对你说：[吐血]仙哥哥，你不会还想再骗他一次吧？

笨猪，你哪只眼睛看见我骗他了……

自那一晚抽完风后，他似乎一直情绪低落，以前吧还经常挖些珠子、矿石，下点副本摆个小摊之类，可是现在天天木头一样杵在东海之滨，我曾一度很担心他会风化成了望夫石。呃，不对，是望妇石，他是公的。

于是那以后我又多了一个乐子，一被人挂了就去东海之滨将他几刀砍死泄愤，反正他也不怎么还手。

直到那天，遇到那个管闲事的傻帽。

[陌生人]圣骑士对你说：死人妖，你如果还是个人的话，就不要再去惹鸭子！想玩过来我陪你单挑！

[陌生人]你对圣骑士说：[举叉大笑]关你鸟事！

[陌生人]圣骑士对你说：[挑眉]不要不识抬举，你看不出来他最近心情不

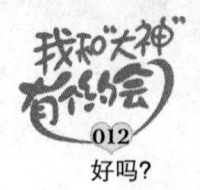

好吗?

我自然是不在意的,这不扯淡嘛,难道我杀人还要看对方的心情爽不爽啊?

[陌生人]你对圣骑士说:他爹死啦?

[陌生人]圣骑士对你说:[吐血]你爹才死了!他失恋了。

我从鼻子里哼了一声,以示不屑。

[陌生人]你对圣骑士说:大老爷们失个恋也至于难过成这样呀!

[陌生人]圣骑士对你说:你个死人妖懂个屁!

[系统]成功将玩家圣骑士加入屏蔽名单。

想到他在电脑面前摔鼠标的样子,我咧了嘴:终于也可以尝尝把人加入屏蔽名单的感觉了。(屏蔽:阻止接收此玩家消息,当次设置下线后失效。)

中午一点半,午觉睡醒,无事上线。

斑点花猪不在线,不用遛猪,一时间有几分无聊。

翻翻只有两个人的好友名单,果然有一个人在线。

偷偷摸摸地传送到幽州的小河边,果然是绿水斜阳碧空幽,雾笼青山暮自愁。而我的"夫君"只羡鸳鸯不羡仙同志,就默默地站在这天水之间……

嗯,种树。

而我要做的事情其实很简单,把他赶开,然后把自己种废了的树种下去,系统规定主人不得远离所种的树,否则自动收回,它还非常可爱地规定在同一棵树周围五米之内不得有NPC或者同样的树存在。

所以只要我一种下去,他就在五米之内种不了了,要重新找一个无怪无NPC的地方。

计划进行得非常顺利,他估计确实是心情不好,也少了平时的耐性,我一个退鬼符扔过去,他便气势汹汹地追了过来。

我开了加速技能慢慢地跑,医生虽然攻击不高、跑得慢,但是他血多、皮厚,还能自我治疗,你想要把他打死却是非常之困难,所以我们一般又把大荒的医生叫作……小强。

小强在后面狂追了我一阵,最后终于停下来了,准备往回走继续种树,我再扔了个定身,把他定了六秒,于是他也不种树了,漫山遍野地开始挖矿、挖树。

我默默地跟着他,看着他准备挖的时候就抛个技能过去打断,他于是便继续往前走找另一处。想想当时确实是无聊到了极处,竟然就在幽州跟了他一整天。他颗粒无收,我也没落下什么好。

他后来似乎是穷极无聊了,竟然就在飞行传送点,从这里飞过去,那里飞过来,这里飞过去那里飞过来,这里飞过去,那里飞过来……

我的耐性那也是首屈一指的,当下就跟着他这里飞过去……

后来我就觉得不对了,飞行一次二十几个银币啊——

这只鸭子朋友遍大荒,天天副本啊战场啊任务啊挖珠子啊都可以赚钱,而我赚钱却只能靠天天这么可怜地种树还要修装备。哪里耗得过他!

但是当我发现这个问题的时候已经晚了……

因为那是在系统幸灾乐祸地弹出了一个提示之后——对不起,您的金钱不足以支付本次飞行费用。

鸭子悠然地又飞走了,我默默地站在幽州城龙门客栈门口,面对进进出出的玩家和NPC,竟无语凝噎。

我从仓库取了些钱放在身上,心中一阵心疼,我一百多金啊,就如此打了水漂。

心中气不过,却没有再去管那只疯了的小强,下了一会战场,被围殴,足足死了十二次的时候斑点花猪悠然地爬上来了。

[好友]斑点花猪对你说:[大笑]仙哥哥,我来了!我五十二了哦!

[好友]你对斑点花猪说:走吧,哥牵你去五十二级的副本。

[好友]斑点花猪对你说:耶!

副本内,我埋着头哼哧哼哧打怪,花猪跟在身后一边聒噪一边捡东西,和以往一样把倒在地上的哥们儿从头到脚扒了个精光,连一枚铜币也没有剩下。

打第一个BOSS的时候把怪引多了,我开了个回生技能加血加防御都还差点挂了,最后耗了一次道士专有的重生技能,回满气血和法力值才撑过去。

猪发了一个心虚的表情,道:"仙哥哥,你说鸳鸯是不是真的和他们说

的一样好,有求必应?"

我提起这个人就一肚子火,立时回了一句:"谁知道,你求求看不就知道了吗?"

于是片刻之后,系统又给来一条提示:只羡鸳鸯不羡仙向您发出入团申请。

这家伙,还真是比送子观音的广告还灵啊……

他来得很快,看见团里的我也没说什么。本来就是一个小副本,多了一次大号自然就快得多,于是我们就把副本内外齐齐清洗了一遍,连一只小怪的儿子也没留下。

大BOSS在我们的剑锋针雨下终于承受不住,倒地而亡,猪却还没摸够,意犹未尽地左右搜索起来。

[团队]只羡鸳鸯不羡仙:再带你下一次。

[团队]斑点花猪:耶耶耶,鸳鸯哥哥你真是个好人。

[系统]团长让位给只羡鸳鸯不羡仙。

[团队]琉璃仙:你们去吧,我走了。

开玩笑,上次是因为我发错了消息,为什么我要和这种外表道貌岸然,满腹男盗女娼的人渣一起下副本啊?(只羡鸳鸯不羡仙:我说……你这句话有什么根据吗?熟归熟啊,再乱说一样告你诽谤!)

哼,还什么再带你下一次……带人下个副本,还是这么个简单版的副本,很了不起啊?

[团队]斑点花猪:仙哥哥——

[系统]圣骑士加入团队

[系统]东风无力百花残加入团队

[系统]轻云消逝了无痕加入团队

[系统]西门吹狗加入团队

……

好吧,我承认在半分钟之内组十八只七十四级的大号带一个五十二级的号下五十二副本,然后四只出场下本,留十四只备用,真的是很了不起……

我自插双目,颓废退团。

人倒霉的时候喝口凉水都塞牙，就在我退完团被系统传送出副本，落在副本门口的楼梯上时，我一看那个半身落在楼梯之下的恐怖景象就有一种不祥的预感。

果然，在我拼命地按前进后退左转右转都没有反应时，我悲催地承认了这个事实：我……我卡住了……

鸭子你简直就是我的扫把星啊……

斑点花猪和鸭子陆续出来，当然反正我也不怕被他们看到，如果他团里的人把我杀了也无所谓，反正双拳难敌四手嘛，更何况还有那么多人，打不过也没有什么可丢脸的。

可是好死不死，花猪童鞋就问了这么一句话。

[当前]斑点花猪：仙哥哥，你还在这里啊？

……

GM，请问我可以在副本门口挖个洞来钻吗……

事到如今，面子还是要的。所以我立马镇定了下来。

[地区]琉璃仙：嗯啊，在太虚观门口乘乘凉。

消息发在地区上，地址也说明白了，和我有仇的同志们，快来杀了我吧……

鸭子叫的那几个家伙也陆续传过来了，圣骑士一见我，立马就换成了团队攻击模式，该模式下可攻击团队外的所有成员。我心里那个高兴，连他这一身让人看了想砍死游戏美工的衣着也抖然顺眼起来，砍吧砍吧，让我免费回城吧……

[系统]玩家圣骑士的伤筋断骨击中了你，造成……

看着头上气血条越来越短，我心情也跟着雀跃起来！

[系统]玩家只羡鸳鸯不羡仙对你施展了逆转丹行，你恢复气血值18464点。

[当前]只羡鸳鸯不羡仙：他卡住了，先带花猪副本，完了再出来玩。

[当前]圣骑士：[举叉大笑]小贱人，哥哥出来再陪你玩！

[当前]西门吹羊：[捶桌]噗……

[当前]斑点花猪：仙哥哥，用返回神石啊，用返回神石啊！

我……我要怎么去解释我刚用过？

[当前]斑点花猪：你们不要杀他，不要杀他！[大哭]他是来带我副本的，鸳鸯哥哥你们不要杀他好不好……

其实我很想说……猪啊，哥没事儿，让他们把哥杀了吧。

大荒勇士的死法，有很多种。如被怪咬死，被玩家砍死，跳崖摔死，甚至自爆而死。当我年幼无知的时候，我曾以为每一种死法都堪称光荣。可是从那一天开始，我不再年幼无知。

鸭子找了十个全魂的法师……（全魂法师：法术攻击很高，命中、物理攻击极低，近身容易杀死。）给他们上好状态，让他们用法杖……将我一杖一杖地活活敲死了……

如此也还罢了，眼看着快死时他又给我一个逆转，我三件装备当时就被系统残酷地宣告破损。法杖足足敲了五分钟，围观人群达到上百才终于放我一命归西。

鸭子，我记住你了！

正要点复活，有电话过来，是一个大客户，我也不敢含糊，当下去阳台接电话了，这一接就是七八分钟，回来的时候还黑白在五十二副本门口。不过也无所谓了，反正脸面都丢光了。

正要选择复活，突然一个提示吸引了我。

[陌生人]圣骑士对你说：我用复活符了，起来啊！

我看着那个复活选择框冷哼，别以为我不知道你想干什么！选择了拒绝复活，他在我旁边站了一会儿，又发消息。

[陌生人]圣骑士对你说：还不是你自己不好，我们鸭子，多好的一个男人啊，你怎么下得了手去骗，骗了也就算了，还一骗三次。骗三次也就算了，你这不会是还想来骗第四次吧？真把人当傻帽啊？

我欲哭无泪。

[陌生人]你对圣骑士说：我真的不是琉璃仙，哎，不是，我不是以前的那个琉璃仙，这个号是我从他手上买的！

他沉默了一会儿。

[陌生人]圣骑士对你说：你第一次问他要了四千金说是买颗幻化珠，又借了猴子去刷级！结果第二天一身光溜溜地站在他面前说号被盗了！人一句没说又帮你重新刷装备！

[陌生人]圣骑士对你说：第二次你借五千金，他身上只有三千六百金，一金没剩全给了你，你还借了他的熊猫去城战！后来一身光溜溜地上线说这个号是别人卖给你的！他二话没说又陪你重新刷战场声望，换了这套七十级战场套装！

[陌生人]圣骑士对你说：第三次你借钱，大家都说你丫的是个骗子，就他还一分不少地借给你了对吧？你说要借二十颗雷钻砸红烧，他就劝了你一句红烧的话战场套装不如不灭套装好，但是东西还是一个不少地给你了吧？你现在还玩这套？是不是人？

[陌生人]你对圣骑士说：……

我的满腔怒火，在这一席话之后……颓了。
[陌生人]你对圣骑士说：可是这个号真的是我买来的啊！
[陌生人]圣骑士对你说：[怒]你个没人性的死人妖！
[陌生人]你对圣骑士说：这个号真的是我买来的——
[系统]对不起，您的消息已被该玩家列入屏蔽名单。
我泪如烟波几万重……圣骑士，你听我说啊……
默默地传送到东海之滨，踏足于金色的沙滩上，于是……我也学会了对海忧郁。
[好友]斑点花猪对你说：仙哥哥，你没事吧？
[好友]你对斑点花猪说：我现在在东海之滨，我要蹈海自尽。
[好友]斑点花猪对你说：[惊恐]仙哥哥你别想不开啊……不就一游戏吗？别当真啊！
我驱着琉璃仙一步一步踏进时退时涨的潮水里。
[好友]斑点花猪对你说：仙哥哥，仙哥哥你说话啊！你可不要吓我啊……
我看着琉璃仙没入海水里。

[好友]斑点花猪对你说：[大哭]仙哥哥，东海之滨在哪个省啊，我打110来救你……

我驱着琉璃仙走到沙滩上，都差点摔了一跟头，终于忍无可忍地回了一条信息。

[好友]你对斑点花猪说：[嘴角抽搐]你……你是猪啊！

[好友]斑点花猪对你说：啊？哦，我在我在，仙哥哥你在哪里，我过来陪你。[狗腿状笑]

给了她坐标后的二十分钟之后，我在沙滩上坐得实在是有些无聊了，可是她还没有来。

[好友]你对斑点花猪说：在哪儿呢？

[好友]斑点花猪对你说：[心虚]嘿嘿，仙哥哥，传送石没开，正在跑呢。

[好友]你对斑点花猪说：在哪儿？

[好友]斑点花猪对你说：已经跑到云簏仙居了。

我对着大海仰头喷血……跑错路了……猪……

八分钟后。

[好友]斑点花猪对你说：[抹泪]仙哥哥，这里好多怪，我真的过不来啊……

[好友]你对斑点花猪说：……

于是那天下午，我一个人在东海之滨高雅地看了两个小时海。

斑点花猪的生活技能，是宝石挖掘和宝石切割，闲来无事，在中原看她挖宝石，顺便帮她解决骚扰她的怪，怎么看怎么有点护花使者的味道。一路瞎转悠了一会儿，便见着圣骑士同志怀里揣着个盘子左挖挖右挖挖。

瞅准左右确实无人，我搓手，鸭子的朋友，见一只杀一只，见一对杀一双！

他见着我也是异常警觉，当下就往后退了一步，可惜这时候要跑明显来不及了，我的麒麟宝宝已经上去咬住他了。

我没有靠近，道士本来就是控制类的职业，只要不让他近身耗死他就成，犯不着和这种皮糙肉厚的战士硬拼。何况我身后不还站着一只五十三级的医生吗，经过我一番辛苦，她的装备在同级之中已是上等货色了，输给他的可能性实在是不大。

当察觉到自己将被扑倒时,圣骑士同志自然是强烈地挣扎反抗了一番,可惜彼时已经是力不从心,于是欲拒还迎,徒逗了我的兽欲,被扑倒在地、吃干抹净。

一看他黑白倒地,我赶紧招呼了花猪快走,没有去最近的传送石,我带着她绕了远路从中原瓮城的传送石传去了魂谷,一下午便去四十二副本帮她刷乱雨飘香针。那是六十级前医生下副本时最佳的武器,只是爆率非常低,可遇不可求。

刷完出来时才看到口水滔天的盛景,圣骑士的工会蒙鸿天下有人刷满满几屏天下消息骂我,基本上将我的家谱从猿人那个时代一直问候到了二十三世纪的那一代,我一条一条看得满脸黑线。

各位列祖列宗……我对不起你们……

说起来这实在是不公平,他们成群结队挂了我那么多次我都没开口说半个脏字,现下我不过是单打独斗赢了圣骑士却被骂成这德性。这些人真是,只许州官放火,不许百姓点灯!

于是当天我大发神威,立刻充值了一百块钱点卡,全部换成了喇叭,于是那天一下午整个屏都是我的消息。

[世界]琉璃仙:圣骑士你个窝囊废,单打独斗不过只能口水,圣骑士,我看你还是改名叫圣斗士吧!

[世界]琉璃仙:蒙鸿天下的贱人,喜欢口水是吧,老娘今天陪你们骂!

……

当天一下午消息刷完,我成了水月洞天头号通缉犯,不过那以后终于甚少有人骂我了。其实有时候做人妖不错,偶尔骂个人骂得再贱再难听也无所谓,爷是人妖爷怕谁?

如果说我是个女号……怕早已被列为惊世骇俗之流了吧?

如此一顿痛骂,徒逗了口舌之快,把整个蒙鸿天下的人都得罪光了。其后果是……黑白的次数更多了,导致花猪已经没有办法和我组队待下去了。她还太小,还要升级。于是我只好忍痛割爱,舍弃了这条小尾巴,让她跟着

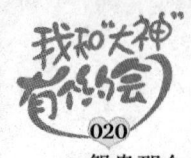

鸳鸯那个人渣去混了。

上线的主要任务,还是偷袭鸳鸯,他似也习惯了,经常是能不理我就不理,不能不理的时候就叫人。

这些天似乎很少看到他在东海之滨,我却发现这实在是个挂机种树的好地方,人少,而且空旷,于是东海之滨便经常可以看到一个女道士忧郁地站在海边,海浪亲吻着她灰黑色的裙角,长剑斜背,黑发高挽,干净利落。

好几次根据"夫妻"坐标找着鸳鸯的时候,他都带着花猪升级,两个医生当然不是最佳搭挡,不过他朋友多,各种任务副本当然就快,花猪就比较猪了,一般是跟在他身后蹭经验,所以升级那也是刷刷的。

这时候我便不好意思上前骚扰他,于是慢慢地也不再致力于偷袭这个伟大的事业。

如此安静了几天,再见花猪时我也大吃了一惊,她现在一身六十级的套装,出了一对蓝色的翅膀,穿着医生三代的时装,竟然就由那个小白变成了让人垂涎的美人!

再看看琉璃仙这一身灰扑扑的免费新手时装,我悲愤,什么世道这是!

也就在当天,视我如有杀父之仇的"夫君"只羡鸳鸯不羡仙同志第一次发了一条密语给我。

[好友]只羡鸳鸯不羡仙对你说:琉璃仙,速来应龙湖,离婚。

坦白说离婚我倒是不在意,但是现下却不能这么轻易答应了。开玩笑,你把我杀够了,往人妖骗子的耻辱柱上一钉,现在就拍拍屁股想两清?门儿都没有!

[好友]你对只羡鸳鸯不羡仙说:哎呀夫君,奴家怎么舍得下你。放心吧,奴家会和你生生世世、百年好合,长、相、厮、守、的。

[好友]只羡鸳鸯不羡仙对你说:= =

[好友]只羡鸳鸯不羡仙对你说:你到底想怎么样?

[好友]你对只羡鸳鸯不羡仙说:我耗死你也不会离的!

你大抵应该听过第一千零一次求婚,但听过第一千零一次请求离婚吗?

[好友]只羡鸳鸯不羡仙对你说:都是大男人,这样扭扭捏捏的烦不烦,

你不恶心我还觉得恶心,过来离婚!

[好友]你对只羡鸳鸯不羡仙说:[抹泪]夫君,你坏了啦,刚认识人家的时候就叫人家小甜甜。现在新人胜旧人了,就说人家恶心……

[好友]只羡鸳鸯不羡仙对你说:……要怎么样才肯离?

[好友]你对只羡鸳鸯不羡仙说:[举叉大笑]在天愿作比翼鸟,在地愿为连理枝,奴家要与夫君恩爱白头,至死不离。

[好友]只羡鸳鸯不羡仙对你说:……

[好友]只羡鸳鸯不羡仙对你说:说你的条件。

[好友]你对只羡鸳鸯不羡仙说:唔,你哄我吧,也许哪天我心情一好,就同意离了也说不定。哈哈……

那时候我已经不怎么偷袭他了,跟医生玩消耗战确实是非常不理智的,只能两败俱伤,独独便宜了黑心万年的系统。

这天正在东海之滨种树,突然我久违的夫君就缓缓而来,而且毫不客气地坐在我旁边。我想这东海也不是自己一个人的,也就没多说什么。

眼前浪花翻卷,虚拟的海风撩过水面,薄雾朦胧了远处的海岛,金色的沙滩上并肩而坐的两个人怎么看脸上都写了"有奸情"三个字。

我遂觉怪异,驱号一个后翻跳开,落在自己那棵摇钱树旁边。

[好友]只羡鸳鸯不羡仙对你说:你的剑还需要一颗八十级的疾石头和七十级的风行石头来炼化吧?

[好友]你对只羡鸳鸯不羡仙说:关你什么事。

[好友]只羡鸳鸯不羡仙对你说:倒是不关我什么事,不过我这里恰好有。

不带这么利诱的!

[好友]你对只羡鸳鸯不羡仙说:[流口水]你要送给我?

[好友]只羡鸳鸯不羡仙对你说:答应离婚就送你。

[好友]你对只羡鸳鸯不羡仙说:[举叉大笑]好。

[好友]只羡鸳鸯不羡仙对你说:真的?

[好友]你对只羡鸳鸯不羡仙说:男子汉大丈夫,一言既出,驷马难追。

[系统]只羡鸳鸯不羡仙向您发出交易请求。

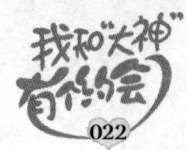

[系统]零金零银零铜交易强疾石1个，风行石1个。交易成功。

[好友]只羡鸳鸯不羡仙对你说：走吧。

[好友]你对只羡鸳鸯不羡仙说：[无辜]去哪里？

[好友]只羡鸳鸯不羡仙对你说：……

[好友]你对只羡鸳鸯不羡仙说：哎呀夫君别这样嘛，我答应了离啊，可是这不还没想好什么时候嘛。等再过个五六十年，我们都将要驾鹤仙去的时候，前去离了即可。

他沉默了一分钟，然后是系统提示：玩家只羡鸳鸯不羡仙狂性大发了。

他开红了，我迅速开了加速技能，转身撒丫子跑了。

出了战场，依旧打算去东海之滨挂机，路遇轻云消逝了无痕正和一个医生切磋，可耻的是丫居然切磋输了。切磋失败的玩家系统自动保留一点气血值，让其不至于死亡。当然这时候杀他就可以说是举手之劳了，于是我突然地就举了一下手。

[系统]琉璃仙狂性大发了。

[系统]你的退鬼符击中了轻云消逝了无痕，造成2148点伤害，其中法术伤害……

[系统]你击败了轻云消逝了无痕。

片刻之后，东海之滨。

大概是受我夫君的指引，圣骑士带了蒙鸿天下的一帮污合之众前来找我报仇了。

一般遇到这种情况，我的诀窍是……回生加速、上马跑路、放宝宝。

沿着沙滩跑遍了江南半张地图，终于身后追兵渐少。

世界上又开始热闹起来，蒙鸿天下除了我那位夫君以外，几乎所有同志都对我致以了非常亲切、真诚、热烈的"问候"。其中以圣骑士尤甚。

花猪入了圣骑士的工会蒙鸿天下。医生，不管走到哪儿总是一个特别受欢迎的职业。

[好友]斑点花猪对你说：仙哥哥，教我键盘操作吧？

[好友]你对斑点花猪说：？

[好友]斑点花猪对你说：[抹泪]我想学键盘跑位，每次下本都要鸳鸯哥哥跟着才有人肯陪我下。

当时我还在处于惊诧好奇之中，什么时候这猪竟然有如此之高的觉悟了！后来方知事情经过。

也就是某日，猪想下六十二级副本，老大圣骑士当即拍胸脯带她，豪气地道如此简单的副本，自己单刷也没问题。

于是二人组团过六十二，其间猪用非常高明的花式引怪法引了一大群怪，圣骑士同志一看，得英雄救美啊！

于是花猪同志硬生生看着圣骑士同志被怪轮了。

后还非常不解，不是说可以单刷么……

圣骑士同志闻言喷血：我就是单刷也不可能把整个副本的怪都引到一起杀啊……

后来工会里大家就一致冠了个威风八面的封号给他——副本杀手。众英雄一看连老大都死得如此惨烈，自然是个个缩头，约定除非鸳鸯和她一起，否则珍爱生命，远离花猪。

东海之滨的沙滩上，我教猪键盘操作。

一、跑位

[当前]琉璃仙：键盘上以S为中心，W向前跑，S向后跑，A往左，D往右，Q左侧跑，E右侧跑，A加Q，左前跑，D加E，右前跑。

片刻。

[当前]斑点花猪：啊啊啊啊啊啊，我学会了，原来这个就是键盘操作啊，实在太简单了嘛。

[当前]琉璃仙：……

[当前]琉璃仙：每一个技能栏都有对应的快捷键，键位上面有C加1、C加2，或者S加1、S加2等，键盘操作就是不用鼠标，直接按键跑位、施放技能。

[当前]斑点花猪：[冷汗]我突然有种不祥的预感……

二、轻功

[当前]琉璃仙：轻功点水是非常容易的，每次跃起将要落下的时候点空

格键会重新飞起来。在施展轻功的时候可以使用瞬发的技能,比如刺客的催眠、道士的缚足或者医生的一些瞬发的针系技能。

[当前]斑点花猪:瞬发的技能是什么技能?

[当前]琉璃仙:……就是不需要吟唱时间的技能。

[当前]斑点花猪:喔。

于是……猪在东海之滨试了一百遍,掉进水里一百遍。

[当前]斑点花猪:[大哭]仙哥哥你骗我!根本就飞不起来。

于是我只好驱着琉璃仙在水上演示了一百遍,最后花猪终于良心发现。

[当前]斑点花猪:这个太难了,换个简单的吧。

我托腮冥想。

三、PK

[当前]琉璃仙:游戏里面设定,键盘操作PK时有一定面向,需要面向正确时攻击才有效,所以一般PK时以对方为圆心按右前跑或者左前跑画半径跑位。也就是说让对方每次攻击你的时候都因为面向错误而失败,而我们每次都可以打到他。一般操作越好的人画的这个圆圈就越小。

[当前]斑点花猪:你可以陪我练练吗?

[当前]琉璃仙:可以。

于是……猪在东海之滨转了三百圈,自己把自己绕晕了,每次跑位都争取让我能攻击到她,而她攻击我的时候一律显示面向错误,攻击失败。

猪啊,如果你是个怪,那一定是只优秀的怪,是可以荣获二十一世纪网游最受玩家欢迎的BOSS奖的啊……

凌晨三点,猪依然精力旺盛。我坐在海边的沙滩上看她点水,呃,错了,其实准确说来是看她游泳。半响猪突然游回来,兴高采烈地叫了声:"鸳鸯哥哥!"

我按F11取消掉屏蔽,便赫然看见我的"夫君"只羡鸳鸯不羡仙同志不知道什么时候站在我身后,似乎也在看着猪练游泳。

[当前]斑点花猪:鸳鸯哥哥,仙哥哥在教我键盘操作。

[当前]只羡鸳鸯不羡仙:哦?学得怎么样?

[当前]斑点花猪:呃……

[系统]只羡鸳鸯不羡仙向你发出切磋请求。接受？拒绝？

我看着屏幕上跳出来的切磋请求，点了拒绝。

[当前]只羡鸳鸯不羡仙：怎么，怕？

我怒！

[当前]琉璃仙：不切磋，要玩就开红。

[当前]只羡鸳鸯不羡仙：……

夜已深了，猪还没有睡觉的意思。我也是夜猫子一只，于是依然于沙滩上教猪游泳……呃，好吧，是教猪蜻蜓点水。鸳鸯这个傻帽也不再说话，盘了腿坐在沙滩上看热闹。一个小时之后，屏幕上终于冒出两行白字。

[当前]斑点花猪：呜……仙哥哥，都是我太笨了。

我只能叹气。

[当前]琉璃仙：与你无关，是哥太笨了，我TMD居然去教一头猪点水……

[当前]斑点花猪：哇呜——仙哥哥，你欺负我……

[好友]只羡鸳鸯不羡仙对你说：有没有兴趣加入我们战队？

他所说的战队，是3VS3的小战场，一个战队一般五个人，每次比赛双方只能进去三个，对方三个人全部死亡后算己方胜利。对微操要求比较高。对于这个，我还是有点心动的，3VS3所得的战斗声望可以换特定的饰品，属性都还不错。

[好友]你对只羡鸳鸯不羡仙说：好。

[系统]战队首领圣骑士邀请你加入蒙鸿天下战队，同意/拒绝？

[系统]你加入了蒙鸿天下战队。

[系统]圣骑士请求将你加为好友，同意/拒绝？

[系统]成功将圣骑士列入好友名单。

[好友]圣骑士对你说：试用三天，三天后不行照踢。

[好友]你对圣骑士说：滚，让我留我还不稀罕呢！

03 化敌为友

次日夜七点半,开始准备3VS3竞技场比赛,因为是第一次配合,圣骑士不停地啰嗦:

[队伍领袖]圣骑士:竞技场一般对方两种打法,一是集体轮医生,撂倒了医生之后再对付剩下的两只。二是放着医生,先轮对方软甲职业,撂倒了软甲再轮硬甲职业,最后剩一医生基本也就是歇菜的分儿。

我开始有些不耐烦了。

[队伍领袖]圣骑士:我们队众所周知的鸭子不好打,故而入场肯定是先对你下手,所以你注意保护好自己就成。

我黑线!

[队伍领袖]圣骑士:我冲前面,对付对方的硬甲职业,你用仙鹤宝宝对付对方的软甲职业,尤其是法师或者医生!

[队伍]琉璃仙:你有完没完?我玩竞技场的时候你还在吃奶呢!

[队伍领袖]圣骑士:……

[队伍]只羡鸳鸯不羡仙:哈哈

[队伍]琉璃仙:进场如果有天机,我会先开特技定住天机,大家都别管他,(天机没有远程攻击技能)然后再郁气控制一个软甲职业,你们俩合攻另一只,不管他是什么职业。等天机冲过来的时候我会群恐,至少会恐住两只,你们继续围攻刚才那只。轮了他之后,我继续控制软甲,你们合力殴天机,完了后过来帮我。

没有人说话,我只好继续。

[队伍]琉璃仙:如果没有天机,我先恐住其中两只,我们三个人合力先殴硬甲,完了后剩下两只鸳鸯开八门,我们全力先殴医生。如果对方也有道士,你们记得不要和我站到一起,我会先控制他。

竞技场最刺激的地方,就是你永远不知道你会遇上什么样的对手。一切都要等进场后双方碰面了才见分晓。三十秒的等待时间过去了，圣骑士冲在最前面，我带着仙鹤宝宝跟在他后面，鸳鸯走在最后，就这么雄赳赳气昂昂地进场了。

这次我们遇到的队伍是全服排名第九的神曲战队。我快速地用TAB键瞄了一下对方的职业，一个天机，一个法师，一个医生。

三个人也很有经验，一见有道士在，立刻就分散开来，可惜天机已经被我定身，有六秒时间无法移动。然后依计划，我控制法师，他们俩对付医生，六秒之后，天机跑过来时我放符惊鬼神技能群恐了一下，那边医生就遗憾地躺下了。

然后他们俩合力杀天机，我和仙鹤宝宝依然控制法师，三个人配合得十分默契，很轻松地随便杀杀就过了。

如此几番，一直非常顺利，只遇到排名全服第二的曼陀罗战队时我们输了，对方三个硬甲职业，全红翅膀，一上来就轮我，那输得简直是顺理成章。出来后圣骑士就道了一句：

[队伍领袖]圣骑士：以后就是自家兄弟了，有什么需要只管开口。

我还来不及感动一下，他却似乎想到啥，马上又补充了一句。

[队伍领袖]圣骑士：借钱借装备除外。

[队伍]琉璃仙：滚！

[队伍]只羡鸳鸯不羡仙：哈哈。

那以后鸳鸯开始陪我下战场，他以前肯定经常和琉璃仙下战场，对道士的技能都了解得非常清楚，知道什么时候清状态，什么时候给对方什么负面状态，配合那是没话说。偶尔两个人横着从战场爬过去，也不会有什么危险。

这个人还有一个好处，各种任务道具，哪怕是再稀有再珍贵，他那里绝对都有存货。所以后面我便逐渐养成了一个恶习……

[队伍领袖]琉璃仙：有多的凝雪冰晶没有？

[队伍]只羡鸳鸯不羡仙：要多少？

[队伍领袖]琉璃仙：四十个。

[队伍]只羡鸳鸯不羡仙：整个任务才需要四十个，你一个都没有啊？

[队伍领袖]琉璃仙：我有还问你要啥！

[系统]寄售店有只羡鸳鸯不羡仙以零铜寄售给你的凝雪冰晶上架，请尽快查询购买。

[好友]你对只羡鸳鸯不羡仙说：这个周常里面说要的福罐是什么东西？

[好友]只羡鸳鸯不羡仙对你说：道具啊，做三仙或者钓鱼可以得到的。

[好友]你对只羡鸳鸯不羡仙说：可是我做了三仙了啊，为什么不够？

[好友]只羡鸳鸯不羡仙对你说：还差多少？

[好友]你对只羡鸳鸯不羡仙说：我只有十二个。

[好友]只羡鸳鸯不羡仙对你说：差二十四个，你搞什么东西！等等我去给你钓几个。

[好友]你对只羡鸳鸯不羡仙说：几个不够，你多钓一点我下周还可以用。

[好友]只羡鸳鸯不羡仙对你说：……

[好友]你对只羡鸳鸯不羡仙说：鸭子，你是不是和猪对发祝福了？

[好友]只羡鸳鸯不羡仙对你说：嗯啊。

[好友]你对只羡鸳鸯不羡仙说：那我呢？

[好友]只羡鸳鸯不羡仙对你说：我管你呢，自己找人跟你发去！

[好友]你对只羡鸳鸯不羡仙说：不行，圣骑士说的我们以后是自家兄弟了，有什么需要就开口！

[好友]只羡鸳鸯不羡仙对你说：[怒]那你找他去！

[好友]你对只羡鸳鸯不羡仙说：他让我找你。

[好友]只羡鸳鸯不羡仙对你说：[掀桌]

这日，上线无事，四处闲晃。突然就接到圣骑士的消息：

[好友]圣骑士对你说：桃李花林杀人，来不来？

我琢磨了一下，想想赔本买卖，不能做。

[好友]你对圣骑士说：不去。

片刻后，又来消息。

[好友]只羡鸳鸯不羡仙对你说：装备维修费报销。

我不屑，你丫是我的谁啊，叫我来杀人就来杀人？

[好友]你对只羡鸳鸯不羡仙说：[流口水]报销啊？

[好友]只羡鸳鸯不羡仙对说你：嗯，外加奖金一百金。

[好友]你对只羡鸳鸯不羡仙说：还是不去。

[好友]只羡鸳鸯不羡仙对说你：……

没过多久，我正种着树，突然就祸从天降。

[好友]斑点花猪对你说：[大哭]仙哥哥，这里有两个坏蛋欺负我，来帮我把他们杀了！

[好友]你对斑点花猪说：谁？在哪儿？

[好友]斑点花猪对你说：在桃李花林。

呃，那个……鸭子……你的钱还在吗……

[好友]你对只羡鸳鸯不羡仙说：咳，我说鸭子啊，一百金太少了，一百五十金成吗？

[好友]只羡鸳鸯不羡仙对说你：过来吧。

事情的起因经过结果其实很简单，也就是花猪在桃李花林作密探任务，打怪期间突然跑出来一个倒霉催的红名刺客，更倒霉的是丫还剩一丁点血。这时候花猪一个赤胆孔雀的群攻技能丢过去，那个倒霉催的就挂了。

倒霉催的不高兴了——欺负大号啊？于是复活过来几刀把这个傻帽给咔嚓了。然后花猪又不高兴了——欺负小号啊？就拉了一大号过来把这个倒霉催的给咔嚓了。

可是这个倒霉催的又不服气了——就你有朋友啊？于是又拉了两只大号过来把花猪这两只给灭了。然后花猪愤怒了，又拉了三只过来把倒霉催的这几只给灭了……

如此几番，私怨成功升级成乱斗。

我们这一队除了鸭子和圣骑士，还有一个叫万恶淫为首的刺客和一只叫灰太狼的法师。群战和单挑不一样，更多时候讲究配合，配合不好，个人再勇猛也是白搭。圣骑士和刺客冲在前方拼命，我在后方负责解决一切干扰法师和医生的家伙，鸭子在我们后方保护我们四只。

说来也奇怪，他虽然在不断给我们加血上状态，却没有人去攻击他，我大为惊奇。

[队伍]琉璃仙：鸭子，怎么没人动你啊？

[队伍]只羡鸳鸯不羡仙：全都太熟了，下不了手。

[队伍]琉璃仙：……

我向其致以了万分的鄙视，一款游戏，没有一个朋友不失败，但是你要连一个敌人都没有了，多么寂寞！于是也索性就不管他了，趁圣骑士和刺客拖住对方，大法师举杖，唱了个天罚叮叮当当一阵猛砸，就有无数的英雄荣升了烈士。

后来敌方开始大面积溃逃，我跟着圣骑士和万恶淫为首追，鸳鸯和灰太狼随后，野战法师的用处就不很大了，敌人分得太散，而且大家都跑得快。圣骑士和我配合得还好，通常我一个定身定住一只，他就能上前缠住让丫跑不掉。

如此一打两小时，整个手腕都酸痛了，终于桃李花林的红名全跑了，我的血条快要见底，却到底一次也没挂。然而还没来得及高兴一下，就在这时候，令人气愤的事情发生了。

[系统]轻云消逝了无痕的饮血剑击中了你，造成两千六百五十四点伤害，其中法术伤害……

[系统]你已死亡，灵力减少百分之五十，装备耐久度减少百分之二。

[当前]轻云消逝了无痕：靠，这个死人妖什么时候混进来的！

[当前]圣骑士：[抚额]……

[当前]只羡鸳鸯不羡仙：……

[当前]琉璃仙：[怒]

[好友]圣骑士对你说：算了算了，我让鸭子多给你五十金。不许骂人，不准挑事。

[好友]你对圣骑士说：靠，这是用钱可以算的吗？老娘一条命才值五十金吗？

[好友]圣骑士对你说：那你说怎么办？

[好友]你对圣骑士说：多给一百金！

[好友]圣骑士对你说：[呕吐]不许骂人啊！

我微笑，我干吗要骂人？像我这么有素质、有修养的人会骂人吗？

九月十三日，夜十二点一刻。
大凶，宜挂机，忌游戏。
中原流光城，我背着剑牵着狗正打算抢完BOSS后下战场活动一下筋骨，突然消息栏就是几行深黄色的小字。
[地区]红牛：就算是一只长着斑点的花猪那也不过是一头猪，是猪就该待在圈里混吃等宰，这次给你长点记性，免得有人说我红牛欺负小号。
话发在地区上，应该是发错频道了。可是我心里还是有些不舒服，虽然我也认为这猪是猪了点，可是听见别人这么说我就不高兴。好友栏只能看到她大概位置在中原。
[好友]你对斑点花猪说：在哪儿？
这次她过了很久才回复。
[好友]斑点花猪对你说：仙哥哥，我是不是真的很笨？
[好友]你对斑点花猪说：我问你在哪儿？
她半天不开口，我只好发了组队申请过去，她倒是很快接了。
照着队友坐标找着她时，她已经坐在江南木棱镇传送石旁边发呆，瞧着就跟没了圈的猪一样，可怜兮兮的。我就有些看不下去了。
[好友]你对斑点花猪说：买个天眼。（天眼：道具，用来查询仇人坐标。）
[好友]斑点花猪对你说：做啥？
[好友]你对斑点花猪说：查询他的坐标，报仇啊！

在巴蜀盐泉村的湖边找着那只七十一级的剑客红牛时，他正在钓鱼。我站在他身边，想想如果是以给花猪报仇的名义去剁了他，以后我不在时他难免要找着花猪啰嗦，于是思索着找个什么理由打起来呢⋯⋯
[陌生人]你对红牛说：[瞪眼]谁准你一个人在这里钓鱼的？
[当前]红牛：[大怒]死人妖，你妹啊！
[当前]琉璃仙：[大怒]敢叫我死人妖，看我今天不把你剁成牛肉干！
他一身剑客的七十套装才凑齐了三件，要打他是不需要什么技术含量

的，我召唤了仙鹤宝宝，先给他了一记郁风（郁风：增加敌方吟唱时间，减少敌方会心防御），然后凭着仙鹤的技能风雷触直接郁气郁到杀死他。

人是死了，却还躺在地上无限口水。于是屏幕上就只看见无数白字从这个尸体上空冒出来。省去其中无数的脏话，实质性内容也就剩下这么一句。

[当前]红牛：有种在这里等着！

我冷笑，老娘现在就单身一个人，就算我再怎么勇猛，你要叫上三只过来，我还不是只有跟着完蛋？我又不是老寿星嫌命长，自己往绳套里面钻！所以……走是肯定要走的，只是仇还是要报彻底的。

[地区]琉璃仙：就算是头红牛，那也是牛。是头牛就该安安分分地犁地或者挤奶，钓啥鱼啊真是。这次给你长点记性，免得有人说我琉璃仙欺负畜生。那啥，爷事务繁多，就不等尔等了，再见啊！

花猪的欢呼把屏幕都占满了，我却知道这事肯定还有续集。以这种家伙的行径，买个天眼来追踪我实在是没有悬念。一出了盐田村，我便想找个地方挂机，让花猪不要跟着我，但是猪很讲义气。

[好友]斑点花猪对你说：不行，你是为了我才得罪他的，我怎么能自己走呢。好歹我是个医生嘛，就算给你一个逆转，起码也还能让你多撑一阵啊。

我颇为感动，一想之下，也有道理，如果再给我个医生，就算他来三只也无所谓了。在藏金阁门口，终于遇上了红牛，我一看对方真的有三只，一个天机，一个法师，一个剑客。

还好多日被追杀，练就了一副极快的反应，三只一开红，我立刻一个群恐全部恐住，然后人加鸟宝宝全力杀法师。

群恐技能一次六秒，在所有状态全满的情况下，六秒钟想要杀死一个法师，即使是近身，也还真不太可能。可是郁风技能也还能支持六秒，所以在四五秒时，马上郁风住法师，交由仙鹤宝宝控制，一个定身定住天机，然后光膀子和剑客拼了！

再一记郁风击中剑客时，他已经砍了我两剑了，两剑去了我一半血，看情况应该是加法术攻击和会心攻击的，要命。

剑客消了我的回生技能，眼看着命悬一线了，我忍住没有跑，终于撑到群恐技能的冷却时间到了，于是再一记群恐，法师就砸了我一小火球，挂了。

这时候我才迅速嗑药，开神速，转身踩上风火轮，跑路放宝宝！然后心中千呼万唤……猪医生，你在哪儿……他二人也不停着，立刻就上马开始追，我沿着从木渎镇到永宁镇的小道跑哇跑，后面天机、剑客俩帅哥追啊追。

不幸的是，前面遇到几只红色的主动攻击怪，因为还未脱离战斗状态，不能吃食物，不能自动回血。我看看头上的血条，不得不停了下来。往前走是被怪杀死，往后走，是被人杀死。罢了罢了，反正都是死，干吗不便宜自己同类呢……

于是当下调转风火轮，飞快地往他们两只那边冲过去。二人一见我过去，立刻就放技能招呼，我等的也是这一下子。一放技能，两个人必然得下马，如果这技能没把我砸下坐骑，那么他们再要追我，就不容易了。

如果真被砸下来了，那就算我倒霉好了！

但是当我一冲过去，就改变了主意，我看见了可爱的斑点花猪同志，骑着她可爱的仙鹿来了！当下我底气便足了，于是冲过去时便一个群恐，再恐住了其中两只，然后打算灭剑客红牛。

眼看着血条越来越短，我急了，靠，花猪……

半晌，在我的宝宝都已经啄了红牛几大口时，猪终于扑哧扑哧地赶上来了。可是丫上来了不加血，而是气喘吁吁地打了一句话。

[好友]斑点花猪对你说：仙哥哥，你们跑得好快呀！

我随着这一句紫红色的密语发来时叮的那一声响，被刚从恐惧状态下回过神来的天机一个大盾一敲……圆满了。

花猪……我代表医生门派的历代掌门人鄙视你……

鸭子……平生第一次，我是如此如此地想念你……

红牛顶着不到一千点血兴高采烈地奚落我，我顾不上他，也还不能复活，我要一复活，他们的注意力马上就会转到后来的花猪身上。如果死一个是死，死两个也是死，少死一个总是好的。

[好友]你对斑点花猪说：用返回神石，去安全区。

那一晚,我继续猫角落里挂完红便回了安全区,任凭红牛在世界如何口水,下定决心不出安全区一步。我想从此以后我会深刻记住蒙鸿天下的众位英雄用鲜血和生命得出的经验教训——珍爱生命,远离花猪。

[好友]斑点花猪对你说:仙哥哥,对不起。我……我真没用。

[好友]你对斑点花猪说:谁说的?谁敢说我们家花猪没用?猪皮可以做皮鞋、皮带,猪毛可以做毛刷,猪血、猪肉可以喂人,猪骨可以喂狗,你可是浑身是宝啊,怎么还会认为自己没用呢?

[好友]斑点花猪对你说:[抹汗]仙哥哥!你坏死了,我再也不要理你了!

第二天上线,于东海之滨种树。

红牛领人过来偷袭了我一次,我依然是老规矩:回生加速、上马跑路、放宝宝。

咱没啥别的优势,不过一身风行,骑着一个风火轮,跑得总是快些。他带了四个人从东海之滨一直追到龙首坝也没追上,一怒之下在那儿口水。

我趴在九黎太守区NPC哥哥的怀里欣赏这一声声价值一百金的犬吠,世界上面一行消息吸引了我。

[世界]圣骑士:别整天就会骂人垃圾、人妖,垃圾人妖打架那也是靠的装备和操作,不是唾沫星子!有那闲钱去整点装备,请个好点的师父教教吧!

然后世界安静了。

然后大荒不安静了!

那时候我正在九黎城散步,顺便看看有没有随机掉落的小BOSS。岂知没过一会儿,嗖的一声从我面前跑过去一只蒙鸿天下的刺客,然后再嗖的一声跑过去一只蒙鸿天下的医生,然后再嗖的一声……

老天作证,我发誓我真不是在凑字数。

再往前走一阵,就发现三叉路口聚集了大批蒙鸿天下的人,顶着一片大红名在那儿伸着脖子发傻,我纳闷了好一会儿。GM,今天三叉路口要"星坠大地,天降雷钻"吗……

结果GM骗人的,那天晚上三叉路口没有降雷钻。没过一会儿,另一团顶着狼图腾标徽的家伙赶来,双方开战了。我猫在旁边看了一阵儿,这个……好像不关我的事哈……

　　正打算默默地离开,突然有法师一个火球丢过去,我飞快地从暗处跳出来,好死不死落在一个战士前面,若问该战士外貌,那就是头上两只犄角、一脸凶悍、四肢发达、头脑简单。不幸的是,游戏里面男号比女号的最高身高足足高出了一个头。所以这个四肢发达的家伙就比我高出了一个头。

　　而更不幸的是……

　　[系统]圣骑士温柔地拥抱着你。

　　这个角度已经够暧昧的了,这家伙还开这种玩笑。于是整个画面看上去,就好像我跳到丫怀里一样,而且他那张刀疤纵横的脸正好贴在我角色那张粉嫩嫩的小脸上。我当时就惊呆了!

　　GM,有人非礼——

　　那一场混斗我没有参加,从圣骑士的怀里跳出来,就被送回了老家。后来才从花猪那儿得知事情的经过,简单述来,原因如下:

　　基于我上次将蒙鸿天下上上下下、里里外外、男男女女、老老少少都一个不落地得罪了个了个干净彻底,所以这次他们对自家老大于世界消息上的"反水"颇为不理解,蒙鸿天下发生了内乱。

　　幸好鸭子这个和事佬任着工会尚书,从花猪那儿得知了事情的起因时便假惺惺义愤填膺地鼓动了大伙一番。说什么一个人妖都知道同情我们的小号,你们却在这里窝里反、咬得满嘴毛之类,终于使蒙鸿天下的傻帽们热血沸腾,扛起大刀长剑,决定一致对外先。于是就出现了前面所见的集体抽风情况。

　　圣骑士这个人,其实平素里也不错,为人非常仗义,咳,当然更重要的是他很拉风。看看他手里的那一大满攻的真·天域大锤和长刀你也可以想象。

　　什么?你问我那玩意多贵?

　　打个比方吧,琉璃仙这一身七十级战场套装,咳,估计正好值他一个锤把子……

　　当然这些都不是重点,其实游戏一旦扯上钱难免就俗了。关键是凡事都怕有个比较,我觉得这家伙比鸭子有个性多了。至少他要看不惯谁,当场就抡长刀大锤,召唤出一堆狐朋狗友就能上前把人家给轮了。

而鸭子……娘的，你见过哪个大男人玩个游戏不杀人，天天给人加血的吗？

不管是谁需要什么东西，给他打个招呼，他有，会直接送你；他没有但是能制造的，做出来给你；他没有也不能自己制造的，问朋友有没有然后买回来给你。

除了让他忍无可忍的琉璃仙以外，他对任何人都是温和有礼的，连上世界骂个人也是不曾有的。这般死猪不怕开水烫的性格，实在是让人发指啊发指。你说软到了这种程度，他还是个男人吗？

那阵子花猪恰好升到了六十五级，想要忠心玉一套，他天天找人下六十五副本，结果都因最后一只怪实在是太过强大变态而挑战失败。于是这天晚上便捉了我去当替死鬼，本来按我的个性，这实在是不可能的。但是帮花猪刷么……想想算了算了，去就去吧。

当时就我们四只，为防止攻击不够，叫上了那只叫灰太狼的法师。刚进副本，圣骑士便撂了句："今天你主扛啊。"主扛二字，你不要听着很威风，其实说白了也就是主要挨打的。我没有争辩，都这种情况了，我全疾的道士不扛谁扛啊。

当下状态全开，一路杀过去，我已经忘记了我第一次下这本的情景，和谁？是他还是她？死了几次？爆了些什么东西？全都忘了，只还记得那种开荒时的兴奋。

可是后来，也不知道是从什么时候开始，话渐渐地少了，所有的任务和BOSS都变成了一串一串的经验值和技能点，与这个游戏有关的一切都变成了数据。不过是杀怪而已，去哪里……和谁一起，又有什么关系？

于是终于是受不了那份寂寞，无言地离开。

小号的时候一直想努力升级练成大号，而当你真正练成了大号的时候，你会发现自己失去了游戏本身的乐趣。游戏和人生颇有几分相似，有希望才有继续下去的勇气。

我扛着怪，鸭子很配合地保护着花猪，帮我和圣骑士加着血，我和圣骑士卡住BOSS，法师站台子外面远攻，一路就这么顺顺当当地冲到了护泽大人那里。圣骑士很满意,立刻就打算套我。

[团队领袖]圣骑士:人妖,一会去古八阵吧?

我岂会买他的账。

[团队]琉璃仙:滚!

[团队领袖]圣骑士:……

团队休整了一下,然后大家围上,不管软甲硬甲了,鸟啄剑砍锤子砸,还有俩带针的一番乱戳,再加上灰太狼的几声狼嚎,护泽大人终于承受不住,哀嚎一声栽了。

[团队]斑点花猪:[流口水]我来摸我来摸。

话落,屏幕上就见一美貌女医生伏身于健壮的护泽大人尸身之上,将可怜的护泽大人里里外外一寸不漏地摸了一遍,结果……摸出了一条裤衩。

04 缄默谢幕

江南,东海之滨。

虚拟的风浪一层一层翻卷开来,远处的小岛群山朦胧在云水之间。我站在海边种树,百无聊赖,遂引了怪去海上练习水上作战,玩了半晌,当前频道上一行白字。

[当前]斑点花猪:哇哇哇,仙哥哥,你好厉害哦!

我取消了屏蔽,便看见花猪穿了一套名叫见羽的时装站在沙滩上,海风一过,一身纱羽随风轻扬。

[当前]斑点花猪:我的新时装,漂亮吗?

她边说还在岸上转了个圈,我驱着琉璃仙跳到她面前。

[当前]琉璃仙：[流口水]风吹纱飞见大腿啊。

[当前]斑点花猪：色狼！

[当前]琉璃仙：哈哈。

[当前]斑点花猪：仙哥哥，我的忠心玉还有两件就刷齐了，你带我刷几天吧。

[当前]琉璃仙：可以。不过你要忠心玉做什么呢？

[当前]斑点花猪：我想打架。

[当前]琉璃仙：打架的话不如去换战场套。

古言云祸从口出，诚不欺我。

那以后我们又多了一项新的任务……带花猪刷战场经验。在一周之后，再想及当时的这句话，我恨不得一个嘴巴子把自己抽死。我终于明白为什么鸭子要建议她刷忠心玉，忠心玉套装虽然垃圾一点，但它来得却实在是比战场套装容易啊……

战场声望是要靠杀多少人、做了多少战场贡献以及本方输赢来算的。我们以前刷战场套的时候，一天可以刷八九千的声望，猪一天……一千就算不错了。

那一段时间，成了我挥之不去的噩梦。每次灰下去的队伍头像都让我泪流满面。结果是耗时一周，琉璃仙自己换了一把道士七十级的战场武器——流转，而花猪的声望还不够换一个手腕。最后鸭子实在看不过去了。

[队伍领袖]只羡鸳鸯不羡仙：斑点，下线，把号发我，我帮你刷！

于是花猪的战场套，成了这一个月我们三人的主要任务。一如往常，我、圣骑士负责截人，然后打到剩一层血皮的时候鸭子会驱着花猪号上来抢人头，如此声望仍是猪的。

游戏里面装备和操作是王道，号在他手上果然是方便了许多，于是便见着排行榜上哗哗上涨的人头数。三个人也不说什么话，经常在战场一路沉默不语杀人如麻，这般的操作配合终于慢慢为我们的竞技场打下了坚实的基础，我们战队开始冲入全服第三。

渐渐的，圣骑士、鸭子、琉璃仙，成为这个服的铁三角组合，竞技场遇到的能还手的战队越来越少。当然，这也让我的恶习逐渐加深，成为一种习惯。

[队伍]琉璃仙：鸭子，我没红药了。

[系统]只羡鸳鸯不羡仙向你发起交易请求。

[系统]零金零银零铜交易云南白药五十个，交易成功。

[队伍]琉璃仙：鸭子，我没蓝药了。

[系统]只羡鸳鸯不羡仙向你发起交易请求。

[系统]零金零银零铜交易清凉霜五十个，交易成功。

[队伍]琉璃仙：鸭子，我没食物了。

[系统]只羡鸳鸯不羡仙向你发起交易请求。

[系统]零金零银零铜交易臭豆腐五十个，交易成功。

[队伍]琉璃仙：鸭子，我没钱了。

[队伍]只羡鸳鸯不羡仙：自己赚去！

……

一周后，猪换到了六十战场套装的一个手腕、一个肩膀。后来，蒙鸿天下有别的小号也要刷战场套，经常混我们的队伍，跟我也渐渐熟络过来。偶尔打个BOSS或者过个副本有难度也会叫我，于是渐渐地跟蒙鸿天下的关系也开始缓和起来。

花猪的战场声望刷刷刷地往上涨，同时我们对彼此的操作也已经了如指掌。当然这抬头不见低头见的日子也让大家终于有了一种真正能够叫做交情的东西，在这个仗剑江湖的世界，男人们之间的感情其实并不亚于从前并肩沙场的袍泽之谊。

雄性动物的世界，对于战斗力比自己强的对手，总是有着莫名的敬畏，所以当太监和外星人等人在多次开红与我单挑均惨遭我爆菊之后，决定改口不再叫我人妖、垃圾、骗子，而是和花猪一样叫我仙哥。

然后在万事俱备的这天，圣骑士正式地邀请我加入了蒙鸿天下工会，并且封了一个尚书的封号给我。

当然他死也不肯告诉我工会仓库的密码，只告诉我以后加人、踢人就行。（仓库密码：元老以上职位的人可以凭密码指定、提取工会仓库的物品。）

以前满天下骂我的消息渐渐地少到看不见了,想起来难免让人分外怀念。现在圣骑士开始让我跟他们一起做密探、周常或者活动任务,于是升级的日子也由此正式展开。

游戏每天凌晨十二点的时候会在一些地方降落整点BOSS,总会掉落一些珍稀道具。这个时候最需要的就不再是装备和操作了,你想啊,那么多人,那么丁点儿掉落道具,你要不手疾眼快,到头来还不是为他人做嫁衣裳?而圣骑士在与我组队打了两次BOSS后,便赖上了我,决定以后都和我打BOSS。原因很直接,我总是能抢到BOSS,捡到东西。

而鸭子对这些东西不感冒,他一富家子弟,平时缺钱就往充值框里面直接输入一串数字,至于后面是跟一个零两个零还是三个零,根本就不在意。我很少充值,也就算半个RMB玩家吧。其实一款游戏如果连赚钱养活自己这项乐趣都没有了,很难想象为什么玩下去。当然……更重要的是……这个傻帽既然这般有钱,又这般大方,咱刮点就成了,充值干啥?

那天晚上,鸭子开着花猪的号一如继往地邀我下战场,我拒绝了。

[好友]你对只羡鸳鸯不羡仙说:鸭子,歇歇吧,都刷一个月了,我一进战场就想吐,你不会厌吗?

[好友]只羡鸳鸯不羡仙对你说:还差摆和鞋了,我们再努力一周就差不多了。

[好友]你对只羡鸳鸯不羡仙说:今天太累了,不去。

[好友]只羡鸳鸯不羡仙对你说:好吧,我先找几个朋友帮着带一下。

那晚,圣骑士也没有去,理由和我一样。无事时他带着工会里的家伙下古八阵图副本,因死伤过于惨重,以我"身为一会尚书,应该为工会尽些绵薄之力"为由,将我强行拖了进去当免费打手。出来的时候瞄了瞄,鸭子还在战场,我有点看不过去了。

[好友]你对只羡鸳鸯不羡仙说:要不要这么玩命啊?

[好友]只羡鸳鸯不羡仙对你说:没事,你们玩吧。我答应她在这个月帮她把声望刷满的。

[好友]你对只羡鸳鸯不羡仙说:我有没有说过你们俩很配?

[好友]只羡鸳鸯不羡仙对你说:?

[好友]你对只羡鸳鸯不羡仙说：一对猪啊！

[好友]只羡鸳鸯不羡仙对你说：喂……

十二点快到了，圣骑士牛皮糖一样地黏着我，我左转右转甩不掉，现在丫正执著地跟着我在燕丘等整点BOSS。看看右下角，还有十来分钟，二人无事，就在燕丘这片茫茫草原上空坐，人是活的嘛，当然还得聊天啦。

[队伍领袖]圣骑士：你这个家伙吧，其实操作不错，动作又快，人也干脆，为什么要骗人装备呢？

[队伍]琉璃仙：我没有骗人！

[队伍领袖]圣骑士：说实话其实我倒不是心疼那几千金，只是兄弟一场，情谊难道还比不上几件装备吗……

他像教训迷途小孩一样语重心长地教训我，直把我教训得心头火起！

[好友]你对只羡鸳鸯不羡仙说：鸭子。

[好友]只羡鸳鸯不羡仙对你说：？

[好友]你对只羡鸳鸯不羡仙说：我突然觉得我们俩这么拖下去真没什么意思。

[好友]只羡鸳鸯不羡仙对你说：是啊，离了吧。

[好友]你对只羡鸳鸯不羡仙说：可是茫茫大荒，琉璃仙从今往后都要一个人混，多么的寂寞。

[好友]只羡鸳鸯不羡仙对你说：什么意思？

[好友]你对只羡鸳鸯不羡仙说：这样吧鸭子，其实你这个人真的不错，我也不想为难你。要么咱离了，你让圣骑士娶我好了。

[好友]只羡鸳鸯不羡仙对你说：[瀑布汗]……

[好友]你对只羡鸳鸯不羡仙说：别这样啊，你看，冤死者想要投胎都得找个替身对吧？你要和我离婚，难不成还不兴给我找个替补啊？

[好友]只羡鸳鸯不羡仙对你说：……

[好友]你对只羡鸳鸯不羡仙说：条件就这样，你考虑一下吧。为了你的终身幸福，莫要思量错了。

[好友]只羡鸳鸯不羡仙对你说：……

旁边圣骑士还在滔滔不绝中，我冷笑。

圣斗士……教训我是要付出代价的……

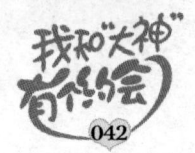

从此以后圣骑士不再缠着我打BOSS，不再揪着我扛副本，也不再扯着我下战场了。呃，好吧，准确地说是他在躲着我，躲得要多远有多远，好像生怕我会非礼他一样。我当然知道这是怎么回事，那天他把消息错发在工会聊天频道。

[势力主]圣骑士：鸭子，你他娘的不能把悲剧留给我！

消息只一条，随着势力里各式各样的聊天记录一起很快沉没下去，我只当作没有看见这句话。那个丑陋得人神共愤的唐僧终于脱离了我的视线，我顿觉大荒风景都亮丽了不少。唐僧被吓退，我突然闲下来，决定清一下未完成的任务。

于是就有了以下：

[好友]你对只羡鸳鸯不羡仙说：鸭子，羊角匕在哪里买？

[好友]只羡鸳鸯不羡仙对你说：九黎。

[好友]你对只羡鸳鸯不羡仙说：懒得找，帮我买把吧。

[好友]只羡鸳鸯不羡仙对你说：[怒]

[系统]寄售店有只羡鸳鸯不羡仙以零铜寄售给你的[羊角匕]上架，请尽快查询购买。

[好友]你对只羡鸳鸯不羡仙说：鸭子，醒脑丹在哪里买？

[好友]只羡鸳鸯不羡仙对你说：巴蜀。

[好友]你对只羡鸳鸯不羡仙说：懒得找，帮我买十个吧。

[好友]只羡鸳鸯不羡仙对你说：[怒]

[系统]寄售店有只羡鸳鸯不羡仙以零铜寄售给你的[醒脑丹]上架，请尽快查询购买。

片刻，在建木遇见红牛。

[好友]你对只羡鸳鸯不羡仙说：鸭子，建木这里有几只敌对，太嚣张了，过来帮个手，把他们灭了。

[系统]只羡鸳鸯不羡仙向你发出组队申请。

片刻，他加血，我杀人，配合堪称完美。三只轻松全挂。

[好友]只羡鸳鸯不羡仙对你说：他们怎么得罪你了？

[好友]你对只羡鸳鸯不羡仙说：呃……他们又不是吃饱了撑着，得罪我作啥？

[好友]只羡鸳鸯不羡仙对你说：[怒]那你干吗杀他们啊？

[好友]你对只羡鸳鸯不羡仙说：这不是在欺负人吗。

[系统]只羡鸳鸯不羡仙退出队伍，队伍解散了。

[系统]只羡鸳鸯不羡仙狂性大发了。

[系统]琉璃仙施展了技能回生。

[系统]琉璃仙施展了技能神速。

结果，琉璃仙上马跑了。

结果这晚，刚把小牛一杀，就出来了一只牛魔王替孩儿报仇。

[世界]红发魔王：琉璃仙，欺负小号很有意思是吧？过来我陪你玩玩。

好吧，我承认我手贱，其实玩一个游戏的乐趣还在于PK。而且这个世界，胜负如浮云呐浮云，我可不会做什么删号啊之类的傻事，所以当时便欠抽地接了下来。

[好友]你对只羡鸳鸯不羡仙说：鸭子，我没喇叭了，帮我发个天下问问他什么时候，在哪里。

[好友]只羡鸳鸯不羡仙对你说：[怒]你不会买吗？

[好友]你对只羡鸳鸯不羡仙说：那好吧，鸭子，借我一百金我买个喇叭。

[好友]只羡鸳鸯不羡仙对你说：……

[世界]只羡鸳鸯不羡仙：魔王，他说他没喇叭了，问你什么时候，在哪里。

天下一片哗然。等我赶到流云渡的时候，这里已经围满了瞪着灯泡眼准备围观我们的观众。红发魔王站在场中，果然是红头发！他没有穿时装，看外形已经知道是一套七十级的剑客套装，叫青阳套。为避免太卡，周围都没有人说话。

[好友]只羡鸳鸯不羡仙对你说：他一身青阳套，炼化全敏加风行，小心了。

对付剑客，一般猥琐是王道。其实若论装备，双方相差并不大，他一

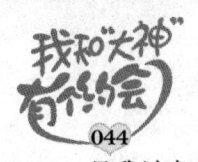

见我过来，立刻踩上了剑，这是剑客一个很强的技能，一旦踩上剑后，定身、缚足等攻击负面状态均免疫，而且移动速度非常快。而我要做的第一件事……就是召唤仙鹤宝宝将丫从剑上打下来。

所以我便做了一个猥琐的道士应该做的事——召鹤，上马，往反方向与之拉开距离。然后开启杀戮状态。在第一时间把仙鹤的攻击目标锁定为他，进行攻击。

这时候仙鹤有一个技能能够把他从剑上打下来并且晕眩一秒进入郁气状态，然后我开装备特技，在远程法术攻击加长三十五米的情况下丢了一个郁气技能。立马开神速，冲到离他近四米的地方开一个符惊鬼神的技能恐惧住他。在他恐惧时间内将仙鹤设为定点攻击，立刻接破技技能抽他的法力值，一个破技后立刻接定身将丫定住。任仙鹤原地攻击，自己在神速状态下飞快拉开距离在二十五米左右，这之前他完全没有还手之力，也就有一半的气血值折在我手里了。

这家伙反应也非常快，临危不乱，立刻就上了剑，我见状也马上上马。他举剑就切我的仙鹤，

我飞速后退。围观的人都一声不吭，我冲过去他们立刻自动往后让出一条道来，这时候没空管别人，在他砍我仙鹤的这段时间我必须重新召唤宝宝。

这时候大抵应该召一只凤凰，凤凰攻击高，而且技能射程远。然后在他冲过来之后飞速拉开距离，后锁定凤凰攻击目标，进行攻击。这时候他几乎下意识地砍我的凤凰，而他已经没有剩多少血了……就算是皮厚如牛魔王，也经不起这般耗的……

以他的攻击，基本上四刀可以解决凤凰，于是在他砍凤凰的时候，我进行了第三次召唤，再召了一只仙鹤。而这时候，我的法力值已经不多了。

再次将宝宝的攻击目标锁定他，骑马冲回去，在离他约十米的时候开神速，在尚有三米的时候开符惊鬼神。其实这时候他已经残了，于是怎么攻击也就无所谓了。

我当下化心魔，平砍加退鬼符攻击。轮倒他的时候我几乎是满血的。

外面礼炮声四起，一行一行的白字，不断地喊："仙哥，仙哥。"

我突然就想到阿诺德·施瓦辛格发达的肌肉和黑亮的胸脯，并自动配上了

台词：仙哥纯爷们，铁血史泰龙！
……

我并没有那么兴奋，你想想某一天把你放笼子里跟同类搏斗，然后外面一大堆人围观喝彩，最后你赢了，你会高兴吗？网游的世界，一切都是虚拟。我们的成败不过是数据与数据的计算结果，胜的不过只是几率。可是喝彩的人看不到这些，他们只看到红发魔王已经倒了下去，而我还站着。诚然，当时我正想装一把深沉，体现出点胜者为王的风采，但是下一秒……

[当前]圣骑士：哈哈，红毛怪这样都敢叫板，自己去传送石上撞死吧！死人妖好样的！靠，就算你是人妖我也娶了！鸭子，我娶他，你们离婚吧！

我死机了……蒙鸿天下的人也跟着死机了……

半响，CPU重启后，我扭头看了看一身诀雪时装、银发蹁跹的飘逸男医师，再打量了一下牛高马大、刀疤纵横，头上俩角疑是兽人的战士。

GM，等我撞死在流云渡的传送石上后，请替我剁了我打字的贱手吧，阿门。

游戏里面的结婚，需要异性用红线绑定成彼此的有缘人，然后通过互相做任务、表情来增加情义值，在情义值达到一百后方可以订婚、结婚。圣骑士当天晚上便兴冲冲地弄了条红线，将我们绑成了有缘人。

我消沉。

入夜无事，一个人在东海之滨种树，苦苦思索着应该用什么理由悔婚呢……他娘的，GM，我要申请带发出家！不知道什么时候鸭子走了过来，也不说话，与我并肩而坐。虚拟的海浪一层一层、叠叠卷卷，金黄的沙滩上几只虎头怪三三两两行走，空旷得有些单调，只是在眺望前方海岛模糊的轮廓时，还能感受到大海的苍茫辽远。

虚拟的海浪拍打着礁石，耳机里只余声浪阵阵，没有系统公告，没有人发世界，这天下突然就安静得有些寂寥。屏幕前只剩下两个人，面朝大海，不见花开。

[好友]只羡鸳鸯不羡仙对你说：真要嫁给骑士？
[好友]你对只羡鸳鸯不羡仙说：走吧。

[好友]只羡鸳鸯不羡仙对你说：？

[好友]你对只羡鸳鸯不羡仙说：申请分居。

向他发了组队申请，我便驱着琉璃仙囧囧地跟着他去了应龙湖，然后囧囧地找着了那个名字颇为文艺的NPC——悲欢离合总是情，最后囧囧地申请了分居。只是遇到了一个小意外。

[系统]您的余额不足以支付本次申请分居费用。

琉璃仙开始掉头往应龙湖传送石边走。

[好友]只羡鸳鸯不羡仙对你说：？

[好友]你对只羡鸳鸯不羡仙说：呃……等我一分钟。

[系统]只羡鸳鸯不羡仙向你发起交易请求。

[系统]零金零银零铜交易100金零银零铜。交易成功。

所谓默契，就是这样培养起来的啊……

当那个丑丑的NPC宣布申请分居成功后，应龙湖的传送石前，我想针对这黯然的离别说点啥应景的话，好让这只鸭子产生点内疚之心，嗯，毕竟琉璃仙的仇家多多，红药、蓝药、回灵丹的消耗都是相当惊人的，再加上装备维修、复活符、各种任务道具等等，那可是一笔不菲的开销。（如果正微觉怆然的鸭子知道这家伙这时的想法，怕是要以头抢地吧……）

[势力主]圣骑士：人妖老婆，过来扛下古八阵副本。

我含在嘴里的一口茶，终于因为这个称呼喷了满屏，于是好不容易营造出来的伤感气氛荡然无存！

[势力尚书]琉璃仙：圣、骑、士！

次日夜，照例3VS3竞技场，只打了五场，鸭子中途离席，被花猪叫去帮忙过五十九副本去了。我和圣骑士自然也是无法打下去的了，然后便想着去战场吧。

[好友]你对只羡鸳鸯不羡仙说：喂，五十九出来和我下战场吧？

[好友]只羡鸳鸯不羡仙对你说：还要一阵，你先和圣骑士去吧。

当时我并不觉得有啥，便自己去了战场。你要知道，战场那种刀剑无眼的地方，我一个人神共愤的人妖下去，没有医生组队，将是一个何其绝望而沉痛的过程啊！所以经常便是我跟在一大群人渣中间，然后当敌人冲过来我迎上去的时候,惊见周围就剩我一只,其他的都跑光了!

悲愤!

混了四场,死了无数次,系统每次总是幸灾乐祸兼残酷无情地板着脸道:"你死了,灵力减少百分之五十,装备耐久度减少百分之二。"

我怒了!再一翻鸭子的坐标,我更怒了!丫的竟然显示在巴蜀盐泉村!

[好友]你对只羡鸳鸯不羡仙说:三秒钟之内,立刻给我出现在战场门口,否则拒绝离婚!

[好友]只羡鸳鸯不羡仙对你说:我教斑点钓鱼。谁又惹你了?

[好友]你对只羡鸳鸯不羡仙说:[捶桌]一

[好友]只羡鸳鸯不羡仙对你说:……

[好友]你对只羡鸳鸯不羡仙说:二

[当前]只羡鸳鸯不羡仙对你说:好了好了,入队,我开队伍战场。

两个人开了队伍模式申请战场,我一扫方才郁闷,但不久之后就更郁闷了。

[好友]圣骑士对你说:人妖,来奕剑副本当下打手。

[好友]你对圣骑士说:不去,我在战场。

[好友]圣骑士对你说:战场?你又把鸭子扯去了?

[好友]你对圣骑士说:我不能扯他来吗?

[好友]圣骑士对你说:我说死人妖,你有点眼色好不好。人家鸭子和花猪处了这么久,好不容易有点起色,你一大老爷们老拖着人家干吗?还能给他拖出一个老婆来啊?

我思维瞬间网络延迟了……良久,与服务器重新连接上。

[好友]你对只羡鸳鸯不羡仙说:不下了,走了。

[好友]只羡鸳鸯不羡仙对你说:下完这场吧。

我突然有些冒火。

[好友]你对只羡鸳鸯不羡仙说:说了不下了!你整天婆婆妈妈、叽叽歪歪,是个爷们不!

骂完,点了退出战场。系统提示退出战场半小时之后不得重新申请,我直接点了确定。出来后退了队伍,径直踩上风火轮,飘出了巴蜀。聊天栏还留着队伍里鸭子那句话。

[队伍领袖]只羡鸳鸯不羡仙：[摇头]变脸比女人还快……

一个人在燕丘挖天珠，这是游戏里的道具，系统定时掉落，可以换加护装备的钻。圣骑士叫了几次，我最终也提不起下副本的心思，于是便屏了信息，闷头捡珠子。

[好友]斑点花猪对你说：仙哥哥，你能带我一下五十五副本不？

[好友]斑点花猪对你说：鸳鸯哥哥说他一个人有些慢。

我心中有点狐疑，这时候鸭子怕是慢死也不愿找人来帮的吧？这光景当然是越慢越好啊。话虽如此，却还是入了团。利用副本集合命令传送到五十五级副本的时候，鸳鸯和花猪并肩而立，嗯……反正从外表看来，确实是很般配的一对璧人了。

带着两个医生下本，打怪这种苦力活当然只有我来做。两只都没有说话，我也无话可说，你当然不能要求我问"你们两只是不是在谈恋爱呀"这样的话啊，于是我便保持沉默。一路打到法师BOSS程枫那里的时候，终于有人吱声了。

[好友]斑点花猪对你说：仙哥哥。

我一个定身定住BOSS，飞快地回她。

[好友]你对斑点花猪说：？

[好友]斑点花猪对你说：刚……鸳鸯哥哥向我求婚了。

我心里网络延迟了十秒，当然请不要以为我是在吃醋，二十九岁的女人，立马咱就奔三了，已经不复小言中女主的那颗玻璃心了。只是一个用惯的东西突然要转手了，当下心里还是有些空落。

[好友]你对斑点花猪说：猪啊，鸭子这个人其实不错，他的操作配你这个小白，说什么也是你赚大发了。呃，当然，除了性格娘一点外，一切优点都具备了，何况只是在一个游戏里面，嫁吧。

把话已经说得语重心长到了这个地步，花猪却一下子不理我了。想来还真是女人心，海底针，深不可测，深不可测啊！

既然是要跟花猪结婚，我再要拖下去便显得有些说不过去了。于是在申请分居后的第五天，琉璃仙和鸳鸯组队去了应龙湖。那个丑丑的NPC宣布两个角色的夫妻关系成功解除。夫君那一栏变成了空白，我的身份又变成了未婚。

听花猪说琉璃仙和鸭子有一场非常盛大的婚礼，鹊桥仙境曾因他的婚礼被卡得寸步难行。而谁又能料，那一场繁华之末，会是应龙湖畔这般缄默的收梢。这一场闹剧告一段落，我们都自由了，只是从此以后，茫茫大荒，再看不到对方的坐标。

05 男人的私房话

晚上，我自己开了个法师小号帮琉璃仙刷师徒声望，声望可以换鉴定符，日钻月钻雷钻等许多好东西。这也是琉璃仙除了种树以外其他一条重要的经济来源。小法师叫遥借东风，仅十六级，骑着系统赠送的珍兽开传送石，琉璃仙在九黎传送石等她，毕竟这个号在野外挂机，被暗算的几率是百分之九十。

路过九黎六合的时候，有人求组队让帮忙打下支离。做小号是很辛苦的，虽然乐趣也占了一部分，但看人脸色、被嘲讽、被冷落终究是大多数。

其实每一个大号都是从小号成长起来的，都有一段辛酸史，但是当一个号练到一定程度的时候，我们就忽略了这些小副本，忘记了自己当初浑身浴血打支离、巨灵魔、尸兵卫这些小BOSS的情景。

我一直驱着遥借东风开了六合关的传送石，那几个号还在喊人。我犹豫了一下，游戏和现实中一样，好事是做不完的。所以看得多了，人便有些冷漠。遥借东风在旁边看了一阵，我正想切换琉璃仙的号，突然一行消息冒出来。

[当前]只羡鸳鸯不羡仙：杀支离的，都入队吧。

那时候我并没有看见他，却是不知道为什么，鬼使神差地入了他的队

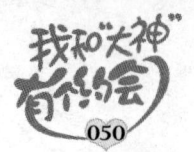

伍。只是点了一下,系统冷漠地道:"你所申请的队伍已满员。"

好吧,这破系统从始至终就没给过我面子。

大批小号都聚集了过去,鸭子的号已经七十四了,据称差百分之五十到七十五了,这是目前游戏开放的最高等级。更何况他本来职业就是一医生,公认的小强职业,别说一个支离,就算一百个支离围上来,也不过几下子的事儿。

红翅膀的医师号,在一群小号中间,突然就有了那么点传说中的大神的味道。咳,当然,我一直认为这是因为凡事就怕有个比较的缘故。事实上他的号如果真PK琉璃仙的号,胜与负不过在伯仲之间。

游戏里面如果一个号对你好,那不一定是真的好。可是如果一个七十四级的红翅膀医生号对一群十六七级的小号好,那这个人就是真的好。我约摸是中邪了,站在支离旁边傻愣着,他不断地群怪,这个游戏里医生的群攻技能并不多,但是技能冷却时间还是很短的。外面的怪一群一群地倒下来,支离早已挨不住他一下子。

小号们都很热情地跟他道谢,他的态度与平时对圣骑士他们并没有什么两样,当然对我有时候会恶声恶气的。于是屏幕上便经常有这样的消息从潮水般的谢谢两个字中掠过。

[当前]只羡鸳鸯不羡仙:不客气。

[当前]只羡鸳鸯不羡仙:好友数满了,不好意思。

字里行间,依然是往日的温和谦逊,不卑不亢。我顿足旁边,愣了好一阵儿,突然有消息过来。

[陌生人]只羡鸳鸯不羡仙对你说:你也杀支离?

[陌生人]你对只羡鸳鸯不羡仙说:啊?

我要怎么样告诉这个傻帽我不过是在看热闹而已呢?

[陌生人]只羡鸳鸯不羡仙对你说:进组吧。

我骑虎难下,便索性退了自己琉璃仙的组,向他发了入队申请。队伍里加上我已经满了,他开始群怪,支离一倒,大家都在道谢,很多人都没有走,发着消息让鸭子带下副本或者杀下别的难打的BOSS。我站在原地,当然没有人理我,十六级的法师号,说是废柴都侮辱废柴。

[当前]只羡鸳鸯不羡仙：好吧，十六副本我只能下五次，你们组成五队，我每队带一次，装备按职业分配。其余的等明天再带吧。

一群人欢呼雀，很多人当时就问他在什么势力，想要申请进势力。我只是摇头，其实不管你在哪个势力，自己的实力永远是最直接能让人认可的东西。而偏偏很多人都觉得自己离开是因为某个势力不行。

[当前]只羡鸳鸯不羡仙：呵，我在蒙鸿天下，不过目前天下只招收六十级以上的玩家。你们可以先去红袖堂。真梵这个人也不错的。

他开始准备去开十四级的闲逸居副本，我站在原地没有跟着去。这个号不过就是个刷声望的号而已，装备这些打来也是浪费，我才懒得动这个手。我只要把几个相关的新手任务做一做，再接几个活动任务，很快它就能三十级，副本就不考虑了。

可是半晌……

[陌生人]只羡鸳鸯不羡仙对你说：来，入组。

[陌生人]你对只羡鸳鸯不羡仙说：啊？

我脑子里网络又延迟了，结果他非常和蔼地道：

[陌生人]只羡鸳鸯不羡仙对你说：[笑]当我还是一个小号的时候，也不好意思开口求人带副本。

我在电脑面前笑了，是的，当我还是小号的时候，真的是死也开不了口让人带本做任务。道士这个职业如果不是装备特别好，操作特别牛叉的话，也极少有下本的可能。所以我的号一般都是战场套出身，及至后来等级慢慢高了，无形中下本的次数便越来越多，情况才慢慢好转。

入了他的团，乖乖，这一团已经有了二十个人。闲逸居每次最大的能进人数是五人，这一团已经足够他带四次。

[团队领袖]只羡鸳鸯不羡仙：第一团先进来，其余先等等。

[系统]成功开启副本，闲逸居。

而我就在第一团里面。

这个副本我已经快把门坎都踩破了，如果NPC也有情绪的话，估计那个骑着乌龟的老头也要发飙了。这副本是讲一个傻帽想娶他师妹，结果这傻帽的师父不同意，设下了阵法，如果能通过去就把师妹嫁给他，通不过就免

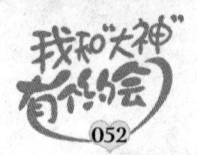

谈。而玩家的任务就是帮他打败这些阵里的怪兽们……

有时候我就想不明白了……你说这些NPC怎么总喜欢占我们便宜呢。我们打败了这些怪破了这个阵，那个漂亮的师妹应该嫁给我们才对嘛……

呃，当然，师妹我是不想要了，大师兄要嫁给我还成。

如此将这些找我们帮忙的没用的家伙腹诽了一番，鸭子便开副本。我估摸着通关也就三分钟，不想……

[团队领袖]只羡鸳鸯不羡仙：在这里容易引到怪，如果队伍整体配置不是很好，就站到桌子这里来……

他一路讲清楚各个BOSS的卡法，什么时候应该先打哪个怪，什么时候哪里会出怪要立刻退开。一团的人居然听得津津有味。他一共打了近十分钟，本着授人以鱼不如授人以渔的原则，将副本的攻略讲了一遍，而事实上，这对他而言实在就是个可以直接秒杀的副本，没啥好多说的。

通关后他很公平地分了装备，我也是愣了一下才看到团队公告。

[团队公告]团长将仙风杖分配给遥借东风。

我退了团出来，他开始带二团了，顶着遥借东风ID的小法师将仙风杖握在手里比划了一下。当初有人拿一套十三钻的六祸套装（道士六十级世界套装）向我求婚的时候我都未曾一顾，而这时候手里握着这个十四级的杖却觉得有趣非常。

唔……这个人……其实也有那么点可爱吧……

切到琉璃仙的界面，看到几条密语。

[陌生人]外星人对你说：仙哥，打木神来不来？

[陌生人]东风无力百花残对你说：仙哥，来流光杀人啊！

[好友]圣骑士对你说：死人妖，有六道复活符没？交国库几个，老公待会双倍还你。

[好友]斑点花猪对你说：仙哥哥，明天我们学校有课，你能帮我做下密探和周末活动吗？

[好友]你对斑点花猪说：明天我不定什么时候能上，医生号任务你找鸭子帮你做。

好半天，那边才回了一个字："喔"。

答完，往工会的国库扔了二十个复活符，然后工会频道便看见圣骑士的消息。

[势力主]圣骑士：靠，还是人妖老婆大方！

[势力尚书]琉璃仙：你不是要双倍奉还吗，我当然得大方一点了。记得待会还我四十个，不然打断你的狗腿。

他很不服气。

[势力主]圣骑士：[惊]我靠！

[势力尚书]琉璃仙：干吗，我这里还有四十个，要不要一起放进去啊？

[势力主]圣骑士：[大惊]滚！

再切回遥借东风的界面，竟然发现一条密语：

[陌生人]只羡鸳鸯不羡仙对你说：[笑]发什么呆呢？

不知道是什么时候的信息，不过我还是回了。

[陌生人]你对只羡鸳鸯不羡仙说：没，离开了一下。

[陌生人]只羡鸳鸯不羡仙对你说：好好升级吧，有什么事都可以叫我。

[陌生人]你对只羡鸳鸯不羡仙说：谢谢。

可是鸳鸯，只在被需要的时候才被想起，不累吗？

[系统]只羡鸳鸯不羡仙向你发出好友请求，同意/拒绝？

我点了同意，他没再说话。

第二天晚上回来已经晚了，无心游戏，我把号设了离开的自动回复，去了东海之滨挂机。一觉醒来的时候晚上十二点半，工会里面在线的人已是不多。我百无聊赖，坐在流云渡的台阶上看人切磋。江南流云渡，地方很是空旷，是个PK、切磋的好地方。经常便会有些闲得蛋疼的大号，没事来这里过过手瘾。

那时候灰太狼和外星人也在，作为法师这种以高攻闻名的职业，灰太狼装备并不算好，一身副本散装，八钻的蓝翅膀，连中上装备都算不上。但是操作意识不错，这个游戏的职业总体上还算平衡，操作，确实可以弥补很多，所以他已经连赢了好几场。

期间也有人发了十数个切磋邀请给我，不过我不想动，便唯有装死了。任号坐在石阶上当挂机。

[当前]灰太狼：[冷汗]靠，再来。

如此几番，我把鼠飘移过去，那是个荒火，也是蓝翅膀号（即全身装备平均八钻），令我感兴趣的是……那却是个女号！昵称很清雅，叫作伽蓝。着一身荒火的新手门派弟子服，整个聊天频道，竟未见她的只言片语。

我说过灰太狼的操作还不错，可是她杀他只用了一刀，直接瞬秒！好几只上去都灰溜溜地下来，那时候已经惊艳了全场，旁边有人开始看蒙鸿天下的笑话。

[好友]外星人对你说：仙哥？

[好友]你对外星人说：说。

[好友]外星人对你说：上啊，再不上蒙鸿天下明天要上论坛首页了，没准还会混个人工置顶！

我大笑。

我并不想与她为敌，这游戏里，荒火是一个近战职业，人物设计得也丑，玩这个职业的女性就跟梨树上结苹果一样稀奇，能玩得精的那就更不用说了，所以我确实对她颇有几分好感。

但是话虽如此，蒙鸿天下的脸还是要的。好歹我还得顶着这个势力的标徽出去见人呐！这年头记者号无处不在，真要把众英雄败在一个女人手里的消息传出去，人工置顶……那还是轻的。

荒火是一个近战职业，能晕人，打断吟唱，是个非常恼火的技能。气血值下降到百分之五十的时候能开钢身，无法对其进行法术伤害。不过道士打荒火一般都非常简单，因为道士也拥有着一个同样让人非常恶心的技能——抽蓝。你只要注意先抽取他的法力值，过半血的时候他都没蓝了还开个屁的钢身。

[好友]你对外星人说：你召个邪影宝宝，一开始人先施个定身定住她。

[好友]外星人对你说：为什么要人先施定身？

[好友]你对外星人说：因为人比宝宝吟唱时间短，记着别让她近身！

[好友]外星人对你说：呃。

[好友]你对外星人说：你先定住她，骗她暴走解除定身，然后马上让邪影宝宝上去再施个定身定住她，记住别靠近，以她的攻击，杀你的宝宝两刀

还是客气的!

[好友]外星人对你说：[瞪眼]

[好友]你对外星人说：过五秒影子宝宝上去施符惊鬼神，恐惧住她!

[好友]外星人对你说：等五秒?

[好友]你对外星人说：因为你的技能需要时间冷却回气，就算影子没有恐惧住，也还能再定!等四秒之后人上去再施符惊鬼神再恐惧住她，然后用这六秒时间开特技开神速再重新召个影子，这时候你的符惊鬼神又已经冷却好了，再上去施符惊鬼神。

[好友]外星人对你说：[瀑布汗]

[好友]你对外星人说：用这六秒时间，带宝宝一起和她拉开距离，然后人和宝宝一起用破技再抽取她的法力值，这时候她的法力值应该已经空了。于是人物马上施定身定住她，有蓝继续抽，没有蓝随便杀杀就过了。就算她操作再犀利，攻再高，摸不着你的衣角她能咋地啊!

[好友]外星人对你说：[捶桌]仙哥，所谓猥琐二字，就是为您量身打造的啊!

[好友]你对外星人说：= =

[系统]外星人与伽蓝开始切磋。

[系统]外星人在切磋中战胜了伽蓝。

[当前]外星人：[撒花]感谢猥琐的仙哥，感谢我爸我妈，感谢网易，感谢CCTV……

[陌生人]你对伽蓝说：来我们工会吧?

过了约一分钟，我就快放弃了，她终于开了金口。

[陌生人]伽蓝对你说：好。

第二天再上线，是下午一点多，混完了活动任务，便只等着蹭晚上的城战经验了。看看长长的经验条，其增长速度真是让人痛心疾首。

在东海之滨种树，恰遇鸭子也在。好在海滩够大，种两棵树还是不算太挤的，于是诸位便有幸见到一个红翅膀（全身装备平均十三钻）的医师和一个白翅膀（全身装备平均八钻）的道士各自靠着自己的树一坐，两两相望，脉脉不语。

半晌。

[系统]你突然打了个寒战,发现只羡鸳鸯不羡仙正在查看你的装备。

[好友]只羡鸳鸯不羡仙对你说:你流转还打风行吗?

[好友]你对只羡鸳鸯不羡仙说:嗯。

[系统]寄售店有只羡鸳鸯不羡仙以零铜指定你购买的风行石上架,请尽快查询购买。

八十级的风行石,在当时可是很贵的,估摸着算是吃人嘴软、拿人手短吧,我有点不好意思。

[好友]你对只羡鸳鸯不羡仙说:呃……这怎么好意思?

[好友]只羡鸳鸯不羡仙对你说:你换这套森罗素的时候,所有的钱都是我出的,那时候也没见你不好意思啊!

这家伙对着琉璃仙的时候,从来不知客气为何物!正要发火,想想就算以前号确实不是我,可是后来也着实蹭了他许多神农百草集、回灵丹、红蓝药、鉴定符之类,气焰瞬间短却不少。

[好友]你对只羡鸳鸯不羡仙说:那时候你是这个号的老公嘛,不剥削你剥削谁。现在大家都没什么关系了,你马上又要娶花猪了,留着当老婆本儿吧。

[好友]只羡鸳鸯不羡仙对你说:琉璃仙

[好友]你对只羡鸳鸯不羡仙说:嗯?

[好友]只羡鸳鸯不羡仙对你说:这可不像你。

[好友]你对只羡鸳鸯不羡仙说:你就当我看破红尘,看淡了这些身外之物了吧。

[好友]只羡鸳鸯不羡仙对你说:= =

[好友]你对只羡鸳鸯不羡仙说:鸭子,你对所有人都是这样的吗?

[好友]只羡鸳鸯不羡仙对你说:?

[好友]你对只羡鸳鸯不羡仙说:没事,只是见惯了圣母,突然出现一只圣父,不太习惯而已。

[好友]只羡鸳鸯不羡仙对你说:= =

[好友]你对只羡鸳鸯不羡仙说:做你的女人,应该很幸福吧。

[好友]只羡鸳鸯不羡仙对你说:做你的女人不幸福吗?

[好友]你对只羡鸳鸯不羡仙说：呃……

我想了想，终于还是没澄清这个事实。

[好友]你对只羡鸳鸯不羡仙说：曾经我也以为会很幸福，可是……呵呵可是所谓爱情，不到结束的时候，你永远不会知道它其实有多脆弱。

[好友]圣骑士对你说：死人妖，去红袖堂帮忙带几个难度副本吧？

[好友]你对圣骑士说：找鸭子去。

[好友]圣骑士对你说：鸭子说他一会儿要走……兄弟拜托拜托了，我和佛法无边他们在七十天生石，真走不开。

看着包裹栏金钱那一行可怜的数字，我深知好人命不长的道理。

[好友]你对圣骑士说：三百金。

[好友]圣骑士对你说：靠！

[好友]你对圣骑士说：三百五！

[好友]圣骑士对你说：死人妖，你……

[好友]你对圣骑士说：四百！

[好友]圣骑士对你说：我……好了好了，三百三百！

[好友]你对圣骑士说：成交！

[好友]圣骑士对你说：靠，三百金带一个下午的副本，这么贵的打手，我非让真梵不当人的用不可！

我才不屑，你再不把老娘当人用，系统也不会把一天一次的副本给你改成一天十次啊。

到了红袖堂，真梵先是皮笑肉不笑地对我虚情假意了一番，随后便将几个小朋友分配给了我，并且满腹真诚地道：

[势力主]真梵：仙哥，这可全是我们红袖堂的后主啊！

诚然当时我的心地确实从里到外都是纯洁无瑕的，比法师踩的云朵还白，所以当时一直以为所谓"后主"意为后来的主人，诚未想到后主，还代表一位扶不起来的刘阿斗！

三百金在当时可不是个小数目，兄弟们一定要记住，受人之托一定不要忠人之事，因为如此那个家伙下次肯定还要麻烦你。可是拿人钱财一定要忠人之事，不然这个人很可能不会付钱给你。

于是当下我就带着小朋友们出发了。

这一团的人等级在二十到五十五级之间，差别挺大。我将人全部号召到面前时，当场原地石化。里面五十五级的是一只天机战士，装备是二十一级副本和十四级副本的混合品。

[团队领袖]琉璃仙：温如玉，你的任务装备呢？（游戏里做大部分任务都会有不错的装备奖励）

[团队]温如玉：呃，我没有做过任务。

[团队领袖]琉璃仙：[瞪大眼睛]那你怎么升级？

[团队]温如玉：打怪呀。

[团队领袖]琉璃仙：[瀑布汗]

[团队]温如玉：怎么？

[团队领袖]琉璃仙：……

GM，我请求申请十双拖鞋，用以抽打势力主的屁股……

第一站是十四级副本，一团十九位小朋友，我遂学鸭子，按等级高低分成四团，一团一次，争取装备。第一团级别较高，全部三十级以上，故队伍虽乱，一路无事，顺利杀过。

第二团二十五级以上，见怪就往前冲，医生比战士还猛。半响，死小号一个。我以复活符拉起，不一会儿，再死小号一个，我再以复活符拉起，半响，又死了小号一个……我把宝宝由攻击高的凤凰换成了会加血的狗狗。

第三团级别更低，二十级左右，有了前几次教训，我小心翼翼，一小朋友惹到清然大师兄（十四级副本第一个BOSS），我一个群恐技能过去，清然大师兄被恐惧住了，然后该小朋友一个小火球将大师兄打醒了，于是大师兄一个群攻就将他挂了。

……

外星人他们说我惜字如金，但时至此刻，就算是惜字如金我也不能再沉默下去。

[团队领袖]琉璃仙：BOSS有群攻，离我远点，都别动手。

[团队]路漫漫：喔。

[团队]恋上哀伤：遵命。

[团队]凉风习习：嗯。

于是当后来我准备分装备的时候，发现装备后面的分配候选人那一栏就只有我一个人的名字。（距离太远不能分到装备）我只得把所有的装备都给了自己。

后来啊，有人跟真梵打小报告，说我带小号下十四本，独吞装备，真梵彼时正值六十七级奕剑副本，闻言瞬间倒地不起。再后来啊，我走在路上的时候，经常可以看到这样的对话：

[当前]XXX：看，就是那个人妖，带小号下十四本还吞人家装备……

[当前]OOO：靠，这家伙七十四级道士，怎么算也是服里闻名的一蹲神了，跟十几级的小号抢装备，丫至于吗……

我脸部麻木。GM，我申请一蒙脸布用以遮羞……

接下来是二十一级副本，当时系统未限制每天刷钻的次数，于是我便决定边带人边刷钻。为避免再发生十四级副本的惨剧，我细细交待了距离，说好了不准动手之后，依然是按着刚才的团队开了。

过三岔路口传送石的时候看见外星人他们杀几个红名，一个刺客隐身潜了过去，七十四级的道士已经可以看到该级别以下所有隐身的刺客，所以当下我便放了邪影宝宝过去，一个符惊鬼神将该刺客给炸了出来。

然后团队里面出现如下对话：

[团队]温如玉：[口水]仙哥，你的宝宝太拉风了，又能打架又能加血，哪里来的？

我看看这只大天机。

[团队]凉风习习：是啊是啊，我怎么没有？系统送的吗？

我看看这只小剑客。

[团队]恋上哀伤：买的吧？

我看看这只小法师。

[团队领袖]琉璃仙：在巴蜀八卦田打木神的时候掉的。

[团队]凉风习习：[口水]我也要我也要。

[团队]温如玉：[眼冒红心]仙哥你带我们去打木神吧？

[团队领袖]琉璃仙：[冷汗]我打不过。

[团队]路漫漫：[口水]晚上就让真梵哥哥帮我们抓去，他肯定行，天机皮厚嘛。

众呱唧呱唧……

呃……真梵，这可真不关我的事，来年八卦田，我会给你烧纸的……

过了二十一和二十四级副本，便轮到三十级的死士洞了。

团队不变，带下去的时候发现一个叫老北京的小荒火一直没进来。我团队、队伍、密语全喊了，愣就没回过话。

原以为丫挂机呐，半晌，突然一行消息……

[团队]路漫漫：团长，他在IS，问该怎么发消息……

我晕。

[团队领袖]琉璃仙：[冷汗]让他进来先！

[团队]路漫漫：[怃然]他想学会发消息，然后问你死士洞洞口在哪里。

我倒地不起……

然后是三十二级副本黄泉幽境。

这是一个十人的高难度副本，本来按说我也没想过一个人单刷过去，但是看看手下，不还有一只五十五级的天机战士，三四十级的小号一堆吗？

结果是打到草垛垛同志的时候，它有一个重生的技能，如果不能消掉，它会无限制重生。当时我并没有将之放在眼里，团里不是还有一五十五级的天机吗？（天机有技能可以消掉对方包括重生在内的一些正面BUFF）

但是结果，当草垛垛同志和我缠绵悱恻达十五分钟的时候我终于有一种不祥的预感……

[团队领袖]琉璃仙：温如玉，消重生！

[团队]温如玉：怎么消？

[团队领袖]琉璃仙：[吐血]你五十五级了没消过状态吗？

[团队]温如玉：没有，我都按键，按着啥打啥。

……GM，你确定这一群人不是大BOSS无常派来的奸细吗……在草垛垛同志面前泪奔，势力里面终于出现了一行字，为我带来了黎明的曙光。

[势力主]真梵：仙哥，老圣说回去准备城战了。

我顿时喜出望外，骑士，我这时候才发现原来我是那么真挚而热烈地深爱着你……

重新加回蒙鸿天下，团队已经组好。

[势力]势力主任命琉璃仙为势力尚书。

那时候我在江南一个叫永宁的小镇，想做童趣任务。七十几级的童趣要组队杀一个小狼，狼很好杀，但条件是必须组队。道士是个寂寞的职业，只要有个队伍，哪怕队友不在，宝宝也会把怪搞定。

正打算发个消息借个队，突然……

[系统]只羡鸳鸯不羡仙向你发出入队申请。

呃……GM，这也太灵异了吧？！

[当前]只羡鸳鸯不羡仙对你说：接。

我按F11键解除非队友屏蔽，才发现非是灵异，此君就站在我身后。入了他的队，接了任务，他两针把狼戳死，这时候陆续有人入队求作任务，他也不作声，一个医师号站在那里，默默地帮他们把任务放出来的小狼一一杀掉。

无数的谢谢之后，是更多的人头顶着"鸭子，组组组……"的白字进了队伍，队伍里的头像不断地变化，很多人去，更多人来，我觉得有点眼花。

[好友]你对只羡鸳鸯不羡仙说：你就算在这里站一晚上，也不可能帮到所有人的。

[好友]只羡鸳鸯不羡仙对你说：举手之劳，无妨。

我挠挠头，想想确实也是举手之劳，咳，当然更关键的是这举的也不是我的手，于是当下也就不再说啥了，就让这个傻帽爱咋咋的吧。盯着时间等城战，也没什么事，便站在旁边冷眼看他杀狼，一匹两匹三匹四匹……半晌：

[好友]斑点花猪对你说：仙哥哥，我终于爬上来了！

[好友]你对斑点花猪说：……看见了。

[好友]斑点花猪对你说：[转圈]仙哥哥，城战我和你一组好不好？

[好友]你对斑点花猪说：圣骑士不会同意的。

[好友]斑点花猪对你说：[捶桌]不管，我要和你一组！

我笑，你都决定了干吗还问我好不好。

[好友]你对斑点花猪说：好。

[好友]斑点花猪对你说：[举叉大笑]仙哥哥万岁！

……万岁……

花猪，你这是变相骂我人妖吗……

七点半，传到梦源城时，让圣骑士把我分在第十四团，正好和花猪一个组，他有些迟疑。

[好友]圣骑士对你说：死人妖，有个事想问问你。

[好友]你对圣骑士说：我有堵住你的嘴巴吗？

[好友]圣骑士对你说：靠！

[好友]圣骑士对你说：你喜欢花猪？

[好友]你对圣骑士说：什么东西？

[好友]圣骑士对你说：死人妖，如果是，你早点跟鸭子说清楚，他这个人特认真，女人是个好东西，可是再好能比得过大家兄弟一场的感情？别为了个女人反目成仇，让人看笑话！

我斜眼瞄瞄刚刚传送过来的医师……

[好友]你对圣骑士说：他特认真？他如果真的认真，就不会在一场网游里面结婚。他如果特认真，就不会在娶了琉璃仙之后又喜欢上花猪。什么叫认真？往东海之滨挂一下午机就叫认真？

好吧，我承认这话有几分刻薄，但我本也不是什么良善之辈。

[好友]你对圣骑士说：如果他的女人对他怎么样，他自己都没有把握，最好的方法不是我跟他说清楚，而是让他自己别娶。

[好友]圣骑士对你说：死人妖，其实有时候我特想揍你！

本来圣骑士已经把我调了过去，可是真梵像只螃蟹一样横在中间，怎么也不同意，于是商议的结果是……鸭子退居十四团，花猪进一团来代替他。

没办法，谁让他好欺负呢。

准备就绪，城战开始。

大部队跟随圣骑士冲向城门，硬甲职业冲在前面，控制输出职业在中间，医生和法师在最后。这是八个相互依赖的职业，硬甲保护控制类职业，控制类职业保护法师和医生,而同样的,医生再保护硬甲职业。它们会让彼此都觉得安全……

当时我正深情款款地描述宏伟大气的城战场面,突然有刺客自后方潜行而至,正欲行凶,灰太狼反应甚快,当下便是一个水入梦催眠住了刺客,不想身后的花猪一个放血将人打醒。受到伤害后催眠状态解除,该刺客惊魂初定,立刻一个化血+地遁,飞奔而去,留给众人一个无限忧郁的背影。

……好吧GM,我改一下台词,它们有些让彼此都觉得安全,有些着实让队友觉得分外的危险……

天下的城战跟别处有所不同,一个守方占据着梦坤寨,剩下的三个攻方,分别是左、中、右三军帐。这三个攻方虽然目的都是攻城,利益却不一样。它们也是敌对的。想来开发组中确实是不乏奸诈狡猾之辈,把窝里反这招研究得很透,三个和尚没水喝的故事有时候真不是骗人的。

往梦乾门绕过去,在城墙下不幸被对方箭塔所伤,我躺倒在地上。靠,谁那么准!正在选复活点,突然系统提示:只羡鸳鸯不羡仙施展唤魂术召回你的魂魄,同意/拒绝?

我点了同意,再一回头,顿时气结。

你说我们在这里小心翼翼、东躲西藏、浴血拼命,丫就大大咧咧往那儿一站,白衣翩翩,气度非凡,人总说城战和势力战,越拉风的总是死得越快,但这厮离箭塔那么近的距离,愣就没人袭击他!我十分怀疑若他往城门下一站,冲着守城的曼陀罗(梦源城主)道一声"开门",对方就真的会把城门给打开。

实是苍天不仁,莫为此甚!

如此一呆,又中了一箭,暗骂了一声,他的一个逆转技能已经丢了过来,系统提示恢复生命值一万八千多点,我遂心安,又鼓起了勇气——冒着敌人的炮火前进。

那时候圣骑士在带人攻打梦漓门,真梵搬了墙梯搭在城墙上,不断地催我爬上去,我抬抬鼠标看看城头虎视眈眈的弓箭手。爬上去?就道士战场套那点可怜的物理防御,开什么玩笑……你想看我头朝下着地吗?

[团队]真梵:仙哥,快上啊!

[团队]琉璃仙：滚！

[团队]真梵：……

弓箭手之后，是几名法师，这种时候攻城，虽然圣骑士让我们分散曼陀罗的注意力，但是城战的兵力值实在是非常有限。一旦我们势力死亡次数超过一千，将会被判定为攻城失败，被这破系统自动传出梦源城。

而城头人虽然不多，却个个要命，你上硬甲，他有法师，你上软甲，他有弓手。我瞄了半响，最后发现……上面竟然只有两个医生！

医生在城战或者势力战里面都是非常重要的职业，而现在曼陀罗正带人在梦漓门阻圣骑士，梦乾门和梦祈门还有强敌，而梦源神殿还需要兵力守着，他不可能把NC的医生放这里。那么墙上两个……

城墙虽然易守难攻，但如果医生没了，倒是会简单很多。嗯，于是我就想到了一个人。

[陌生人]你对伽蓝说：伽蓝，我亲爱的荒火，用你的高攻帮我剁两个医生吧？

这次她回得很快，因为我只等了半分钟。

[陌生人]伽蓝对你说：哪里？

不一会儿，便只见梦漓门侧面的城墙上，一弱质纤纤的女子时扛大刀时举双锤踏墙梯而上，我们紧跟着上去尽量摆平弓手。那一天，伽蓝死了六次，终于两个医生都给灭了。我估摸着如果我上去，六次是杀不了的，大约得死六十次吧。

后来，梦漓门被攻破。圣骑士带着鸭子他们长驱直入，一路厮杀着直奔梦源神殿。曼陀罗这家伙也是极为聪明的，一见蒙鸿天下开始洗大殿守护神石，立刻便打开了剩下的两座城门，如此三方同时涌过来，凭蒙鸿天下是绝计挡不住的。

所以那一晚，我们最终没能占到梦源城。一路血战到后来，便只是杀人了。一团二十个人，圣骑士、伽蓝和真梵他们冲在前面，灰太狼跟在后面放天罚秒人，我混在中间等他们打得差不多了，瞧着只剩下血皮的，放重技能混人头。

鸭子踩着风火轮跟着，给大伙清清负面BUFF，加加血。

花猪……嗯,花猪负责把对方战士晕了的、法师睡了的、刺客催眠了的、道士恐惧住的通通打醒。

……

及至后来,便是一向对美色没有半点抵抗力的灰太狼同志也感慨万千:

[团队]灰太狼:不怕神一样的对手,就怕猪一样的队友。花猪,这句话简直就是为你量身而创的啊!

梦源失守,最有理由生气的怕就是曼陀罗了。他几次想冲过去秒了圣骑士的人头,但他每次都要从我身边过去,诚然他与我同级,我自然是看不到他的隐身的,但是刺客隐身而过的时候,背景音乐里面有细细的风声。

圣骑士就算再怎么不是东西,好歹也是咱势力主不是。真要被他秒了脑袋,那破系统往天下那么幸灾乐祸地一播,还不丑事传千里吗?大家都脸上无光不是。所以他每次一过,我便一个群攻技能将他打出来,如此三番,他终于把目标改成了我。

我迄今没有找到一种凭这个蓝翅膀号可以近身稳赢红翅膀刺客的方法,道士其实是一个弱向职业,没有爆发力,没有高攻,没有高防。我们有的,不过也就是猥琐……

不过好歹咱身后不还有……呃,好吧,花猪咱就不提了,不是好歹还有鸭子在?所以他便也在我手下挂了两次。

从梦源城传出来,大伙都走了,我还在,因为看到一颗天珠,嗯,好歹也值六七金呢,对于如今自食其力的琉璃仙来说,苍蝇再小也是肉哇!正在挖珠子,突然破系统说:红发魔王狂性大发了。

当时我并不怕,红发魔王我还是打得过的,可是它跟着又幸灾乐祸地道:曼陀罗狂性大发了!

……

我一按Tab键,果然就见远处红发魔王冲了过来。耳边没有听到刺客的声音,估计曼陀罗的算盘也就是等我解决红发魔王的时候再出手。我立刻丢了个定身过去,果然他刚被定住,曼陀罗便忍不住上前一个影杀。刺客的影杀绝技真的很疼,很疼很疼,当下便下了我半管血。

GM,我画个圈圈诅咒你走路踩着香蕉皮!咳,不过当务之急,还是逃

生要紧。于是一个缚足,令他不能移动,他以化血技能解除缚足,我身后的宝宝刚好也唱了个定身,定住了他。这时候红发魔王已经跑了上来,我一边上马一边让宝宝再唱了一个符惊恐惧住了他。

道士这个定身的技能真是好物啊,我觉得开发组设这个技能给道士,无非也就两点用处:遇到红名,当你觉得打得过他的时候,定住抽死丫的。而当你觉得打不过他的时候……兄弟,定住他转身跑吧。

此时不走,更待何时?于是,等破系统提示两只的定身和恐惧状态消失的时候,我已经站在九黎城安全区守卫哥哥身边了。

06 见面前夕

真梵让我扛下梦奕剑副本的时候,我没有去。彼时正在西陵城重铸手中那把叫流转的战场武器。所谓重铸,便是指加入一定的道具让系统重新随机合成该装备的属性。此剑经四次重铸还是垃圾属性,而每次重铸,我在大荒一周的辛苦费均宣告阵亡。正心中郁卒呢,游戏运营商的一句通告让我下定决心半年之内绝不再做任何带有'随机'或者一定几率的事情。

因为它告诉玩家,它向××灾区捐了一千五百万。

看来在没有回本之前,系统是不会打算出勉强入眼的属性给我了……一千五百万……够我从20××年玩到2×××年了吧?与其让丫借花敬佛,还不如我自己拿去捐呢!

可是悲剧的是,等这番大彻大悟之后,真梵他们已经下得梦奕剑副本里面去了,于是……我估摸着就只能混野队了。

不过还好,梦奕剑副本,是七十级以上的经验副本,就算经验比起每级所需的升级经验来说也就九牛一毛，但偶尔得几个装备分解成石头换换金子还是不错的。所以不管家队还是野队，要下这个本还是很容易滴。

所以我瞄着地区消息，不一会儿就有人嚷：

[地区]蓝色火焰：梦奕剑副本来人，9等1，来强力打手。

所谓的九等一，就是一共十个人的副本，团里已经有九只，只差一只了。理所当然的，我便发了入团申请过去。

只一刻，等看到破系统的回复之后，我就哭笑不得了。

[系统]你向蓝色火焰的团长曼陀罗发出了入团申请。

GM，请让我抚摸着你的头(参照巫婆抚摸水晶球施法)一起念咒……他不记得我他不记得我他不记得我……

[系统]曼陀罗接受了你的申请，成功加入团队。

呃，他好像……确实是不记得了？

传送到副本里，一团十只已经到齐了。一通厮杀，最后一个BOSS倒下来时，我立刻点了退团，刚一出来，便接到系统消息：

[系统]蓝色火焰向你发出好友请求，同意/拒绝？

我点了同意，我以为是众人对所谓人妖身份的鄙视，琉璃仙这个号上的好友，每一只都弥足珍贵。呃，当然关于圣骑士说原因是我太孤傲云云是可以直接无视的。

如此折腾了一番，近十点钟的时候在工会被真梵声讨。

[势力]真梵：琉璃仙！给我出来！

[势力元老]佛法无边：[头顶问号]？

[势力]外星人：？

[势力]东风无力百花残：[瞪眼]究极围观。

[势力主]圣骑士：真梵，干吗？

[势力]真梵：[捶桌]老圣，我不管红袖堂了！

[势力尚书]只羡鸳鸯不羡仙：怎么了？

[势力]真梵：[掀桌]他跟小号说道士的宝宝是打木神的时候掉的……现在一帮子MM缠着我，怎么说也不听，愣要我每人给打一只宝宝……[吐血]

[势力主]圣骑士：……

[势力元老]佛法无边:……
[势力]东风无力百花残:……
[势力]斑点花猪:噗哈哈哈哈,仙哥哥!哈哈哈哈……
[势力]外星人:[晕]
[势力尚书]只羡鸳鸯不羡仙:……过来我给加个本脉,去教训他吧!
迅速地屏蔽了工会信息,GM,我……我还是假装挂机吧。

第二天上线,主要当然是做周常任务。
我往好友栏里面叫了一声,花猪、蓝色火焰便入了我的队,周常一般需要带个小号,这样系统刷出来的怪等级会有和小号的等级一样的,难度自然也就大大降低,实乃省时省力之举,所以我也开了遥借东风的法师小号入了队。
算来算去还差一只,我想着都是女人,再叫一大老爷们多煞风景,于是便往伽蓝那发了一条信息。
[好友]你对伽蓝说:我亲爱的荒火,过来周常吧?
半响,她回了一个字:嗯。
有伽蓝在,我自然是不会下马的,一路便见她扛着双锤,上去几转几转几转,趾高气扬的怪就灰白了。如此本来一路顺利,但女人和爷们有个共同的特点——八卦。
[队伍]蓝色火焰:琉璃仙,男子汉大丈夫,你不下马却叫一个女生打怪,好意思不!
[队伍领袖]琉璃仙:这叫能者多劳。
[队伍]蓝色火焰:切。对了,晚点陪我下趟六十八级溪木之终副本吧?
[队伍领袖]琉璃仙:可以。
[队伍]斑点花猪:仙哥哥,待会儿陪我下建木之殇,我要里面的药篓。
[队伍领袖]琉璃仙:嗯。
[队伍]蓝色火焰:我都已经叫好人了。
[队伍]斑点花猪:我也已经叫好人了啊!
[队伍]蓝色火焰:你不会让鸭子找人带你下吗?
[队伍]斑点花猪:我爱找谁找谁,你管不着!

我唯有六个点了，这是干什么这是！

[队伍]蓝色火焰：琉璃仙！

[队伍]斑点花猪：不管，仙哥哥你得先跟我去！

伽蓝一如往常地沉默，闷头打怪，我开始后悔组一队女人过周常了，你说两个副本又不冲突，真要去一先一后不就完了吗，有什么好争的！

[队伍]蓝色火焰：你都马上要结婚了，不好好跟着你的未婚夫，来找人家凑什么热闹！

[队伍]斑点花猪：[怒]我什么时候说过我要结婚了？什么我未婚夫，你别胡说！

[系统]蓝色火焰邀请你加入团队，同意/拒绝？

[系统]斑点花猪向你发出入团申请，同意/拒绝？

[队伍领袖]琉璃仙：人不在，挂机中。

[队伍]蓝色火焰：……

[队伍]斑点花猪：……

片刻安静。

[队伍领袖]琉璃仙：都吵完了？

[队伍]蓝色火焰：嗯。

[队伍]斑点花猪：哼。

[队伍领袖]琉璃仙：周常完了后先去溪木，花猪，叫上鸭子和真梵。溪木之后去建木，一团人不变。有问题吗？

[队伍]蓝色火焰：[转圈]好。

[好友]斑点花猪对你说：为什么要先去溪木，我要先去建木！

[好友]你对斑点花猪说：我们都一个工会，人家是客。要懂礼貌。

[好友]斑点花猪对你说：[转圈]好。

如此过了半晌，猪又道：

[好友]斑点花猪对你说：仙哥哥……

[好友]你对斑点花猪说：说。

[好友]斑点花猪对你说：你可不可以帮我告诉鸳鸯哥哥，我……

[好友]你对斑点花猪说：？

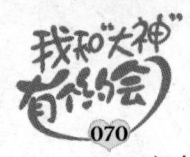

[好友]斑点花猪对你说：我不想嫁给他。

[好友]你对斑点花猪说：为什么？他对你不好？

[好友]斑点花猪对你说：不，他……他很好，太好了真的。可是就是因为太好了……我真的不想嫁给他。

我感慨：鸭子，你简直就是一活生生的悲剧啊！

[好友]你对斑点花猪说：花猪，熊猫还剩五百多只呢，可是鸭子这种男人，现在真的已经不多了。

[好友]斑点花猪对你说：仙哥哥帮我告诉鸳鸯哥哥啦！

我唯有叹气。

[好友]你对只羡鸳鸯不羡仙说：鸭子。

[好友]只羡鸳鸯不羡仙对你说：在。

人家都说宁拆一座庙，不毁一桩婚。这种缺德事儿我也是第一次做，强扭的瓜不甜，长痛不如短痛，嗯，我还是实话直说吧！

[好友]你对只羡鸳鸯不羡仙说：花猪说她不想嫁给你。

半响，他那边只是发了一个字过来：

[好友]只羡鸳鸯不羡仙对你说：嗯。

然后便再无反应，我终于忍不住小心翼翼地道：

[好友]你对只羡鸳鸯不羡仙说：你……不会又去东海之滨挂机了吧？

这次他回得很快：

[好友]只羡鸳鸯不羡仙对你说：= =

[好友]斑点花猪对你说：仙哥哥，我以后都跟着你好不好？

我笑，我一战场道士，自然大多时候都混战场，你一副本医生……呃，还是如此之菜的医生，跟着我做什么？

[好友]你对斑点花猪说：猪啊，你还太小，还要升级，知道吗？跟着我既没副本义没任务，你的装备经验从哪里来？

[好友]斑点花猪对你说：可我就是想要跟着你，即使你不改性别，一直玩女号也没有关系，我保证我不会拖累你的。

……

九黎城，我一直把这话看了十几次，终于琢磨出了一点意思。然后我喷了,花猪,你不是因为这个才拒绝鸭子的吧?鸭子啊,我错了,以前我一直以为你就一大杯具,没成想你丫居然还是个上品官窑的青花瓷大杯具啊!

后来呢,我就把花猪牵到了东海之滨,想跟她来个《论网恋的不切实际》和《早恋的几大害处》。

于是就有了以下对话:

[好友]你对斑点花猪说:猪啊,你知道自己在说什么吗?这破游戏上你能看到的,就是琉璃仙这个道士号,你知道我是什么样的人?没准坐在电脑面前和你对话的是条狗呢!

[好友]斑点花猪对你说:仙哥哥,你是不是讨厌我?

[好友]你对斑点花猪说:怎么会呢?这些天自你之后,我身边跟过别的号吗?

[好友]斑点花猪对你说:那你是喜欢我的对不对?

[好友]你对斑点花猪说:嗯,挺喜欢的。

[好友]斑点花猪对你说:这不就行了吗?

晓之以理,失败。

[好友]你对斑点花猪说:花猪,如果我和你一样是个母的,你一样会喜欢我?

[好友]斑点花猪对你说:[抹泪]我知道你一定会这么说,接下来是不是还要找个女的和我视频?我知道你不愿意带着我!说什么喜欢我都是骗我的!

[好友]你对斑点花猪说:……

揭露真相,失败!

[好友]你对斑点花猪说:[挑眉]是啊是啊,我就是讨厌你,就是不喜欢你,你马上给我滚蛋,再敢在我身边碍手碍脚,杀了你不敢上线!

她安静了一会儿,我确实还是有点担心的,这时候的女孩子,玻璃心啊。如果真有所伤,我何其罪过。然后半晌……

[好友]斑点花猪对你说:[转圈]仙哥哥,你是仇家太多,怕连累我对不对?你一直都对我那么好,怎么会讨厌我呢……

……

激怒强逐,失败。

我词穷。东海之滨的沙滩上，我深深地感受到女孩……真他娘的是一个强韧的物种。

自那以后，我混战场和流光（杀人PK的是非之地）的时间更是多起来，好吧，我承认我在躲着花猪，一想到琉璃仙和花猪号抱在一起说些甜甜蜜蜜的话，我就好像坐在一自行车车座上。

啥？你说自行车车座也还可以？咳，如果那车座没有坐垫呢？

而鸭子大约是不需要喂猪了，分外有空，天天就帮着人下副本、过战场，整个势力的人……呃，不对，是整个联盟的人都比天降天珠还高兴。好吧，我承认其实我也挺高兴，那以后战场上，便很难看见我单人一骑带着个邪影或者仙鹤宝宝形单影只了。

于是平时喜欢三三两两结队隐身一齐来偷袭我的刺客也自觉了很多。我又恢复了以前那个红药没了张口，蓝药没了伸手，回灵丹没了朝鸭子吼的日子，实在是快哉快哉！

花猪有几天没有密我，当时我挺放心的，就觉得小女孩的感情，能有多认真？没几天自然也就淡了，也许经久之后再想起来，她自己也会觉得当时多么可笑。

这一场浮生尚且虚幻，何况是一个破游戏。

江南永宁的一个小山包上，在我再三申明我身上揣有十个神农秘药、两组战场大红药，两组战场大蓝药，八个神农百草集，并且牛珠子还可以用六次之后，真梵表示愿意坐下来和我私下谈谈。

于是大伙儿便有幸看见在这个人迹罕至的小山丘上，一个娇弱的女道士和一个牛高马大的天机战士相对而坐。

[好友]真梵对你说：琉璃仙，你打算把斑点花猪怎么办？

我满脑袋问号。

[好友]你对真梵说：？

他火气又重起来：

[好友]真梵对你说：你习惯这么不负责任吗？

GM，我何其无辜！

[好友]你对真梵说：你要我怎么办？

竟然是为了花猪的事和我翻脸,这家伙对花猪不错嘛……

[好友]真梵对你说:女大不中留,变个男号娶她吧。

啥?我脑海里就出现一个胡子拉碴、几块刀疤、一张大叔沧桑脸的男号,顶着琉璃仙的名字在大荒中调戏小萝莉的场景……

哦No……

不一会儿,此事传开,我成了全服公认的拈花惹草、风流成性、欺骗MM感情的西门庆之流!GM,为什么……坏人总是我……谈判破裂,但真梵这次却没有动手,丫转身走了。我却不解了。

[好友]你对只羡鸳鸯不羡仙说:哎,真梵和花猪之间是不是有点什么?

[好友]只羡鸳鸯不羡仙对你说:嗯,不止一点。

[好友]你对只羡鸳鸯不羡仙说:[瞪眼]他喜欢花猪?

[好友]只羡鸳鸯不羡仙对你说:非常喜欢。

[好友]你对只羡鸳鸯不羡仙说:[眼冒红星]那花猪为什么不嫁给他?

[好友]只羡鸳鸯不羡仙对你说:政府不准。

[好友]你对只羡鸳鸯不羡仙说:什么……

[好友]只羡鸳鸯不羡仙对你说:婚姻法规定三代或三代以内直系、旁系血亲不得结婚。

[好友]你对只羡鸳鸯不羡仙说:……

[好友]只羡鸳鸯不羡仙对你说:真梵是斑点的亲哥哥。

[好友]你对只羡鸳鸯不羡仙说:……

[好友]你对只羡鸳鸯不羡仙说:你一句话连着说完会死啊!

[好友]只羡鸳鸯不羡仙对你说:= =

后来我才得知,原来这家伙早看出花猪那点小心思,就思谋着让鸭子去娶了花猪。有时候我就不明白了,你说这真梵不有病吗,如花似玉的一妹子,在同一个游戏同一个区,非要各玩各的。

如此也罢了,丫竟然就让鸭子照顾他妹子照顾到月老面前去,宁可让她嫁给鸭子也好过跟着我!到如今眼看着好好一花季少女无精打采、郁郁寡欢,才跳出来要我负责任,难道我看起来就真那么不良家吗?

花猪啊,看来你也是来自景德镇的啊……

晚上花猪在线,却一声不吱。这家伙已经沉默了好几天了。

[好友]你对斑点花猪说:猪,哥这来。

那时候我在幽州的祈风台,和她组了队,十多分钟后她还没有反应,我以为她还在生气,没想到半个小时后……

[好友]斑点花猪对你说:我……我找不到……

……对不起,对不起花猪……我忘了是约的你……

[好友]你对斑点花猪说:别走了,去燕秋苏木传送石那里等我。

这次有自动寻路,她来得十分顺利。我没有踩风火轮,咳,都说了医生腿短嘛,她的马才六十一级不到……我要再踩轮子,那就不是约会……成赛跑了,还是龟兔级别的!

她跟着我慢悠悠地前行,燕丘的游戏场景,是一片草原,天空湛蓝如洗,碧草翻卷,偶尔可见蒙古包和成群的牛羊。似乎深吸一口气就可以闻到酥油茶的香气。

前面是一个小池塘,以前谈生意的时候我去过一次西藏,那时候最留恋的就是这草原上的小池塘。水带着青草的芬芳,清澈得让人不忍伸手触碰。

我在那个小池子面前下马,花猪也下了她的小鹿,我不得不说鸭子确实功劳不小,这家伙现在时装换成了经娥,装备是医生的六十套装,首饰是溪木一套,万胜两个,剩下一个大禹,仓库里还躺着一套六十级的战场套,总的来说,已经是暴发户了。只是马和技能点还需要一些时间。

[好友]你对斑点花猪说:花猪,你真的想要和我在一起?

[好友]斑点花猪对你说:嗯。

[好友]你对斑点花猪说:就算我是个女人,不介意?

[好友]斑点花猪对你说:我说过我不介意你玩女号的。

[好友]你对斑点花猪说:我是说我本人,就算我是个女人,也不介意?

[好友]斑点花猪对你说:[摇头]不介意。

[好友]你对斑点花猪说:那以后,你就跟着我吧。

咳,以上,是我们的告白与被告白,自此,我与花猪的关系被确定。事实上我也不知道那群混蛋是怎么知道的。反正后来真梵就成了我的大舅子。

后果是……

[好友]真梵对你说：仙哥，我还差一套PVP首饰，帮我刷竞技场吧？

[好友]你对真梵说：滚，老娘在梦奕剑副本。

[好友]真梵对你说：[挑眉]你都快满级了还下什么副本？难道我的事还没有一个破副本重要吗？我可是你大舅子，没有我你能有老婆吗？

我晕，你妹妹又不是你生的！

[好友]真梵对你说：不管，你不过来我就告诉我妹你在陪蓝色火焰下副本！

好吧，算你狠，算你狠……

跟团长说了声，密了鸭子过来帮忙，我认命地出了副本，加入了他的战队。这个战队因为排名较为低一些，自然所对上的对手也就弱一些。队里面一只是真梵这只天机，一只法师，再加上我这个道士。没有治疗职业，我的使命便是得好好保护法师了，如果对方全是法攻职业，那么真梵也危险，很可能直接被秒。

前几场遇到的对手都很简单，后来排名越来越往上，遇到十煞队时出了难题。对方一个道士，一个法师，一个医生，而且道士装备不错。他好像与我有啥旧仇，一上来就揪着我，差点就变成了一对一。

当然我也宁愿他揪着我，如果让法师把我缠上，一个道士和一个医生对上真梵他们，胜算大。于是两个道士在竞技场中间玩消耗战，玩到后来他的蓝没了，我的蓝也只剩一层了，介于对方没有消状态的职业，我招呼了真梵一声，迅速冲到法师面前，然后——快捷键脱衣服。

道士有个很猥琐的技能，叫重生，在气血值降到零的时候会重生，气血与法力值全满。所以我在蓝不够的情况下通常会用这招，整个装备一卸，血立刻少到可怜的地步，再随便受一下什么攻击，约摸血就可以到零。法师估摸着从来没有遇到过这种情况，见我冲过来，当下便一个火地炫……

我顺利重生了一次，迅速回生，穿衣服。三对二，剩下那个没蓝了只能平砍的家伙，基本可以无视，这个队很快就被打了下去。

[队伍领袖]真梵：[大哭]仙哥，为了我的一套PVP首饰，竟然要您牺牲色相裸奔……我实在是对不起你啊……

[队伍]琉璃仙：滚！

如此一直打到九点多钟，十场完成。然后回去陪花猪钓钓鱼，带团下刑天谷的两个副本给她养养马，一天时间，也就如此过去了。

话说这天，花猪升七十级，非常开心，晚上吵着要跟我们一起下梦奕剑副本，以前和鸭子他们下时，团都是固定的，如今要加一个人很困难，圣骑士便让我带三团，并将三团调了只去一团。先前主扛乃天机两名。然而过第一个BOSS时，天机暴走。问其原因，只发表情，沉默不语。后改魂疾医生主扛，后医生退团。

问其原因，答曰：[大哭]仙哥，花猪该加血的时候不加血，就瞄准了专门在我准备大毒的时候猛加！（大毒：医生绝技，又名墨罂粟，需要血量降到百分之六十时才能发动。）

我狂晕，软磨硬缠揪了正准备随团进副本的鸭子进来，他随口唤了天机一只，吩咐花猪：不用加血，跟着我就好。梦奕剑副本始才得过。

如此几番，猪对副本也失了兴趣。于是更多的时候只是钓鱼、看风景，她会在旁边跳舞，或者变个什么珠子出来捣乱。网游里面曾遇到过无数的女孩儿，但最真实的……猪是第一个。

[好友]斑点花猪对你说：仙哥哥。

[好友]你对斑点花猪说：嗯？

[好友]斑点花猪对你说：你的这个侧影，看上去好萌啊——[口水泛滥]

[好友]你对斑点花猪说：呵呵。

那时候是在孔雀坪的田野，油菜花漫天盛开，缀绿草连成一片花海。她穿着那套经娥的时装在花间跳舞，翩然的光环在她周围散出华丽的光效图案，人如谪仙。

再看看一身门派灰黑色新手弟子服的琉璃仙，我很怀疑这样的对比下，竟然会有人觉我的"侧影很萌"。也罢，女人心，古来岂非就是最难琢磨的东西。

[好友]斑点花猪对你说：仙哥哥，你长什么样？

[好友]你对斑点花猪说：你觉得呢？

[好友]斑点花猪对你说：[口水]应该非常帅，很酷，披着黑色的披风，打架非常厉害，一剑在手，谁也打不赢……

我冷汗。

[好友]你对斑点花猪说：是不是还把红裤衩穿在外面？

[好友]你对斑点花猪说：＝＝

夜间十一点四十，花猪下线。

势力里一干人给我挂上重色轻友、见色忘义的牌子，拖到流云渡，进行批斗。

[势力主]圣骑士：[挑眉]死人妖，这周工会打草精王、草精后你是不是没参加？

[势力尚书]琉璃仙：……

[势力元老]佛法无边：老大，打周公他也没去！

[势力]东风无力百花残：势力战他只打了一半！

[势力]轻云消逝了无痕：城战他跑梦祈门一角落里挂机了！

[势力]真梵：[心虚]仙哥，你原谅我，有句话我不得不说……老大，他带小号，带出了一只全力的法师，全念的刺客，全体的医生，当然这些就算了，最可恨的是……他还带了一只全魂的天机啊啊——[掀桌]

[势力]外星人：仙哥……大家兄弟一场，我对您一片仰慕之情犹如滔滔江水延绵不绝，又如黄何泛滥一发不可收拾。所以仙哥放心，像您下副本划水、趁老大不注意赖工会帮供、流光开红时背地里拼命给老大上破技、偷偷调戏老大的MM这些事，我是绝对不会告诉老大的！

……

小说里面形容时间过得快，常说光阴似箭，日月如梭。咳，我想搬来借用一下，但是她们说从十月底到十一月末算个屁的箭和梭……于是，还是算了。

这天，外星人拖了圣骑士、鸭子、佛法无边、真梵和我一团人下了一下午的战场，下到后来我和圣骑士都神经错乱了，终于打了一行字：

[团队]外星人：老大、鸭子、仙哥，梵哥……我要去当兵了。

我有一瞬间没有反应过来。

[团队]外星人：老大，这个号就留在工会里边吧，我把密码和密保卡都

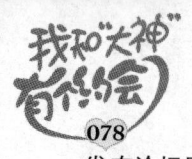

发在论坛里面了,兄弟们有事还可以用下。鸭子,我刚进游戏就是你一直带着我,从五十套到七十套就没少麻烦过你……TMD要走了,还真是舍不得。

[团队]外星人:还有仙哥,同为道士,兄弟真的很佩服你。兄弟账上有点钱和钻,你拿了去,再混混还是出个红翅膀吧。你要出个红翅膀,服里还有谁能奈何得了你。

两条消息看完,突然有点交待遗言般的感伤。这游戏和世事一样,会有离散。

这个家伙属于唯恐天下不乱的这种,坦白说真没有干过多少好事。但想想我以后上线,再不会有人问我"仙哥,西陵这里有块八十一的风行石,超低价,要不要兄弟先给你买下来?"时,我心里面还是有些萧索莫名。

[团队]灰太狼:老大,鸭子,仙哥,我和老佛也要走了,估计就十二月中旬。大老爷们就不说什么肉麻的话了,但是……还真有些舍不得。

然后是一阵沉默。

东营里,蒙鸿天下的十几号人谁也没有走。一个敌对的刺客隐身过来,左右看了看,然后开始举刀切灰太狼。结果可想而知,一人一招直接将丫秒回了猪圈。

[团队]外星人:哈哈,别这样嘛,看,人家以为我们一团二十个人搁里面挂机呢。当兵是好事啊!只是这一走,说不定这辈子也没有机会再碰上了,真舍不得这群兄弟啊!

[团队]佛法无边:本来不想说这个事情……老大,在势力这么久,也没做什么贡献,就每月一点帮贡还要鸭子一个一个地催,想想真是……

[团队]圣骑士:要不,爷们儿几个找个地方一起聚聚?

此提议得到了整个团队的空前响应,这个服是个省服,里面几只基本都在同一个省,可苦了我!因为外星人三只十二月中旬要走,这个日子就定在了十二月一号。鸭子收罗了一团所有人的所在城市,最后把聚会地点定在G市市中心的腾龙酒店。

我打电话查了一下,腾龙酒店是个中档酒店,单标房一晚上也就一百六十几块钱,还含早餐,嗯,总的来说还是比较划算的,只是机场离那里较远,要去还得费些周折。

[团队领袖]圣骑士：都说好啊，都团里几个大老爷们一起聚聚，不准带女人。

[团队]琉璃仙：唔……老圣，那地方离机场太远了。

[团队领袖]圣骑士：不知道路我过来接，如果到时候不住酒店就跟我一起睡得了。

[团队]琉璃仙：[大怒]滚！

[团队领袖]圣骑士：[头顶问号]？

晚上，买了G市的地图，跟助理小唐打了电话，说我要外出一趟。她在电话里面一如继往地表达了十分非常的不满之情，终于在我百般顺毛中接受了这残酷的事实。然后打电话给公司的杨叔叔，他是我从前任老板那里挖过来的，现在主要管着行政人事。坦白说就是这公司没有了我可以，但是没有他们两只铁定不行。

他问得非常详细，和谁去，去哪里，去多久，干啥。我用了相亲搪塞过去，他很满意地道："嗯，都这么大一把年纪了，也是该着急着急终身大事了。"

我黑线满头，每次跟他说话的时候，我都觉得自己是商场的处理品，有时候还是跳楼大甩卖的那种。害得每次搁下电话都要对着镜子给自己打打气……嗯，我苏如是还年轻英俊着呐！

呃……我好像一直忘了自我介绍了？

好吧，苏如是，三十岁，以前是耀美实业旗下荧火时代的品牌经理，三年以前自立门户，在S市有一家麻雀虽小，五脏俱全的小企业。平日里也极少过去，走的时候在前任职公司扯了几只损友过来帮忙打理，更喜欢宅在房子里。

这点你应该能够想象，不然哪来那么多时间泡在网游里。

我是一个生意人，生意人是不习惯让人等的。所以虽然约定的时间是十二月一日上午十点的腾龙酒店古琴台包房，但我还是提前了一天出发。

十一月三十号下午六点钟，我站在G市机场。出租车司机在七绕八绕之后停在腾龙酒店门口，欲诈走我一百六的车费。我就奇了怪了，当时查的时候G市出租车起步价十块，每公里涨八毛。一路高速也没见堵车，按这

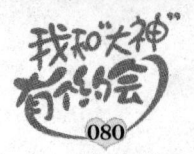

个价算，G市机场离这里有一百八十多公里？我当时查地图的时候那也只有五十二公里啊？

以此问司机，丫惊讶地抬头看了我半天，讷讷地道："你是G市人呐？"然后埋头找钱给我，还不满地咕嘟，"不早说……"

入了酒店，估摸着老圣应该订的都是双人间，我在三楼订了一个单标。

事实证明老圣的眼光还是不错的，这里房间很干净，里面灯光是温暖的淡粉色，地毯是一般宾馆的深蓝色，条纹状，厚重柔软，窗帘也是蓝底，白色斜纹，人一进来，寒气似乎便被隔挡在门外。

G市确实比S市冷很多，至少S市的十二月还可以穿短袖衫混着，而这边，洗完澡出来，裹了三层还是觉得冷。梳洗整理完毕之后，是晚上七点多。嗯，是周六，势力战混经验的时候。

我用房间里的宽带试了一下，发现用笔记本打势力战实在是让人抓狂。无奈之下下楼问哪里有网吧，前台小姐倒是热情漂亮，告诉我出门右手边就是灰色贝壳的连锁网吧。

可是进去一看，就更让人抓狂了！也许由于今天是周末，这里的人爆满。等得不愿等的都走了。可是我对这里不是很熟，想想这天也黑了，就将就等等好了。

古时候形容时间，大抵有一炷香、一盏茶之类，现今这里没有香，也没有茶。嗯，于是就去服务台买了一瓶饮料，开了卡坐休息座上慢慢等了。

过了约摸半瓶饮料的工夫，店里又进来一家伙。这次网管显得非常狗腿，立刻上前就道："头儿不在，稍坐一下，一有机子我就叫你。"

然后过了一会儿，不平等的事情就发生了！楼上包间里有人退了机子，这个网管竟然就直接领了他过去。想当然尔，我怎么会允许在这个文明的社会发生如此不文明的事情捏？所以就揪住了那个网管："等等，我说你还有没有个先来后到啊？"

那网管也不过十八九岁，整个一小正太型，也不知是不是被我美貌所慑，当下就结巴了："他……他是我们老板的朋友……"

我一听更怒了，这就典型的一资本主义特殊化啊！当下便横眉竖目地道："你们老板的朋友？你这开的是网吧，你以为是你们家后院呐想让谁进谁就先进？今天就算这家伙是你们家老板的亲爹那也得排队！"

小正太经此一吼，便扑闪着大眼睛看看我，又看看他们老板的朋友。半响，还是"他们老板的朋友"开口："没事小海，让这位小姐先去吧。"

他只说了这么一句话，声音轻若江南春雨杏花，端得是个温和谦雅，我忍不住回头打量了一下，那家伙当时穿一身米白色的休闲装，头发稍长，斜斜地遮住了眉。我发誓我没有见过他，但是也许是他整个人的气质太谦和了，让人有一种认识已久的错觉。

发现我在打量他，他转头微微一笑，点头示意：请。

等我艰难地爬上游戏时，已经是快八点了。等待时间一过，便看见密密麻麻的一片密语，翻了翻工会在线成员，他娘的，老圣和鸭子、老佛他们一只都不在。虽然初衷只是想上线蹭蹭经验的，但是台子总得占住啊。

蒙鸿天下一直就占着巴蜀祭天台的台子，如果今天晚上丢了，叫人情何以堪！于是也没空管别的事，我根据在线成员重新整合了团队，带人在巴蜀古祭台和这群想要趁人之危的家伙拼命。

下面一直不断的紫色密语：

[好友]斑点花猪对你说：仙哥哥……你们聚会不叫我！呜——

[好友]斑点花猪对你说：讨厌你们！[捶桌]

[好友]你对斑点花猪说：傻瓜。

我只回了这两个字，任她撒娇耍赖，再不说话。花猪，这种依恋还能持续多久呢？当真相揭晓的时候，没准我们连朋友也没得做了。

但是……呵，也好，有些东西，是你早晚必须要明白的。

那一晚，一直从八点打到势力战结束，曼陀罗似乎也意识到今晚蒙鸿天下实力较弱，拼命地攻打我们的台子，一工会的人也红了眼，将黄继光与邱少云的精神都搬了出来。最后我在洗台子的时候，轻云消逝了无痕都自爆了十几次，终于在最后势力战还剩下两分钟的时候洗好。

工会频道一片欢呼，以前人全都在，守个台子轻轻松松就搞定了，反倒没有这种兴奋，战后均上YY闹腾，据说连不少潜水的大老爷们儿也都去唱了几首歌，这热情持续了一个小时依然不减，只是后来当太监上去吼了一曲好汉歌后，众大老爷们儿就全部泪流满面地扶墙下线了。

07 即使知道要见面

第二天我起得比较早,梳洗完毕后下楼,碰着酒店的什么经理,非常热情地问住得怎么样、对酒店有什么意见等,我不好拂人好意,应付着答了,他又表示可以介绍G市的著名景致云云。

我耐着性子,这酒店服务热情是热情,可是热情过了头那可就是啰嗦了……(某君泪奔:仙哥,你……你真的没有看出来人家是在搭讪吗……)

这酒店一楼和二楼都是餐厅,我顺着服务生的指引在二楼慢慢地找,突然前方就有一阵骚动。

闻声一望,只见几个大男人正捉着另一个大男人,而且非常笃定地道:"丫的,还不肯承认是吧?兄弟们,上!"

然后旁边几只围观的便狞笑地上前……

我石化……这,这是要干啥?

我心中转了几转,然后中间有男人的声音:"放开我,我真的不是啊啊啊啊——"

不是啥?BL?小受?

我开始思索要不要报警呢……

结果就有人狞笑道:"哈哈哈,仙哥,你丫就承认了吧……"

然后我再度石化……GM……请赐我一个天降神雷秒了这群猪吧……

而这厢,他们把那个帅哥已经挠痒痒挠抽了,我不得不走过去,轻轻拍了主事者的肩膀。他颇不耐烦地回头瞪了我一眼,嚷了声:"干吗?"一见是个女人,他更怒了,"男人的肩不能乱拍你不知道啊?"

这家伙身高约有一米八九,皮肤那叫一个黑,比追日的夸父同志还夸张(夸父大怒:你看见我是黑的吗?),长得那叫一个塞北秋风烈马……

我估摸着应该是他,于是叫了声:"老圣?"

然后便觉面前人"虎躯一震",然后目光从我大波浪卷的长发扫过白色的针织连衣裙，又从连衣裙扫到天蓝色的大衣，再从大衣的蝴蝶扣腰带扫到黑色的长靴。

然后又是"虎躯一震"，复又从下往上重新扫描了一通，连水晶耳环，米白色毛衣链也没有放过。最后当我怀疑他在辨别我唇脂的牌子时，他的嘴角以一个非常奇异的姿势抽搐了一下。

完了，这表情怎么这么像中了定身咒啊！我伸了手在他眼前晃了一下，他摇头，喃喃道："天呐，这不是真的……这不是真的，我一定是还在做梦。嘻，死人妖我竟然梦见你是个女人，还是凌波丽那种类型的，太可怕了！实在是太可怕了！"

说完，这家伙竟然就一脸梦游似的游回房间去了，嘴里还道："不行，死人妖估计找不到路，我可得快点睡醒啊……"

剩下这堆人还在那里挠那个可怜的路人甲呢，估计是声音太大，这边的动静对他们完全没影响。我叫了几声没人理我，于是叉腰一喝："都他娘的住手！"

这下是都住手了，因为连刚才那个啰嗦的经理都被吼来了，依然一脸堆笑："喔，苏小姐，各位，这是怎么了这是？"

我摸摸鼻头，温婉一笑，咳，我的形象啊形象啊……

"你，走吧。"从地上把那个已经被挠得死去活来的家伙拖起来，丫估计第一次被一群大老爷们儿占便宜，已经抽得摸不着北了。被拉起来也不看看是谁，就虚弱地喊道："求求你们别挠了，我是仙哥，我是还不成吗……"

放走了路人甲，这群猪的目光终于聚在我身上了。

咳，当然刚吼那一声确实是气势骇人，为了让他们明白其实我还是属于气质型美女的，其实我还是特温婉淑女的，我放低了声音，微笑着跟一帮大老爷们儿打招呼："这么早就到了？"

然后是一片安静。一个个五大三粗的汉子都变成了九黎城石林的石仲。半晌，纷纷以垂死的眼神看向我求确认。我只得悲痛点头回应……不错，是我。

我一直估摸着这不过也就是一个符惊鬼神，诚没想到这竟然是个天降神

雷啊——眼前这群猪一副踩了地雷的表情,现在明显已经七成熟,可以上桌了。

靠,我是个女的就这么让人难以接受吗?

一直到房间,外星人还在向门外张望,似乎后面还有一个本尊会走进来。可是……可怜的娃,没有本尊咧……

因为还没有上菜,刚才一屋子人都在玩麻将、纸牌之类。现在我一进来,一群人就胳膊腿儿都不知往哪儿放了。

我把外套脱了挂椅子上,他们还瞪了个灯泡眼看我,我唯有叹气。

"自我介绍一下啊,都哪只是哪只啊?"我坐在沙发上,几只乖乖地就站跟前,一只一只地报过去:

"外星人。啊——我最崇拜的道士,我最仰慕的微操高手!仙哥你怎么可以是这个样子的啊……"外星人挠墙去了。

"佛法无边。无法接受,天呐,你让我怎么接受……"佛法无边掀桌去了。

……

良久,介绍完毕,我终于想起来两个人来:"鸭子和真梵呢?"

老圣突然就高兴起来:"这里烟和饮料太贵,我让他们去我那儿拿了。啊哈哈哈哈,应该让真梵来见见他的妹夫,哈哈哈哈……"

鸭子他们没有回来,一群人自然是不能空坐的,这房里有四个麻将桌,看来在可怜的路人甲之前他们是在自由活动的。当然后来我从那个什么经理那里证实那个可怜的路人甲只是顺便问泸州月怎么走的。

似乎我的到来令大家都非常拘谨,烟也不能大模大样地抽了,沙发也不敢四仰八叉地躺了,连说话也变得斯文小声起来。游戏里面的兄弟情谊在现实面前被拉远了。

人都说女人是种戴着面具的动物,其实男人又何尝不是呢!

如此坐定,老圣提出打麻将,而且硬把我扯到了他们那桌。开局前我例行发问:"玩多大啊?"

几个人就埋头直乐,最后还是老圣答话:"他们之前都玩脱衣服的。"

那个时候我已经在开始拿牌,道了句:"那就按十块二十,玩脱衣服吧。"然后这世界,如同末日后的安静。

半个小时候之后，所有的猪都围到了我们这一桌，而那时候作为我上家的老圣已经放了四次炮，欠下了两百多块钱的债务，当然这不是大问题，问题是两百多块钱，就算除以二十也足够他脱上十一二件衣服了……

就算他可以穿六件上装，我也绝对不相信他还能再穿六条裤子……

"不行不行，死人……呃，琉璃仙，得再来一次，我要回本！"

我斜眼瞄他，各位要知道，但凡擅做业务的人，交际应酬那都是顶呱呱的。而交际应酬里面的各项娱乐活动，那也是和业绩成正比的。

所以……

"我不认为你还有多的东西可脱。"

众猪开始起哄，他还在垂死挣扎，就被群猪一拥而上，乱嘴拱倒，揪住他的四蹄往沙发上一抬，然后扑上去进行褪毛。

桌上有他留下的烟，我顺手摸了一根点燃，靠在房间门边透透气。

轻轻地吐着烟圈，看蓝色的烟雾在光线微暗的走廊上袅袅回旋，突然想起曾经那家伙跟我说抽烟会让女人显得风尘，随手掐灭了烟蒂，苦笑着发现，这么多年，我早已忘记了他的脸，只是记住了他抽烟的样子。

屋里的喧闹在继续，地上老圣的外套被扔了出来，然后是毛衣，然后是内衣，接着是长裤，有猪在一边计数，这个习惯跟每次下副本记录团队成员的贡献值一样，嗯，非常优良。

只是这一次，他们的BOSS是团长。

"你们这群混蛋！"光听老圣的声音也已经可以预见战况激烈，可是我却只能靠在门边远观了……

眼看这小说即将从一个网游文升级成NP文的时候，一个人，一个男人，在身后冲我轻声地道："借过。"

我转身就看见了说话的主儿，虽然丫今天换了一件天蓝色的马甲，虽然丫手上抱了一箱啤酒，虽然这里的光线微暗，但光是那两个字便让我汗毛根根摇旗呐喊。

我相信我不会认错，这只就是昨天网吧里那只准备搞特殊化的"老板的朋友"。

GM，这世界不是这么科幻吧……

寻思间他已经走了进去，那边老圣还在沙发上誓死捍卫自己最后的尊

085

严,那男人在旁边近观了一阵,终于开口:"干什么呢?"

老圣喷血而泣:"呜——啊……鸭子,护驾,快来护驾!"

群猪唾弃之。

"都住手,没见有女人在呢,成什么体统。"所有的猪都停了下来,一致看向我,我只得挥手:"没事没事,你们继续,我没有关系,男人哪个地方我没见过啊。"

诚然这只是一个让他们不要拘谨的意思,可是话一出口我就以头抢地……苏如是你说了啥!

而众猪早已吐血三升,外星人手捂胸口倒退三步:"仙哥,我终于相信你确实是我强悍的仙哥了……"

而圣骑士在七手八脚把皮披好后,又幸灾乐祸地推了鸭子过来:"鸭子,我来为你隆重介绍——当当当当……这位美丽的小姐……就是你的前妻……美丽的死人妖,这个英俊不凡的男子,就是你的前夫——鸭子。"

这个介绍,我只觉得天雷滚滚。

我以为只是我的眼神好,没想到这厮眼神也不坏,丫当即就道:"昨天晚上在你的网吧里,我们见过。"

老圣震惊:"死人妖你竟然光顾了寒舍?天啊,我招待不周啊!"

你岂止是招待不周,你简直是……呃……

突然想起来,为防鸭子说出我昨晚欺负小正太的丑事,赶紧与他握手暗里拖着他往桌边走,干笑:"鸭子……啊呵呵呵,原来你就是鸭子……"

说完,倒了两粒口香糖就塞进了他嘴里。

这边正热闹着呢,又一只扛了一箱啤酒,一手还抱了几条烟,从门外走进来,这下子我有心里准备了,因为二十只这里已经十九只了!

长期的副本、战场、流光,让一团的人只一眼瞄过团名单,就知道少哪只了。

"靠,累死我了。"他把酒和烟都放桌上,胡乱抹了一头的汗,然后看了眼老圣和鸭子:"仙哥还没到吗?"

我黑线,为什么每个人一进来都习惯性无视我?

难道你们都没有察觉我强烈的主角气场吗……(无限回音)

鸭子默默不语,老圣按住他的肩膀,将他向左一转:"真梵……这……就是我们的尚书,你的妹夫……"

真梵用比灯泡眼更夸张的目光打量着我,但他的反应还好,因为他只面无表情地说了四个字,他说……

"我想自爆。"

(自爆:刺客绝技,牺牲自己与周围敌人同归于尽,造成伤害量与自身气血值成正比。靠,若是一只天机自爆,得炸死多少人呐!)

午饭说好了是老圣这个会长请客。

因为G市比较冷,所以午饭老圣便提议点火锅,还说这里的羊肉如何如何细嫩,牛肉怎么怎么个鲜,大虾是多么多么的美味,说得众猪是口水横流,纷纷点头赞成。

当然后来大家问经理才知道这里的火锅是自助,五十块钱一只管你吃到饱的。

你可以想象,当猪拿到一张菜单的时候会怎么样……呃,好吧,让我们事先确保这猪识字先……

现在这些家伙正在点菜,什么羊肉、牛肉、猪肝、肉丸、虾子、午餐肉就点了一堆。当然二十头猪……啊呸,是十九头猪一个人,一张桌子是坐不下的,但老圣说分开坐太扫兴了,大家难得聚在一起,便把三张桌子给拼了,大家挤挤也就坐下了。

鸭子坐在我身边,真梵万分悲情,坐在了老圣的左手边。看着各式各样的肉在一锅红油汤中上下扑腾,老圣正在往我面前的杯子里倒酒,低头小声地道:"死人妖,你除了PK和打麻将以外,还擅长啥?"

我皱着眉想了一会儿:"喝酒。"

他倒酒的手抖了一下,顺手把已经倒了半杯的酒倒进了自己杯里,给我倒了一杯花生奶:"今天喝饮料!"

可能因为我的性别,他们没人灌我,只是老圣就悲惨了些,作为一会老大,整他是必不可少的项目。

一群人开始打车轮战,这团人的实力他还不清楚吗,当下就有些心虚,鉴于工会里面现在大头头都在这里了,他便也扯了其他人来挡驾,但奈何一

团素来民风彪悍,多是刁民,危急关头,不雪上加霜已是不错,谁管老大存亡乎?

啥?你问他为啥不向我求救?

我不让他拿瓶吹已经不错了,还救……

最后老圣百般无奈,只得揪住了鸭子:"鸭子……兄弟一场,有难同当。"

鸭子本来在往锅里添菜,看着一堆胳膊递过来的酒,一直微笑的表情也现难色:"你明知道我不能喝。"

老圣已经被揪住灌了四杯了,抽空就叫:"是不是兄弟啊你,快!"

于是受害者就又多了一个。

群猪皆灌酒去了,我挽了袖子开始捞肉!

嗯,这里的羊肉真的很嫩,牛肉也很鲜,大虾真好吃……

事不关己的后果是……鸭子喝醉了!

而圣骑士还撑得住,一堆人气势不减。我看着他趴桌上,也有点畏惧这群猪的勇猛了,于是提醒了声:兄弟们,菜是不要钱的,酒却是要收费的啊!

这声提醒的结果确实让他们意识到了我的存在——真梵拍了拍我的肩膀:"仙哥,照顾下鸭子啊。"

我把趴在桌上那只揪起来,鸭子很高,但是还好不重,半揪半扶着给扔到了沙发上。也许是他的脸过于白皙干净,酒醉之下这家伙脸色红红,显得十分可爱。

看他冒汗,我把他外衣给扯了下来,诚然我不是个耐得麻烦的人,对付酒醉的人,一般都会采取最简单的方法——弄杯冰水拍醒吧!至于天寒地冻、难不难受……那就不在我的考虑范围了!

于是去饮水机那儿接了杯冰水,不料刚端了水把他扶起来,他睁开眼睛看看我,微笑着道:"谢谢。"

你是没有见着那种场景,一个半醉的美男,衣服扯得乱七八糟,双腮染霞,眼眸半睁半闭,红唇半开半合地低声说谢谢。鸭子啊,要是我二八年华的时候,估计直接得就下嘴了啊!

但是……好吧又是但是,我讨厌这两个字,但是我毕竟不是二八年华了啊，小唐常说我已经老成一只李莫愁了。

好吧，总之最后我没有下嘴，这声谢谢也让我不好意思端着冰水直接往他脸上招呼了……我去服务台要了茶水过来。

他没有要我喂，自己端着喝了，甚至自己把杯子放回去，然后冲我微笑点头："我躺一会儿，不用管我。"

我不屑，我也没打算管你啊！

再回到桌前，圣骑士也已经摇摇欲坠了，我不管三七二十一，继续挽高了袖子拿了漏勺，往锅里大块捞肉。

（某君泪奔：仙哥你没有吃过饱饭吗……）

彼时老圣已经快阵亡了，一个人当他拼命说他不会喝的时候，他肯定非常清醒，而当他拼命地说他千杯不醉的时候，他肯定是醉了。

我伸手挡住外星人："够了够了，你要当兵去了，临走时还要把工会老大灌死吗？"

外星人嬉皮笑脸："仙哥，你太小瞧我们老大了。"言罢，他把手往老圣面前一晃："老大，你银行卡密码多少？卡上几位数存折啊？"

老圣踹了他一脚，骂了声滚！

他冲我讪笑："怎么样？还清醒着吧？"

……

正涮着一片牛肚，突然鸭子不知道什么时候又坐回桌上了，我抬头看他，他却若无其事的样子，微笑着帮我倒了饮料。

我悟了过来："靠，鸭子，你装醉啊？"

靠，难道他知道我刚才想用冰水拍他吗？

他低声笑了笑："我真喝不了。"

看见没，这厮才是清醒的！

"来，尝尝这个，这是G市的特色呢。"他挟了一块颜色怪怪的猪肝，在汤里烫了烫放我碗里。

这顿酒一直从十一点喝到下午三点多钟，大伙都醉得七零八落了，鸭子一头一头地将他们扛回房里，还让我帮把手。

可惜我对扛猪没兴趣，他便笑着摇头，继续将这十几只半扶半抱地给弄了回去。

我端了杯子坐在沙发上,看他进进出出,也终于明白这家伙为什么要醒着了——他得留下来收尸啊!

要让我收拾残局,估计就直接将猪们放地毯上,一会儿排成一个S,一会儿排成一个B字……

扛完最后一头猪,鸭子进来洗了手,声音依然温和:"回房休息一下吧,晚上还城战呢。"

我大惊失色:"他们还能起来打城战?"

鸭子微笑:"啤酒,很快会就醒的。"

事情的结果让我佩服得五体投地,这群家伙,即使是群猪那也得是群神猪啊!

他们六点多钟的时候又喷着酒气生龙活虎地满状态原地复活了!

要打城战,场地自然是由东道主老圣想办法了,不过这倒好解决,他跟他的小网管们打了一声招呼,到七点我们去的时候灰色贝壳网吧二楼的游戏区已经空出了二十台机子。

登陆游戏的空闲,老圣拿了饮料过来,全是绿茶,曰醒酒。这次大伙都不相信了,太监多嘴了一句:"老大,这绿茶别是你进的假货吧?"

惹得老圣用瓶子去敲他的头。

嬉闹中位置坐定,前一排五台机子,本来是老圣、鸭子、我、真梵和外星人的,老圣叫灰太狼过来,硬把外星人赶去了二排。

这一次我们也是攻城,早先应该说过蒙鸿天下是个中立势力,不参与任何联盟,自然也就少了很多势力纷争。而这次攻城和守城的,却是对立的两个联盟。

也就是说,我们不管选择任何一方,都意味着参与到这种无休无止的联盟纷争里面去。但是城战嘛,经验还是要混的啊。

所以老圣还是和攻城联盟那边打了个招呼,对方自然求之不得,是以很顺利地便加入到了攻城行列。

而蒙鸿天下虽然不算什么第一工会之类,但它够稳定,这些年不管游戏怎么更新,服务器怎么合并,这个势力一直占着巴蜀古祭台一个台子,不怒不扬,对各势力变迁持观望状态,其人员一直呈平稳上升状态。所以,也便成了两方联盟都想拉拢的对象。

但老圣一直没开口,势力成员也不热衷这件事,使得蒙鸿天下如今还是个待嫁的美人,两个实力强大的家族想娶,而她两个都不愿嫁。

获得进入梦源城的资格后,众人开始集合在梦祈门。

一团的人都在,就老圣一个人上了YY。

我们从梦祈门打进去,掩护卓越联盟的人从两边杀进去。因为是中立势力,平时跟守城的人关系也都还不错,如此大举一杀,就算知道城战无兄弟,双方也感觉非常别扭。

最后梦源城被卓越联盟攻破,这种感觉便更明显起来。

于是刚出梦源城,便有守城联盟的弓箭手,ID叫秒敌三千的家伙开红杀老圣。这家伙我认识,也是弓箭手门派排行榜上徘徊在牛A与牛C之间的人物。

当然有鸭子在,自然不可能看着他杀了老圣的,所以他射几箭的伤害量,也就抵鸭子一个逆转的加血量。

这时候集体荣誉感所赋予的力量是非常强大的,团结的娃们是最坚挺的。在自己眼皮子底下公然杀自己工会老大,就等于直接拿鞋底子抽人脸差不多,所以工会的娃都非常生气,就决定上去围殴。

老圣只在YY上说了一句:"算了。"

其实大家心里也清楚,如果现在冲上去围殴他,很容易就会与他的联盟发生混战,到时候蒙鸿天下的中立,便再也中立不下去。

我们必须要投靠卓越联盟,否则蒙鸿天下再强,也不可能一个势力和一个联盟抗衡。

而那个弓箭手还在持续他的夜狼和倦鸟(弓箭手大技能),这是个非常让人咬牙切齿的职业,他的皮很脆,但跑得飞快。

要打得过你,他就能追上来打死你,要打不过你,他就能刷刷刷地撒丫子从你手下逃出去。故此我不管是在战场还是流光,看见这个职业就一个反应——先躲!

而这时候,明显躲是不行了,老圣不战,蒙鸿天下没面子,老圣战,对方联盟没面子。

我只有叹气,想想弓箭手怎么打来着?

"老圣，"我叫了他一声，他已经转过头来："我去会会他。"

弓箭手，在游戏中又称羽毛，或者毛毛，或者羽神。

羽毛的典故我无暇考证，也许是因为他们的衣服上全是羽毛，也许是因为他们手里的弓箭上全是羽毛，又或者是他们的头上插着一根儿羽毛。而毛毛我就不愿意叫了，因为在老家，毛毛的意思就是儿子。

羽神是曾有一个时期，战场和野战都是他们的天下，有战场之神的称呼。

很多人都觉得羽毛被游戏屡次更新后改弱了，我倒不觉得，其实这是一个非常考验微操作的职业，你要真拿一把弓去抢BOSS，再怎么昂贵精良的装备那也不过是一根废柴啊。所以不管游戏里职业怎么改，每个服也总有那么几个牛人是难以超越的。

我把道士的邪影宝宝换成了仙鹤，然后发消息过去：

[陌生人]你对秒敌三千说：过来哥陪你玩玩。

[陌生人]秒敌三千对你说：怎么，圣骑士只敢让你们出手吗？

我冷笑。

[陌生人]你对秒敌三千说：不是，他想看一下你配不配让他出手。

诚然当时我只是以为这家伙不识大体、没事找抽，未料他竟然在嗑药回红回蓝，然后等我最后一个字出手，就见他一个倦鸟迎空砸来。

说到倦鸟，这实在是一个非常让人想抽开发组屁股的技能，吟唱只要零点五秒，射程二十四码，还好回气需要十二秒。

我迅速开了回身和神速，倦鸟能郁气，即增加施法时间，而对道士这种本来对施法时间就非常抓狂的职业来说，这是致命的。

开局被动，我没有试图攻击他，而是利用神速绕着宝宝跑圈，让仙鹤始终挡在我和他中间。因为仙鹤能打断他的吟唱，这时候他能用的技能就非常少，最多也只是用葛藤之类干扰我。

在回生状态下，这些小技能打人还是不痛的。

就这么一直跑到破系统提示郁气状态消失，立刻手动控制仙鹤将他打晕。然后人立刻跑近，丢了个定身，并按F2键取消了宝宝的攻击状态（定身受到伤害后会解除）。

当然这时候必须要非常小心，羽毛有一个疾行的技能，一旦施展可以解除定身状态,所以我一边跑一边瞄着屏幕右下角,他施展疾行的时候,破系统会用一行黄色小字偷偷提示:×××施展了疾行篇。

这行小字的显示时间比他的技能动作光效要快而且明显。

我刚冲到一半,果然这行小字如愿地出现了,于是这时候就不能施展符惊鬼神了——这家伙速度太快。我立刻按了缚足真诀,为防靠得太近被他的弓术晕到,在离他近三米的时候施展了符惊鬼神。

恐惧住了他,我迅速拖了宝宝,让宝宝和人一起将他围住,然后化心魔,丢了个郁风技能,在郁风技能吟唱到一半的时候,按F1键让宝宝进行攻击。

而这时候他的血已经下了三分之二了。

羽毛和道士的防御一样,都是让人头疼的东西。

当时在我意料中他只能逃跑了,顶着这点血还敢上来拼命的,我还尚未见到。但让我无语的是,丫是跑了,但他在跑之前冲上来给了我一个弓术,晕了我四秒!

我让鹤追了上去,然后自己在后面踩了风火轮追上去,周围不知道什么时候突然变得很安静。我无暇去看,羽毛在开十面埋伏技能时放陷阱的速度是瞬发,我必须留意他把陷阱都放在了什么地方。

快追上他的时候,俯身几乎趴在我电脑上的老圣突然说了句:"别杀他。"

我没有抬头,及至琉璃仙避过陷阱冲到秒敌三千面前,按F8键解除了仙鹤召唤。

他再冲了上来,正准备再倦鸟一下,或许也突然觉得不对,角色左右转了转,没有再发技能。

周围也没有人说话,那时候琉璃仙只要再丢一个退鬼符,完全可以放倒他。

我驱着号退回传送石那儿老圣他们身边,发了一条密语给他:

[陌生人]你对秒敌三千说:哥要动你,随时都可以动你。但是哥不想动你,因为那样会破坏联盟和中立的关系。[摸头]所以你要乖点,别乱得瑟。

话是非常刻薄,但也得理解,再说密语嘛,别人又看不见,怎么知道我刻薄。我就不信邪了,我砍不死你,还气不死你吗……

发完，大功告成，拍拍双手，抬头，然后我当时就惊呆了——我上方密密地挤了十来个脑袋，而这时候他们都目不转睛地看着那行非常非常显眼的紫红色密语……

我只好双爪捂脸……

GM……我请求掉线……

秒敌三千一直没有回哪怕一个字。

鸭子一个逆转将我的血条给满上，老圣让蒙鸿天下的人都传出了梦源城。

这场PK似乎无声无息，只是卓越联盟承诺，以后只要蒙鸿天下想打城战，他们就算踢了自己人也绝对会收进去。

到下线的时候，已经是十点。老圣终于决定放我们回去吃饭了。

为免再发生中午的杯具，他在开席之前就警告大家不许喝酒，晚点还可以唱K，还有活动。于是群猪都很振奋，没有人灌他酒。

我一直以为他们中午那种狂拼酒是场杯具，诚没想到当他们狂吃饭的时候更是杯具中的杯具。

十点钟吃晚饭与我而言并不是太晚，以前我忙起来的时候一天不吃饭那也是常事。可是坐在桌子面前，面对一桌子美味，那感觉又不一样了。

服务小姐上菜，老圣这次全给换了雪碧，西门吹狗就尝了一口，然后喷了，喝了一声这什么马尿……然后我也喝不下去了……这个混蛋！（西门……雪碧要让你赔偿名誉损失费的……）

菜上齐，群猪开始开动。我拿了筷子正要夹菜，外星人挤了鸭子坐到我身边："仙哥，你真的是我的偶像，来来来，我们碰个杯。"

我放下筷子，用雪碧和他碰了一下，然后拿起筷子正欲再夹，他按住我的手不准我夹："仙哥，你能不能抽个空教我PK，我以后出去说起是你的徒弟那也风光啊……"

我拨开他的手："你都快去当兵了，就好好地当兵嘛。真要让你打仗的时候，你能开个道士号去和人家单挑？"

说完，我拿起筷子再夹菜，丫摁着筷子不准我夹："我都快去当兵了，你就不能满足我这最后的要求吗……"

"你是去当兵，又不是去坐牢，坐牢还能被放出来呢，何况是当兵。"

我再拿起筷子，丫继续摁住："啊啊啊啊，我不管，我要你收我为徒！"

啊啊啊啊啊，GM你打个雷劈死这只吧！

最后，晚饭时间就这么在上品官窑青花瓷杯具中结束了。当时正值十一点半，老圣说离活动开始时间还早，便给我们作有奖问答，并申明问题是游戏里面的，他出问题，如果回答上了，有奖品。结果群猪对奖品更感兴趣，当下就欲扑上去进行三光政策——剥光、摸光、抢光。

最后……老圣又被抬到沙发上剥得只剩一条裤衩了。

值得一提的是，他这次穿的是一条四角裤衩……咳，好吧，我承认我上午其实偷偷地瞄过一眼，那时候是三角的……

我吃着桌上的果盘，群猪甚为不满，因为奖励他们没有找到。

"老大，你这次又准备坑我们吗？" 咳，太监的声音。

"快交出来，不然你以为四角裤我们就拔不下来了吗？"西门吹狗喊道。

鸭子也和我坐在桌边吃果盘，老圣见形势不妙，死死护着他可怜的裤衩，喊："靠，我什么时候有骗过你们吗？说有肯定有啦，都给我让开，不然真没啦！"

群猪一听，果然有，立刻伸出爪子开始挠他腰。结果一挠之下，老圣便忍不住了："靠，靠，都住手。我说我说……哈哈哈……别挠，我网吧里面还有十八个玄素宝盒序列号……"（玄素宝盒：游戏中道具的一种，打开后有元魂珠、坐骑、时装、宠物等。）

群猪于是心满意足地住了手。

"哈，我明天也可以骑熊猫了。"他们说。

鸭子那时候正拿了一块苹果，他的手指甚为修长干净，在淡粉色的灯光下显得很是润泽，此时闻言只是慢悠悠地道："十八个？那不是有个人没有？"

群猪闻言，又愤恨起来，老圣见状，不由分说便吼："有有有，还有个头等奖，我那有个成长一千三的四星杀手珠子！"

坦白说玄素宝盒我不喜欢，先不说那珠子需要从一级开始养，成长值随机，单说整个团队要下副本的时候，扛怪都有真梵了我还要熊猫干啥啊……

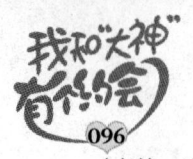

（真梵：呃，这话怎么听着这么微妙？）

倒是这颗成长一千三的杀手珠子我很感兴趣，那一旦养大了就是个杀人的好物啊。

"老圣，这个特等奖怎么算？"我开口，群猪都从他身上爬起来，他从地上把皮捡回去手忙脚乱地重新披上。

"随便啊，反正或者我问你，或者你问我，只要是彼此职业的问题，谁赢了就给谁。"

我皱眉，我捡了这个道士号不到一年时间，他丫练荒火战士已经四年，要问他荒火的问题，我再了解能有他了解吗？

果然，群猪冲上去问他什么灭世绝技的技能威力是多少啊、伤的回气时间是多少啊、截的射程是多少之类，都被他轻松自如地给应付过去了。

其实这点很冤，就是这些数据到底对不对，我们没办法当时考证。

但我也不放心让他问我道士技能的问题，坦白说我知道临什么敌需要哪些技能，吟唱时间和冷却时间我都非常清楚，但是你要问我具体射程或者技能威力这些太过数据的东西，就不一定能百分之百答上来了……

而那边，鸭子拈了一片火龙果果肉，语气是一贯的温和："老圣，荒火在用飞星震群怪的时候，一共得转多少个圈儿啊？！"（飞星震：荒火群攻技能，一边转圈一边打怪……）

群猪俱喷，老圣倒地。

十二点半，老圣领着一群猪冲进了一个叫不夜城的夜店，在前排坐定，就在我以万分好奇的心态瞪着台上等待今天晚上的神秘活动的时候，音乐声起，一排穿着深色衣服的女郎轻盈地跳了出来。

我有点失望，就看歌舞吗？

然后等她们走得再近些时，我不失望了，而是喷血了……

她们竟然什么也没穿，就身上涂着五颜六色、类似异形的颜料，美其名曰人体彩绘，再一望观众席……发现全场都是大老爷们，就我……

面对这群猥琐男时不时瞟过来的目光……

啊啊啊啊，都别拦着我，我去杀了圣骑士全家！

那个所谓的"人体彩绘"舞开始了十分钟左右，我终于忍不住，偷偷地从观众席摸了下来,就打算溜走。

半弯着腰,尽量不惹人注意地出去,咳,当然,不要以为这是因为我有公德心,我只是羞于与这帮人为伍啊!

通道旁边巡场的家伙将我上上下下、仔仔细细地给扫描了一遍,大约确定我不是来捉奸闹事的,便也就眼看着我从他面前摸出去了。

外面挺冷,冷风真往脖子里灌。

我扯了扯大衣,正欲招个车,转头便见鸭子,微笑着跟在身后。

"鸭子,你先进去吧,我困了,先回酒店了。"我冲他挥手,他却只是淡淡地道:"没事,这个……我也不喜欢。别介意,老圣也没想到他竟然还有这么一位美丽的女尚书,这里的票又不能退,所以……"

我有点不好意思,都是出来玩的,谁也没有责任迁就谁。

他却又道:"这边他们估计会玩到两点半,老圣在星光那边订了包房K歌,我们先过去吧?"

坦白说在网络上,跟他一直非常随意,如今现实里往面前一站,他这般温和体贴,我却一下子别扭起来,好吧,我承认我确实非常不习惯麻烦别人:"你可以把地址告诉我,我自己先去也可以的。"

他却已经招到了车:"你找得到路吗?"

我哧笑:"给我一张地图,我可以横穿撒哈拉沙漠。"

他却是自顾自地坐进了车里,我看看不夜城那边,这种东西,应该是个男人都会喜欢的吧?虽然我是认为没有什么营养……

"鸭子,你真是个好人。"这句话是由衷的。

"是不是好人倒是没什么关系,只是下次我要再喝醉的时候,你别再打算接杯冰水泼醒我就好了。"

这句话他说得非常的郑重其事,我被噎得内牛满面……好吧鸭子,我发誓如果你以后再喝醉了,我绝不接冰水泼你了……(泪,这话是打算接开水那边吗……)

到了星光那边的包房,只有两个人唱K还是比较奇怪的。服务生以怪异的眼神打量了我们一番,飞速地帮我们调了麦,上了点酒和零食,便销声匿迹了。

　　孤男寡女,难免从没话找话扯到无话可说,更何况我和这只实在是相交甚浅,顶多也就只能算个五成熟。

　　鸭子许是也觉得不自在,径直去鼓捣那点歌机,问我唱什么歌,我扯了一小支啤酒靠在沙发上,冲他挥了挥手,示意我先歇会儿。

　　二人大眼瞪小眼,相安无事,也相对无言。

　　过了半支啤酒的时间,他开始唱歌。是那首《传奇》,也许是他的声音太过干净清澈,又或者是那首歌的作曲者确实鬼斧神工,我转过头去时他也半靠在沙发上,手里一样是一支啤酒,麦克风拿得微近,房间里的灯光明灭不定,颜色时暗时明,竟然将那个一直温雅微笑的家伙映出几分忧郁。

　　我终于明白为什么琼瑶阿姨总喜欢让角儿们唱歌跳舞一演半集了,这实在是太容易让人遐想非非了⋯⋯

　　歌的旋律很轻,他唱得也很轻,一点一点,似溪水一样流淌在山间,以至于让我⋯⋯

　　琼瑶阿姨我对不起你,我竟然听到睡着了。

　　当然听歌睡着了不可怕,可怕的是他过来给我盖外套,结果⋯⋯琼瑶阿姨,电视上演的给盖了件外套(甚至还有人盖的是毯子!)然后主角睡醒后看到非常感动的段子都是假的,为什么他刚把外套披我身上我就醒了呢?

　　好吧,我承认我实在是个极度善良的人,估计如果让他知道是他盖个外套把我吵醒的,他一定会非常内疚啦,所以我决定装睡。

　　后来呢,老圣他们就一路兴冲冲地进来了。

　　然后我抬头过去,就发现老圣瞄过我身上的外套,啥?你问鸭子为什么不把我自己的外套给盖上呢?

　　傻了吧,你要给主角盖她自己的外套,醒来后她会知道是你盖的吗?

　　老圣的速度还是非常快的,我一望过去,他立刻就转移了视线:"今天晚上最后一个节目,放开嗓子吼吧!"

　　于是群猪开始去抢鸭子手里的麦。

　　其实真梵和西门吹狗唱歌都不错,但始终是没有鸭子那一首《传奇》给我的惊艳。

　　是的,惊艳。

　　当然所有的这一切,都在外星人接到麦的瞬间崩溃了,真梵、西门、我错了，我真的不该嫌弃你们……

与这首《好汉歌》比起来，你们唱的那简直就是天籁之音啊！

我和剩下的猪一起泪流满面。只有鸭子非常镇静地坐着，到一曲终了的时候，他甚至还能微笑着鼓掌："不错不错。下次势力战或者城战的时候，你就去我们敌对的势力YY上唱他一首，百分之百的不战而胜啊！"

老圣这时候才揪出塞进耳朵里的棉屑儿（从沙发垫里抠的……），发觉外星人还在点下一首歌，立刻果断地命令群猪上去抢麦。

抢到最后，便有人提议让我唱歌。

做女人有这么点好处，一涉及到我，他们便不好意思争了。

最后没找到合适的，然后老圣就提议让他的两个尚书来段情歌对唱吧。

于是找了半天，终于出来一个我会唱的歌——《纤夫的爱》……

我和鸭子两两相望，眼前瞬间出现……

场景一：

我赤着上身，露出精壮的小麦色的肌肤，弓着腰拉着沉重的纤绳，气沉丹田，以万钧之势唱："妹妹你坐船头，哥哥在岸上走……"

然后鸭子坐在船头，翘着兰花指理着一缕秀发，娇声接："小妹妹，我坐船头，哥哥你在岸上走……"

我连打了几个冷颤，放弃！

场景二：

我大马金刀地坐在船头，鸭子光着他削弱的上身，露出欺霜赛雪的肌肤，粗糙的纤绳勒过他雪白的肩膀，留下紫红色的淤痕，他那双修长干净的手就狠命地扯着这绳子，弓着腰使了吃奶的劲往前面拉船，然后上气不接下气地唱："妹妹你坐……坐……坐船头……哥哥……"

……

反正他唱不唱得出来我不知道，但我觉得他肯定拉不动船……

而且这场景，怎么看那也是奴隶主在虐待奴隶啊，要是再往我手上配一黑色皮鞭……整个一典型的原始社会残忍阶级统治图啊！

于是最后，我和鸭子和了周董和费玉清的《千里之外》，虽然也就一山寨版吧，但我觉得怎么着也比之前那个《纤夫的爱》强不是！

到后来，鸭子算了整个活动的开销，他做得一手好账，对数字极其敏感,整个过程连计算器都不用,直接就列了出来。这让我这种文科出身的人……实在是万分钦佩。

我私以为这家伙一定是学会计的,所以目前蒙鸿天下包括红袖堂和红色风炎的账目一直是他在管,你要相信,如果现在问老圣国库里有多少钱,他一定答不上来。

但如果你问鸭子,估计他连几铜都记得清楚。

到快五点的时候我撑不住了,准备告退,鸭子那边事情未完,老圣便说他送我过去。我和他之间反倒不用矫情,因为他不愿意做的事就会直接告诉你——不!

因为要喝酒,老圣也没有开车出来。所以我们也只得打车回去,而天气太冷,这时候即使是在夜场,招揽生意的出租车也已是不多。

我们在临时停车的站牌下等着,这让我想起以前游戏里一起在燕丘等整点BOSS的情形,唯一不同的是……好吧,他除了黑一点以外,嗯,还是不丑的。

及至坐到车里,我已经困得不行了,他却打趣:"要把肩膀借你靠靠吗?"

我无心说笑,偏着头朝他竖了竖中指。

回到房间,我去洗漱,出来后他还坐在床上,一手拿了个水杯,漫不经心地喝水。我忙用目光赶之!

他依旧坐在桌上,用非常郑重的表情道:"死人妖,我有话想对你说。"

我很生气:"正好,我也有话想对你说。"

他立刻竖起耳朵:"啥?"

"第一,不准再叫我死人妖了,不知道的还以为我真是人妖呢!自从听你这么叫,那个什么黄经理都不理我了!第二,呵呵,老圣,你那个成长一千三的杀手珠子还有多的吗?"

他的反应很直接,就是学着我的样子冲我竖了竖中指!

第二天,我就回去了。
我回去后就被追杀了。

我在杀了三个法师MM，打残了两个医生MM后，终于跑回了安全区。然后经真梵指点，在论坛看见一人工置顶的贴子，题目惊悚——水月洞天知名人妖，骗完男人骗女人！

好吧，我深呼吸点了进去。

第一楼是我……呃，错了，是琉璃仙的玉照，有战场的，有流光的，因为有些和各个男号在一起钓鱼同行的截图明显是我买号以前的。后来的则是和蓝色火焰一起下副本的，在孔雀坪看花猪跳舞的，某日和伽蓝一起做周常任务的，帮女号过任务的，还有某些时候在红袖堂带小号的。

下面的回复就更精彩了，五花八门，有猥琐男称膜拜仙哥的，有正义MM义愤填膺要代表月亮消灭我的，言辞之激烈，难以赘述。

有好事者就此问过花猪，而一向对我死心塌地的花猪选择了沉默，无疑将此事坐实。

我随意翻了翻这个贴子，里面的ID大多陌生，面对一段段谴责，唯有一笑置之。而返回游戏之后，看见一行密语：

[好友]伽蓝对你说：为什么去见面，她会恨你。

我伸伸懒腰，很惊讶惜字如金的她在这时候跟我说话，GM，你看，其实我还是不算众叛亲离的……

[好友]你对伽蓝说：爱之深，恨之切。这是她们爱我的一种表达方式。

[好友]伽蓝对你说：＝＝

她没有再回我消息，其实我又怎么可能不知道花猪会恨我，我又怎么可能不知道如果将玩这个号的其实是个女人的事公布出去，这个号将是多么的寂寞。可是如果早晚会有一种方式，让她明白虚拟世界和现实的差距，这种方式，无疑是伤害最小的。

有一天她会忘记琉璃仙，她会忘记这场乌龙，但我想她不会再轻易地迷恋一个自己完全一无所知的虚拟角色。

这世界本来就残忍，如果终有一天，必须有一些人或者一些事让她成熟，我希望她只是恨我，而不会受到真正的伤害。

而这件事因为我"视而不见""漠不关心"的态度（讨伐贴上的原话），更激起民愤，大荒自行组织了一个MM志愿团，她们不再与我组团下副本，拒绝与我组队，拒绝与我一个团，并勒令她们的老公也不准与我有任

何来往。

　　好吧,我承认被惹急了的女人,远比男人可怕。在游戏中更是如此——每个满级的男号身边,几乎都有一个漂亮老婆。我被孤立了。

　　工会里再没有MM说话,甚至只要我一发消息,必然被她们直接无视,好在我平日里也难得发个只言片语。

　　而平时的兄弟在想跟我说话的时候都只有密语,需要我组队下本或者过任务的时候更是小心谨慎,生怕被老婆发觉。

　　因为难得组队,我一般开小号组队做任务,而一样经常被人暗杀,俗话说蚁多咬死象,她们八九只一起冲过来,一般以医生和法师居多,我能带死四五只已是不错,你还能要求我不死吗……

　　于是那一段时间,我在大荒,可谓是举步维艰。

　　但即使是这样,论坛上那张贴子依然一路飘红,八万多的点击率让它被人工置顶,申明要我当众道歉。

　　外服的MM也开始围观,有时候翻上几页,你会发现一个非常有趣的现象,那就是很多义愤填膺、分析批判起来头头是道的MM和我甚至连一面之缘都没有。

　　GM……我臭名远扬了……

　　于是后来呢,我的好友栏就又只剩下寥寥数只了——老圣、鸭子、外星人、灰太狼、佛法无边和伽蓝他们。其中老佛还说反正他都要走了,老婆是肯定要改嫁的,但我这个兄弟至少不会改嫁,于是决定顶住压力不删我。

　　我说过,其实道士是一个寂寞的职业,只要你操作过关,单挑任务BOSS的时候不需要任何队友。

　　所以能做的任务,我都自己建个小号组队做了,实在无法单独做的便只有叫上鸭子。鸭子一如以往,凡吱声的,随叫随到。

　　因为现在我不好组队,凡需要组队、下副本的任务,他通通等着我一起做,如此,我实在是非常感激他。

　　而伽蓝有时候在做任务前也会先发问一声:××任务你做了没有?

　　故而有时候鸭子没空,便也会和她一起任务。

　　而这天,我正在做一个限时任务,一个叫紫蝶的医生MM开红攻击我。

当时真的赶时间,如果我能多接一个任务,伽蓝和鸭子都可以多十八万的经验。所以当即召了个仙鹤宝宝,她操作实在不怎么样,几乎就戳了我两针,仙鹤宝宝一直郁气郁到我把她放倒。

后来我才知道,那是曼陀罗势力的会长夫人。

夫人被杀,曼陀罗自然不能坐视,其实单挑他,我并没有把握——他手上是一把真·天域的双刺,满攻满钻的。

好在他显然没有打算单挑我,我现在的身份被坐实是个女人,他要出手,输给了我,人会说丫连个女人都不如,打了个平手,人说……嗯,跟个女人差不多,就算丫打赢了我,最多也就是比个女人强点。

他当然不会做这种亏本的买卖。

于是这天,曼陀罗整个势力以"帮会长夫人报仇"的名义举行了一场轰轰烈烈的"杀妖"行动,我一出安全区,必然免费回太守区。(我的复活神石绑在这里。)

所以我就在安全区逛了一晚上。

后来呢,老圣就劝我改个名字吧,我只是微笑。

[势力尚书]琉璃仙:要改我早就改了。

由于我长期的不回应,而一出安全区就必是入了副本,惹得好些人只能在论坛顶帖子,于是开始涉及到人身攻击,骂得也越来越难听。

其实这已经是这场风波的尾声了,就像是斗地主,如果地主久久不出现,你怎么斗啊!

我一直认为一场游戏里面,应该是不至于有人这般耿耿于怀的,也许是因为大家都太年轻,太寂寞,需要一点、哪怕只是一点可以娱人娱己的东西,只是很不巧,我不幸成了其中一个而已。

而不回应的原因,非是我真的多么大度、多么冷傲,只是我的皮已老,老到这些稚嫩的牙口啃不动了。

所以那一天,当我在白水台任务时看到天下那条消息时,忍不住冷幽默了一下:

[天下]紫蝶:我是不能像某些人一样脸皮厚,都老成灭绝师太了,还装嫩。

她这话应该是影射真梵他们说的我的年龄,于是我就忍不住回了一句。

[天下]琉璃仙：哎呀讨厌啦，人家还是小龙女呢。

发完，蒙鸿天下几个关系不错的家伙轮流出来吐了一番，正笑着呢，突然一行消息将我雷了个外焦里嫩：

[天下]只羡鸳鸯不羡仙：小龙女，我来做你的杨过吧。

鸭子，你被盗号了吗……

[天下]只羡鸳鸯不羡仙：小龙女，我来做你的杨过吧。

他一句话噎住了整个天下，当时我在白水台正准备接祈雨的任务，好啊，丫要玩是吧……

[天下]琉璃仙：过儿，来白水台叫姑姑。

而事情的结果是……他来了白水台，却拒绝叫姑姑。

我们一起组队做祈雨，他骑着已经满级的白马，红色的翅膀在背后轻轻舒卷，满级的灵兽威武而漂亮，在暗绿的小道上骄傲地缓步而来，只差没有在脸上刻上"大神"二字。

[天下]紫蝶：鸭子，你不会真要和这种女人在一起吧？

天下，那个叫紫蝶的还在求证。鸭子没有回她——他正在打小乌康（祈雨任务BOSS），这个BOSS没什么难度，我直接就没有下马。

直到打完，他上马，点我选了自动跟随，发了一句话：

[天下]只羡鸳鸯不羡仙：小蝶，不要这么说我家龙儿。

天下晕倒一片，而我在砂岩传送石边吐血……

鸭子你疯了吗！

我当时就想发个消息，让人觉得我们只是在开玩笑，岂料……

[天下]琉璃仙：[念经]不许叫我龙儿，叫我姑姑！

[天下]只羡鸳鸯不羡仙：姑你个头，别闹。

这纯粹就一打情骂俏了，我索性闭了嘴。鸭子，托你的福啊，明天论坛的人工置顶贴终于要换了……

后来过了两天，我终于明白他这么做的意思了，也惊觉本服第一的人气男医师称号不是假的！

自从与他"形影不离"之后，绝大部分人碍着他的面子，不好再攻击我了。咳，当有人为你的一件武器带你连刷两个月副本的时候，你也是不好意思为难他老婆的吧？

所以我的情况也逐渐好了起来，不少人选择视而不见，不再直接攻击我。

而这场风波，最直接的结果，就是造就了一对本服的神雕侠侣，咳，当然，更多人认为这应该是最奇异的鲜花和牛粪组合。（至于谁是牛粪……我知道你在猜，可我就是不告诉你……）

第二天便去了公司那边，杯具的是我约摸一个月没来，公司的前台换了，更杯具的是新的前台不认得我……

然后我只得胡扯了一个"你们唐助理的表姐"，她倒是非常客气地把我让进了待客室。当然事后被众人鄙视的事就不多说了……（准确地说是差点没被这些家伙嘲笑至死。）

进去之后这些八卦便围着我问相亲结果，杨叔也在。这堆人里面我真是有点忌惮他——他实在是太能唠叨啦。

为了避免再次被批斗，我决定随机应变，于是出现以下对话：

杨叔（手持茶杯，呷茶一口）："这次的小伙子怎么样呢？"

我："各方面都很好，我准备就他了。"

杨叔（甚为满意）："那得赶紧把人带回来看看啊，你以为自己还年轻呐？"

我继续微笑："那没问题，明天就带过来，不过他就是个子稍微矮了点。"

"哦？多高啊？"

我："呃……一米四二。"

杨叔喷了："武大郎吗？"

我决定欲纵故擒："我觉得还行啊，反正我都这么大年纪了，再拖下去都快老成李莫愁了，我想了想，准备还是答应了吧。"

杨老头泪流满面："三十岁不到哪里算老啊！谁说我们如是老我老头子跟他急！丫头啊，凭你这条件，怎么着也不至于嫁一武大郎啊，听叔的话，好男人那都在后头呢……"

他口水了近三十分钟，相亲事件遂了。

晚上刚刚上线，工会里面便沸腾起来。

[势力]外星人：仙哥，仙哥上来了！

[势力]尚书]佛法无边：仙哥，来东海之滨，快来。

[势力]真梵：仙哥入队。

我狐疑地看着这群人，怎么今天明目张胆地勾结起我来了……

和真梵组了队，传到了东海之滨，就看见黑压压地一群人，几乎清一色地头顶蒙鸿天下的势力标徽，然后中间还站着……站着一只羽毛。

[势力]尚书]琉璃仙：这是干什么？这只毛毛干吗啦？

[势力主]圣骑士：死人妖，你真不认识他了？

我于是再次上上下下、仔仔细细地打量了那只毛毛，他叫紫心海，一身飞天套装，实在看不出什么地方特别。

而可怜的娃现在身边站了十几只法师，他们什么也不做，就轮流地催眠丫的。

真梵，这是你们调查出来的我的同伙吗？！

[势力主]圣骑士：花猪说你们以前一起下过副本，你没分装备给他，还杀过他。

我依然摇头，对这只羽毛实在是没有什么印象。进入这天下，除了杀怪就是杀人，那么多剑下亡魂，若每只都记下来，我还不得找个出版社著本花名册了？

[势力]真梵：仙哥，都是兄弟不好。回去跟花猪说了这事，这猪就跟医生门派几个人吐槽了，第二天论坛上面出现这贴子的时候我就知道跳进黄河也洗不清了。幸好鸭子出主意，兄弟只好借着提供你以前的照片的名义，一大票兄弟上演无间道，今天终于把发贴的混蛋给找着了。

[陌生人]真梵对你说：仙哥，真对不起。这事要怪就怪我，你别跟花猪一般见识，你又不是不知道她有多笨。

[陌生人]轻云消逝了无痕对你说：仙哥，看在兄弟们忍了这混蛋这么多天的分儿上，别计较了吧？

[陌生人]东风无力百花残对你说：仙哥，兄弟明天就去坛子上贴这厮的大字报，连那个什么曼陀罗的老婆一起贴，别生气了。

[陌生人]西门吹狗对你说：[眼冒红心]仙哥，兄弟为了你可是连尚未过门

的老婆都丢了哦。
　　……

　　那时候我站在金黄色的沙滩上，远处的海雾模糊了群山，周围是一片凌乱的脚印，消息栏上紫红色的密语一片一片，让人眼花缭乱。我知道这些文字只是服务器中茫茫数据的一组，它会像地上的脚印一样慢慢消散。
　　可是我依然为它所感动，这些个ID，当它们一只一只删我而去时，我并没有太难过，这网络于我，不过是一场游戏。南柯一梦，聚与散，得与失，荣与辱，都是再可笑不过的东西。
　　论坛上一路飘红的贴子被人工置顶，我并没有太生气，是非本来就是太难说清的东西，而在这里嚼舌根子，不过是浪费我原本还有点意义的时间而已。
　　于是我看淡，仇怨或者友谊都未曾在意。
　　而在这一刻，在一片紫红色的密语中我找回兄弟这两个字的感觉，方知原来天下不寂寞，而道士的寂寞，只是因为我自身的冷漠。
　　他们一直定住那只叫紫心海的毛毛，不准他逃，也不准他死。
　　金色的沙滩，凌乱的脚印，紫红色的密语，一群骂骂咧咧的粗鲁汉子，我用鼠标右键慢慢旋转着画面，那场景并不唯美，我甚至没有说谢谢，但我觉得我会就这么记上一辈子——到苏如是垂垂老矣。
　　我想……也许是从那时候开始我试着认真，原来一直是我，对周围的人，存在着太多亏欠。
　　[系统]只羡鸳鸯不羡仙对你施展了固本培元，你进入×级固本培元状态……
　　[系统]只羡鸳鸯不羡仙对你施展了润脉，你进入×级润脉状态，所有属性上×××点。
　　[势力尚书]只羡鸳鸯不羡仙：龙儿，上吧。
　　我走进人群，感觉像个寿星去切自己的蛋糕。而那时候我才感觉到——打不会跑的羽毛实在是太幸福了！

08 小荷才露尖尖角

这场闹剧就这么收场，那些个ID终于一只一只地加了回来，日子又恢复了从前的平静。

只是后来我得知了一件挺乐的事情，一医生妹妹问鸭子借了一张五百点的点卡，该妹妹先是撒娇耍赖不想还，后又借了一张四百点的，后又再借，被老圣花了几十金去服务器查询其马甲，证实丫前身乃一人妖。

工会里众人大怒，强逐之。该MM万分委屈地发了天下：

[天下]天使之羽：鸳鸯哥哥，人家这号是买来的，我怎么知道以前是人妖嘛……

此言之后，众人皆怒，引发全服通缉，有人回曰：

[天下]轻云消逝了无痕：靠，还来！这招早被我们仙哥用烂了！

偏鸭子不以为意：

[势力尚书]只羡鸳鸯不羡仙：不就几百点点卡吗？算了。

[势力主]圣骑士：我靠，蒙鸿天下有只傻鸭子，怎么谁都知道啊！个顶个都想来啃一口。

[势力元老]西门吹狗：是啊，现在都成鸭过拔毛了！

[势力]东风无力百花残：鸭子，我看你的钱还是交小弟这儿帮你管着吧。

[势力]轻云消逝了无痕：呸，要交也是交仙哥那儿，轮得到你！

[势力]东风无力百花残：呃……我就怕交仙哥那儿更是个有去无回啊……

[势力尚书]琉璃仙：滚！

那个时候鸭子在沉船之地和我刷怪。

琉璃仙不动，他便把怪全部引到我身边，然后一样的脱衣服群攻。对于工会频道的调戏之语充耳不闻。

诚然我以前一直觉得丫就一个傻帽,但是现在倒是觉得丫可爱了。

当你见识了装B的家伙之后,再看到傻帽自然便会顺眼很多。

[好友]你对只羡鸳鸯不羡仙说:鸭子?

[好友]只羡鸳鸯不羡仙对你说:嗯?

[好友]你对只羡鸳鸯不羡仙说:为什么你对你的朋友这么大方?

[好友]只羡鸳鸯不羡仙对你说:因为那是我朋友啊。

[好友]你对只羡鸳鸯不羡仙说:刚那家伙是个骗子,他小号都被老圣杀得不敢上线了。

[好友]只羡鸳鸯不羡仙对你说:我知道。

[好友]你对只羡鸳鸯不羡仙说:鸭子?

[好友]只羡鸳鸯不羡仙对你说:嗯?

[好友]你对只羡鸳鸯不羡仙说:有没有人对你说过你很笨啊?

[好友]只羡鸳鸯不羡仙对你说:喂……

两个人组队刷了一会儿怪。

[好友]你对只羡鸳鸯不羡仙说:鸭子,我没羊奶了。(羊奶:七十级以上回蓝食物。)

[系统]只羡鸳鸯不羡仙向你发起交易请求,同意/拒绝?

他交易了一组羊奶过来。

后来呐,杀手珠子的七十八级就被刷到了,七十五级的飞行任务也出了,我戳着鸭子让他升七十五级我们一起去刷完成灵兽飞行任务的道具,他含糊着始终没升七十五。

我一直为此纳闷了好几天,后来老圣才告诉我——

[好友]圣骑士对你说:他估计经验还不够吧,前些日子不是说养那个杀手珠子吗,估计转了自己人物经验化丹喂给珠子了。工会国库的聚能丹都被他买得差不多了。

那个时候鸭子离我不远,在东海之滨的沙滩上和琉璃仙各占一边种树。我没有回这条消息,突然对这个人也有几分无奈。天下里稍微老道一点儿的玩家都知道,满级之前绝不转经验养马、养珠子,这些都属于消耗品,是满级之后打发闲暇时间的东西。何况四星级的珠子每幻化一次消耗也是很大的,作为平民玩家的我,不可能经常用。

鸭子啊,你这个傻帽再这样下去早晚是要被人骗得连鸭毛也剩不下一根儿的啊……

介于我不再致力于扑倒紫蝶MM这项娱乐活动了,紫蝶MM便开始混迹于蒙鸿天下——她和鸭子关系不错。

而我空下来的时间大抵便给了花猪——她目前正在发愤图强练PK,一心一意想像鸭子一样学做一头多功能型的猪。

东海之滨,我在一旁种树,教她按ALT键+正面技能给自己加血,按TAB键切换锁定目标、按SHIFT加F1到F4切换锁定队友等等。

她在沙滩上一个一个地试得津津有味,工会的消息频道却一直不曾消停。

[势力]蓝田暖玉:鸳鸯哥哥你们等等我啊,我的马才三十五,跑不快。5555……

[势力尚书]只羡鸳鸯不羡仙:六十八的号马才三十五?

[势力]蓝田暖玉:555……人家没有马粮喂马。

[势力尚书]只羡鸳鸯不羡仙:晚点给你做几个剑匣吧。(剑匣:极品马粮。)

[势力]蓝田暖玉:[转圈]真的?鸳鸯哥哥你人真好!

我冷哼,真好?我看是真傻吧!

[势力]蓝田暖玉:鸳鸯哥哥,你是不是和我们帮主夫人认识很久了?

[势力尚书]只羡鸳鸯不羡仙:嗯,她是我徒弟。

[势力]蓝田暖玉:[口水]怪不得,她老提起你呢。

[势力尚书]只羡鸳鸯不羡仙:呵呵。

[势力]蓝田暖玉:鸳鸯哥哥,剑域完了你带我去一趟溪木之终好吗?

[势力尚书]只羡鸳鸯不羡仙:嗯。

我开始不高兴。

[势力尚书]琉璃仙:咳。

[势力尚书]只羡鸳鸯不羡仙:呃……对了,晚点我还和龙儿去战场。

[势力]蓝田暖玉:[冷汗]

[势力尚书]只羡鸳鸯不羡仙:龙儿?你们好了吗?

我没答。

[势力尚书]只羡鸳鸯不羡仙：斑点？你们还在练PK吗？

[势力]斑点花猪：啊？鸳鸯哥哥，仙哥哥在教我转圈打怪。

[势力尚书]只羡鸳鸯不羡仙：完了你告诉我一下。

[势力]斑点花猪：[点头]收到。

此后没过多久，老圣就过来了。揪了花猪说和她练PK。花猪求之不得，遂应战。于是老圣就在东海之滨杀了三个小时的猪……

我功成身退，和鸭子一起去战场。兴许是用着顺手的缘故，最近总感觉他在战场坚挺了许多。

后来看他的装备，发现他整套蓝沁（医生七十级世界套装）都洗成了魂敏炼化，连天音无象也未能幸免。我万分惊奇——

[好友]你对只羡鸳鸯不羡仙说：鸭子，你什么时候洗成魂敏医生啦？（魂敏：人物属性点，主要加法术攻击和会心一击，而医生一般加全念，方便加血。）

[好友]只羡鸳鸯不羡仙对你说：快满级了，也没事做了，洗成魂疾杀人PK混战场吧。

前面两句我不知道是不是真的，但后面一句我相信，魂疾医生，一般都是混流光战场的，可是对于从来不开红的他来说，洗成这种属性，有意义吗……

还是……只是为了琉璃仙的流光、战场之行都不再寂寞？

那时候是在流光传送石旁，他穿着诀雪的时装，银发白衣，红色的光芒将其更衬得温雅谦和。

也就在那一刻，我动了收了他的心思。

[势力尚书]琉璃仙：鸭子，你有女人吗？

[势力元老]西门吹狗：[冷汗]仙哥……

[势力元老]真梵：[瞪眼]

[势力]轻云消逝了无痕：[瞪眼]仙哥，你要向鸭子表白吗？

[势力]东风无力百花残：[挑眉]都闪开！[口水]我要见证这历史的时刻！

[势力]你大爷：都让开，挡着你大爷了！

[势力元老]西门吹狗：＝＝

……

[势力尚书]只羡鸳鸯不羡仙：没有。

势力频道一片寂静。

[势力尚书]琉璃仙：那以后，就跟着我吧？

继续寂静。

[势力尚书]只羡鸳鸯不羡仙：好。

这次工会频道前所未有的整齐：

[势力元老]西门吹狗：[吐血]

[势力]轻云消逝了无痕：[吐血]

[势力]东风无力百花残：[吐血]

[势力]温如玉：[吐血]

[势力]你大爷：[吐血]

……喂！我正表白呢，你们这是嘛表情呢！

于是……琉璃仙和鸭子就在一起了，不管流光梦境杀人也好，江南雪竹阵战场也罢，一般于前面看见我，后面大抵都跟着鸭子。

当然任务也不是时刻都在做，战场不能随时都下，而且他改洗魂敏之后就不再是专职的副本医生，下副本的时间也渐渐地少了。于是无事时便也经常四处转转大荒。

鸭子一如往常的随性，要去哪儿、做什么，一般我提出来他便不会有异议。所以我们经常花半个小时时间找一部升降梯，绕过湖泊山峰，寻一处最美丽的风景。

于是便经常去祈风台的海边看落霞，信马由缰，看遍江南桃花。偶尔也会在燕丘停下，看风卷碧浪的繁华。

天下里边游戏人物的舞蹈设计也是一大笑点，特别是男医生的舞蹈，整个动作就跟被烫了手一样，所以没事时我也经常让他跳舞，他虽有反抗，却每次也总是委委屈屈地跳了。

某天晚上去做饭，把琉璃仙停在东海之滨的沙滩上挂机，挂机当然还得种树啦，所以便让她依偎着摇钱树坐下来。

等回来时我就笑喷了，鸭子坐在琉璃仙旁边，而且坐得那叫一个有模有样，不知情的人绝对会以为琉璃仙是依偎着他坐下来的。

于是沙滩上就见琉璃仙娇滴滴地把头靠在白衣医师的胸前,而他双臂温存着圈着怀里的女道士,二人依偎着金色的摇钱树,海风徐来,风浪层层,画面那叫一个恩爱甜蜜。

我不想动,就这么靠着坐了一个多小时,他也没动,我试探着发消息。

[好友]你对只羡鸳鸯不羡仙说:鸭子?

不想他却马上就回了:

[好友]只羡鸳鸯不羡仙对你说:嗯?

汗,敢情你在的啊……

[好友]你对只羡鸳鸯不羡仙说:这样看着两个号好恩爱。

[好友]只羡鸳鸯不羡仙对你说:我们本来就很恩爱啊。

我不知道应该怎么回他,其实我不相信网络之间的感情,账号与账号之间,不过就是一组数据,但是有时候……当这虚拟的世界也成为回忆和经历的一部分,便由不得你不当真。

[好友]只羡鸳鸯不羡仙对你说:龙儿,我送你一套时装吧?

[好友]你对只羡鸳鸯不羡仙说:为什么?

[好友]只羡鸳鸯不羡仙对你说:你这套新手弟子服,简洁得有些冷漠了。[冷汗]很多时候我甚至觉得你这个才是个男号,而我玩的是个女号。

[好友]你对只羡鸳鸯不羡仙说:= =

我翻了翻游戏的商城,试了几套时装,最后选了一套兼葭。灰白色的曳地长裙,古典却素雅,穿在身上后,琉璃仙瞬间便与猥琐、孤僻这些词绝缘了,变得大家闺秀起来。

[好友]你对只羡鸳鸯不羡仙说:这个怎么样?

[好友]只羡鸳鸯不羡仙对你说:恰如其人。

我非常满意。

结果穿出去的时候就让人生气了!

[势力]东风无力百花残:[口水]嗷,仙哥,穿上衣服我都不认识你了!

[势力]轻云消逝了无痕:仙哥,穿上衣服您就不猥琐了?

[势力]你大爷:[大哭]鸭子混蛋,你怎么可以如此亵渎我的偶像……

[势力元老]西门吹狗:[大哭]仙哥,下次再要杀你的时候,可让我怎么下得了手哇……

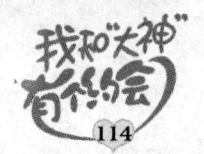

我极力无视这群鸟人,在玉狐宫门口等鸭子上小号过来开副本。秒敌三千在我周围转悠了八九圈,我倒是不怕他,一个靠远程攻击技能吃饭的羽毛,要跟道士玩近身攻击是非常愚蠢的,所以便任他转悠了。

结果,半晌丫发了条消息过来——

[陌生人]秒敌三千对你说:你穿这套衣服没有门派弟子服好看,真的。

我七窍生烟。

[陌生人]你对秒敌三千说:怎么,又皮痒了?要不哥替你挠挠?

[陌生人]秒敌三千对你说:= =

晚上,鸭子不在线。

真是奇怪,以前我总觉得这个人似乎什么时候都在线,而现在却发觉他其实也不是时时都在的。这感觉就好像偶尔等公车,不等的时候发现它随时都在过来,真正一等的时候,又会急得人抓耳挠腮,暗骂这车是不是死在半路上了云云。

无事时便和伽蓝她们一起做周常。

[好友]你对伽蓝说:亲爱的,今天你打怪啊。

[好友]伽蓝对你说:怎么了?

[好友]你对伽蓝说:今天那个来了,我肚子痛。

[好友]伽蓝对你说:……

然后她便埋头打怪,也许是以前留下的病根,我的痛经特别厉害,有时候一段时间都直不起腰来。但我也不习惯躺着,其实有点事做着也还成。

[好友]伽蓝对你说:她们说你三十岁了。

我抱着肚子,也不知道是疼的还是给笑的。

[好友]你对伽蓝说:干吗?嫌老啊?我也不相信你会是一小萝莉啊!

[好友]伽蓝对你说:……我只是想告诉你,如果你真喜欢那个医生的话,就赶紧地去追吧。你以为等到你四十岁的时候,还会有人要你吗?

这个家伙……后半段纯属扯淡,我苏如是是谁?那就是一永远的萝莉,别说四十岁,四百岁也绝对是有人会要的!

哼,对的,就是这样。

呃,不过嘛……前一句好像还有些道理,苏如是,有花堪折直须折啊……

远远望去，透过石林地绝老人的头顶，我仿佛看到一大堆熊熊燃烧的柴火，中间架着一烤架，旁边是一只鸭子和一堆鸭毛……

鸭子啊……反正你早晚总是要熟的，入谁的嘴不是一个入呢……

于是这天，大姨妈一走，情况大好之后，我便发消息给鸭子：

[好友]你对只羡鸳鸯不羡仙说：鸭子，你最近忙吗？

[好友]只羡鸳鸯不羡仙对你说：如果你有什么事，我随时都有空。

我躬着身子倾在电脑面前，用两个指头戳字：

[好友]你对只羡鸳鸯不羡仙说：鸭子，我来找你吧？

片刻之后，他发了一个非常详细的地址给我，包括怎么坐车、大约时间等等，然后一行字：

[好友]只羡鸳鸯不羡仙对你说：大约什么时候出发？我等你电话。

我看着那行地址，在网上查着具体路线，想着应该不用那么麻烦，我要是开车过去的话估计也就用一天一夜。

于是随便回复了让他等我电话。

结果这事就不知道怎么着被花猪知道了，死乞白赖地揪着我让我一定要先到她那儿。称她学的就是导游，到时候就给我当免费导游。

她和鸭子在邻市，倒是隔得不远，估摸着也就一两个小时的车程，我一看，也别开车了，不然过去再让这个导游导上一番，非累死我不可。

要走，不难，难的是怎么样向公司里那几只解释……

我有点后悔上次把话给说绝了，要么我告诉她们那个一米四二的家伙突然一夜之间长高了？或者他还有一个一米八几的兄弟？

……好吧，我知道这个可信度有多低……

有心想偷偷摸摸地走，但他们非报警不可。思来想去，半天之后……

"喂，杨叔啊？呃……呵呵，是这样啊，我要去一趟L市……嗯，对，解决我的终身大事……啊不不，绝对不是嫁给那个侏儒……放心放心，这次一准带回来。绝对干干净净、漂漂亮亮的一小伙子……再发生上次的事？不可能，要再有此事，我立刻自扯三尺白绫，吊死谢罪！"

如此，在我再三立下军令状之后，登上了飞往L市的飞机。

鸭子，拔了毛洗洗干净等我吧！

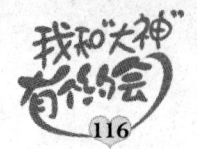

结果,第二天上午十点半,我在机场等了半个小时之后,一辆白色奥迪停在不远处,一个女孩儿从车上走下来,扎着高高的马尾,一身日本水手运动服,踩着灰白相间的板鞋,小脸蛋被冻得微红,倒是朝气蓬勃的样子。

当时我离她大约十米,她开始打我电话,我走过去拍拍她的肩,她跳起来将我上下打量了一下,欢呼着一把搂着我的腰兴高采烈地道:"仙哥哥!"

是她的性格,我笑着把她从身上扯下来,她又打开车门:"仙哥哥,我们今天租这个车,我带你游L市。"

我当时就惊呆了:"租这个车?"

她手舞足蹈:"你别看它是个黑车啊,现在L市这交通,堵得跟什么似的,谁出门不打黑车啊。"

黑车?

我惊恐道:"七十多万的奥迪A5进口车来跑黑车……你们L市的人忒有钱了啊!"

结果话落,前排开车的那个家伙就趴方向盘上差点笑了个人仰车翻……

最后尽管他再三地道没关系,花猪同学双手捂脸誓死也不同意他带我们游L市,这场导游试炼任务,就在花猪吊在我脖子上,红着脸瞪着眼让我赌咒发誓不准说出去之后非常痛心地流产了。

花猪在L市读大学,自然便是住学校了。我在旁边宾馆里住了下来,然后打电话给鸭子,他的声音一如当初的轻柔温和,得知我现在和花猪在一起之后,只是很简短地道他马上过来L市,便挂了电话。

在故事最初的时候,我一直以为历史上最为遗憾的事就是蜀后主称帝……而现在我的看法有点转变了,因为我觉得最遗憾的事恐怕将是花猪这样的人才学了导游——她在扬言要带我去一个最便宜、种类最全的日用品批发市场后,发现她其实是找不到那个地方的……当然更可怕的是她也不知道怎么走回那家宾馆了……

介于刚出来时,重走的路线实在是太多,我们在大街上绕了四十几分钟后接到老圣的电话,问我们在哪儿,周围有些什么建筑。

然后十来分钟后他出现在我们面前,见到花猪,他倒是不认生,就在车里冲我们招了招手,他开的是现代,车只是中档,不过车身保养得非常不错。人说车是男人的大老婆,此话诚不假的。

花猪缩在后座,他替我开了副驾驶座的车门,干笑:"鸭子跟我说你来找她了我就知道,最NB的导游啊,中国以后的人口控制基本全靠她了。"

我笑,花猪还不明白,探个头问:"什么意思啊?"

老圣嘿嘿地笑:"以后你一天带个百人团出去……丢了,再一天带个百人团出去,又丢了……中国就算十五亿人口也禁不起你几带啊。"

他手里还夹着烟,就搁那儿笑,惹得花猪差点脱了鞋子去砸他。

后来我才知道,鸭子、老圣和真梵同是G大毕业,老圣高鸭子和真梵两届,简直就是穿一条裤子的哥们儿。

其实我当时心里就一点疑惑,G大尽出剩男吗……

下午四点多钟去吃饭,猪说带我们去一家风味小吃尝尝L市的烤鱼,但基于前车之鉴,老圣还是决定带我们去吃火锅。

在活鱼头门口下车,我很郑重地问了他一句话:"老圣,这次不是五十块钱一个人的自助餐了吧?"

他偏头,恶狠狠地冲我竖了竖中指。

大哥……这手势你还没忘呐!

因为当时离吃饭的时间还挺早,活鱼头里面人不是很多。我们顺利地弄到了一个包间,服务员很快收拾妥当,让我们过去称鱼头的时候老圣凑过来:"要不称十五斤?"

我惊:"称那么多干吗?"

他点了根烟叼上,郑重其事地道:"管你吃饱啊。"

我掀桌!

坐不多时,鸭子也到了。花猪坐在我旁边,拿了包房里面的L市杂志介绍L市的风景,鸭子笑容温和。老圣叼着烟出去,遂又进来:"花猪,走,跟我去称鱼头。"

花猪不满:"你又不是不认识秤!"

他过来扯了粘在我身上的猪:"让你来你就来,废话多……"

猪虽然奋力挣扎,然而螳臂安能挡车,就这么被他半牵半拖地扯走了。

咳,于是整个房间里就剩我和鸭子。

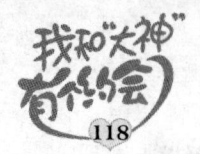

GM作证,我和他都不是多话的主儿,老圣,你不留灯泡的立意是好的,可是你留下了俩闷嘴葫芦就不好了吧……

我觉得浑身不自在,鸭子拿了茶壶往我面前的杯子里添茶,没话找话地问了一句:"累吗?"我赶忙应道:"啊?还好。"

然后就继续沉默。

奶奶的,你说上次大家见面的时候都挺好的,为什么一提到男女感情就别扭起来了呢!

这沉默一直持续到我准备刨地挠墙的时候,老圣和花猪回来了。猪手里提着两杯玉米汁,老圣手里提着几瓶酒,先一步就抢身将准备蹭到我身边的花猪挡开,然后一口咬住瓶盖,往外一拔。啵的一声,酒瓶打开。

我叹为奇观,老圣,都像你这样,开瓶器的生产商非倒闭不可啊……

他倾身往我们杯子里倒酒,我拿起来抿了一口,酒是好酒,入口绵软甘冽,唇齿留香,但是……度数……我估计这酒可以和五粮液号称六十八度的原浆酒有的一拼。

老圣很是豪爽地举了杯子:"来来来,我们先喝一口。死人妖,上次没沾着酒,这次补回来啊!"

我自然是不信他会如此好心的,将信将疑地抿了一口——老圣,难道你还想把我灌醉吗……

鸭子杯子里面却是没有倒多少,就杯底一层,所以他倒是比较干脆,仰头干了。

"哎,死人妖,你抿这么一小口是什么意思,来来来,我们先来两盅。"老圣举了杯子过来,这是二两一个的杯子,我勉强与他碰了碰杯,桌上锅里的水沸了,服务员开始过来下菜。

我顺势让开去看桌上的酒瓶,然后我就吐血了——70度的湖北霸王醉!

老圣,算了,咱不如直接喝酒精吧……

老圣却是非常积极,但喝到第三杯的时候他开始有些撑不住了,给花猪夹菜也差点掉桌上。

我叹气,老圣啊,你不觉得灌醉鸭子比灌醉我现实多了吗……

鸭子也不管他,微笑着帮我们涮着菜,然后我碗里一堆,花猪碗里一堆。我看着他浅浅微笑的小样儿，心里就开始了洪湖水浪打浪。

许是俗话说的酒壮怂人胆，我拿了他的杯子过来，再给他倒了半杯，努力用最亲和的声音道："鸭子，我们喝点？"

他接过杯子，点头轻声道："好。"

鸭子喝酒，远没有老圣的闹腾，他喜欢静静地抿，时不时地还夹点菜放我或者花猪那里。我转过头再找老圣碰杯的时候，他摆摆手示意——算了，我认栽了。

这次喝酒，让我意识到一件事情起码是真的——鸭子是真的不擅喝酒的。他喝酒容易上脸，这时候面色已经是桃腮带赤了。

我想着也不能太过分，而且这酒度数确实太高，我还怕万一来个酒精中毒给喝死在这里呢。

所以总共其实他就喝了一杯。

但是就这一杯，他已经趴桌子上了。

老圣喝多了，自理尚且困难，就别提让他照顾了。

因为喝了酒，车便暂时放老板这里，我去付了饭钱，本来打算再给他一晚上的停车费，他却是摆摆手说他和老圣很熟。

出来后其实也就六点多钟，但L市的天已经黑了。天气还很寒冷，好在酒足饭饱，寒意自然便会消却很多。

花猪要粘着我，老圣给她打了个车，硬是给赶回学校了。然后他便道自己要去看一个朋友，准备开溜，我揪住他："那鸭子怎么办？"

他把鸭子塞进出租车里，又把我也塞进去，给司机报了地址然后对我说："看着办吧，你不住宾馆吗，随便给他开间房就好了。"

鸭子一路靠着我，这次应该不是装醉，他身上微微有些发烫。我一路不停摸着他的额头，可别喝出什么问题来了才好。

下了车，一路扶着他进了宾馆，在众人极具异样的目光下来到柜台，准备再开一间房，掏身份证的时候我突然灵光一闪……色心顿起。

其实大家年龄都不是很小了……你说要让我们像琼瑶阿姨写的那样再来一个"你是风儿我是沙"的爱情故事，也不现实。况且我素来最恨就是拖泥带水、不干不脆，都似这般别别扭扭，他娘的到什么时候才能有进展啊！

反正大家不都那个意思么，那就……得，我先把他给睡了吧！

09 已有蜻蜓立上头

想毕,我收了身份证,半抱半拖着鸭子上了二楼,进了我的房间。将他拖过去扔在床上,看着这一身的酒气,我也不禁感叹了:想起来当真是GM弄人呐,我一直以为这会是锅老鸭汤,诚没想到今晚竟然要吃啤酒鸭啊!

伏在他身上去亲亲鸭子嘴,他的呼吸还带着些微的酒意,唇却是温暖而柔软的,整个身子有些微微地发烫。

这般亲亲摸摸了一阵,我开始发现一个问题——其实我一个人,是什么也做不起来的。

扫兴地躺到床的一边……寻思着不行,我岂能偷鸭不着倒失一把米呢!嗯,不管怎么样,明天早上就告诉他真的做了,然后要求负责!

哼,对,就是这样!

躺那儿郁卒了半天,最后想着游戏论坛上面各种攻略都是挺多的,就是这种攻略少啊。郁卒完毕,正打算睡觉了,一双手从背后伸过来揽住了我的腰。

嗯?

翻身贴在他微烫的胸前,鸭子嘴就凑了过来,我大惊:"你什么时候醒的?!"

他不以为意地揽着我,声音依然波澜不惊:"你脱我衣服的时候。"

我怒道:"那你为什么不吱声啊?"

他的声音带笑低低地咬在我的耳朵旁边:"没好意思。"

我正要发怒,他又轻声道:"而且看你脱我衣服,其实挺幸福的。"

我当时就喷了,彼时他的鸭爪子已经在我身上揩油了,呃,好吧,我承认现在两人光光地贴在一起的情况不是深究这个问题的时候。

"等等!"我抓住他的手,反身压住他,既然他醒着,有些事还是先说清楚比较好。

"嗯。"他却是任我压在他身上,钳着他的手,轻声道:"说。"

"鸭子,你是喜欢我的是吧?"这个应该是前提吧!

"嗯。"

OK,前提成立。

"以后你的东西都算我的了是吧?"

"只要你要,只要我有。"

"那我们得先约法三章。"

"你先到被子里来吧,天冷,小心着凉。"

"先说正事!"

……

他不由分说地靠过来,鼻尖抵着我的鼻尖,呼吸中带着滚烫的酒气,声音也有些不平稳:"好,先做正事!"

那一夜无星无月,我与他三度切磋,以1:2惨败。本来还有一次挽回的机会,但我实在太累了。以至于他再发起切磋请求的时候,被我拒绝了。作为一个PK老手,有一条你必须谨记,那就是——不能贪心。

贪心必死,是大荒的定律。

所以遇敌时先探清对方虚实,如确定不能战,则闪;若不能闪,则降!当你不贪心的时候,你便不会太看重输赢,如此,你便不会忘了自保。

譬如琉璃仙之于曼陀罗,咳,又譬如此刻苏如是之于鸭子。

他轻轻地展臂揽了我,支着身子静默了半晌,突然俯身低头,在我鼻尖上印上浅浅一吻。

在成年人的世界里,情和欲都已成了快餐式的东西,只有这一吻,苏如是于心上脸庞,一生铭记。

如此一睡到天亮,急促的敲门声把我吵醒。外面在下雨,光线透过厚重的窗帘浸进来。我只是一抬头,鸭子便张开了眼睛。

他睁开眼睛的第一件事,便是翻身去找到了我们的手机,然后立刻关机。然后继续上床,然后摆手止住了准备起身的我,示意——继续睡。

然后揽着我躺下,不管外面敲门的那只了。

其实想想我们之间并不很熟,如此这般于勉强还算是光天化日之下,我

也没了昨晚掩耳盗铃的豪气。

外面的人敲了半天门渐渐地停了,我也估摸出来是谁了——除了老圣和花猪,谁吃饱了撑着,大冷的下雨天有觉不睡来宾馆敲人家门啊!

我缩回了身子继续偎着鸭子躺下接着睡,中途他开机打了一个电话,好像是打给医院,说什么王太太的那只就留着等他回去。他声音很低,我也没听清。

后来有另外的电话打进来,他便直接去阳台上接了。

如此几番,等我醒过来的时候已经是十一点过了,他点了吃的东西,没有点酒,就一壶茶,茶里面有葛花,应该是解酒一类。

菜色倒是清淡适宜,着实是狠狠地打动了我的胃。

我举了筷子准备动手,他却已经夹了菜过来,然后微笑着轻声道:"吃饱一点,牟足了力气,待会儿我们继续切磋。"

彼时我正夹着一筷子金针菇,闻言泪奔……

GM,我只道这家伙远看是朵桃花,近看是朵菊花,诚没想到丫竟然是根儿黄瓜啊!

中午,我刚一开机,电话就铺天盖地地打进来。

是杨叔和小唐他们,我接了半天,严肃肯定地表明自己没有被拐卖,没有被绑架,没有迷路,没有出车祸,没有被骗财骗色(众:你确定吗?)后,他们终于挂了电话。

鸭子一直在房里收拾东西,他的和我的,然后出来揽了我,示意:回去了吧?

我一边点头一边打给老圣,告诉他我去鸭子那边了,他嗯了一声,没再说话。

如我所知,从L市去鸭子那里只需要一个小时四十分钟左右的车程。

鸭子那里叫小河区,旁边真的有一条小河,还很难得地保持着清澈。旁边垂柳还未长得新芽,这里的春天,远没有S市来得早的。

鸭子那边是一所小公寓,二室一厅的房间,带一厨一卫,外加一个光线充足的小阳台,阳台上有几盆花草,和他的人一样温和雅致。

嗯,我拖着他的拖鞋进去,就发现了一样不太欢迎我的东西——一条土黄色的狗。

一条一眼看上去就很土很土的土黄色的土狗。

鸭子忙着把我的衣服一件一件挂到衣橱里,告诉我冰箱里有水果。我没有去,因为那位土狗兄此刻正蹲在大厅中央,板着脸打量着我。

我自然也就打量了一下它,谁知这一打量它就不满了,竖了全身的毛冲我汪汪乱叫。鸭子探头喝住了它,但它瞪着圆圆的眼睛,气焰很是嚣张。

当然当时我没理它,如果按一般情况,可能很多人会选择买点好吃的讨好它。其实不然,狗和狼一样有着动物的野性,要对付它有更事半功倍的方法。

当然这个方法自然是不好当着鸭子实施,所以我便躺沙发上开了电视。

鸭子把我换下来的衣服丢洗衣机里面,出来时还切了一盘水果,更让我无语的是……他还顺便切成了花式……咳,好吧,反正这实在是一只很居家的鸭子啦!

那只狗还在那里低吠,以表示它极度、非常地不欢迎我。我冷眼相看,小样,让你先威风一阵,要不了多久你就会知道啥是枪杆子里面出政权了……

一人一狗正在相看两相厌呢,鸭子在沙发上坐下来,我往前蹭了蹭,将头搁在他的大腿上,他拈了水果递过来,然后开始换台。

下面那条狗开始吃味,他顺手把它也拎到了沙发上,趴在他右腿上顺着毛,那狗就伸舌头去舔他的手,态度那叫一个奴颜媚骨。鸭子不以为意,拍拍它的头:"要乖啊,以后这也是你的主人了。"

嗯,好吧,看在这话的分上,就让它在沙发上待着好了。

这般靠了一会儿,我们没什么话,自然就只有把话题放狗身上了。

"我说鸭子……这狗好土啊。"这是真话,鸭子拈了一块苹果递过来:"嘴嘴本来就是一只土狗啊,但是它很乖的。"

"呃……其实我是想说有其主必有其狗啊……"

鸭子:"……"

彼时我仰躺在他腿上,他居高临下地吻下来,就又发起了PK请求,我拒绝了切磋:"闪开,不要用你那只被狗舔过的手来摸!"

他微笑着用帮那只嘴嘴顺毛的姿势顺了顺我的头发,起身穿外套:"我

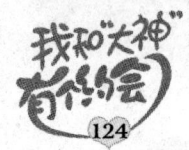

下午去趟医院,你先休息一下,嗯?"

我伸伸懒腰:"这房里的东西我都能碰吧?"

他轻轻吻在我的额头上:"当然。"

门被轻轻地合上,那条自他一走就跳下沙发对我怒目而视的土狗就更嚣张了。我爬起来,开始去翻鸭子的书桌抽屉,也许学医的都这样吧,他的家里非常干净,东西摆放都很整洁。

只是在里间的床头柜里,我找到一些东西,洋娃娃、猴皮筋、小女孩的头花之类。

我有点困惑,他家里并没有小孩的样子,这些东西是哪来的?
不过猴皮筋那确实是个居家旅行、训狗打猫的好物啊。

我将它叠成了四股,试试长度差不多了,便出得卧室。

那个嘴嘴忒没眼色,还在冲我呜呜地低吠,于是我一手持晾衣竿,一手持四股猴皮筋……嘴嘴啊,这可怪不得我啊……是你家主人说的这房里的东西我都可以碰的啊,当然也就包括你啦……

咳,好吧,鉴于打狗实在不是一件值得炫耀的事情,我决定略去过程,反正是把它抵在客厅一角痛揍了一顿,最后当我打得它一身的毛都乱七八糟、状若疯狗的时候,它……终于开窍了,认清了我和它之间谁是老大。

所以说……战不过则闪,闪不了则降,即使是对一条狗,那也是至理名言啊。

为了让它彻底明白"顺我者有肉吃"的真理,我特意给它做了晚餐,打一棒子给个甜枣,以后咱哥俩好……

反正都同在一个屋檐下,家和万事兴嘛。

在沙发上一躺就到了下午四点多钟,然后门被打开,我还以为是鸭子回来了呢,一抬头就一五十多的老太太推门而入……

我一瞬间就仿佛置身于恐怖片里边了——鸭子,你不会一下午就老成这样还变成女人了吧……

推门而入的老太太显然也被惊吓到了,看了我半晌,又退出去看了看门牌号,僵硬了半晌才问:"这……我没走错门吧?"

我也汗了:"应该没吧……"

没理由你突然走错了门,凑巧还能用自己家钥匙把它打开的啊……

老太太惊吓平复了一点,换了鞋进来看嘴嘴趴在一边呜呜地朝她叫(估计她没听出来那叫声何其委屈),一脸的讶色:"嘴嘴平时可是除了点点谁也不认的呢!你是什么人?"

我就在脑子里把所有的称呼都过滤了一遍,他娘的我是什么人呢……想来想去就一个最适合——网友!

好在老太太也是个明白人,当下便反应过来。但她反应有点怪,你说一般长辈见小辈房里突然多出个女人会关心啥?

恐怕更多时候会觉得这女人不检点吧?

但她就是一脸兴奋地上来攥了我的手:"哎哟,你真是我们点点的女朋友啊?这小子,咬人的时候从来不叫啊!太好了,这下子实在是太好了……啊,我一定要把这个消息告诉他爸!"

然后她开始从包里翻手机,开始兴奋地往"他爸"那儿打电话,后来开始告诉他三姑六婆,我原地石化!

先不说鸭子的名字是不是那个恐怖的点点,就单说为什么他有了女朋友,他老娘会高兴得如同洞房花烛夜、金榜题名时一样呢?

我速速分析了一下,大抵不过四点:

第一,"点点"对女女冷淡,久剩成疾,家里揪心,盼其嫁!

第二,"点点"有隐疾,无女肯要,家里揪心,盼其嫁!

第三,"点点"以前性向不正常,家里揪心,盼其嫁!

第四,"点点"以前的对象家里不满意,揪心,盼其嫁!

四点结果出来,"点点"老母也打完电话,开始拉着我的手嘘寒问暖:"闺女你叫什么名字?哪一年的啊?和我家'点点'认识多久了?"

当然,我和客户打惯了交道,讨人欢心也算是本人的强项,忽悠一老太太的本事我还是有的。何况人敬我一尺,我敬人一丈。先不论这老太太是不是鸭子的老娘,单凭她这份热情我也是有理由讨她欢心的。

于是当下便坐沙发上,和她硬扯了十头牛出来吹之。

她喜欢京剧,我就唱得了一段,那个《春闺梦》里的"去时陌上花似锦,今日楼头柳又青,因何一去无音讯,海棠开日我等到如今。"

但是艺不在多,就这一段也就够了,老太太当时就手舞足蹈了。

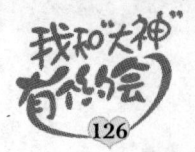

就在我们差点吹破牛皮的时候,鸭子回来了。

进门见着的就是老太太满面红光、神采奕奕的模样,正在唾沫横飞地讲他小时候的糗事,他拿眼神向我示意,我便了然他的两个意思:

一、我妈。

二、谈得很开心啊?

我冲他点点头,他微笑着坐到我旁边:"妈……"

老太太坏坏地起身:"得,我回家里做饭,晚上你带小苏过来啊!"

然后冲我摆摆手,笑得一脸的褶子:"小苏喜欢吃啥?阿姨赶紧得去买。"

其热情劲儿,实在是弄得皮厚如我也招架不住。

老太太走后,鸭子将我抱回房间,再次发起切磋请求,并且在我耳边低声道:"再拒绝我开红了啊?"

我黑线,老虎不发威,你就真敢当我是病猫啊!于是两个人便在房间里狠狠地切磋了一番,输赢嘛……哼,我为什么要告诉你啊!

事毕,我踢他下去进行装备"维护和保养",他不愿意,遂爬上来:"反正我们马上要结婚的,早晚也会要的啊。"

我重新将他踢下去:"结婚以后再说!"

他于是不情不愿地下楼去了。

不一会儿,他重新回来,拿了药,端了水过来。

我靠在他身上,开始研究他的名字:"你真叫点点啊?"

他低头吻吻我的额头,拉过我的手,在手心里面轻轻地写他的名字——何典。然后低声问:"你呢?"

我也模仿着他的样子,在他的手心里轻轻写上——苏如是。

他的声音,依然轻柔尔雅:"你相不相信,我第一次看见你的时候,就觉得琉璃仙……就应该是这样子的。"

我不知道我相不相信,我想我更需要关心的是……待会我穿啥衣服,带啥礼物……

鸭子十分的无所谓:"他们不会介意的,你就已经是最好的礼物了。"

我还是有些不放心,第一次见面,印象还是很重要的。何况小辈见晚辈,有点表示也是应该的吧?

鸭子抱着我的腰："你喜欢什么就给他们送什么吧。"

我回头望他："我喜欢天下的游戏点卡。"

鸭子："……"

这一通切磋之后，到出门时间就晚了，我想想买什么也来不及了，于是和鸭子出门，想着下次补上好了。

这地方离他老爸老妈家实在是不远，我们并肩从小区走出来，那时候是一月底，天色已暗，淡黄色的灯光将行人的身影拉得斜斜长长。

他换了灰色的毛衣、白色的外套，我甚至忘记了游戏里第一次见他的情景，其实时间不长，但这个人，却似已相识了很久很久一样。

穿过十字路口，沿着河道的小桥行过去，风贴着水面，带着早春的清寒抚过来，路旁小贩喧哗，行人匆忙。

他往前走了一阵儿，突然回身牵住了我的手。当行年渐长，我以为脸皮已经失去了脸红的功能，而今十指相扣、体温相染的时候，年逾三十的苏如是，竟然也会有青春年华的心动。

于是这白石小桥，这傍晚闹市，竟然就让人生起天长地久的错觉。

"在想什么呢？"他比我高半个头，语声温和，穿过市井的喧嚣清浅入耳，我便非常老实地答了："没，刚刚突然找着一点儿恋爱的感觉。"

他抿唇微笑，握着我的手加了三分力道："那么……我们一直把这种感觉维持到八十岁吧？"

我抬头看他："那万一我能活到八十一岁呢？"

鸭子："……掐死！"

事实证明，我没有带礼物去是对的。

他老爸老妈家竟然挤着七大姑八大姨足足二十几个人！鸭子，你的亲戚简直是比我们打城战还来得齐啊……

鸭子刚带着我进门，就出来几个女人，我刚认出鸭子的老娘，正准备打招呼，一个微胖的中年女人就上前握住了我的手，众人看见我就一表情——"看！灰机！"

她倒是非常热情，赶忙地就过来接了我的包打算挂好，我哪敢麻烦她，这年龄好歹也是长辈么不是。于是赶紧地也就过去帮忙了，她一脸欣慰地握

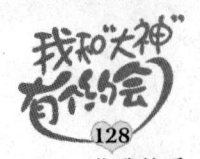

住我的手："小苏啊，阿姨总算盼到这一天啦……"

旁边还得加上众人的感叹："姐、姐夫啊，你们现在可放心了啊……""终于不用再为点点的事伤脑筋了啊……""点点啊，早这样的话爸爸、妈妈不知道少操多少心呢……"诸如此类。

众人一副久旱逢甘霖的表情，我不知道我是不是她们等来的甘霖，但是我受宠若惊，惊则生疑。于是借故将鸭子拉到厕所，进行质问："你吸过毒？"

他茫然，然后摇头。

我疑虑加深："坐过牢？"

他更茫然，摇头。

我乌云满脸："杀过人？"

他拍拍我的头："想什么呢？"

于是我茫然了："那你的父母为什么一副你嫁不出去的样子啊？"

外面他老娘叫他，他更加用力地拍了拍我的头，边应着边出去了。

这顿饭我就在她们一副看大猩猩的眼神中度日如年般吃完了，在陪他老娘叨嗑的时候收到老圣的短信：别忘了势力战！

把手机递给鸭子，他看了看，只略微点了点头。

饭罢，鸭子妈拉着我聊天，应付着满屋子的一干人等，我脸都笑麻木了，终于鸭子妈决定单独和我谈一会儿，要说态度，那简直就是越看越爱。

我也困惑了，其实我不像是那么花见花开、人见人爱的主儿啊……（某人肯定点头：确实，丫不讨人嫌已经是谢天谢地了……）难道这就是所谓的女主无敌论？

鸭子妈问了我很多问题，比如哪里人，现在在做什么，怎么和鸭子认识的，父母做什么的。答父母职业的时候，我颇有些惘然，如果……如果十年前苏如是不是那么任性的话，也许现在我的父母也会拉着鸭子的手这般嘘寒问暖吧？

有些自嘲地摇摇头，继续专注鸭子妈的问题，有些事情，年轻的时候总是不明白啊。

她就这么握着我的手聊了半天，她的手上有薄薄的一层茧，也许是上了些年岁，皮肤有些干，握在我的手上，可以感到隐约的粗糙。我对她其实很有些好感，她和我的性格很像，有啥说啥，行事雷厉风行，绝不拖沓。

而且思想也比较前卫啦，比我想象得好沟通得多。于是两个人一谈之下，相见恨晚，她就拉着我恨不得结金兰之交了。

咳，当然最后是没有结啦，不然鸭子得嫁给他小姨了……

后来呢，鸭子就进来催了，以我刚从S市过来，忙了一天为名，让她老人家先放了我。临出门时她塞了一个镯子过来，我对玉没有什么研究，在我眼里玉就一种，就是玉。

所以我只能说那是个玉镯子，鸭子妈很是急切地把镯子套在我手腕上，然后很是得意地拍拍我的肩膀："先回去歇着，明天妈煲汤给你喝。"

我原地石化……鸭子妈，你强！

然后又摸着手腕上的镯子……什么东西这个，传家宝吗……

临走前他们家七大姑八大姨一人送了我一条新毛巾。

我一头雾水，鸭子说这是他们家乡的风俗，新媳妇见家长，亲戚都要送的。拿着一堆毛巾，我当时就想到古时新婚之夜垫在婚床上的白丝绢……

回到家已经是八点半了，鸭子登了游戏，一上去就被老圣狠狠地批斗了一番。我去给嘴嘴做晚餐，估计是鸭子妈经常过来的缘故，他冰箱里面菜还是很齐的。我随手给切了一块牛肉，煮了碗面给它。

叫它的时候它有些犹疑，半晌还是跑过来，因为下午的时候喂过，这时候估计也不是很饿，不过狗嘛，对吃的还是感兴趣的，就在盘子旁边东嗅西嗅，只等着面冷了。

鸭子在跟着老圣他们打古祭台的台子，天有些冷，我洗刷刷完毕后便爬到床上去了。拥着被子靠在床前，将笔记本拖出来放在双腿上。笔记本上是用的无线网卡，且不说漫游，单说网速已经是很卡很卡。要做点别的还成，势力战……我还是别想了吧……

反正也无事，便去了技能区，想起花猪来自景德镇的马，我决定给她做点马粮。于是琉璃仙便在九黎城忙开了。

把东西寄售给花猪的时候她很是惊喜，问我在哪里。我总不好告诉她在鸭子床上啊，于是这个问题便被自动过滤了。

那时候鸭子正和老圣在打狼图腾，老圣让他带人从台子后面的小道

包抄,他打了一个好,却起身去开暖气,然后回头:"被子盖好,会着凉的。"

我点头,他重又坐在电脑面前——那个我认为应该放梳妆台的地方。

临着落地窗,他专注地操作着只羡鸳鸯不羡仙,琉璃仙站在制作台前做着虚拟的动作。

"鸭子。"我懒懒地唤他。

"嗯?"

"你的背影从这个角度看上去很销魂呐!"

他低笑:"没有你不穿装备的时候销魂。"

势力战,就在这轻敲键盘的声音中过去了,鸭子关了电脑,将他的网线拉了过来递给我。嗯,想来网线留长一点,还是非常有用的。

换了根网,重新登陆的时候果然就快多了,我驱着琉璃仙跟老圣借了个队伍,把童趣、诗与酒这些日常任务给做了。(部分任务队伍里有有缘人的时候经验有加成。)

路过江南永宁的时候遇到曼陀罗和紫蝶也在组队做童趣,当然自从我不再"临幸"紫蝶MM后,她在我面前着实收敛了很多。

只是曼陀罗与我之间还是有些两看两相厌,不过你要理解,我杀他老婆远比杀他更伤他面子得多,何况还比杀他容易得多呢。

故此我和他不和,是整个服人尽皆知的。

这时候他没有来追我,当然GM,我也不怕他这时候追我,我就担心他是不是在等着我接了任务、幻化了之后再来追我!

那我就亏了。

但他却似乎没这心思,往我身边站了一会儿,留下一条密语:

[陌生人]曼陀罗对你说:我从来没有见谁穿白露穿得这么别扭。

我汗。

最后当我驱着琉璃仙去东海之滨种树的时候,鸭子也洗漱好了,穿着睡衣爬到了床上。来了也不客气,就伸手揽了我,看琉璃仙种树。

我换个舒服的姿势靠在他身上:"鸭子,你上工会YY唱歌吧?"

他低头吻我的额头:"为什么?"

我流口水:"老圣说如果我能叫你上YY唱歌,他就准我在国库提两个雷钻。"

他笑着叹气："好吧，看在两个雷钻的分上。"

他开始登他的YY，我想想还是不放心，于是密老圣。

[好友]你对圣骑士说：不行啊，要是他唱了歌你不准我提怎么办呢？

[好友]圣骑士对你说：你说怎么办？

[好友]你对圣骑士说：[口水]我先提一个。

[好友]圣骑士对你说：哇！

然后鸭子就去YY唱歌了，蒙鸿天下的YY瞬间便塞满了人。

你能想象那个场景吗，他找了耳麦，一手半环着我，靠在床头轻轻地唱歌，唱那首许嵩的《南山忆》，他的声音很低，纯澈而干净，整个音符都似泉水一般的流淌。

我怀里抱着电脑，仰靠在他胸口，他的歌便似乎在耳边一样。

于是我记住了那歌的歌词，"独揽月下萤火，照亮一纸寂寞，追忆那些什么，你说的爱我"。依稀记得是首基调很忧伤的歌，可是很古典，非常的安静。

应该说过我本浅眠，可是那一晚，我不知道他什么时候收的电脑。到后来还是被他的手机铃声惊醒，他依然到阳台去接，十几分钟后过来替我盖好被子，然后就欲出门。

我很不解，这时候都十一点多了。

"鸭子，你去哪儿？"我半起身，他回身安抚性地吻我的额头："有个朋友的小孩出了点事，我出去一下，马上回来，嗯？"

我知道他素来爱管闲事，不过这时候孩子出了点事却打电话给他，还是让我觉得颇为奇怪："这么晚了也得去吗？"

他温柔地抱了我一会儿："我就替他送去医院，先睡，嗯？"

我想着孩子病了，这半夜三更急着要送医院，估计事也不小，就没再说啥，挥挥手："快去快回吧！"

房门被轻轻地合上，我却睡不着了。我一般中途醒来都很难睡着，成习惯了。

爬起来披了外套，摸了支烟出来点着，还是靠在床头重新开了电脑。

那边嘴嘴听见声响，跑到房间门口探头探脑地看着，我拍拍床问它要上

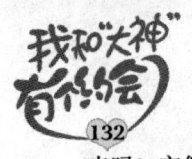

来吗?它傻乎乎地没听懂。

琉璃仙上线的时候还在东海之滨,老圣给了我蒙鸿天下的国库密码,让我自己去提两个雷钻,然后我就发现了一件非常无语的事——整个天下都知道我和鸭子在一起了。

[好友]圣骑士对你说:还不睡吗?

[好友]你对圣骑士说:呃,睡不着。

[好友]圣骑士对你说:鸭子呢?

[好友]你对圣骑士说:刚他接电话,说什么谁的小孩病了,他去帮人送医院。

又过了约三分钟,他终于回了这条消息:

[好友]圣骑士对你说:在那边习惯吗?

我笑。

[好友]你对圣骑士说:这个世界什么地方对我来说都没什么区别。

区别……可能只是谁和我在一起吧……

[好友]圣骑士对你说:习惯就好。

对话到这里结束,我百般无聊,驱着琉璃仙做周常。当时花猪已经下线了,老圣在带副本,我借了伽蓝的队,正好她也没什么事,就一起做任务了。

她不是个八卦的人,谢天谢地,也正因为她不八卦我才难得地落了个耳根清静。

我和她并肩行走在九黎的石林小镇,重复着已成白水一样的任务。

一直到三仙做了六次,补天也做了六次,祈雨三次之后,她终于问了一句:

[好友]伽蓝对你说:你不睡吗?

[好友]你对伽蓝说:我没事,你先睡吧。

[好友]伽蓝对你说:我是说,你不是和鸳鸯在一起吗?这么晚不睡?

[好友]你对伽蓝说:呃,他出去了。

[好友]伽蓝对你说:那你现在去做什么?

[好友]你对伽蓝说:我去燕丘,抢整点BOSS。

然后呢，我们就去燕丘抢了整点BOSS，再去杀了几个盗匪，期间掉了一次天珠，我们跟着去捡了。

鸭子回来的时候已经快三点了，我问他孩子怎么样，他只是说了声没事，然后去洗手间重新洗漱，过来时还顺便帮我带了杯水："喜欢喝什么？明天我去订牛奶？"

我摇摇头，再靠到他身上："喝自来水也行，我没那么娇贵。"

他低头吻下来，低声道："以后，我会让你成为世上最娇贵的女人。"

言罢，吻着我的脖子请求切磋，这次我接受了他的切磋请求，不过鸭子，你的意思是你要把一条流浪狗养成小京巴吗……

第二天一早醒来的时候，鸭子已经出门了，桌上压了纸条，告诉我早餐在桌上，微波炉在厨房。我起床梳洗完毕，热早餐的时候发现嘴嘴把桌布拖了下来，牛奶倒了它一头一脸。

于是鸭子妈过来的时候我正在给它洗澡。它不愿意洗，又不敢挣扎，憋着个小样儿委委屈屈地洗了。

"小苏，妈煲了莲藕汤过来，你尝尝。"鸭子妈人确实是太好了，见我在用吹风给嘴嘴吹毛，她更是高兴："你说真奇了怪了，这嘴嘴还真就认你和点点呢。"

我唯有干笑……我不揍它它能认我吗……呃，错了，它这不是认我，是怕我。

好不容易给它吹干了，然后拿了桌上鸭子买的早餐喂它，它倒是很乖，生怕咬着我的手似的，小心翼翼地叼过去吃了。

"小苏啊，"鸭子妈拿了碗帮我盛汤："我们点点的性格你应该知道，就是太热心，呵，也不知道为什么，我竟然教出了这么善良的一个孩子。可是吧……他要太善良了，作父母的，也总怕他吃亏上当。你看这狗，呵呵，这狗是前年过冬至的时候我买来说杀了吃肉的。可是养在家里几天，他就舍不得了，说是太听话，结果弄到自己这边来养着了。"

嘴嘴还在吃我手上的火腿，它的毛色非常光亮，长得虽不说是肥头大耳吧，绝对也是体重超标的架势了。眼睛却非常机灵，这时候正时不时地抬头，用黑溜溜的眼睛偷偷打量着我。

　　我喝着鸭子妈煲的汤,人都说广东人擅长煲汤,但她煲汤手艺是丝毫不输与广东大厨的。汤汁浓而不腻,香滑生津。我啧啧地赞,她便笑得一脸满足:"这可不是吹牛,妈这汤啊,在这附近都是有名的呢!"

　　十点多的时候本来想去看看鸭子的呢,鸭子妈拉着我逛街,我想想我过这边估计要待上几天,换洗的衣服也只有那么几套,便跟着她一起逛逛了。

　　Shopping是女人的天赋,就算我现今很宅,所幸老天给的这项天赋还在,所以我们一逛就逛到了下午三点多,给她选了一件开衫的针织外套,我买了两套衣服,一双鞋子,然后我们一人买了一套内衣。

　　期间鸭子妈老争着付钱,GM作证我怎么敢让她老人家帮我买单,也就倔着自己付了,衣服不值多少钱,她却是非常感动,说鸭子长那么大连毛线也没给她买过一根儿。

　　我开玩笑说这家伙真是忤逆不孝啊!说完又颇有些自嘲,若真论不孝……苏如是当在其首吧。

　　一直到下午四点半,鸭子妈买了糕点,带我去接鸭子下班。

　　我曾数次猜测过鸭子的职业,但我没想到……那个和我们下本无数、数次险境保我们不死的家伙,他、他竟然是个兽医……

　　……GM,你让我怎么相信,这一年多来,我赖以生存的"奶爸",竟然是一兽医啊……

　　天意弄人,莫为此甚呐!

　　那是一栋两层小楼,雪白的墙,地上全部漆成了绿色,坐落在繁华一隅,很是引人注目。如果不是它的头顶挂着宠物医院四个大字,我觉得它更像一栋小别墅,倒是一个清静的所在。

　　里面工作人员不是很多,我没有养过宠物,自然地倒也没来过这种地方。但总体来讲,这里比我想象得干净很多,里面工作人员都穿着白大褂,没有一般医院里面很浓重的药味。

　　鸭子妈大约她们都是认识的,一路过去打招呼的人很多,我们穿过光线充足的走廊,透过玻璃门看过去,鸭子在里边跟一个微胖的妇人说话,她怀里的吉娃娃安静地趴着,时不时还舔舔她的头发。

　　我必须承认这白大褂他穿着其实很有点救死扶伤的范儿……呃,就算他救扶的都是猫猫狗狗吧。

鸭子妈便拉着我参观一下这所小医院，它和其他医院其实没什么区别，一样的设了前台预约、挂号、收费及其他咨询，里面详细地分了科室，我们一路过去，就见着不少房间外就标明内外科、牙科、皮肤科、肠胃科，还有注射室、检验科、手术室等。

整个医院还兼宠物接生、接种、宠物美容、宠物营养咨询（售宠物粮……），甚至连宠物公墓也可以联系。

唔，也算是一条龙服务了。

刹那间，我又有了土鳖的感觉，鸭子从来没有对我提过他的工作，我想不到宠物还能有这么多名堂。

鸭子妈很是兴高采烈地讲这里好些宠物的故事，我们一直逛了二十多分钟，鸭子送人出来的时候才看见我们。

他过来接过了我手里的东西，我就看到院里数十道目光落在了自己身上，直到进了办公室，那种被X光透视的感觉似乎都跟了进来。

他把东西放一旁的柜台上，有前台的妹妹倒了水进来。他的办公室光线很好，窗台对着后面的竹林，这时节竹子还未发叶，倒是有光秃秃的枝丫探在窗前。

自窗内看出去，有种置身乡村小镇的清幽。

我只是在窗前站了一阵，鸭子便用叉子叉了一小块绿豆糕过来，我皱着鼻子在他身上嗅了一阵，也颇为奇怪："鸭子，你身上为什么闻不到一点狗的味道呢？"

他就气势汹汹地冲过来打算咬我的鼻子。

两个人闹了一阵，鸭子妈就拿了些吃的说出去给其他人尝尝，开门的时候我听见声响，转过头去的时候发现门外站着一个人，一个女人。

好吧，然后是一个脆声声的童音："爸爸！"

呃，好吧，刚才我的目光抬太高，没注意她还牵了个小女孩儿。

孩子大约三四岁，扎着两个牛角辫，看见鸭子就扑过来抱住了他的大腿。

我当时还没来得及看清那个女人呢，就被那声爸爸给吓得心肝一颤。

GM，有谁来解释一下这什么情况？

鸭子松开了半压着我的手,将孩子抱起来,拍拍她的头:"叫苏阿姨。"

女孩很听话,转头就甜甜地叫:"苏阿姨!"

还是鸭子妈反应快,她立刻就过来从鸭子手上接过了那小女孩:"程程啊,我来介绍一下,这是点点的女朋友——小苏,小苏,这是程程,是我们以前老邻居的女儿。这小家伙是程明明,呵呵,平时啊特别粘我们家点点。我常说啊,以后如果我们家点点生个男孩儿,两个人会是多般配的一对啊……"

我不得不说姜还是老的辣……

她这番一话多义的介绍,我当然不可能听不出来。我都听出来了,对面这位"老邻居的女儿"当然更不可能听不出来了。

我看到她眼里一瞬而过的呆滞,随后又强笑着道:"苏姐姐。"

于是我恍然了……GM,在整个故事到第九章的时候……终于作为言情、狗血、肥皂剧不可或缺的腕儿出现了——小三儿!

我这时候才有时间来打量这位"老邻居的女儿",她的头发是自然的黑色,前面的刘海剪成了齐齐的妹妹头,看上去确实是很小很可爱啦,但是如果这个明明是她的女儿……她应该不会太小才对。

我们对望,以中美两国外交官般标准的礼仪,皮笑肉不笑地握了一下手。

鸭子妈依然抱着那个叫明明的小女孩儿,然后拉了那个叫程程的大女孩儿的手:"程程啊,我们带明明到外面去走走吧,人家小两口亲热,我们就不做电灯泡了。走,明明,周奶奶带你去公园玩。"

那个"老邻居的女儿"在被她拖着离开的时候,回头看了一眼鸭子。

那一眼,至情至伤,很符合琼瑶奶奶的描述。

我回头看鸭子,坐等狗血淋头。

"说吧。"我坐在鸭子办公桌前的椅子上,为了保持强大的主角气场,特地靠着椅背,把二郎腿给翘上。

他却用叉子叉了颗奶油果过来:"龙儿,我和程程……都已经过去了。"

我叼了那颗果子,其实我是相信他的,无所谓因果,就好像战场二人袭敌,他宁愿自己被围上,也必然会下马给我一个逆转一样。

我咬着奶油果抬头看他:"过儿,你是爱我的吧?"

他倾身环着我,声音低沉却肯定:"当然。"

"好吧。"我搂着他的脖子,我不想知道因果,好吧鸭子,只要你爱着我,我就会为了你,打跑所有的小三儿。

两个人抱了一会儿,一抬头,就发现窗外挤满了一溜儿人类高贵的头颅。

鸭子微红了脸干咳一声,她们迅速作鸟兽散,我倒是无所谓,八卦……人之天性嘛。

鸭子妈这一出去,就没见着再过来,这时候就算是我再迟钝也隐约可以猜到事情的始末了,由此倒是解了我多处疑惑。

鸭子是五点半下班,但无所谓,医院再小好歹他也是个院长,何况宠物医院毕竟要清闲很多,什么时候下班倒也是由着他。

他换了衣服,收拾好东西拉着我出去,外面无数条X光将我仔仔细细地扫描了一番。鸭子搂着我的腰,微笑着介绍:"苏,苏如是。"

周围的目光开始由最初的好奇兼八卦变得热情友好,看来这个天下全服第一人气医师,实在是表里如一的。

这些家伙纷纷打招呼,说也奇怪,我在自己公司那边的时候就一孙子,过来他这里的时候却突然找得点大爷的感觉……

晚上因为要城战,我们没有出去玩。我本来想着给嘴嘴选狗粮呢,后来一看,反正鸭子那儿有,就捡最贵的顺手牵羊了,当然,是挂的他的账。

回家上线的时候整个服正在沸腾,然后我也听到了一囧闻——卓越联盟的势力主卓尔不群被人给扒了个精光,当然他一身值不了多少钱,天下的安全措施还是比较到位的,装备的钻要转移非常困难,所以号本身损失也就是两颗极品珠子,一千六百多金,各类石头不等。但是因为这个号是个联盟势力主号,国库的损失就堪称杯具之最了。

这家伙下手也忒狠了,卓越联盟整个国库被洗劫一空。

而更令我不敢相信的是……这个洗劫他们国库的女号——竟然是伽蓝。

我以头抢地,GM,这是什么世道……

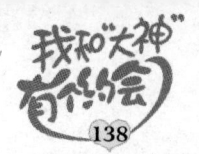

此事一出,最尴尬的当然是我,不提这一只是由我引到蒙鸿天下的,单说她平日里除了我以外,几乎不和任何人组队做任务,无数人怀疑丫是我的小号。

但我一直跟鸭子在一起,他们又没有证据,此事遂成悬案。

而整个水月洞天却因此而人心惶惶,GM,骗尽全服装备评价榜前一百名男号的辉煌历史,又要重现了吗!

鸭子坐在床上时嘴嘴便跳了上去,很自觉地趴在他右手边,头就搁他腿上,这家伙,比我还擅长撒娇!

这次的城战又是曼陀罗守城,而因为卓越联盟国库被人席卷一空,这次的城战大部分势力选择休整,当然高兴的便是曼陀曼他们了,没了卓越的大部分精英,要守城那简直是易如反掌的。

老圣派我去协助曼陀罗,我现在成有名的势力主保镖了!

慢吞吞地跟在曼陀罗后面,和高手配合果然是不一样的,他很默契地隐身跟着我,常遇上想上来试试我流转剑锋的家伙,他出手一个影杀,加上我的一个符惊鬼神,对方基本歇菜。

如遇实在牛叉、不肯歇菜的那种,一般我符惊完,等三到四秒他丢一个催眠技能过去,然后两个人随便丢个什么技能,对方就只能是含恨回圈了。

她老婆紫蝶最先还一直跟在我们身后,但是老天作证,这家伙的操作技术和花猪那就是一个妈生的。城战开始的十分钟之内,她以平均每分钟两次的速度阵亡,还反骂我不知道保护她。

我也很无语,你说就算你是个医生吧,人家杀你的时候你先戳他一针封了他的技能行不行?

好吧,就算你找不到这个技能,你先给自己喂口血行不行?

OK,就算你这口血喂不上,你往后跑跑,别老冲在我前面行不行⋯⋯

就算我再装个三头六臂,你让我怎么去保护一个冲上去和荒火、天机、剑客这些战士们肉搏的医生啊⋯⋯

不也就三两刀的事吗⋯⋯

[阵营]琉璃仙:[念经]紫蝶MM,先去凉快处歇着吧,朕会照顾好你家老公的。

她现在已经不敢骂我,便只有跟曼陀罗撒娇了。

[阵营]紫蝶：[抹泪]老公，你看他欺负我！
[阵营]紫蝶：[大哭]老公——
[阵营]曼陀罗：不哭了，去大殿守神石吧。
[阵营]紫蝶：[大哭]人家要跟在你身边！
[阵营]曼陀罗：乖，听话。

我们守着梦漓门，外面不时有人攀着攻城梯上来，但人数相差实在太大，这场战根本没有悬念。曼陀罗开始带人追杀，我并没有十分卖力，你知道，就算是跟在老圣后面，我也顶多就尽力骚扰奔着他去的人，让他不被人杀而已。

所以一般情况，如果曼陀罗不被围上，我就不下马，如果他被围上了，我还可以上去一个缚足接一个符惊鬼神，然后等他逃出来的时候宝宝再接着唱一个符惊鬼神。

如此这般别说上马跑了，他就是像乌龟宝宝一样用爬的也死不了啊。

如此几番，丫就越发大胆了，经常一声不吭地就往人堆里拱，害得我小心翼翼、不敢走神。

次数多了，大家都知道我身边有个隐身的刺客跟着了，过来的人数也就更多，刺客本就是需要出其不意的，这样一来，我的压力更大了。

绷着神经一直紧张到城战结束，总算是幸不辱命。

传出梦源城的时候我收到系统消息。

[系统]曼陀罗向你发出好友请求，同意/拒绝？

对于这个人印象的改观，还是从鸭子那里听到他的事的，紫蝶要做势力主夫人，他就成立了一个势力，并且一心一意地发展成了根基深厚的联盟势力，紫蝶小号的时候要下副本，他就洗了全疾去扛BOSS，紫蝶长大了要下战场，他就洗了全力去陪她战场。

任天下缘聚缘散，曼陀罗联盟的势力主夫人就从未换过。

我点了同意，不论他现实中如何，能够为自己的老婆做到这种程度，即使是在游戏里面，也应值得女人尊敬吧。

[陌生人]曼陀罗对你说：琉璃仙，以前的事就此揭过吧。以后有什么事，开口就是。

于是与紫蝶和曼陀罗之间的嫌隙，也就随着这一条好友请求和紫红色的

密语而烟消云散。

我很感激老圣,琉璃仙的仇人名单渐渐地少到只剩五六页了,他总是能不动声色地让我和他们并肩作战,悄无声息地和缓着双方的关系。

其实游戏和人生一样,需要我们感恩的东西太多。

[好友]你对圣骑士说:老圣。

[好友]圣骑士对你说:嗯?

我几乎能想到他坐在他的网吧里,一个手戳字一个手抖烟灰的情形。

[好友]你对圣骑士说:谢啦。

[好友]圣骑士对你说:滚。

这是一个杯具和洗具共存的周末,悲者伽蓝真的洗了卓越联盟的老大,喜者曼陀罗成了我的兄弟之一。

退了团便进了鸭子的组,那时候他继续着我昨天未竟的事业——帮花猪做马粮。

我爬到床上,嘴嘴很自觉,立马就下床溜了。我扑倒在鸭子身上,恶狠狠地将他摁住。

他笑着搁了笔记本,懒洋洋地任我摁着:"一分钟道士,你要干吗?"

这时候他睡衣已经被拉乱,露出半个胸膛,我流着口水左右想了一分钟,嗯,终于想到一个名目:"我来检查一下我的奶瓶儿……"

鸭子:"……"

10 奶瓶捍卫记

第二天一早鸭子就起床了,他的动作很轻,可我还是醒过来,醒来后也不想动,半眯着眼睛偷窥他换衣服,临出门时他过来轻轻抱了抱我,那隔着被子的轻轻一拥，GM，我确实是非常感动。

抱完，他又下去抱了抱嘴嘴。

……GM，你还是当我什么也没说吧！

一直睡到九点半，有人敲门。

我以为是鸭子妈，开门的时候才发现门口站着那个所谓的"老邻居的女儿"程程。

琼瑶阿姨，我活了三十来年，终于要和小三交锋了吗？

好吧，我承认偶尔无聊的时候会看些韩剧、狗血小言之类。有一条是铁的定律，那就是——主角一定比小三漂亮！

我昂起头，正打算摆一个自信的POSS，但是突然发现一件事情：

她今天穿了一套类似医生三代弟子服的时装：一件嫩黄色的毛衣，下面是白色的短裙，同样色系的短靴，画着淡妆的脸上，青春打底，明丽而活泼。

而彼时我正着纯棉的睡衣，发未梳，脸未洗，处于半清醒状态。

这……我汗了，GM，就算我是主角，就算女主魅力无可挡是狗血小言的铁律，但是他娘的这装备悬殊会不会太大了？

比美放弃。

GM，难道这场狗血小言里我不是美艳型女主，而是心地纯良几近小白的女主？

于是好吧，狗血小言铁律二：女主一定心地善良、以德报怨、弱不禁风，女配一定贪慕虚荣、心如蛇蝎，阴险狠毒！

于是……GM，作为一个心地善良、以德报怨、弱不禁风的女主，我应该先把她让进屋里是吧？

所以我就将她让进去了，然而我忘了这个家还有另外一名成员——而更不幸的是，当我想起来的时候，嘴嘴已经上去和她亲密接触了……

于是女配被狗咬了。我看着她雪白的腿上那个紫中浸血的牙印，也不禁叹服了——嘴嘴，你还真是六亲不认呢！然后又冒出一个想法——鸭子，你那儿有卖狂犬病疫苗吗……

把嘴嘴关到卧室，其实我本来是想扶她下楼的，小区外面有诊所，应该

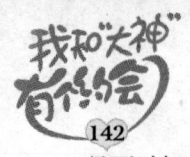

是可以打疫苗的。但是女配气势不减:"姓苏的,你少来装好人!我和点点有二十六年的感情,你和他才认识多久?你有我了解他吗?"

她的声音已经带了哭腔,GM,其实我一直是个颇有风度的人,我很少跟MM一般计较。但是此情此景,怎么看怎么有点我正在欺凌柔弱女子的嫌疑啊!

而且那个血印在她雪白的腿上确实是有些刺眼,她不痛我都替她痛,所以当时我便一片好心地扶住她提醒:"我说,你腿上不痛啊?还是先下楼打个疫苗、消个毒啥的吧。"

她一听,更不得了了:"你还说风凉话!"然后把我一推,眼泪就滚了出来,"我上小学的时候他已经会背我回家了你知道吗?你凭什么用这么一副嘴脸和我说话,凭什么!"

女配哭着跑了。我只有叹气,傻瓜,有些东西,一旦你放手了,就不再属于你了。不管什么原因,不管有多少曾经,都不会再属于你了,明白吗?

关上门放出嘴嘴,它还在低吠,我喝了它一声,它悻悻地走开了。没过多久,鸭子打电话过来,我想着莫非女配去给他告状了?说我放狗咬她?

我吐血三升,GM,难道我竟然就是那只含冤莫白型的女主吗?!

真是人生何处不狗血!

接起电话,我想我也不用跟他解释了,咱就按着被黑狗的血和泪浸透的剧本,当一回受虐媳妇一般的女主吧!

于是……

"龙儿,起床了没有?我来接你,下午我们出去玩?"

呃……GM,他不是应该兴师问罪吗?

"呃,起了。"我想想,还是决定自首,"鸭子。"

"嗯?"

"刚你那个青梅过来这边,被嘴嘴咬了。"

"程程?严重吗?"

"啃了一口。"

"你先换衣服,我打电话看看她在哪儿。"

"喔。"

于是……GM,原来我是恶人先告状的女主啊!

后来呢，鸭子没有和我一起出去。那个程程说医生让她留院观察，让鸭子中午去接下明明放学。鸭子打电话问我要不要一起去，被我断然拒绝了。

然后老圣就打来电话，说真梵回来了，让我出去吃饭。我抢来鸭子的车，是辆黑色的雪佛兰科帕奇，整辆车空间很大，外观大气，嗯，我很是满意，就直接开出去得瑟了。

一个多小时后，我在花猪学校门口找着了真梵、花猪和老圣。花猪死嗑要老跟我一起坐，车便交给老圣开了。

我一直未曾想到，就真梵那小样竟然还是国家公务员。说实话，我很怀疑他天机战士那一身伏龙套装的红翅膀——不会是用公款砸出来的吧？

车从绿化良好的公路行过去，老圣问我们目的地，花猪兴致高昂，要求去大龙潭公园，并扬言要让我们见识一下她大导游的本事。车中三人同擦汗，曰："别了，已经见识过了。"

也许是我已经老到逛不动公园了，这里湖光山色虽美，却总觉得没有了往上面走的兴致。只有花猪蹭蹭蹭地往上爬，真梵颇不放心地跟在后面。

我找了一个亭子坐下，示意老圣——你们去玩，我在这里等着！

他却也跟着坐了下来，一坐下来，手就往包里摸烟："鸭子今天在干吗？"

我也学着他的样子从盒子里摸了一根烟，示意他：给爷点火。

他拿了打火机帮我点上："死人妖，程程昨天给我电话了，问你和鸭子的事。"

他斜眼看了看我，又吐了个烟圈继续："她和鸭子从小玩到大的，后来大学毕业去了上海，在那边……呵呵，和别的男人好上了。"

我对故事的始末不感兴趣，无非是太多太滥了的薄情故事，但我对那个男人感兴趣："她看上的那个男人，比鸭子还好？"

老圣就笑了："她不喜欢鸭子做兽医，呵呵，那几年，宠物医院没有现在好做，她觉得男朋友是个治猫治狗的，很没面子。"

我抬头看老圣："你说，鸭子爱她吗？"

老圣避重就轻，开始继续讲故事："后来呢，她就和那个男人结了婚。但是你知道，男人对女人，婚前婚后，那当然是不同的，不是每一个男人都

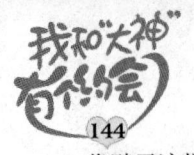

像鸭子这样，能够有求必应的。"

我基本上能猜到这个结局："所以她就离婚了，带了孩子回来找鸭子？"

老圣笑："其实那时候他们的矛盾还不到这种程度，只是后来她不断地和男人吵架，特别是有了孩子以后，不断地拿男人和鸭子比。你知道，这是男人的死穴，没有哪个男人能忍受自己老婆天天念叨着前男友的好吧。于是不满的就不再是她一个人。

然后呢，两个人就吵架，吵烦了就动手。一动手，有时候就没轻没重，有一次，"他比划着指了指胳膊，"那男人用凳子把她的手砸脱臼了，然后才开始闹的离婚。"

"其实男人，也不知道是怎么想的，就算再怎么生气，又怎么舍得下手把自己的女人打成这样……"他神色颇有些唏嘘，最后又笑，"当然，你我是不担心，你不把鸭子的手打断已经是阿弥陀佛、谢天谢地了……"

我靠在小亭漆得朱红的栏杆上抽烟，看烟圈融在风里，淡得不留一丝痕迹。

"老圣，你说鸭子爱程程吗？"

他点头，很肯定。

"那你说鸭子爱我吗？"

他笑着反问："死人妖，你爱他吗？"

我不知道，爱这个字眼，对于现在的我们，似乎都已经太过肉麻可笑，不过见过几面，相处不满四天，就算爱，能有多爱？

"我不知道他是不是真的爱你，但是死人妖，他是真的想要和你在一起，"他掐了烟，起身，"你不用担心程程，至少鸭子的父母，是绝对不可能接受她的。你只需要当做不知道这个人，就可以了。而鸭子……既然他和你在一起，只要你不离开他，他绝对不会离开你。"

这个想法倒是和我不谋而合，我起身拍拍他的肩："放心吧，我会看好自己的奶瓶儿的。"

及至逛完半个公园，我已经两腿抽筋了，真梵提出他请吃饭，（小声）可以报销的。但我想着鸭子在家也不知道干啥，得，干脆一块回鸭子家吧！

鸭子的房子，真梵他们自然是来过的。

一路上楼，开门的时候就见着鸭子妈，她脸色还有显而易见的阴霾，在见到我的时候又多云转晴："可是给回来了，妈还怕不知道路呢！"

她拉着我的手进去，又招呼着老圣和花猪他们坐。

我进去就发现了她脸色不好的原因——程程和程明明也在。

因为大家都在，我打电话把鸭子爸爸也叫了过来，他是个很和善的老人，相比之下显得话比较少，脸上总是带着笑意。我觉得鸭子的性格，应该有大半传承于他。

鸭子和鸭子爸陪他们聊天，程程和老圣他们打过了招呼，就想帮鸭子妈洗菜，鸭子妈很够意思："啊，程程啊，菜你放下放下，这个阿姨和小苏来就可以了啊，你毕竟是客嘛，不能让你动手的。小苏，来帮妈打打下手。"

话落，她拉着我进厨房，我把鱼拿出来去鳞，她又赶紧拦着："别别别，放那儿妈来。你们年轻人呐，会做什么菜。"

我微笑，我已经不年轻了，一个人痴长到三十岁，不可能还什么都不会。

剔了鱼鳍，将鱼切成小块，她似乎话里有话："小苏啊，你和点点什么时候结婚呢，早点结婚早点养个孩子，趁着爸妈现在身体都还好。"

我笑，我在等。我是个商人，既然目前关系明朗，对方的需求比我高，当然就要待价而沽，谁先报价、谁先催促成交，谁就处于被动方。商场人生，莫不如此。

我把鱼块放盆里，用温水洗净："我们要真结婚了，会不会有人恨我啊？"

鸭子妈正端了一盆水撕着洋葱片："小苏，只要你没有问题，晚上我们就让点点表态！这孩子我太了解了，他既然肯带你回家，他自己就是绝对没有问题的。"

"我觉得还是再等等吧，今天早上程程跟我说的话其实也很有道理，她和点点认识了二十几年，我和鸭子才认识多久。"我微笑，低头不动声色地切菜，没忘再加一句提醒她危机仍然存在，"何况现在，点点对程程和明明……感情很深。"

鸭子妈自然听得出我话中的犹豫，她的神色非常郑重："小苏，有一点

你可以放心,只要我和他爸还活着一天,程程就没有可能,妈晚上就可以当着大家的面跟她说清楚。"

我微笑,我要的就是这后面一句话。

"其实她也不错,长得很可爱。"

"唉,她哪有你懂事,点点要是早遇到你,又怎么会耽误这么多年时间!你看看他的同学,孩子都会打酱油了!"

我笑,鸭子妈妈,其实这世上每个女孩子都是从不懂事慢慢成长起来的。或者我不是比她懂事,我只是比她残忍。

晚饭倾尽了冰箱,我和鸭子妈做了十六个菜,一个汤,因为开始没有准备,便让鸭子下去买了卤味上来,拌了拌凑数了。

嘴嘴还被关在卧室里,我拿碗夹了些它喜欢的菜端给它。它听见外面的声音就在房间里狂吠,生气的时候把拖鞋都拖出来咬缺了个角,我喝了一声,它耷拉着耳朵过来吃饭。

它喜欢吃肉,也喜欢狗粮,但是狗粮这东西还不就跟方便面一样吗,偶尔吃吃还成,经常吃还是不行的。所以一般情况下还是喂它吃饭的时候多些。

蹲在地上看它吃饭呢,接到小唐的电话,说鸿浩科技有一个新的项目想发包给我们,客户指定让老大出面谈。可是我这里实在是走不开……

"鸿浩科技的人有见过我吗?"

"没有。"

这个好办,我接了大半个小时的电话,把所有的思路、谈判技巧、注意事项都告诉了她,让她顶着我的名义去,她无语而去,留下了一贯对我的评价:"还跟以前一样,能不自己动手的事情,绝不自己动手。"

回到桌前的时候发现他们还在等我吃饭,我万分愧疚,鸭子妈把我让到鸭子旁边坐下,她和程程、明明一起坐。

桌上明明闹着要吃巧克力豆,不然就不吃饭。四岁的小孩子闹脾气是非常可爱的,嘟着小嘴儿可以挂一个油瓶儿。

鸭子便微笑:"楼下有小店,我下去帮她买吧。"

程程用筷子敲了敲她的手,训了句:先吃饭。她的眼泪就在眼睛里打转。鸭子将她抱过去哄着,鸭子妈偷偷给他施了眼色,可笑的是我瞧见了,他却没有留意。

几经示意没有反应,鸭子妈开口:"这么喜欢孩子就赶紧地和小苏生一个。"

鸭子微笑着看我,老圣拍了拍双手:"明明,过来叔叔抱抱。"

明明抬头看鸭子,鸭子示意她过去吧。她便张开小手,撒着娇扑到老圣怀里了。我笑着给花猪夹了菜,招呼真梵,他若有所思地看着程明明,半晌却是给我和花猪一人夹了一筷子菜到碗里。

饭吃到一半,鸭子妈很郑重地开口:"点点,今天难得大家都在,你和小苏也都年纪不小了,事情也该定下来了,你们什么时候结婚?"

餐桌上一阵静默,当着众人的面,鸭子不可能让我难堪。

所以他神色不变,微笑着夹了菜放我碗里:"什么时候都可以。一分钟道士,你什么时候嫁给我?"

那边程程低下头,作势去抽纸巾,我觉得我们很残忍。当我都觉得残忍的时候,鸭子怎么可能不心痛。他凑在我耳边温柔地问我这个问题的时候,会不会也偶尔能记得儿时与她的耳鬓厮磨?

但是原谅我,这就是这个世界,我不可能去怜悯落败的对手。

所以,我很甜蜜地凑在他的耳边回应:"贫道随时候嫁。"

鸭子妈和鸭子爸都很高兴,鸭子爸表示他今天晚上就回去翻黄历,选个最近的黄道吉日。鸭子妈去哄明明:"程程啊,最近点点怕要忙结婚的事儿,小苏也闲不下来,阿姨这边也肯定还有很多要置办的东西,如果到时候明明你照顾不过来,就打你何叔叔的电话,让他去帮你接,啊?"

餐桌上程程在点头,她说:"好,好的。"

言语间手擦过眼角,晕了原本画得非常精致的眼线。

鸭子的笑已经有些牵强,我突然很理解他。我们都是被所谓爱情烧得只剩下残骸的人。不论是他二十几年的付出,还是我众叛亲离的惨烈,若你也这般深爱刻骨过,你会发现再没有能力去爱。

我们都用了太长太长的时间来忘却,然后遇见,觉得可以一生相携。于是我们都毫不犹豫地紧紧拥抱着对方,不是因为一眼万年,只是我们都很疲倦,生怕再犹豫一瞬间就会后悔。

很可笑吧,生米做成熟饭,只为了让自己无路可退。

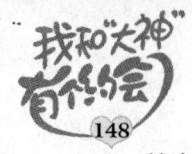

所以，我们都不谈爱，我们只是说喜欢，这辈子只是喜欢。

程程最终也没能吃完这顿饭，她中途离席却不敢下楼。

我起身送她下去，楼道里灯光不算暗，只是太寂静了，沉重的防盗门隔开了房内一切声响，留下这条过道，静得可以听见自己的心跳。

她牵着明明缓缓地往下面走，我跟在她身后，二人一时无话。只有脚步声，两轻一重，踏过喧哗背后。

行至楼下，我想帮她们打车，她突然转身拉住我，再也无法伪装平静：“苏姐姐，求求你，求求你……我需要点点，带着明明，我走投无路了。求求你……”

我静静地任她攥着，她的眼泪打落在我的手上，我想如果她也玩游戏，那必然是一个操作可以媲美花猪的对手，呃不，不能算是对手，充其量也就是一菜鸟，根本上不了我的PK名单。

明明用小手去拨她妈妈的长发，她不明白她的眼泪，只有这样小心翼翼、几近讨好地去抚她的脸。

我不知道应该怎么安慰她，事实上我也不想去安慰她，成年人的世界没有童话，每个人都要为自己做过的事付出代价。

我送她们上车，假装没有看见阳台上的鸭子，沿阶而上走过寂静的楼道，其实会觉得害怕，只是因为你的心中还有依靠。

假如这个依靠没了，害怕无济于事，一切都要靠自己的时候，也就没有什么可怕的了。

谁也不会走投无路，当你必须要自己去走的时候。

上得楼来，因为花猪学校宿舍十二点门禁，他们便先回去了。鸭子爸和鸭子妈把鸭子拖到书房里进行思想政治教育，我去洗碗。

一直到十点多，他们谈完，鸭子爸鸭子妈和我打过招呼，回他们那边了。我在给嘴嘴刷毛，它这时候正在我手下垂死挣扎，一见鸭子，赶忙就跑过去，浑身湿淋淋地就往他身上蹭。

这个没良心的！

我过去准备逮过来，它两个爪子紧紧抱住鸭子的脚踝，拼命地摇尾巴。鸭子接过毛刷，将它抱过来蹲下身继续刷。它却是不挣扎了，舒服地趴在黄色雕花的瓷砖地板上，伸出嫩嫩的小舌头，轻轻地舔鸭子的脸。

我拿了毛巾过去："靠，别舔我的奶瓶！"

鸭子由着我帮他擦脸，声音依然温和："它喜欢我才舔我呢。"

这个我相信，至少从没见它舔过鸭子妈和我，但我更不屑，不过一条狗而已，还是一条这么土的土狗，谁稀罕它喜欢啊！哪天我一个不高兴，晚上就能让它不论条了，论盆！

他给嘴嘴洗澡，我去登游戏，我们都没有提程程的事，只是因为不想对方介怀。琉璃仙一个人下了一会儿战场，没有奶瓶在身后，便更得小心翼翼。

你知道这天下最恶心的事情是什么吗？不是有人抢了你的天珠，不是有人切了你的小号，这天下最痛苦的事情，莫过于同门相残。

医生PK医生，两只互相挠痒痒还能回血回蓝，可以一直打到第二天早上。刺客PK刺客，大家都玩隐身谁也看不见谁，可以一直打到明年今日的第二天早上。

法师PK法师，你风筝我，我风筝你，得，谁都怕先被对方催眠，一直能大眼瞪小眼瞪到后年今日的早上。羽毛PK羽毛，你跑我也跑，咱就比谁跑得快，最后谁也没追上。

而道士打道士，那就更是杯具中的杯具。

而现在我正捧着这个杯具——一个道士在东营缠住了我。当然，琉璃仙这个号被人盯上并不奇怪，准确地说是早就被盯习惯了。

可能经常会有人跟你说，道士和道士之间的PK，就是比谁先唱出郁风。实际上不是这样的，带不同宝宝的道士，有不同的打法。

就比如这只带仙鹤宝宝的道士，我们要做的不是先唱郁风郁住他，你要知道琉璃仙是风行道士，就是跑得快。跑得快，施法时间就长，如果比唱郁风，还不如站原地等他抡剑砍呢。

在打带仙鹤宝宝的道士时，你要注意，如果中了定身的仙鹤攻击时是不会转身的，而定身无疑比郁风的施法时间短太多。

所以我丢了一个定身给他的仙鹤，然后快速退到仙鹤背后，这时候它的仙鹤因为不能转身，就不能打断我的施法吟唱，然后一个人加一个宝宝控制对方一只，那还不是手到擒来？

我没有抽他的蓝,这时候才神速唱郁风,中了郁气,他基本就不可能召唤宝宝了,然后就注意他的吟唱进度条,适时的用斩妖、退鬼技能,这些技能能打断他的施法吟唱,特别是符惊鬼神,中了郁风,是最容易打断的。

他的操作也很坚挺,一旦发现仙鹤受制,立刻开始跑动,引着仙鹤跟他过去,奈何先机已失。

而这个先机,已经足够让我下他三分之一的血。他开了回生,开始往后退,我没有追上去——小地图显示有五六个敌人过来了。

PK的大忌之一便是贪心,我也开始回撤,只是一瞬间还是记住了他的ID——魂师。

顺利地和己方大部队会合,想跟着混点人头,那个叫魂师的道士从远处过来,这次带了一只邪影宝宝,打算再和我一较高下,可惜的是,他未能走近,破系统便道:胜负已决,战场被收回。

整个战场的人都被传送了出来,他发了切磋请求过来,被我拒绝了。琉璃仙是不切磋的,耗时耗力耗装备啊!

我驱着琉璃仙去东海之滨挂机种树,我不知道是不是女人都是越活越现实的,反正即使是在一款游戏里,我也得让琉璃仙带足银子,至少这样,我能有安全感。

在东海之滨挂机,顺便清理了包裹、把马粮和几个迅法石寄售给花猪,鸭子就给嘴嘴洗完澡了。

给狗洗澡当然是要不了四十几分钟的,可我没有问他,我知道他心里不好受。爱一个人成了习惯,就是这样。即使某天不能再爱了,惯性也还在。

看不得被自己宠坏了的公主坠落尘埃,即使是被遗弃,被背叛,被伤害。

可是鸭子,如果不把腐坏了的那一部分切除,新的肌体,怎么长出来呢?

我说过我平生最恨拖泥带水,如果这一刀可以切除这些已在经年岁月中腐坏的枝枝蔓蔓,那么也许来年,苏如是还会倚在这里看窗外风景。如果这一刀下去,发现连根都已腐坏,也罢,苏如是已经能够看开,得之吾幸,失之吾命!

不贪心，不止是琉璃仙的三字箴言。

他斜靠在门边抽烟，淡淡地吐着烟圈，那气质让我想到那天他在包房里浅唱的那首《传奇》，带着浓得化不开的忧郁。我朝他笑："你看鸭子，原来我不带奶瓶，也是可以下战场的。"

他没有回应我，他明白我的意思，就好像随时能猜到我需要红药、蓝药还是回灵丹一样。三人竞技场培养出来的默契，让很多话我们只用一个眼神就能传递。

他突然倾身抱住我，淡淡的烟草味融化在他的体温里，我是一个打手，一个合格的打手。不管是在副本、战场还是竞技场，都会尽自己的全力去保护自己队里的奶瓶。这么多年，都成习惯了。

我反手回应着拥抱他，我想这时候我们终于不再是电脑屏幕上那两个3D模型。

半响，他掏出手机打电话，这一次，没有去阳台。

程程说她和他认识了二十六年，二十六年的感情，二十几秒的通话时间。短短的几个字，是他给我的交待。

我想，这场奶瓶捍卫战可以收尾了，连战场都已不曾留下。我没有缠着他问他爱我吗，其实连我自己也怀疑。一面之缘后便可以上床，不满三天便可以谈婚论嫁，就算爱，有多爱？

但好在我们都不需要这种奢侈的玩意儿。他把我抱到床上，我戳着他的额头："鸭子，以后我们会举案齐眉的吧？"

他咬我的鼻尖，当即便抢先道："我们还是讨论一下这案该由谁来举吧！"

仿佛是漫天阴霾被化开，天气突然宜人起来。那一晚，我们约定了许多事情，他说他要带着我，看遍江南的桃花；他说等我们活到白发苍苍了，还要相拥着一起在祈风台看落霞；他说等我们老得连鼠标也拿不住了，就哪儿也不去了，留在东海之滨数浪花。

我在他怀里抬起头，思来想去，还是觉得这些东西都太没边没际了："鸭子，我觉得你还是先给我砸一红翅膀吧？"

他学着老圣的口气，简洁地说了一个字："滚！"

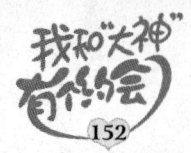

第二天,一直玩到十点多,正想出门去找鸭子,嘴嘴用爪子刨门,以示让它看家的愤怒!我一瞧,得,今天哥把你带上吧!

去找了狗绳把它给套上,它倒是仿佛知道要出门儿了,头一次对我摇了摇尾巴,我边扣着它脖子上的绳子边试图感化它:"嘴嘴啊,你说你啊,长得这么土里土气的狗,鸭子平时一定很少带你出去吧?也只有哥这样的人才有这个勇气啊,知道吗?!"

原以为它听不懂呐,谁知道它突然炸毛,冲我哇哇……额,错了,是汪汪乱叫!

呃,好吧,土里土气这个词确实是太没有创意了,一定经常有人这么形容它,我顺着它的毛,决定迂回形容:"嘴嘴啊,晚上让鸭子把你牵中原西陵城,投炉子里炼化重铸一下吧?"

它兴高采烈地冲我摇了摇尾巴。

到了鸭子那里它就认识路了,一路直冲着去鸭子的办公室,我看鸭子那儿也有口咬胶,便给它买了一个。过来的护士小姐不肯收钱,说会直接挂鸭子账上,我想想也是,反正买回去还不是他的狗玩,难道我还咬来玩吗?

进去的时候鸭子在看一条银环蛇,他捏着蛇头,我有点恶心那东西,便离远了些,他微笑:"别怕,先坐一会儿。"

在他办公桌旁坐下来,嘴嘴扑上去咬他的裤角,他用脚轻轻逗它,却很细致地拿棉签给蛇清洗口腔,我很好奇:"什么毛病?"

"口腔炎。"他没有抬头,敲了一小管针药兑了纯净水,很专注地捣弄那条黑白相间的小蛇,"你右手边第一个抽屉里面有零食。"

我顺利找到,拿了一包香蕉片,弯腰给嘴嘴一个,它叼了过去发现味道不好,又吐了。

"蛇也得口腔炎的吗?"抓住桌上的鼠标晃了晃,屏幕保护退开,电脑上竟然还登着游戏。里面只羡鸳鸯不羡仙大医师煞有介事地在东海之滨挂机,老圣发了两个消息过来他都没回。

[好友]圣骑士对你说:鸭子,帮忙过下桃溪副本。

[好友]圣骑士对你说:靠,在不在呢?

而鸭子还在给那条蛇清理口腔:"蛇也有口腔啊,为什么不会得口腔炎?"他淡淡地道。

我想想也是，再丢了一片香蕉片进嘴里，便开始回老圣消息，嘴嘴在玩那个新给它买的狗咬胶，是个骨头型的，它叼来叼去很感兴趣。

[好友]你对圣骑士说：啊？现在才在。

[系统]圣骑士向你发出组团邀请，同意/拒绝？

那还有什么说的，我便入了团。

然后开怪的时候我就无语了，当时下意识地就冲上去扛木子桑，顺手按F1键指定宝宝攻击，按了半天键才发现这是鸭子的号。

然后全团惊见我一声不吭地作副抗，还好我老脸已然够厚，沉住气用最快的时间调好了键位。

[好友]圣骑士对你说：死人妖？

呃……

[好友]你对圣骑士说：干吗？

[好友]圣骑士对你说：这么快就财产共享了？恭喜恭喜。

我唯有干笑。

[好友]你对圣骑士说：呵呵。

从副本出来，鸭子已经把那条蛇放回箱子里了，洗了手环在椅背上半拥着我："龙儿，琉璃仙本来装备就有平均九钻，砸一套红翅膀在这个服大约就用三千多块，倒也不贵，只是……"

我知道他想说什么，其实我并不想砸红翅膀，真要砸我早就弄套不灭套装来砸了，战场套道士，打得过的你不砸红翅膀也打得过，打不过的你砸了红翅膀也仍然危险。

况且玩游戏一定要混成大神吗？

混成大神之后呢？

我反身回抱他，说我知道。他没有再说下去，两个人就这么静静地抱着，他穿着白大褂，隐隐可以嗅到药水的味道。

我以前很讨厌那种味道，那让我觉得压抑，可是这时候觉得也还可以，其实有个人可以抱着的感觉挺不错的。

眼看故事要转琼瑶了，嘴嘴这个煞风景的开始把口咬胶放在鸭子鞋上，跳来跳去要他陪它玩。

鸭子笑着俯身拿了口咬胶往档案柜那边丢过去，它便飞快地跑过去叼回来，拼命给鸭子摇尾巴，很是小人得志的样子。

鸭子叫了一个护士过来，叫她带嘴嘴上二楼，我疑惑地看他，他笑着道二楼有寄养在这里的狗狗，可以陪它玩。

护士笑着带了嘴嘴出去，很是自觉地关上了门，鸭子拉了百叶窗，锁上门，然后过来将我拉起来抱了坐在椅子上。拉上了窗，里面光线有些暗，气氛一下子暧昧起来。

他却没有其他的动作，只是这样静静地抱着。我把头搁在他的胸口，他的心跳，一下一下很是强健有力。

"喜欢吗？"他在我耳边道，我很惊奇，他能看出来我喜欢他抱着吗？但还是得老实答的："喜欢。"

他揽着我的胳膊更收紧一些，轻声道："喜欢就抱久一点。"

中午本来是打算一起出去吃饭的，但有人抱了被鱼刺卡住的狗狗过来，鸭子忙去了。我牵了嘴嘴，开着鸭子的车去兜风，买了一张城市交通地图，把附近都转悠了几圈。

嘴嘴很开心，坐在副驾驶座上一直就琢磨着怎么把头伸出去，可惜它一定没学过穿墙或者穿玻璃之术，始终也没能琢磨出来。

那一天阳光甚佳，心情莫名地好。

一直逛到下午三点多，给鸭子选了一件毛衣，一件天蓝色的衬衣，这时候还穿不着，但是我想天总会热起来的吗？

到家里也无聊，鸭子妈去了G市，她说那里有她认识的一个极棒的裁缝，可以帮忙做结婚用的床上八件套。我问要不要跟她去，她只是摆手，让我好好地管着鸭子就行。

我登了游戏，鸭子还在东海之滨，我发了两个消息没回，估计是在挂机。

琉璃仙空站无趣，老圣让我去带小号，我站在十四级副本面前，着实是有些惊恐，这副本我已经下得连帅气的清然BOSS都看厌了。正纠结间，一行消息吸引了我。

[陌生人]青荇不语对你说：琉璃仙。

[陌生人]你对青荇不语说：？

[陌生人]青荇不语对你说：你能不能收我为徒？

我想想反正也无事，现在的天下，已经不再是我们当初艰难升级的天下，一个星期升六十几级已经非常容易，带个徒弟，一般带到三十级就出师了，这个还是很快的，我就当混点声望也好嘛。

于是那天下午，琉璃仙就多了一个徒弟。

我收了她之后才有兴致去看她，那是个十四级的女剑客，白色的头发绑了个麻花辫斜斜地垂在胸前，手里提着系统赠送的劣质长剑，其他该装备东西的地方空白，只差没在脸上刺上"我是菜鸟"四个字。

我让她先进了真梵的红袖堂，那里有定期的副本。女孩子们都很热情，发了一长溜欢迎的表情，她的回答却非常简洁。

[势力]青荇不语：谢谢。

那时候我在带她和红袖堂的小号下十四级副本，这个游戏的人，都很现实的，如果她不是我徒弟，怕是少有人会如此热心。

再加上她的冷淡，女孩子们开始各聊各的话题。

我却对这个徒弟颇有好感，不撒娇，不啰嗦，不开口就索要装备。真梵也和她打了招呼，我想撒娇的女生太多，男人也是会审美疲劳的吧。

[势力尚书]琉璃仙：徒儿，注意你的屏幕右上角，有个任务日程表。升一级看一次，诗与酒和童趣是按等级分阶段刷新的，能做的时候就赶紧去，这样等你升到一定等级的时候，今天又会重新刷新，还可以再做。

[势力]青荇不语：嗯。

[势力尚书]琉璃仙：有打不过的怪你叫我。对了，真梵，国库里这套剑客的五十级套装有人要没？没有给我徒弟，放仓库里生霉呐？

我不认真带徒弟多年，除了给钱给装备带副本，也不知道一个称职的师父到底该做些什么了。

[好友]你对青荇不语说：徒儿，过来。

[好友]青荇不语对你说：？

[系统]你向青荇不语发起交易请求。

我往交易输入框里输了一百金进去。

[好友]青荇不语对你说：为什么给我钱？

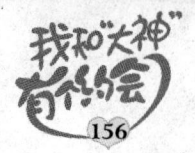

[好友]你对青荇不语说：你是我徒弟啊。

[好友]青荇不语对你说：所以你要养我吗？

我笑倒。

[好友]你对青荇不语说：养你的重担为师担当不起，这个你还是以后嫁个老公让他养比较现实。为师现在是先花点小钱，以后等为师老了，就可以让你反哺了。[转圈]

[好友]青荇不语对你说：……

后来呢，鸭子就回来了。那个时候我对两个人的生活还不是很习惯，我常常会觉得自己还不饿，就忘了做饭。

鸭子买了水果、牛奶和一些零食，剥了一个橙子给我，自己便去厨房做饭了。我带了青荇一直升到二十一，下了五次二十一级副本，让她压着经验清任务，然后将琉璃仙传到东海之滨挂机了。

开了一盒牛奶，去到厨房时鸭子在切菜，我从后面抱了他的腰，把脸贴在他的背上，把牛奶举到他唇边，他只浅浅啜了一口，轻轻道了一声："乖啊，马上有的吃。"

那时候我就觉得完了，鸭子，你会把苏如是宠坏呢。

晚餐是两菜一汤，菜色很简单啦，但味道不错。年岁会交给我们很多东西，它是不分男人女人的，比如鸭子的厨艺。他帮我盛了一碗冬瓜汤，我抬头看他："鸭子，我不喜欢冬瓜。"

他继续盛汤："可是你必须每样都吃一点，不能挑食的。"

晚上，洗澡的时候发现指甲又长到肉里了，脚趾开始有些肿，一碰就痛。拿了指甲刀来剪，但实在是太痛了，半晌我终于扔了指甲刀，决定算了！

鸭子也洗完澡出来，在旁边看了一阵，然后去拿了他的医用小剪刀和一些药水。

我大惊："你要干吗？"

他打了热水过来，把我拖到床边，把我的脚泡到热水里。他微笑："这种事情你得找我呀，我是专家来着。"

我恍然，是了，这家伙平时应该也经常给猫猫狗狗剪指甲的。

于是拍着他的肩："嗯，兽医，那贫道就暂且相信你一次啦！"

他笑着俯身半跪在我面前，用毛巾擦干了我的脚，又点了药水在指甲上，轻轻吹了一阵，开始用小剪刀沿着指甲缝轻轻地刮指甲，刮几下又问我一声："疼吗？"

也许是刚泡过，倒是不觉得痛，我摇头，他微笑着继续刮。

那时候卧室里的灯光是橘红色，映着他的侧脸，他的动作专注而小心，时不时轻轻地哈气，仿佛捧在手里的不是我的脚，而是一件价值连城的珍品。

我想我突然能明白程程的幼稚从何而来，在他的面前你会觉得自己是世间最珍贵易碎的宝贝。

十点多钟的时候我去睡觉，他驱了只羡鸳鸯不羡仙在种树，做日常，末了还带了小号一个副本，等上床的时候已经差不多十二点。

他上床把我揪过来，枕在他的胳膊上，我蹭开："这样久了你不难受啊？"

他不知道是开谁的玩笑："抱不着的才难受！"

我捶了捶他，最终还是睡在他怀里，然后发现……嗯，原来枕着男人的胳膊确实是比枕着枕头舒服多了，怪不得嘴嘴那厮老喜欢这么睡呐！

他伸手关了灯，卧室里暗下来。黑暗中只听见他的呼吸，清清浅浅。我反倒有些睡不着："鸭子。"

"嗯？"

"有时候啊，你真的很像墨罂粟，让人上瘾的。"

他笑："那你是什么？"

我在他胸前蹭蹭："你说呢？"

"你是心魔。"他说。

晕！我有那么丑吗？

（墨罂粟：又称大毒，医生绝技，眩晕，高持续伤害。心魔：道士绝技，施展时变身，法术与物理攻击加成，不良命中力加成。）

那个时候鸭子的大毒单次伤害已经可以达到七千左右，洗成魂敏之后，他成为服里有名的暴医，战场里便是曼陀罗也不敢轻拭其锋。但他依然不经

常杀人,连切磋也不经常的。

他们说这是我的御用奶瓶。

睡到朦朦胧胧时,他的手机响了一声把我惊醒。从床头柜上给他拿过来,只看了一眼短信的发信人,我就不好再打开,伸手递给了他。

他打开看了一下,默不作声地看了一阵,气氛开始有些微妙,我想爬出他怀里自己睡,他紧了紧手臂不准我走,然后一只手开始回信息,这个角度我能看到他的手机屏幕,上面那条信息是:点点,今天这边停电,我很害怕。

他不咸不淡地回了条:关好门窗,好好睡吧。发完后起身将手机放在柜上,俯下身轻轻吻我额头。我如鲠在喉,就酸溜溜地道:"人家很害怕喔,你要不要去看看啊?"

他沉默了一阵,一声不吭地突然开红,摁住我就打算来硬的。但实践证明,如果一对一单挑,女人真不愿意的时候,男人是很难得手的——他被我一脚踹到了床下面,差点砸到了躲下面听壁脚的嘴嘴。

可是踹了之后我就后悔了,GM,貌似我下手重了……

"喂!"

"……"

"喂——"

"……"

"我说你他娘的给我上来!"

"不上。"

"上来!"这么冷的天,就算是木地板也凉啊!

"不上来。"

我爬起来:"是不是摔到哪了?"

他趴床下不吭声,我还是有些不放心,爬起来打算开灯,怎料刚一起身,这家伙已经伸手将我连被子一起捞了过去。当时我一半的身子探了出来,连个支撑点都没有,自然被他一捞一个准——跌他身上去了。

他趁势翻身将我连被子一起摁住,丫的还想着开红!

我捉住他的手:"等等。"

他呼吸已经有些重:"说。"

"先让我召唤条狗。"（狗：道士宝宝之一，加血回蓝，可以缚足。）

"申请批准。"他低声，顺手递一物过来。我一摸——！

GM，让嘴嘴长针眼吧……阿门。

第二天鸭子妈过来带我去逛市场，因为我的朋友大都在S市，鸭子妈就决定两边设宴，我想这是有必要的，想当初S市，这群损友结婚、生小孩儿、迁新居、过生日，我包了多少红包啊！

怎么着也得到S市摆一次席，哼！

那一天我们大包小包地买了很多东西，逛了大半个市区，虽然已经有点年龄，鸭子妈精力和体力却是不弱的。我没有告诉她我父母的事，她也没有过多地追问，我想也许是这些年也被程程玩累了，就想找个未婚的媳妇，不太离谱就成。

回到家里的时候我已经累得手脚发软，借口要去找鸭子，她总算决定暂时放我一马。歇了一会儿，终于是受不了嘴嘴拖着我的外套当抹布，起身从狗嘴里抢了过来，然后开电脑。

鸭子的QQ是自动登陆的，我索性登了自己的QQ，互加了好友。然后打开邮箱，看财务报表和小唐发过来的项目进度表、各部门月总结计划等。

翻了半天，把该签字的打印出来签字，然后整理分类，重新扫描了传回公司去。屏幕右下角，熟悉的小企鹅欢快地跳，我点开，却是两句偈语：

[叮铛猫]：佛说，汝负我命，我还汝债，是以因缘，经百千劫，常在生死。佛还说，汝爱我心，我怜汝色，是以因缘，经百千劫，常在缠缚。

我盯着这留言看了半天，始反应过来这是鸭子的QQ。

[鸳鸯]：佛也曾说，一切恩爱会，皆由因缘合，会合有别离，无常难得久。

[叮铛猫]：你不是点点！

[鸳鸯]：我是苏如是。

[叮铛猫]：[怒]你竟然偷看点点的QQ！还要不要脸！

[鸳鸯]：他的QQ是自动登陆的。我们定在四月六号结婚，记得带明明过来喝喜酒。

[叮铛猫]：他不会娶你的，你别得意！我十九岁就和他上床了，你知道

吗?

[鸳鸯]：是吗？

[叮铛猫]：什么叫是吗？我是他的第一个女人，他也是我的第一个男人！你和他是第一次吗？

[鸳鸯]：是吗？

[叮铛猫]：他不会娶你的，不会的，他说过这辈子若水三千，唯取程程一瓢饮！他说过不管发生什么事，他都会始终如一地爱着我……

她肯定又哭了，可怜的孩子，你不知道QQ是有聊天记录的吗？

我不知道我怎么了，我不应该在她身上花这样的心思，这实在是有违风度二字，而苏如是，也已经很久没为什么东西费这样的心。GM，我似乎开始在乎鸭子了。

2000年我参与第一届CPL的时候，我的队友曾说过一句话，这世界不论虚拟与现实，每个人都有自己的死穴。

比如老圣重义、鸭子重情，而苏如是的死穴……是宠爱，那是最温柔的硫酸，于无声中悄然腐蚀着伤口结疤后凝结的硬壳，把柔软一寸一寸地展露出来。

我不愿意，可是我眷恋这种温柔，GM，三十岁的苏如是，还可以像十年前一样不顾一切地去爱吗？

一瞬间我觉得我像是个徘徊在深水畔的孩子，我向往着传说中的水晶宫，又恐惧可能存在的危险。我以为此后一生已经不再需要爱，凭着薄薄的一层温暖也可以相携相伴，但是GM，三十岁的苏如是，还是像一个十几岁的小萝莉一样容易心动啊！

晚上，突然下起了很大的雨，我做好了晚饭，鸭子一直到九点半才回来，淋得一身全部湿透。我很奇怪，他医院那边有车库，到这边也可以直接开到小区车库里面去，怎么会淋成这样。

但这个天气还比较冷，我给他调了水，催着他进去洗澡了才去给他找换洗的衣服。

递衣服进去的时候他竟然就很大方地打开了门，于是我看到了完全高清无码的一幕。虽然不是第一次看到了，但这样光明正大的情况下，我还是红了这张老脸:"你暴露狂啊!"

他揽了我的脖子吻过来:"来,洗洗你的奶瓶。"

乱得瑟的后果是……丫着凉了。从晚上十一点多开始发烧,开始是低烧,后来就烫得跟个烤番薯一样。我只好大半夜搬了他去人民医院挂急诊,太晚了又不好通知鸭子爸和鸭子妈,外面大雨,幸好我还算英明,搬着他的时候用胶袋提了一套自己的换洗衣服。

等我一手打伞一手半拖半抱地将他扶上车、再下车拖进医院的时候,他还好,去就换了病号服,我就一身湿透了。匆忙去医院厕所换了衣服,出来的时候他已经躺在床上打点滴了。医生轻描淡写地说没事,年轻人重感冒,挺一下就过去了。

他说得倒是轻巧,却是把我吓得掉了半条命,要是他就这样莫名其妙地挂了,众人怕不怀疑是我命硬克夫啊!

用湿衣服擦干了头发,在他的床边守着输液的吊瓶儿。半夜他要喝水,房间里没杯子了,我穿过空空荡荡的走廊,这种地方,一到晚上还真就透着那么一股子阴沉沉的味。幸好这不是一部恐怖小说,所以我顺利地到值班医生那里拿了杯子。

鸭子一直睡到第二天早上才醒,一晚上输了八瓶液,四小瓶四大瓶,说实话我对此一直狐疑——他那么个身板,真能一下子灌进去八瓶水?医生你不会是趁月黑风高坑我呢吧……

鸭子醒来的时候液已经输完了,医生说要吃清淡的,于是我下去买了粥上来。他看了我半天,好吧,我知道我现在的形象不会很好,昨晚来得太急,衣服是临时抓的,梳子都没带,头发随便披着,可是老娘能保持让你丫认出来就不错了,你丫难道还想要求老娘国色天香地站你面前吗?

所以我就双手叉腰吼了他一声:"看什么看!没见过不梳头、不洗脸的女人啊!"

他笑了一下:"你怎么找到医院的?"

这个傻帽,我不会拿城市交通地图翻啊!

鉴于这个问题问得实在是不上档次,我决定忽略。拿了粥喂他喝,他倒是乖乖地喝了。不多时,护士来查床,又给他量了体温,确定烧退了,医生才开的药方。我拿了单子去拿药,回来时顺便倒了开水来凉着。

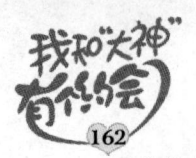

他拉着我的手让我坐在他旁边,我歪着头看他:"怎么,要道谢啊?"

他微笑:"琉璃仙,作你的男人真幸福。"

GM,我是不是真的倒着长成了萝莉,那浅浅一笑竟然让我心头悸动,我靠过去,终于也琼瑶了一次:"鸭子,作你的女人也是。"

说这句话的时候,不知道为什么就想到下午的那条留言……

[叮铛猫]:什么叫是吗?我是他的第一个女人,他也是我的第一个男人!你和他是第一次吗?

中午他就出院了,我想去问医生要不要留院观察一下,他却颇为权威地道:"不用,我也是医生啊。"

这个傲娇的兽医……

回到家,嘴嘴已经快高兴疯了,我懒得做饭,就给它倒了狗粮,不过看来它对鸭子的兴趣大一些,舔了他一脸的口水。

鸭子不想睡觉,我可撑不住了,趴床上补觉。

他先是小声地给医院那边打了电话,然后开电脑,我听见QQ熟悉的消息提示音,那一天我没有听完程程后续的话,及时地退出了他的QQ。

翻个身,我是真的睡了。

这一睡就到下午六点多,厨房里传来炒菜的声音,我一起身,旁边这位就睁开眼睛,看了看我,又闭上眼睛继续睡了。鸭子在做晚餐,想着他估计不会想吃太油腻的东西,我用豆浆机给他打点米糊,在不想做粥的情况下,这个实在是省事。

正在夹核桃呢,他从背后抱住我,下巴搁我肩上蹭来蹭去,我笑:"往老娘身上蹭什么蹭,想吃奶啊?"

他却没有笑,手臂更紧了紧,在我耳边低低地唤:"老婆。"

那是第一次,我觉得这是我的男人,这里是我的家。

也许真的是返老还童了,我为这个称呼而欢愉,本来想回一句老公的,咳,可是厚了半天脸皮,还是没好意思。

晚上,给嘴嘴洗完澡,我早早地睡了。鸭子一个人在电脑面前鼓捣,彼时琉璃仙正挂机摆摊,我让他帮忙把琉璃仙的日常给做了,然后带下青荇不语副本,他嗯了一声。

到第二天的时候,我不知道他什么时候睡下的,也不知道他什么时候起的床。

GM,我的警觉性似乎越来越低了……

默默地洗漱,嘴嘴又把我的拖鞋叼到客厅的茶几下去了,我捡来穿上时顺便给了它一记锅贴,它却是一口咬住鞋尖,拼命地扯啊扯啊扯,就给咬缺了一块。

穿好衣服,出门前去关电脑,那时候琉璃仙还在中原的西陵城摆摊,这几天不常上,东西不是很多,但挂着混点经验也是好的。

起来的时候我就觉得奇怪,又仔细地看了看,发现她——她竟然红烧了!

GM,我登错了号吗?

我再看看角色属性,那几排数字以铁的事实告诉我——她确实是红烧了!(红烧:全身装备平均加护到十三钻以上,不懂的童鞋,就当作装备升到十三级吧。)

我觉得这比我某一天上线,突然发现天下的运营商倒闭了还可怕!然后第一件事,便是打电话给鸭子,问及这件事,他只是淡淡地道了一句:"那有什么好奇怪的,傻瓜。"

我不知道他是什么时候拆的自己的钻,天下的游戏账号,拆下来的钻是禁交易的,就算打在可交易的装备上,也有三天的保护期。

可是他没有跟我提过一个字。

说来,也许你会觉得现实,可是我爱上他,就是因为这套红翅膀,就是这个清晨,在中原西陵城长长的阶梯上。

GM,我想我要下水去看一下传说中的水晶宫了……

我一直等到十一点他上线,琉璃仙和只羡鸳鸯不羡仙在祈风台的海边并肩看落霞。一身银白的医师拥着娇巧的女道士,天下俱静。

[好友]只羡鸳鸯不羡仙对你说:龙儿,跳个舞吧。

于是娇小的女道士换上白露的时装,在祈风台旁的海边跳舞。那是琉璃仙在我手上后第一次为人跳舞。

然而……

[门派]仙哥粉丝团甲：[飙泪]鸭子混蛋竟然让我们的仙哥给他跳舞！

[门派]仙哥粉丝团乙：[飙泪]鸭子混蛋，这般侮辱我们的偶像！

[门派]仙哥万岁：[捶桌]辱我偶像者，虽远必诛！

[门派]仙哥万岁万万岁：[捶桌]鸭子，老娘这就来爆了你的菊花！

[门派]仙哥粉丝团丙：[瞪眼]我错过了啥米？

[门派]可爱的虚虚：[大哭]鸭子我真想杀了你……

……

我突然有种不祥的预感……

据东风无力百花残的战报记载，该天鸭子被轮了二十九次。一身装备平均九钻的医生，是没有那种坚挺的，何况蓝泌套装本来就是适合升级砸钻的装备。他一直没有回安全区，而且被杀了也总是在幽州的传送石处复活，再匆匆地赶过来。然后再被杀，然后再赶过来。

他永远比我聪明，这个游戏里面，所有的辩解都是P话，都会被人歪曲误解。真正能令人动容的，是执著。

到第二十九次他再出现在我的面前的时候，没有人再杀他。他从一片红名中走来，一如当初的从容温雅，一身白衣的医师穿越了那片红名，我仿佛可以看到他脸上那种温柔刻骨的笑意。

[天下]只羡鸳鸯不羡仙：龙儿，我爱你。

蒙鸿天下的人都在笑，他们都不相信我们相爱，我自己也笑得自嘲，是啊，相见不过一面，相处不满几天，就可以上床，就可以谈婚论嫁，何况他还有二十几年的青梅竹马，就算爱，有多爱？

可是GM原谅我吧，我还是贪恋这种宠溺，原来……不管女人到了任何年纪，都是需要爱的，真的。

[当前]仙哥粉丝团甲：哥们，我服了！

[当前]仙哥粉丝团乙：呜——

[当前]可爱的虚虚：[挑眉]结婚的时候记得请我啊！

……

漫漫的红名开始散去，他与琉璃仙并肩而立，祈风台日升月落、海潮退涨，给人一种天长地久的错觉。

祈风台，鸭子没有待太久，只跟我说了声有小猫要做绝育手术，便挂机离开了。

我闲暇无事,坐在他旁边种树,突然系统就是一排提示:

[系统]你得到了××点师徒声望。

[系统]你得到了×××点师徒声望。

……

这是徒弟升级时能得到的提示。于是我这时候才想起我的"爱徒",青荇……我对不起你……

她一直压着经验,特地等我上线的时候带她做师徒任务,心头有愧,便也就叫人带她三十二级的黄泉副本,真梵很积极,当时就拉了人马过来。

她一直少言,很是机敏地跟在我身边,打到鬼火那里的时候,因为小怪会自爆,她稍远些躲开。

[团长]真梵:青荇,跟着我。

我冲上去顶怪,这游戏中玩家装备加护到红翅膀时,会加三千六百点血量,故而一直很土鳖的我也见识了RMB玩家的强大。

如果不是为着青荇可以养马,这个副本,我可以带她单刷。

接下来本来是打算带她去玉狐宫刷技能点的,真梵自告奋勇,我一看,那得,没我什么事了。

本想去祈风台呢,被老圣揪住。

[势力主]圣骑士:死人妖,去红袖堂带小号!

我想想要再不尽点义务,蒙鸿天下的尚书这个职务可当真是徒有其职了,便也难得自觉了一次:

[势力尚书]琉璃仙:喳。

[势力主]圣骑士:[冷汗]

[系统]琉璃仙加入本势力。

[系统]势力主将琉璃仙提升为本势力元老。

[势力主]真梵:仙哥,什么风把您给吹来了啊?

[势力]虚虚真可爱:[口水]仙哥!

[势力]虚虚粉可爱:[眼冒红心]仙哥!

[势力]虚虚很可爱:哇,偶像,真的是你吗?

……GM,我有点眼花……

[势力元老]琉璃仙：……
[势力]仙哥粉丝团甲：[转圈]仙哥威武！
[势力]仙哥粉丝团乙：[转圈]仙哥万岁万万岁！
[势力]仙哥万岁万万岁：谁叫我？
众：＝＝
[势力主]真梵：看见了？这一群道士就交给你了啊！
我当时就是'虎躯一震'，GM，什么时候的事这是……

那一天，我就带了大半天小号。
到下午一点多，牵嘴嘴出去散步，顺便去找鸭子。
到他医院的时候，前台说他不在，十点多的时候就出去了。当时就一傻帽啊，不管什么时候他晚回来，从来就没问过一句话。我打他电话问他在哪儿时他滞了一下，就那么一下，已经足够让我猜到他在做什么。
我去到英才幼儿园门口时，他在铁门边等我。我知道他怕我不高兴，可是这种情况，是个人他也高兴不起来吧？英才幼儿园的大门离校区有一段路，我突然明白了鸭子那一晚淋雨的原因。
所以我当时就有点炸毛，未到那边鸭子便迎了过来，一副准备安抚我的模样："今天明明他们学校做活动，学校要求家长都参加，我……"
我看着他不说话，他半拥着我："龙儿，我好歹是她干爹嘛。"
"干爹？"我微笑着保持最起码的风度，"我看是亲爹吧？"
气氛瞬僵。嘴嘴在我们脚边嗅来嗅去，最终是默默地靠着鸭子的脚坐下来。
程程这时候才从楼梯口出来，她今天穿了一身蓝色的休闲装，高高地扎着马尾，一如往常的萝莉，站在鸭子身后静静地看我们。我不知道你有没有试过这样的感觉，现在的苏如是，已经不习惯在众目睽睽之下撕破脸，我一直觉得泼妇啊，是没有素质的女人才做的事。
可是当时我真就想冲上去直接一剑削了这对狗男女的头，一了百了。
鸭子半环着我："龙儿，好了，不生气了，我们这就回去，这就回去好不好？"
我微笑着拨开他的手："鸭子，如果你真的想要和她一起，你明明白白给我一句话，如果你是真心想要跟我过下去，就别在这里装伟大。嗯？"

他半环着我，哄小孩一样地哄："我们先回去好吗？"

那边程程却答话："是我让点点来的，你不要怪他！"

"程小姐，"我缓步走过去，努力将战场拉近，让看门的大爷大妈能够清楚听见，言语间尽量保持苏如是的优雅，"这里是在英才幼儿园学校大门口，不是在我男人外面的小床上，你有什么资格、用什么立场和我说话？"

她的脸瞬间煞白，我看到从旁边探出头来的大妈们，暗地里又缩回去，一副等着看好戏的样子。

程明明现在三岁，如果不转学，她还要在这里上满三年幼儿园，而程程，就要在这里接送她三年。

这段八卦，估计等不到明天就能全校皆知了，至于被传成什么样子么……自古寡妇门前是非多，传言估计就更加丰富多彩了，咳，好吧，虽然她老公还活着。

"苏如是，你、你……"她冲过来，被鸭子拉住。而我，也无意与她拉扯，大家都经过十几年教育，好不容易才披了这么一张人皮，何必一定要弄个原形毕露呢？

何况好歹我也是五大三粗，就她那个娇小的身材，要跟老娘动手，那恐怕就跟花猪给曼陀曼发挑战书的结果差不多。其实当时我也很不解，是什么时候，我需要跟这么一个骄娇女孩耿耿于怀了呢？

"龙儿，我们先回去。"鸭子过来拖了我，牵了嘴嘴，伸手拦了车，我依然微笑："鸭子，是不是只有已成回忆的东西才值得你珍惜？"

他深深地看我："不是。"

他这般答我。

也许是从那个时候起，我对他的信任打了扣折。两个人的世界似乎就是这样，当涉及第三个人哪怕只有一点点，也会动摇所有的信任。

他哄了我一夜，就一直抱着我让我不要生气了，我知道他不可能和程程有什么，可是我依然难以释怀。老圣说当一个女人越来越难哄的时候，她就老了。我笑着自嘲，也许我是真的老了。

一直到凌晨三点多，我们都没有睡，就站在卧室外的小阳台上，那时候已经是二月，春天快来了。

其实城市的天空,是看不见星星的,也没有月亮。夜并不寂静,时而有夜归的人高声喧哗。我从包里摸了一支烟点上,靠在阳台微敞的落地窗前,只吸了一口,鸭子已经接了过去。

彼时他一只手半搂着我的腰,他的手依然温暖有力,我回头看他:"鸭子,我们会在一起的吧?"

他掐了烟,用力地拥抱我:"会。"

"我讨厌程程。"

"我知道。"

"以后如果再有下次。"

"不会了。"

第二天早上是被噩梦惊醒的,梦见鞋带缠住了脖子,醒来后发现嘴嘴伸长颈子把头搁我脖子上,这个睡姿是哪里来的!

伸手把它拎到被子里,我爬起来洗漱,它也跟着起来。它今天很乖,喂它馒头它就乖乖地吃馒头,一双眼睛时不时地偷偷打量着我。

我不想吃东西,见它胃口不错,便喂了它两个馒头,然后去冰箱拿了冰淇淋出来。未曾想它对这个也很感兴趣,于是我们俩一人(狗)吃了一盒蒙牛的香雪杯。

那味道太甜,甜得发腻。

收拾完家里,鸭子给我电话,依然很温柔地问我有没有起床,我懒懒地答了,他说下午带我去外面玩。

其实我没有那个心情,但是事情过去了就算了,我也不想无休无止地去算这些陈年旧账。苏如是不是个太难哄的人,我可不能老,说好了要做永远的萝莉呢!

我们去了清真寺,我一直不知道这儿也有这地方,以前我很土鳖地以为这玩意儿只有西藏才有的。

这次就我们两个人,也许这天不是朝圣的日子,又或许现在的信徒已经去得少了,反正我们去的时候这儿只有三三两两的游客。

我没有宗教信仰,所以于我而言,能感叹的也就是这里颇有异国风情的建筑。鸭子牵着我的手并肩走过这一片庄严肃穆,旁有僧侣路过,言行间很有出家人的庄重。

寺里也有出售纪念品的地方,我们一路逛过去,却是一路无话,这是他长大的地方,我们之间相互都了解得太少,比如成长,比如少时模样。

"这边有几家小吃店,待会儿我们过去试试。"他低头轻声道。

我点头:"鸭子,结婚之后和我去S市吧?如果你老爸老妈舍不下你,也可以跟我们一起过去。"

鸭子,我们的相遇已经太晚,但总算彼此还能遇上,如果这个地方留给你太多和她一起的回忆,不如跟我走吧。

他安静地看着我:"怎么,要娶我过门?"

我抬起手,十指滑过午后阳光下他的脸颊:"我要揣着我的奶瓶,离开这破地方。"

笑意从他的脸上溢开,像这漫天阳光一般的灿烂:"好吧。"

回S市,是因为罗湖区那边有处办公楼急售,而我公司那边的租约也快到期了,我想着如果能买下来,就这么定下来,公司以后也就懒得再搬迁了。

这事在当时对我而言不算小,他们都说S市是人间天堂,却不知有多少人在这座天堂永世不得超生。这是个寸土寸金的地方,生活节奏之快、工作压力之大,是L市这些地方的人很难想象的。

那一处公寓占地四百多平方米,而S市当时的房价,每平方米四万左右,算下来差不多要一千六百多万现金,更别提后期的装修。如果动用公司的整个流动资金来补这笔钱,公司正常运作肯定会受影响。所以估计还得跟杨叔他们好好商量一下。

不过整个分析起来,其实也是一项长期受益的事情,钱这东西,不花出去怎么挣回来呢。下午给杨叔打电话,他及时地派人去看了地方,跟房主约了时间等我回去。

我没有跟鸭子商量这些事,他对S市的情况还没我了解呢,让他提意见那也是白提。本来我很想带着他一起回S市,但这件事情估计我回去得把腿跑断,带着他也不过多一个人受累而已。

跟他家里打了声招呼,我订了机票回S市。临走时当然是要约法三章的,他坐在沙发上,我靠在他怀里,嘴嘴俩前爪前伸趴在我的腿上……

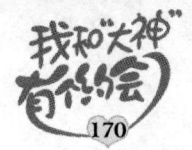

我的玉腿谁准你趴的!

把它揪起来丢地上,它厚着脸皮又爬了上来,依然以原姿势趴在我的腿上,好吧,我们无视它吧!

"鸭子!"

"嗯!"

"我不在的时候,那个程程,我就不多说了,你懂的。"

"嗯。"

"那套婚纱,唔,我把订金退了。"

"为什么?"

"我突然又不喜欢了。"如果要重新置业的话,就不由我大手大脚了,一套婚纱十几万,而且就穿那么一次……非常时期,GM,我还是能省则省吧!

"那我另外帮你选?"

"不用了,小唐以前本职就是做服装设计的,我回去让她帮我做去!"

鸭子曲着食指弹我额头:"我很期待。"

我拍开他的手:"你老妈那边你看看还缺什么,是我们结婚,又不是她们结婚,老让父母帮着忙会让我觉得你没有诚意。"

他低头在我鼻尖亲了一个:"我有没有诚意,你懂的。"

我叹气,鸭子,你真的是很幸运,如果你遇到的是十几年前的苏如是,你现在早就变成熊猫了。

是的,时间会改变很多东西,比如价值取向,比如性格修养,又比如爱的方式和底线。

他将我揽得更紧些:"如果我们早点遇见,会不会孩子都可以打酱油了?"

我笑。如果早点遇见,会不会,我就成了另一个程程了呢?

第二天,鸭子爸妈和他一直送我到L市机场。

我不习惯絮絮叨叨地道别,和他们挥了挥手便走进了候机室,临上机前跟杨叔通话,他却是已经让小雷过来接我。

那是我的长者和知己,十几年来,苏如是在这S市最大的收获,不是事业,而是这几个倾心相交的朋友。

那一天，到S市我直接就回了公司，谢天谢地前台这次记得了我。

招了全公司的人开会，听说要拥有自己的老巢了，这群坏蛋们都非常兴奋，一个个摩拳擦掌。

财务出了这个月公司的盈余收支，杨叔在昨天晚上连夜改了今年的年度计划，已经想着每人发一根裤腰带、勒紧肚皮撑过这一年。所有可有可无的支出全部删减，所有需要我们先行垫付的项目至本月后不再接手，可以算是全民节衣缩食了。

坏蛋们都没有任何意见，至于他最后提出的一项裁员的建议，我拿笔默默地叉了，他们中间有我从老东家那里带过来的几个项目主管，有我流着汗从人才市场聘来的，就算不是千里马，百里马总算吧。

自然也有大学毕业后拿着简历乱投一气的新人。

别的东西谈不上，但是人品绝对是好的。这就跟蒙鸿天下收人一样，老圣不看中对方的等级，不看中对方的装备，他真正看中的，唯人品尔。如果你融不到这个团队中来，对这个地方没有归属感，等待你的，最终也只是离开。

这也是很多势力做到最后分崩离析的根本原因所在。

所以我觉得招什么样的人，和公司内部的安定和谐息息相关。

当你真正养成这么一个能与你契合的团队时，不管缺了哪一只，你都会舍不得。

他们现在的工资计算方式，是底薪+房补+餐补+话费补助+项目分红，保险是五险一金，公司的收支一直实施的是透明模式，每个月财务部会更新公司的固定资产表，每个季度会更新每个部门的盈利数额，每个部门的分红所得也变得非常透明。

这在很多公司包括外企都是犯忌讳的事，你可能到过这么一些大企业，为了维系员工之间的良好关系，他们一般不公开个人所得。但我觉得这无所谓，如果你觉得你们部门有能力超过他们，拿出来，做给大家看。

我个人并不是企管专业，我并不知道这是否科学，但这个公司就是用这种盈利透明、工资透明的方式，一直稳中渐升，从最开始的十六个人发展到今天。

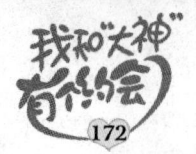

这就像天下里的势力国库,一共有多少钱,哪一笔做了什么,每个人都可以看到。

会议室,我详细地跟他们分析了目前的形势,我们估计会资金紧张一年,保底工资我能保证按时发,但分红可能会延迟,各项奖金可能会延迟,资金不能及时到位,会出现的问题大家都明白。如果有人有更好的下家,我可以立刻一分钱不少地结钱给他,愿意留下来和我共渡难关的,哪怕喝粥呢,有一碗大家就一人一勺。

可是,没有人离开。坏蛋们依然开着无伤大雅的玩笑,对我的假设听若未闻。于是我们开始着手这次的置业计划。

我和行政、财务部跑遍了S市五个区,一共比较了六十二处办公大楼的性价比,历时半个月,四百三十二平米的使用面积,房主因急需现金,在价格让到一千六百零五万时,这事终于敲定。

那段时间我根本没有精力上游戏,我们往相关部门上下打点,及至做公证、办完过户手续后,我终于松了一口气。

这样时间便到三月中旬了,鸭子一直有很勤地给我打电话,几次问我要不要他过来,但那时候我累得手脚抽筋,实在是没有精力再添一个他。

这时候剩下的事情是后期的装修,这个我给了一家有合作过的装修公司,杨叔说他盯着,我颇不放心,他年龄已经有些大了,这些事情总给他,怎么管得过来呢。这般想着,终是将事情揽了过来,于是此后很长一段时间,我都要插个翅膀两边跑了。

事情一旦尘埃落定,就好像紧绷着的弦突然松下来,我开始很想念鸭子——他煲的养心粥味道真是非常不错的。

本想打电话给他,突然地我就心生奇想。当时是下午六点多,有一班飞机是七点四十的。我于是拾掇拾掇,等着回去给他一个惊喜吧!

去到L市的时候,已经是九点过,鸭子却不在家。嘴嘴从沙发那边冲过来,及至看见是我,慌忙止住没有扑过来。

看它在我脚边嗅来嗅去,我以为它要咬我呐,正想再找一根猴皮筋呢,它却是轻鸣了两声,趁我换鞋的时候把我的包从门口拖到茶几下面去玩了。

我解着鞋带,小样儿,看我待会不揍你……

因为肚子不舒服，我没有去找鸭子，也无力应付鸭子爸和鸭子妈。洗了澡换了衣服，我趴床上准备睡觉，嘴嘴在地上嗅来嗅去，我探头去看它，然后拍拍床，这次它毫不客气地就跳了上来，只是依然没有盖被子的习惯，就径直趴在枕头上，顺势把头搁我颈窝里。

这就是穿一身皮大衣的好处啊！我被它蹭得痒痒，照例把它揪下来，塞被子里，它又挣扎着爬出来，依然趴枕头上。我再将丫的揪下来，如此几番，终于人狗都累了，它也懒得再爬出来了，索性枕着我的胳膊睡了。

睡到十一点多，它不知道梦见什么，猛地一蹭将我惊醒。醒来后再难入睡，我开了电脑，爬上游戏。那时候游戏里面在线的人已经不多，我留在流云渡教温如玉PK。

首先当然是要熟悉技能，然后是技能快捷键位拖放，然后是键盘操作，最后是一些PK技巧。

[队伍领袖]温如玉：仙哥，PK这门学问还真深奥。

[队伍]琉璃仙：扬长避短，猥琐在任何时候都需要。比如你跟着李白杜甫谈唐诗，跟赵云、关羽拼神勇，跟祖冲之比背圆周率，怎么可能比得过？但是如果你跟祖冲之讨论莎士比亚，跟李白杜甫谈谈高数几何微积分，让赵云关羽算算圆周率，嗯，赢面就大很多了。

可怜的孩子也不知懂没懂。

[队伍领袖]温如玉：哦。

[队伍领袖]温如玉：仙哥，你在PK的时候划这个圆半径能控制在多少？

[队伍]琉璃仙：[挑眉]猪！我一个法攻的控制类职业，大多技能都不能跑动施放，我转个屁的圈啊！

[队伍领袖]温如玉：喔。

或论这家伙的脾气修养，那是真的好，我骂得重了也从不往心里去。

[队伍领袖]温如玉：仙哥，以后我可以跟着你学PK吗？

[队伍]琉璃仙：我这不是正教着呢吗？

[系统]温如玉向你作了个揖。

[队伍领袖]温如玉：师父！

[队伍]琉璃仙：……

173

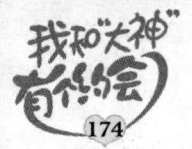

11 慧极必伤,情深不寿

这样混到十二点多,鸭子回来了,听见开门声,我飞快地躲到窗帘后面去藏着。他进来却连找也没找,直接就过来,连着帘子将我抱住。

我惊奇:"你怎么知道我在这儿?"

他作神秘状:"这叫心有灵犀!"

我把他摁床上挠痒痒,他笑得受不了了,方才捉住我的手招供:"嘴嘴最喜欢这么玩了,刚也跟你躲进去了,探了个脑袋在偷看!"

人说小别胜新婚,倒是不假的,与他相拥着抱了一会儿,他去洗澡了。我始终没有问他去了哪里,他也没有告诉我。

他一直都那样微笑着,温柔地与我并肩,让我觉得他离我很近,我只要再靠近一点,我只要再努力一点,便可完完全全地霸占了他,不再让给旁人一点。所以我舍不得放手,成年人的爱情故事,已经不再如少时一般要求毫无瑕疵,我只要求这瑕疵不会坏了整个玉质。

所以我想要带他离开这里,也许随着他的离开,这L市所有的过去,都将云烟散尽。

浴室里有隐约的水声传过来,琉璃仙还站在流云渡灰色的石阶上。下面是一排排紫红色的密语:

[陌生人]温如玉对你说:师父?师父?这里有凶猛羽毛一只,可有退敌良策?

[好友]圣骑士对你说:发什么呆呢?

[好友]斑点花猪对你说:[捶桌]仙哥哥,温如玉欺负我!

[好友]真梵对你说:仙哥,你知道小荇是哪里人吗?

……

我重又在电脑旁边坐下来,一一地回消息。

[陌生人]你对温如玉说:吾徒,为师有一退敌之上上之策——

[陌生人]温如玉对你说:[口水]

[陌生人]你对温如玉说：绑定好复活神石。

[陌生人]温如玉对你说：[冷汗]

[好友]你对斑点花猪说：拱他！

[好友]斑点花猪对你说：[捶桌]

[好友]你对真梵说：据说是地球上的。

[好友]真梵对你说：= =

唯独回老圣的信息时我有些犹豫，不知道该回什么。最后竟然就什么也没回。鸭子洗完澡，拖了椅子坐在我旁边，我回头看他："鸭子，我们有空让琉璃仙和鸳鸯结婚吧？"

他点头："嗯。先刷情义值。"

以前离婚的时候解除了有缘人，一切又要重头来过了。因为肚子不舒服，这个伟大而光荣的任务便交给他了，他把我抱到床上："先盖好。"

我缩到被子里，他把网线扯了过来，抱了本本过来双开。

靠在鸭子怀里，他驱着两个号互相拥抱，游戏里面有缘人互相做表情可以增加情义值，情义值到一百的时候可以结婚。

"鸭子。"我把头靠在他的颈窝里，他侧头蹭了蹭我的脸："嗯？"

"唱个歌来听吧。"

"要听什么？"

"就唱你第一次在我面前唱的那个……那个……"

"《传奇》？"

"嗯啊，你还记得啊？"

"怎么会不记得？"

"我一直觉得我们之间，好像连一点可以怀念的浪漫都没有。"

他笑着低头吻我："这么说来，我们都是彼此的大白菜？"

我也笑了，我不知道你是否听说过那个大白菜和玫瑰花的故事，是的，我们都是彼此的大白菜了，还提什么浪漫呢。

于是爱之一字，苏如是终是羞于启齿。

我是听着他的歌睡着的，第二天早上也不知道他什么时候起床的，醒来后就只有嘴嘴趴在我身边了。我以为他上班去了，于是闭眼再睡。

到十点多他钻到被子里来："龙儿？起来了，先吃点东西。"

他的手扣在我腰际,五指修长,动作间带着他独有的温柔缠绵。我反揽着他的脖子,他把我抱到客厅的沙发上,然后去厨房盛饭。

我想下去帮忙,可是我的拖鞋还在卧室,刚一站起来,他已经端了粥过来:"坐回去,地板太凉了。"

我起身,他已经把自己的棉拖放在我面前,自己去了卧室,随后穿着我的鞋出来:"来,尝尝喜不喜欢。"

我坐在桌子旁边吃粥,是红枣加桂圆煲的,带着淡淡的甜,清香不腻。我抬头想赞他几句,他却已经搜了我的衣服丢进了洗衣机里,内衣和袜子被挑了出来,在水槽手洗。

GM,他不是我的第一个男人,却是第一个,帮我洗内衣和袜子的男人,好吧,我不得不承认苏如是这一生很背,这种男人,到三十岁才遇到这么一个。

我并没有在鸭子这边待很久,第二天便回了S市。

白天我一般在罗湖区看看家装这边的材料进度之类,因为以前公司每次搬迁也经常会遇到装修这样的问题,该注意的细节我还是比较清楚的。遇到有不合意的地方便及时给他们指出来,免得以后验收时再改成本太高,这些家伙又要跟老娘磨叽了。

所以我一般一周会过来游荡个三四次,好在是老关系了,他们吃不准的地方也会及时给我电话。

如此,我也挪出了不少闲暇,非常时期,也不敢乱得瑟,我没事的时候就跑业务了,我和小唐他们不一样,他们是技术出身,我却本来就是靠跑业务起家的。

故此,这倒是轻车熟路。

老东家那边还屹立着我跑三年的业务,从业务员直接跃升为西南区域总监的神话,所有人都听说过这近乎传奇的故事,但是他们肯定看不见这背后的艰辛。

当时甚至有传言我和老东家有一腿的,而我,选择在风头正劲却也谣言疯长的时候自立门户,并带走了老东家的一批骨干精英。

知道的人都骂我忘恩负义,我唯有一笑置之。他们传我们的流言飞语时传得是绘声绘色,看见东家后院起火更是隔岸争观,而我这一走,却个个跳出来义愤填膺地对我大加批判。

所以苏如是,在S市这个圈子里,除了能力,其他方面其实风评并不好。而当你仔细了解时你会发现,将这些是是非非议论得天花乱坠、头头是道的人,往往和我连一面之缘也不曾有过。

游戏和人生,何其相似。

那段往事,在三年后的今天依然是业内不少人茶余饭后的谈资,而我和对我有着知遇之恩的老东家再见面时,也只能剩下堪比外交官标准礼仪教材的握手和微笑。

流言在事实面前止住,众人没了继续挖掘的题材,但是每一个成功上位的女人背后都有一个男人的定律还在,于是八卦中只剩下"以色伺君、忘恩负义"的我,和"晚节不保、因色失利"的他。

我过来办离职手续的第二天,他以非常强硬的手段把公司元老杨叔炒掉了,临走的时候他给了我一句话。

他说挫折和打击是最磨练人的东西,或者一蹶不振,或者百炼成钢。

我带走了他好几个技术骨干——包括这个人力资源部的经理,以一段恩将仇报的戏码换他的家和万事兴,换我的风平浪静。

也许你也和我一样,每每感叹一生平凡,但你一定也和我一样遇到了很多人和事让你一生感恩,而这些人、这些事,通常与情爱无关。

其实与鸭子相处的时间并不久,但不知为什么,一个人呆在S市这边,竟然觉得空荡。无事时我经常一个人游走在大荒。

这天下中能把道士玩到满级的人,都是耐得住寂寞的人。可是我觉得没有朋友、没有副本、不需要团队不是我的寂寞,我的寂寞始于和他在一起之后。

他不在线的时候我懒于下战场,甚至连种树也兴致索然,我经常驱着琉璃仙骑着满级的飞行兽飞过幽州,飞过燕丘。温如玉和花猪他们经常也会发消息给我,我回得心不在焉。

大荒依旧,有商人的嘈杂,有势力的仇杀,有爱与恨的纠缠离散。我停在九黎城上空俯视这天下,却再难染沾这半分是非恩怨,琉璃仙的时间,不知道从什么时候开始,已经只为了等他上线。

鸭子是在晚上九点半爬上来的。一上线第一件事便是发组队消息给我,那时候的苏如是真的变成了一个萝莉,我为那个出现在我队伍中的头像而雀跃。

[队伍]只羡鸳鸯不羡仙:龙儿,我们今天做周常任务吧?

[队伍领袖]琉璃仙:嗯。

于是琉璃仙跟着鸳鸯去做周常,因为BOSS都不难,我便没有下马,看着这个蓝翅膀的医生提溜着绣花针戳BOSS。

中途有小号加进来,我点了拒绝。

也许爱真的是会让人变得自私,就比如我对程程的耿耿于怀,就比如我对这时候加在我们队伍里的人这般的排斥。

[队伍领袖]琉璃仙:我们不组小号了好不好?

[队伍]只羡鸳鸯不羡仙:嗯。

夜还很长,我不想一个人,便只有看他打怪,能够慢一点,便再慢一点。

去冰箱拿了饮料,一口一口地啜。

做到真假任务的时候,他一个人开始有些吃力。蓝翅膀的医生要单挑七十五级的南宫天鸣,也是很冒险的。我下马,我们立刻又恢复了从前的默契,他不断地失心+无助+鬼哭BOSS,一边不断地给我妙手。

人民币的力量是强大的,琉璃仙这身装备如今打南宫天鸣还不是小菜一碟?于是周常的速度也就快了起来。

我们路过八卦田那草色青青的旷野,他行在我之前,满级的白马优雅而矜持地迈着小步,衬得这白发医师尊贵绝尘。

[队伍领袖]琉璃仙:鸭子。

[队伍]只羡鸳鸯不羡仙:嗯?

[队伍领袖]琉璃仙:你换蒹葭吧?

蒹葭和白露,是天下的一套……唔,可以算是情侣装吧。

[队伍]只羡鸳鸯不羡仙:等诀雪到期。

[队伍领袖]琉璃仙:嗯。

可惜当时,我一直没有问他,诀雪什么时候到期啊……

两个人出手，周常很快就做完了，真的我从来没有想过有一天这令我想吐的周常会这么快做完啊，那么剩下来……我们是不是要下线了？

[队伍]只羡鸳鸯不羡仙：还不想睡吗？

我微笑，我的心思，其实他一直都明白的。

[队伍]只羡鸳鸯不羡仙：那么我去开玉狐宫的副本吧。

[队伍领袖]琉璃仙：嗯。

怎么办呢，鸭子，你让我觉得这个大荒，如此的索然无味啊！

三十级玉狐宫的副本，光我们俩下去就太累了，它的怪是根据团队里等级最低的号来开的，所以鸭子去开副本，我双开了遥借东风的法师小号。

小号上线的时候是在九黎太守区，她的手上还拿着那把十四级副本出的仙风杖，对于一个四十级的法师来说，这杖已经不是垃圾二字可以形容的了，但是无所谓，这是一个幸福的小号，有琉璃仙在，她就是裸奔也无所谓。

[系统]遥借东风加入团队。

玉狐宫是一个守关的副本，故事因为太过狗血，我就不提了，玩家的任务是守护一个臭男人的尸体，一般各占一边，任意一个怪到达男尸身边的时候算挑战失败。

因为系统开出来的是四十级的怪，这对我们来说都是没有难度的。结果是他守了桥头，我守后面的山洞口。

我莫名其妙就想起了李之仪的那一句——我住长江头，君住长江尾。日日思君不见君，共饮长江水。

最后二人一起打倒了九尾狐，她照例什么也没爆给我们。

怪兽全军覆没，玉狐宫的台子上就剩下两只奥特曼了。我突然不想出去，着一身白露的琉璃仙在监察台上坐下来。

[系统]只羡鸳鸯不羡仙依偎着你坐下。

[队伍]只羡鸳鸯不羡仙：我明天过来吧？

[队伍领袖]琉璃仙：还是我飞回来吧。

[队伍]只羡鸳鸯不羡仙：龙儿。

[队伍领袖]琉璃仙：？

[队伍]只羡鸳鸯不羡仙：不仅仅是你在想我，我……

我知道他后面想说什么,我突然觉得我们很像,这个年龄的人,经过了山盟海誓,经过了那些浓墨重彩的轻狂,而行年如梭,到最后便含蓄得连情话也羞于启齿。

那个时候我突然不想去计较他爱不爱我,也不想去细究那个程程明明在他心中占了多少分量,其实两个人一辈子,谁又能一世无瑕?

只要我们在一起,哪怕是这句未能说出口的情话,也够了不是吗?

最后我们谁也没有下线,逛到燕丘的鸟巢时曼陀罗和雅灭蝶也在。我很难想到在战场杀人如麻、动不动就隐杀伺候的曼陀罗会有这样温柔缠绵的一面。

红翅膀刺客和经蛾女医生相拥着坐在山涯旁边,夜静人寂,山风不语,那场景唯美如画。

再看看我身后的银发医师,也许,这就是这个天下吧,尽管有那么多的忧伤离散,但也总有那么一些人,渴望地久天长。

我和鸭子都不想长针眼,我策马从涯上跳了下去,鸭子随后——没有飞。

落地的时候差点摔断了马腿,系统提示受到两千多点伤害,但我并不在意——没摔死就行!

下面是一处湖泊,在群山环抱间安静冰澈。

我开了轻功,在湖面点水,轻轻地敲击空格键,看着一身白露的娇俏女道士如仙般轻盈跃于水面。

[队伍]只羡鸳鸯不羡仙:难怪,老圣说在战场,你一下水,没三个人根本就不敢追。

我笑。

[队伍领袖]琉璃仙:那是因为他点水垃圾。

[队伍]只羡鸳鸯不羡仙:[笑]也只有你才会说他垃圾。

那一晚,我们逛遍了大荒那些早已被遗忘的风景,相聚,让每一刻都变得美好。当天亮,灰姑娘要被打回原形落回现实的时候,我们在东海之滨相拥。

[队伍领袖]琉璃仙:过儿。

[队伍]只羡鸳鸯不羡仙：嗯?

[队伍领袖]琉璃仙：小唐帮我赶制的婚纱快好了，下次回来我穿给你看?

[队伍]只羡鸳鸯不羡仙：嗯。

[队伍领袖]琉璃仙：我要先下了，要睡会儿觉，中午还要跑罗湖区那边。

[队伍]只羡鸳鸯不羡仙：我在这里挂机，你要是睡不着了，来这儿找我。

[队伍领袖]琉璃仙：不会离开吗?

[队伍]只羡鸳鸯不羡仙：在你没来之前，死也会死在这里。

[队伍领袖]琉璃仙：好。

那是很久以后的第一次，我觉得很幸福，真的，是那种满心温情的幸福。于是下线的时候没有不舍，因为上线后，我知道在什么地方能找到他。

那一晚，我晚上七点多飞回L市，L市大雨。回到鸭子家里时我已经被淋成了落汤鸡，鸭子不在家，嘴嘴过来企图叼我的包，被我打跑了。

去卧室换了衣服，出来时望窗外，路上已经开始积水。我有些担心，打电话给鸭子，他很快便接了起来。

雨声越来越大，我颇为担心："现在在哪儿呢?"

"龙儿，雨下太大了，我送医院的几个女孩子回家，S市那边下雨了吗?"

这个理由我倒是相信，这确实是他会做的。

"我在家里，鸭子，你今天早点回来吧?"

"好，等我。"

他要挂电话，我又颇不放心："小心开车。"

他的声音很是愉快："放心。"

我去厨房做了四个小菜，一个紫菜汤。可是这个家伙一直到我把饭菜做好也没回来，八点半的时候我打了电话过去，他说已经在路上了。

一直等到九点半，饭菜都凉了，我再打电话的时候，他告诉我很快了。

于是我就等啊等啊，一直等到十二点半他才回来，一身照例淋了个透。我躺在沙发上没有起身，他很自觉地自己去卧室换衣服，出来时他温柔地抱

着我的腰,说龙儿,对不起,朋友有事耽误了一下。

我懒懒地和他开玩笑:"你们医院里的护士都住火星啊?"

他笑着去热菜,我不好意思告诉他其实我一直在等他,每一年到这几天,我总会更年期提前,以前吧,也没有一个可以撒娇、耍赖的对象,今年好不容易有了一个,我刚和远东那边签了协议,笔还在我身上呢,就匆匆地赶回L市。

可是现在,已经过了十二点了,今天,终究还是我一个人过。

很安静地吃完饭,他一直帮我夹菜,不论是天下中的只羡鸳鸯不羡仙,还是这个点点,他始终是那般谦和体贴,我却突然害怕。脑子里闪过很奇怪的念头:如果以后没有他,怎么办呢?

想完后自己也觉得好笑,三十年没有他老娘不也过来了?认识他才多久的事啊?会有什么怎么办呢?

鸭子啊,你真的把一条流浪狗养成小京巴了呢。

吃完饭,我去洗碗,嘴嘴不吃辣椒,我给它倒了狗粮,它捣乱,拨得到处都是。我用苍蝇拍子打了它,它一晚也没理我。

等洗完澡回到房间里,鸭子已经睡着了。我开了电脑,登陆游戏,琉璃仙的日常任务还没做。可是等到等待时间过去,琉璃仙站在九黎太守区的时候,我突然没了做周常的心情。

[好友]青荇不语对你说:帮下童趣。

我向她发了入队申请,传去江南永宁镇帮她杀童趣的任务怪,那只小狼实在是太脆了啊,我的邪影上去一个符惊鬼神,它就没了。

[好友]你对青荇不语说:你的观其妙在幻化的时候也可以杀怪。

[好友]青荇不语对你说:嗯。你接吧。

[好友]你对青荇不语说:不了。你忙去吧。

那一晚,我驱着琉璃仙去了东海之滨挂了一晚上机。我一直没好意思说,其实那一天,是苏如是三十岁生日。

在十九岁之前,每次我的生日家里会比春节还隆重,那是属于我的节日。而如今,三十岁的时候再到这天,似乎也在意不起来了。只是我还是会常常想起他们。

年轻的时候我们总喜欢说不悔，而多年以后，当我们都为自己的固执付出了惨重代价之后，真的能够不悔吗？

那一晚，怎么也睡不着。在电脑面前抽了一晚的烟，风从窗外吹进来，轻吐着淡蓝色的烟圈，整个房里只听见天下的背景乐，低低地回荡，古典而哀伤。

GM，我……好像越来越多愁善感了？

我一直没有睡着，到天亮的时候鸭子起床，我变了猴子珠子刷怪，屏幕右下角，只剩下一片密密麻麻的经验与怪物物品掉落提示。

"龙儿？怎么了？"他从我身后伸手过来，掐了我手上的烟："为什么不睡？"

我对他微笑："没事，我不困。"

昨天，就在昨天，如果他早点回来的话，也许我会缠着他要礼物，我会开瓶红酒逼他唱生日歌，我会让他今天请假，陪我去买结婚戒指。可是过了十二点之后，我却完全没了这些兴致，是谁说的，多变，是女人的专利。

我替他理好衣领，只淡淡地提了一句："我们什么时候去选婚戒？"

他吻我的鼻尖："只要你有空，随时都可以。"

我看着他出门，我想他其实是不上心的吧，如果他真的看重这场婚礼，这些，又何用我提呢？

说来好笑，在我们相处的最初，他对我怎么样、上不上心我根本都不在意，而现在，却是越来越心比针眼小了。

因为我在，他把车留在了家里。

我于是去找花猪和老圣，去到老圣网吧的时候，那小正太竟然还记得我，我找了机子坐下来，他便给老圣打电话，我听力一向不错，在舒缓的音乐中听见他低低地道："上次那个卷头发、高高的、凶巴巴的女人过来了！"

呸呸呸，童言无忌，童言无忌！

老圣过来的时候我在流云渡教温如玉PK，经过我咬碎钢牙的不懈坚持，他的PK技术已经大有改观，天机战士本来就是近战的王者，我让他改洗了全疾，目前装备是四色炼化，砸了风行，依我的信条，打不过可以开个鸟阵跑！

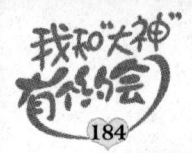

他跟着我打了一阵,言语中颇有些泄气:

[好友]温如玉对你说:师父,我是不是这辈子也赢不了你了?

我笑。

[好友]你对温如玉说:职业克制,要想单P道士,即使是其他职业,在装备和操作对等的情况下,可能性也不大。

[好友]温如玉对你说:那天机克什么职业?

[好友]你对温如玉说:你找刺客练一下手。

[好友]温如玉对你说:[眼冒红心]刺客?好!

事情的结果是……

流云渡,六十套装还差个下摆、全身不满五钻、隐藏属性未出的六十八级天机战士偷袭刺客装备排行榜名列首位、一身七十级战场套装和首饰、极品炼化、极品隐藏属性、全身平均十五钻、手持满钻满攻真•天域的曼陀罗,被人一个隐杀秒之!

我掀桌!

[好友]你对温如玉说:[捶桌]你他娘的别找曼陀罗啊!

身后老圣早已笑翻:"男人玩网游玩到这境界的,我还真第一次见到。"

我对老圣致以了万分的鄙视,这什么会长啊……

下了线,收拾了东西出来,我们本来是打算是去找花猪的,她竟然宁肯玩游戏也不肯出来见我们,果然是见色忘义、重色轻友啊!

真梵回老家去了,也只只找着老圣,这时候还早,酒吧没开门,我们找了一家奶茶店坐坐。两个人都不是这么文艺的人,但都在彼此面前装文艺。

"鸭子今天上班?"他啜了一口杯中的拿铁,咂了咂终于忍不住,"怎么会有人喜欢这种玩意儿……"

我笑:"嗯,他这几天,好像都挺忙的。"

"赶紧结婚吧,死人妖,别的都不用去想,男人嘛,结了婚慢慢地就好了,明白吗?"

我用吸管搅着杯子里的奶昔:"真的会好吗?"

他拍拍自己胸脯:"你要相信我,鸭子跟我几年的哥们儿了,我还能不了解他？程程和他是有感情，可是死人妖你信不信，那个家伙的性子就是人一二三再脱光了给他看，他也能无动于衷。"

他说着又笑："当然，这我们就不行了，哈哈！"

他越来越没正经，我拿杂志丢了他一下，他正色道："结吧结吧。"

我也正色道："你打算包多少红包啊？"

"啊？"他怔了一怔，而后颇为心虚地道，"其实……我是打算包报纸的……"

花猪和卓尔不群在一起，是我和老圣都没有想到的。这家伙虽然被那个死人妖骗子……呃，这话怎么这么刺耳！

这家伙虽然刚被伽蓝洗过一次，但毕竟是联盟的势力主吗，实力还是在的。算起来这花猪也算是攀上高枝了，但是我却不是很赞成这一对。

[好友]你对斑点花猪说：猪，卓尔不群也没什么不好的地方我承认，可是他已经是老鸟了，老天下内测的时候他就在了，知道吗？

[好友]斑点花猪对你说：[转圈]我知道的仙哥哥，他以前还结过几次婚，可是这一次我们是认真的，我们要做天下不会再离婚的一对。

[好友]你对斑点花猪说：猪，感情是会变的。它的浓度、纯净度、透明度，都是会变的。

[好友]斑点花猪对你说：仙哥哥，他下副本都一直挡在我前面，嘻嘻，陪我下战场从来不嫌烦。他现在都不下副本了，天天教我点水呢，额，只是我还没有学会。

[好友]你对斑点花猪说：猪，所有的爱情，在开始之前都是美好的，知道吗？

[好友]斑点花猪对你说：仙哥哥，你不高兴？

我无言，我不是不高兴，我只是不想你去经历那种新人替旧人的无奈。

[好友]斑点花猪对你说：[拍马屁]仙哥哥，你相信我啦，大不了我答应你，就算是以后我们会离婚，我也绝对不会难过，好不好？

我没有再回她消息。

[陌生人]你对卓尔不群说：岳不群，你要敢骗花猪，老娘杀到你不敢上线！

[陌生人]卓尔不群对你说：[笑]仙哥，我怎么会骗这么可爱的妹妹。

[好友]斑点花猪对你说：[转圈]仙哥哥，我的婚礼你一定要来参加哦！

我不知道我还能说什么。

[好友]你对斑点花猪说：嗯。

那一晚，温如玉在流云渡疯一样和我PK，我把他的一身装备全都打废了，他就光着膀子上。他光着膀子，我一个符惊鬼神直接可以秒了他。到第十次的时候我终于忍不住了。

[好友]你对温如玉说：你搁这儿跟我发什么疯啊！

他突然停了下来，那时候我已经接受了他的切磋请求，大块头的天机就红着名字，穿着一身破损的装备站在流云渡空旷的PK场上。

[好友]温如玉对你说：师父，游戏里面，是不是真的只有大神、只有会长、只有一呼百应的高手才能得到女孩的青睐？

我无言以对，游戏游戏，戏如人生。

[好友]温如玉对你说：是不是站在你面前的温如玉是个满钻的红翅膀，真·天域的武器，极品炼化，极品鉴定，一流的操作，就代表我所有的地方都比别人优秀？

[好友]温如玉对你说：我不明白师父，真的我不明白，我和她下副本，她每次从来不给我加血，要么就是加个逆转引一大堆怪让我去救她。我们一起PK，一起骑着没有满级的马逛天下，可是最后，她就只把我当作朋友。而那个势力主，就带她下了次副本，她就和他在一起了！

那是他第一次用这样激烈的语气跟我说这么大段大段的话，这也是我叹息的原因，一个靠打怪可以升到五十级的天机，猪啊，其实真正的好男人，曾在你身边啊。

[好友]你对温如玉说：如果你想要追回她，强大起来吧。我讨厌男人说这些话。

他没有再回我消息，五大三粗的天机战士，在流云渡光着膀子站了一夜。

因为经济紧张，公司里面他们头一月的奖金、项目分红都压着没发，没有人问我，但我尽量不再潜水，抽足了所有时间到公司露面，一方面稳定人心，一方面，也确实得加把劲过了这难关。

我和鸭子的婚期被延后，我依然两边跑。偶尔花猪和卓尔不群下战场或者副本也会叫上我，两个人恩恩爱爱、你侬我侬。渐渐的，花猪便去了卓尔不群那里，极少呆在蒙鸿天下，我沉默，老圣也沉默，鸭子替他们张罗着婚礼。

那一晚的鹊桥仙境，被卡得寸步难行，ID连ID，茫茫然一片。

我跟鸭子最后还是被花猪硬扯进来的，鹊桥仙境舞台中央的红地毯，红若烈火，仿佛在缓缓流动一样。

我不喜欢这般刺目的颜色，所幸我们的一生，能用得上这种颜色的日子也不多。

这游戏要结婚，其实是一个很繁琐的过程，有很多只都是失败了几次才成功，而以花猪的理解能力居然得以顺利结婚，我很惊叹，爱情，确实可以改变人的很多东西。

那场婚礼之后，我开始极少见到花猪，其实游戏里的人生也是人生，一旦你有了伴侣，你会忽略周围的许多人许多事，等某一天抬头一望，你的世界，已经小到只剩那么一个人。

参加完婚礼，卓越联盟的一MM———个叫蜀绣灵儿的女剑客开始疯狂地追求老圣，那时候她只有七十二级，还差三级满级，可是天下的级别越高越难练，这三级已经可以练到你哭。

我们一直拿此当笑话，工会里很多混球已经开始叫那女剑客作会长夫人了，唯老圣稳坐钓鱼台，无动于衷。某日该MM发天下，公开表白。连鸭子都怂恿老圣，要么试试吧？

老圣很淡定：

[天下]圣骑士：吃奶的时候就好好地吃奶，这些事情，长大了再想吧。

那以后，就再没女孩敢招惹他了。

GM，我终于知道剩男是怎么炼成的了！

我在S市的时候，鸭子经常和我去鸟巢，我喜欢在湖面点水，那个湖不大不小，我能反复飞上几个来回，而东海之滨太大，我出去后基本都只有游回来。

每次掠过水面，回首间总能看见白发的医师伫立在湖畔，不会走远。

后来呢，花猪忙着和卓尔不群卿卿我我，温如玉疯狂地练级、练操作、

砸装备、洗属性。他问我的所有问题,都离不开以上四点。

老圣依然带着蒙鸿天下,这势力和他一样,不怒不扬,在天下无数风云起落之后,依然静静地凝视着大荒。

我们一样日常、周常、周末活动、战场、种树、捡天珠、下副本。

某天晚上七点多,我到南宁出差,因为离L市很近,当时便回了鸭子那里。回家的时候他依然不在,嘴嘴过来咬我的裤角,我拿脚赶开它,俯身抬起它两只前脚问:"鸭子呢?"

它当然不能回答我,要不然这破小说就得划归到恐怖类了。

这时候若他不在家,唔,一般就会在医院。我抱了嘴嘴出门,本来想抱它下楼的,但GM,丫实在是太沉了!

于是牵着它下楼,打了车去鸭子的宠物医院。到了那边的时候整个医院却已经关门了,旁边出租车司机还很好心:"他们一般早上八点到下午六点钟营业的啦,我看你的狗也没什么严重的症状,干脆明天再来吧?"

我向他笑了一下,开始拨鸭子的电话,他很快就接了。

"龙儿?"

"你在哪里?"

"我?……我在医院这边,有条狗狗被鱼刺卡住了,怎么了?"

那个时候我站在他的医院门口,门已上锁,里面一片漆黑。

我拖着嘴嘴重新坐回车里,司机反应很快:"原路返回吗?"

我听见自己深深叹气:"嗯,回去吧。"

车调头,沿着来时的路线返回。彼时夜色已深,窗外的街景已经看不大清楚了,L市笼在沉沉夜色里,令我觉得陌生。

我和你一样,无事时也混迹红袖、起点、潇湘、晋江,看过太多为虐而虐的文章,那时候一直觉得男主渣、女主蠢啊。而现今,在整个故事的第十一章,这盆狗血淋到自己头上的时候,我突然觉得很无力。

人生如棋,只是当局者迷。

OK,我知道,像每一场PK,其实并不用等到最后我们气血值为零的时候才明白自己会输,真的。更多的时候我们只要看看对方的走位、装备炼化、鉴定属性,就知道是应该退还是进。

可是……我只是不甘心啊，GM，五分钟可以洗好的祭天台神石，我已经洗了四分半钟，你让我怎么甘心，我怎么可能甘心！

我重新打鸭子的电话，他一样接得很快："我马上到家了，你在哪里？"我不想去回答他的话，你一定也耻笑过这样的女主，拿得起却放不下去。

"鸭子，我们结婚吧。"

"怎么了龙儿？"

"我们结婚吧？"

"好，什么时候？"

"后天。"

电话那头他微微一滞，答案却清晰而肯定："好！"

因为时间实在是太过仓促，我们没有领证，没有来得及通知我S市的朋友，不过也无事，反正到时候回到S市也是得重新办一下的。

婚庆公司是请的盛世婚庆，有着他们打理，事情总算看不出仓促的样子。

酒店经理因为和鸭子很熟，席位很快就订了下来，鸭子爸鸭子妈还有他们家很多三姑六婆八大姨的全部过来帮忙，请帖写的写、送的送。婚车也开始打理，鸭子妈买了非常漂亮的红色喜花，让他们缠在车头。

我们找了几家才找到一名满意的跟妆师，下午还有一些琐碎的小事，我和鸭子妈一条一列出来，以防有遗。

她和鸭子爸爸都很高兴，我却高兴不起来。

后来想起来，也许那时候我只是在提前一个结局。与其纠缠不清，不如一刀断腕，痛也快哉。

花猪一直吵着要做我的伴娘，下午我陪她去选伴娘服，一直逛到两点多，她终于开口："仙哥哥，这些店的衣服都太贵了！"

我笑倒在地，最后给她挑了一件粉色的小礼服，正式却不死板，华丽而不显老气，以后平时她也能穿得出来。

伴郎是老圣，还有几个鸭子的同学，老圣一直在帮忙，从喜宴的菜色、场景布置等等。他的皮肤很黑，身材极为高大，经常抹着额头的汗问我：

"死人妖,看看这个怎么样?喏,这是给你的道具,到时候好好地欺负一下鸭子!怎么样,我这个会长还对得起你吧?没白当我的尚书吧?"

看着那条黑色的鞭子,我自插双目!

真梵更缺德了,丫在家里贴喜字的时候顺便给嘴嘴脖子上也扎了一条红丝带,言道这不图个喜庆吗?GM,嘴嘴本来就是土黄色的,脖子上还扎根儿红丝带,要给它面镜子,它自己非得咬舌自尽了不可啊!

嘴嘴,我假装没看见,你咬他吧……

鸭子妈比较迷信,信着风俗说结婚前一晚,男女双方都不能见面的。于是晚上的时候我便去了鸭子妈那边和她一起住,鸭子爸过这边来陪着鸭子。真梵和老圣他们也都留在了鸭子这边。

这一晚我都没怎么睡,鸭子妈和我算是促膝谈心了,她问我是不是有些紧张?说女人呢,早晚会有这么一天,嫁作他人妇。我却只觉得像在做梦一样,我真的要嫁给他了?

那时候,是四月二十号。

我们在一起,约摸两个月。

我偷偷地上了一会儿游戏,青荇不语发了组队消息过来。

[好友]青荇不语对你说:过来打个小妖。

我去了江南,那是个天灾小妖,因为等级有点高,她一个人不怎么打得动。我招了凤凰宝宝,开马技能化了心魔,上去平砍加退鬼,这个小BOSS的等级对于青荇来说是挺高,但对于琉璃仙来说,皮就脆了。

完事后他交易了些灵光果子过来,我点了拒绝。

[好友]你对青荇不语说:不用。

他当时发了一个消息,极是奇怪:

[好友]青荇不语对你说:你的白泽还得喂吧?

(白泽,是一种坐骑,长得有点像羊,琉璃仙的号上确实是有一只,是琉璃仙的前主人买的,我接手的时候它的经验还压在三十六级,是加的全念。)

当时我就奇怪了……

[好友]你对青荇不语说:你怎么知道我的号上养了只白泽?

那小东西因为太小,我从来没有骑过。

[好友]青荇不语对你说:鸭子说的。

她毕竟是我徒弟,我没有深想这事。

[好友]你对青荇不语说:青荇,我明天结婚了。

她沉默了许久,终于回我:

[好友]青荇不语对你说:恭喜。

我没有在游戏里待很久,你知道的,这时候我泡在网上,怎么着也说不过去。然后花猪过来陪我聊天,她问我做新娘的心情,我微笑着,不知为什么注意到窗外的天色,有那么一瞬,不愿天亮。

可是不愿天亮,天就不亮了吗?

我被她们从床上揪起来的时候天是真的没亮,洗漱完毕,化妆师开始在我脸上涂涂抹抹,花猪帮我穿衣服,我心惊胆战,最后还是鸭子妈上手,很是熟练地帮我把那套繁琐的婚纱给穿上了。

因为是小唐设计的,我们一起买的料子,找了一个手艺精湛的老裁缝和她一起做的,总体来说,还算不错。

只是太过华丽了,我问小唐上面缀的珍珠会不会太多了,她嘲笑我反正你这辈子也就只华丽这一次了。

我想想也是,便任由她用了N多的蕾丝来滚边,她本来是打算缀咸水珍珠的,我一算那得多贵!最后揪着她换了淡水珍珠。

裙子的下摆很长,但好在配我的身高也还不至于夸张。腕间没有戴手链,就算是结婚,也没必要把所有的珠宝都戴身上啊……

手上倒是有一颗戒指,这是鸭子昨天下午买的,铂金的戒身,一朵莲花中间镶着一粒钻。最后跟妆师帮我盘头发,她的动作确实是非常干净利落的,不愧专业二字。

到我们打扮停当的时候,已经九点半了,镜子里的女人,画着新娘妆,睫毛长长,衬得眼睛很大很明亮。裙裾奢华,连我浅蜜色的肌肤在其映衬下也变得莹润动人起来,当我起身在镜子面前走动的时候,有点不敢相信镜子里面的那个人是自己。

跟妆师用的唇脂淡而润泽,整个妆容都依照我的要求,精致而婉约。

"到底是长得漂亮，怎么画都好看。"跟妆师在我耳边轻叹，我自然知道这话当不得真，但听在耳朵里依然受用。女人嘛，又有谁不喜欢被奉承。

花猪惊叫着把我拖出来，说我像白雪公主。我笑，有这么大年龄的白雪公主吗？我觉得我只有可能是她的后妈。

我们出来的时候，鸭子的七大姑八大姨轮流将我夸了一遍，夸得我脸都笑变形了，终于无话。

那时候已经是九点五十了，我假装没有看见鸭子妈偷偷给鸭子爸打电话。到十点二十的时候，还不见鸭子，鸭子妈笑得有些僵硬："可能路上堵车，我们再等等吧。"

这话她自己也说得没底气，鸭子那儿到这里，才几步路啊。

周围的七大姑八大姨开始用同情的目光偷偷打量我，我知道女人做到我这一步，就算是咎由自取吧，也确实有那么些可悲。

老圣他们到这里的时候已经十点一刻了，就他、鸭子爸和真梵三个人过来，鸭子妈把鸭子爸拉到一边，但隔老远我也听见她愤慨的声音："这小子，气死我了！"

我只有看老圣，他抹着头上的汗："死人妖……啊呸，琉璃仙，鸭子刚说他有事出去了一下，估计马上就回来了……"

我让自己带着三分笑意很安静地看他，他于是不再说话。

"你不知道他是什么时候出去的，对不对？"我笑着问他，他轻轻地唤了一声："琉璃仙。"

我深深地吸一口气，其实我知道，如果我苏如是还有一点，哪怕是一点点自知之明，我就应该走得远远地再也别出现在这里被当成一个笑柄。

可我依然固执，哪怕就算这场PK我的气血值已经降低到零呢，我也想等到系统宣布胜负之后再退下去。

我微笑着向老圣伸手，微笑着让自己的声音平静："车钥匙借我。"

他犹豫："再等等吧，我相信他会处理好这些事的。"

我笑着看他："车钥匙借我。"

他把一串黑色的钥匙放到我手上，临出门时我回身问他："程程住哪里？"

他轻轻地报了一个地址。

那一天是个晴朗的好日子，阳光从道旁的阔叶树间垂落下来，大道上明暗不定，行车穿越其间，就好像穿过一条时光隧道一样。

几经辗转，我在那个名叫碧御园的小区门口停下来，婚纱的下摆太过繁复厚重，我倾身将它松松地打了个结，抽了钥匙穿过各式各样的目光找七栋四楼。

自古捉奸与争宠，是女人最无奈的事。

曾经我也一直不明白女人为什么会可悲到这种地步，而多年以后，当我在小区林立的高楼中迎着各类目光找寻的时候，我才明白那不过是因为爱到了深处。

在四零二停下来，我轻轻地敲门，开门的是鸭子，他的脸色，从青到白，变得很快。

我突然很不愿走进去，他就站在我面前，依然那般温情地看我。可是今天之后，所有的思念幻想，所有的拥抱低喃，都将不复存在。

可是梦总会醒的，所以故事再美，也终须结尾。

我不知道老圣和那一群七大姑八大姨们是什么时候赶来的，那时候我已经站在屋子的客厅中间了。没有人说话，我感觉自己像一只杀进奥特曼老巢的怪兽，而且是一只穿着婚纱的怪兽。

程程的气焰还很嚣张："你想干什么？"

我抬眼望她，在她脚步退后的瞬间揪住了她的头发，顺势在手上挽了一圈将她拖过来，然后一脚踹在她身上。她还没反应过来，当时就闷哼了一声，周围有人过来准备拉我，我无所谓，反正都动手了，打成什么样也改变不了老娘揍了你的事实！

所以我再用力将她拖近一些，连着扇了她几巴掌，最后一巴掌很顺手地将她扇到了桌脚。

她这时候才开始哭，而且是放声大哭。

其实女人哭的时候都很难看，就算是这个曾经让我觉得其貌甚美的女人也不例外。

鸭子过来拉我，我转身狠狠地刮了他一巴掌，也许是被我手上的戒指划到了，他的脸上现出一条红痕。那些记忆中零零落落的恩爱，到最后，化作

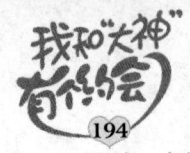

了这一条淡红色的戒痕。

他们都说我当时失去了理智,其实我一直很冷静。苏如是实在是一个没有风度的人,与其让自己独自饮恨,不如我们一人分一点吧。

老圣从身后拉住我:"死人妖,你冷静一点!"

我微笑着拨开他的手,继续走到餐桌脚边程程身旁,她往鸭子身边缩,半边脸已经开始肿起来,我居高临下地看她,这就是你要的结果,对不对?

好,我给你。

我伸手去揪他,鸭子妈她们过来拖我,我没有太过挣扎,这一身本来就复杂,如果弄乱了,我就会和这个程程一样狼狈了。

而GM,苏如是其实已经太狼狈了,就算是输,也让我为自己留一点底线吧。

"妈妈——"程明明从屋子里冲了出来,去扶程程,程程一直在哭,程明明抱着她看我,半响冲过去抱住鸭子大腿,哭着喊:"爸爸,坏女人打妈妈,爸爸!"

GM,当初中原瓮城,我穿着一套副本散装打六祸道士时,都没有输得这么惨烈过。

可是我不能哭,那会弄坏了我脸上精致的妆容。

所以,我只能微笑。

鸭子俯身去抱住被吓坏了的明明,轻声地哄她。

我想唤他过儿,可是开口的时候才发现声音只在心里。

你有尝试过那种感觉吗,就好像一部四十级的电视连续剧,我得瑟了三十九集,在最后一集大团圆的时候,惊觉原来自己才是那个邪恶狠毒的女配角。

GM,我连主角、配角都没能猜中,又怎么会猜得中这个结局。

我从玄关处缓缓地退出去,过儿,我要走了。如果此后一生,我们再不能相见,你是不是也会有一点、哪怕一点点的不舍和思念?

我下了楼,在一干人别样的目光中驱车离开,坐到车里的时候,后视镜里现出一张妆容精致的女人脸来,但眉目之间,已有脂粉难掩的疲倦。

我突然觉得入骨的荒凉,曾经我说要做永远的萝莉啊,可是这个萝莉的内心,已然如此苍老。

而GM,曾几何时,我苏如是,那也是如花的美眷啊。

车行一路,我径直去了鸭子家。

用老圣的钥匙开了门,极快地换了平时的衣服,出门前把老圣的钥匙放在茶几上,极目环顾,嘴嘴扑过来撒娇,我蹲下来抚着它头顶柔软的毛,轻声道:"我走了。"

它抬起头看我,半响,突然伸出嫩红色的小舌头,轻轻地舔过我的脸。

我将它放了下来,挥手道:"我走了。"

它傻乎乎地摇着尾巴,未能听懂。

我微笑着关门。

我走了,因为不会再见,就不说再见了,土狗。

12 我们的爱,只在大荒

是不是所有的爱情故事,都要集狗血天雷于一身呢?就连结局也不能幸免啊。

我在楼下打车的时候又看见了鸭子,他向我跑过来,高声地唤琉璃仙。

我侧身坐进了车里,跟司机说去白莲机场。

司机发动得很慢,慢到足够鸭子跑过来。后视镜里,我第一次从那张温文尔雅的脸上看到除了微笑之外的表情。

"要停吗?"司机是个三十来岁的男人,他这样问我。

我摇头的时候突然想起那夜天下,屏幕上方闪过的那排黄色小字:

[天下]只羡鸳鸯不羡仙对你说:小龙女,我来作你的杨过吧?

很多的回忆突然都纷纷地涌过来。

"鸭子,你是喜欢我的是吧?"

"嗯。"

"以后你的东西都算我的了是吧?"

"只要你要,只要我有。"

"喜欢吗?"他在我耳边轻声道:"喜欢就抱久一点。"

[天下]只羡鸳鸯不羡仙:龙儿,我爱你。

[队伍]只羡鸳鸯不羡仙:不仅仅是你在想我,我……

"鸭子,我们会在一起的吧?"

"会。"

[队伍]只羡鸳鸯不羡仙:我在这里挂机,你要是睡不着了,来这里找我。

[队伍领袖]琉璃仙:不会离开吗?

[队伍]只羡鸳鸯不羡仙:在你没来之前,死也会死在这里。

那些说过的话,还留在天下,而今陌路天涯,我只是个路人甲。

他隔着白色的护栏追过来,一声一声地唤琉璃仙,可是那白色的身影在后视镜里的距离,最终越来越远。

所有回忆的碎片锋利地划过眼前,曾经他说过要带着我,看遍江南的桃花;他说等我们活到白发苍苍了,还要相拥着一起在祈风台看落霞;他说等我们老得连鼠标也拿不住了,就哪儿也不去了,留在东海之滨数浪花。

GM,其实金庸骗人的,这世间没有杨过,就好像……没有琉璃仙一样。

如此,我又怎么可能是小龙女呢?

车速渐快,转过街角,在道旁树中光影斑驳的大道上行驶,仿佛穿越一条时光隧道。他的身影,终是再也看不见了。那时候车里,黄阅黯然神伤地唱折子戏,不过是全局的几分之一,通常不会上演开始和结局。

我伸手切了歌。

车行至机场时,阳光明媚,L市四月的风温柔得如同情人的轻抚,开车门递钱过去的时候,司机抽了一张纸巾给我。

GM,我竟然哭了?

事实上我没有哭。

那个时候是淡季，机票还很好订。

我从服务台走到登机口的时候，那张散着茉莉花香的纸巾已经被我揉皱。路过检票口，我拆了手机后盖，将那张小小的卡和纸巾团在一起，然后轻扬手，看着它在空中划出一道极优美的弧线，轻轻地落入垃圾桶里。

然后转身，昂起头，骄傲地穿过人群。

当飞机起飞，我已难耐疲倦。那个小小的纸团，竟然是我留在这城市的，最后的一样东西。

好吧GM，是我错了。网游故事就应该好好网游，3D模型的世界荒芜贫瘠，如何滋养爱情？

回到S市是下午三点多，先去了公司，被众混球围攻。

好不容易摆脱他们进了办公室，仰头靠在椅背上，小唐敲门进来，坐在我办公桌对面。

"招供吧。"她去柜子里拿茶具泡铁观音。

我把脚搭到办公桌上，放松身体仰躺在椅子上，开始讲述一段玄幻之旅："我看上了一个奶瓶儿。"

她当时就喷了："你多大个人了，还看上奶瓶？帮你儿子看的？！"

我从包里摸了烟，拿了抽屉里银色的打火机点上："你知道，我一向是先下手为强的……所以立刻就用这个奶瓶冲了一瓶奶粉，并且喝了。"

小唐瞪大眼睛看着我。

我轻笑："喝了之后有个女人冲出来，说这个奶瓶是她的，更杯具的是，她还抱着一个女儿，这样看来，似乎这个奶瓶她确实比我更需要。"

"不是吧？你说你这么大的人了，去争人家小孩子的奶瓶儿？丢不丢人啊你！"

我狠抽了一口烟，这次拿的是上次从老圣那里摸来的蓝芙蓉王："是啊，我也觉得很没风度，可是我又真的很喜欢这个奶瓶。你懂的，自己喜欢的东西，总是很难割舍。"

小唐已经一头雾水："我说你至于吗，就一奶瓶……得，结果呢？"

"结果我霸占了这奶瓶强行用了几天，后来发现这奶瓶确实不是我的。"

小唐掀桌:"你、你……"

我笑得自嘲:"我还是很不甘心,后来眼看着都要带着这个奶瓶上飞机了,发现这个奶瓶上有她女儿的口水……"

小唐吐血:"然后呢?"

我吐着烟圈:"然后我就把那个女人揍了一顿。"

"靠!"她滤去壶中的初茶水,重新接开水泡第二次,"你还有脸揍人家?"

"然后把奶瓶也揍了一顿。"

"……"

"然后把破奶瓶儿还给了她。"

"……"

事情经过讲完了,我静静地望她,她脸色突然平静下来:"我错了,我根本就不该和你这个火星人交流的。不过苏如是,以后出去不准说你是我们老大!"

她如此吼。

如果说我的一生也是一场网游,那么我也希望旁人只看到画面上的碧水桃花、烟雨如画,忽略模型之下,那些枯躁繁复的代码。

所以,就这样吧。

她出去了,我用琉璃仙的号上线。登上游戏,那天蒙鸿天下在线的人很少,我驱着琉璃仙站在中原西陵。

如果你也玩过这游戏,你一定看见过商人交易窗口上方最后的一个图标——它叫化溟。意思就是可以根据装备的加护值化出里面一定数量的钻,而被化溟之后的装备,加护值降低为零。

拆一件装备大约需要两百多万技能点,于是那一天,琉璃仙的大部分技能点全部用来拆了钻。

我又变成了一个平均装备九钻蓝翅膀道士。

重新补齐因为人品原因而被系统黑掉的钻,将它们打在可以交易的白装备上。系统规定要三天之后才能交易。我把它们深埋在四灵匣里,就算是还需要保存三天,三天之内,我不想看它们一眼。

[好友]青荇不语对你说：？本人？

[好友]你对青荇不语说：嗯，有事？

[好友]青荇不语对你说：不是说今天结婚？

我深吸气，我不想反复地讲这个故事——老娘又不是祥林嫂！

[好友]你对青荇不语说：徒儿啊，为师确实是想结婚来着，但是事实证明，像你师父这样光芒万丈、魅力四射、神仙玉骨（以下省略赞美之词一万字）的人中龙凤，不是谁都娶得了的啊！

[好友]青荇不语对你说：[冷汗]光芒万丈、魅力四射……我还东升西落呢！

[好友]青荇不语对你说：不结婚了就过来打天灾小妖！

[好友]你对青荇不语说：坐标。

[系统]青荇不语向你发出组队邀请。

我们一起打天灾小妖，后来温如玉也过来了，那一天两个人都升七十级——你不得不承认，这天下如今的升级，简直太变态了！

我带他们下七十战场，七十级的新战场，叫做江南雪竹阵，我不经常进去，场景太小了，只适用于近战职业，我下过两次，两次都下得我抓狂！

不过这次情况不错，毕竟还有两个近战的家伙跟着吗，温如玉的操作在慢慢上升，虽然如今还徘徊在菜鸟边缘，但是对自己技能的熟悉程度，总算是开始接近老鸟了。

我们从高高的复活台跳下去，一路行到旗帜的位置。

[队伍领袖]温如玉：奇怪，师父，为什么没有人杀我们？

[队伍]琉璃仙：他们在等。

[队伍领袖]温如玉：等什么？

[队伍]琉璃仙：[敲钟念经]等哪个笨蛋会上来劈得你师父只剩下半管血，然后他们好上来围殴。

[队伍]青荇不语：= =

那一天，他们俩杀人，我在旁边揪住只剩血皮的，立刻上去符惊，专用重技能抢人头！

后来战场结束，系统统计战场贡献结果：我名列榜首，温如玉也名列榜首，不过是倒数的——他死亡次数实在是太多了。

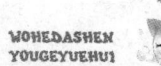

第二次下去的时候遇到卓尔不群，他身边跟着一个法师妹妹，一个医生妹妹。

我招呼了一声，三人齐上，温如玉去拖对方医生，我定住了卓尔不群，和青荇不语在定身状态解除，他冲过来之前秒了法师，随后两人围殴他。

他打我一只也没有胜算，何况再加上操作也非常犀利的青荇，当下就黑白了。剩下的医生MM，那就只能是盘中餐了，温如玉只下了半血，虽然他操作不咋的，但至少丫血多皮厚啊。

说来话长，其实整个过程也就用了一分钟不到。三个人全部扑倒。

[队伍领袖]温如玉：师父，杀人的感觉真的是太好了！

[队伍]琉璃仙：等有一天，你可以横扫战场的时候，那感觉更好。

[队伍领袖]温如玉：[点头]我努力！

[队伍]琉璃仙：乖。

我很久没有那样杀过人，两个小时转眼即逝。

如果你也凑巧在网游中恋过那么一个人，也许你能明白。其实游戏永远不会寂寞，真正的寂寞，只在当我们爱上一个人的时候。

晚上回到家才发现手上的戒指，铂金的戒身，莲花型的戒托，中间嵌着颗1.01Ct的钻石，它的制作工艺其实很精美，精美得像一场令我无言以对的嘲讽。

我把它褪下来，随手扔抽屉里，一个人去楼下找了个地方吃晚饭。

再次上线，驱着琉璃仙去了雷泽沉船之地的一艘破船上，在以前我还没有离开天下的时候，我喜欢这里，这里有一根桅杆可以爬上去，琉璃仙现在就站在这根桅杆顶上，画面中的女道士着一身灰黑色新手弟子服，长剑斜背，身后跟着满级的邪影宝宝，于高处冷眼望疮痍满目。

后来呢，系统邮件提示了N次，这破系统，从来只会干扰人清静的事。点开之后，就见满屏留言：

[好友]圣骑士对你说：死人妖，我知道鸭子这样做很不对，我刚已经揍过他一顿了。那一天，是因为程程说他不过去她就割腕，死人妖，大家都是成年人了，找着一个人过一辈子不容易。冷静一点先跟他谈谈好不好？

[好友]真梵对你说：仙哥，你电话怎么了？你不会又玩失踪吧？昨天老

圣把鸭子打了，周阿姨当着大家的面发飙，骂程程臭不要脸，闹得很难看。仙哥，鸭子这个人，也许你不了解，如果他不喜欢你，没有下定决心娶你的话，他是绝对不会和你在一起的，仙哥……我不知道怎么来说这事，反正我就希望你能再和他好好谈谈，我不是替他说好话。

[好友]斑点花猪对你说：仙哥哥，你回我话仙哥哥！[大哭]仙哥哥，鸳鸯哥哥是个好人，你就原谅他一次嘛，好不好？大不了回来的时候你再打他两巴掌吗，好不好？

[好友]曼陀罗对你说：怎么搞的？整个服都在议论你和鸭子的事。都说你在婚礼上跑了？

[好友]温如玉对你说：[冷汗]师父，你真放了鸭子的鸽子？

[陌生人]秒敌三千对你说：[冷汗]你这次逃婚，骗了鸭子多少钱啊……

[陌生人]紫蝶对你说：我早就跟鸳鸯说过你不是个好东西，哼！简直是丢我们女人的脸！

[好友]青荇不语对你说：怎么回事？

……

我没有把消息看到最后，这一场婚礼，从开始无数的鲜花、天下、礼炮祝福，到今夜这般戏剧性的收场，GM，除了无视它，我能说什么呢？

鸭子是后来才上线的，想来应该是老圣通知的他，其实来了也好，我说过我一向是先下手为强的。

[好友]你对只羡鸳鸯不羡仙说：[举叉大笑]鸭子！

[好友]只羡鸳鸯不羡仙对你说：龙儿。

[好友]你对只羡鸳鸯不羡仙说：[转圈]干吗，你不会是想说'你请听解释啊你听我解释啊，其实是有原因的，我这么做是因为我的青梅自杀了，我怕我们以后不能坦然地在一起，我爱你，你原谅我吧原谅我吧原谅我吧'？

[好友]只羡鸳鸯不羡仙对你说：龙儿，我……

[好友]你对只羡鸳鸯不羡仙说：[冷汗]你不会真的想这么说吧？

[好友]只羡鸳鸯不羡仙对你说：我……

[好友]你对只羡鸳鸯不羡仙说：[瞪眼]你还真准备这么说啊？

[好友]只羡鸳鸯不羡仙对你说：我……

我知道,其实……我都知道。可是鸭子,新欢旧爱,你不能全部都要。很多东西我们总是要付出一大笔学费才能学会,就算是已经活到你我这般年纪。

一切恩爱会,皆由因缘合,会合有别离,无常难得久……

GM,其实这结局只在意料之中,是我的执念贪恋着不属于我的珍物。

[好友]你对只羡鸳鸯不羡仙说:算了,其实就做哥们儿不也挺好的。咳,至于我们以前的PK,老娘就不问你要青春损失费了。

[好友]只羡鸳鸯不羡仙对你说:龙儿。

[好友]你对只羡鸳鸯不羡仙说:你不会是以为我难过,特地赶来安慰我吧?呵呵,别傻了,一面之缘后便可以上床,不满三天便可以谈婚论嫁,就算爱,有多爱?

你也是这么想的吧,鸭子。

[好友]只羡鸳鸯不羡仙对你说:不是的,不是的。苏如是!

[好友]你对只羡鸳鸯不羡仙说:鸳鸯,你知道我最怕什么吗?我最怕纠缠,无休无止的纠缠。

隔着网络,我看不见他的表情,但想必是轻松的,只是某天偶尔想起的时候还会象征性地略带那么一点遗憾。

我是不是说过,所谓爱情,不到结束的时候,你永远不会知道它其实有多脆弱。

那时候沉船之地安静得近乎寂寥,我屏了系统消息,也没有人嚎喇叭。

或许有一天,你也会沉默吧,天下。这大荒,多少的流离聚散啊,最后在你的记忆中化作乱码。我会记得江南长年不谢的桃花,我会记得中原终年不息的风沙,我会记得九黎城我未曾长角的白马,我会记着燕丘的草原、祈风台的落霞,可是某一天,你会记得我吗?

或者,你只是在一个叫官方论坛的地方,用帖子的名义把一切当作一场笑话,而某一天,等到笑话连笑点都失去了,就慢慢地把它沉下。

这就是这个世界,五彩斑斓、歧路多蹇。来时不知为何而来,倦时不知为何而倦。惊现实太过现实,惧虚无太过虚无。就算将回忆全部截图,终也留不住当初。

我醒过神来,却误点了鼠标,琉璃仙从最高的那根桅杆坠落,缓缓地沉入深深碧水。

那是第一次，我下这根桅杆的时候失足掉下去，然后便再不愿浮上来。

许久之后，鸭子涉水而来，他的时装已经换上了那套蒹葭，可是……可是鸳鸯，琉璃仙包裹里的白露，已经过期了啊。

我看着他跑过来，头顶上冒出那一行白字：

[当前]只羡鸳鸯不羡仙：琉璃仙！

我带着笑，也许所有的故事，就算是结束也需要一个完整的谢幕。我真的很想等他走近，也许我再停一停，可以知道这个故事的续集。

但是鸳鸯，琉璃仙风华仍茂，苏如是却已经过了小龙女的年龄。

我静静地看着他走近，这只是一组数据，只是地图变化，只是角色重复着同一个动作，你看见他明明在靠近，其实他永远也走不过来。

[系统]确定重新登陆游戏？

我点了确定。

[系统]已与服务器断开连接……

所有的画面，定格在他走过来的瞬间……

所以你看，这就是网络啊，一旦服务器断开连接，你我都必须下线。所有未存档的，再眷恋……也难保全。

第二天登QQ的时候，有一只昵称叫做风吹鼻毛两边倒的家伙发消息给我，问我卖号不。

我自然是觉得万分奇怪，一者，我的QQ一直设置的拒绝加为好友，里面就只有熟识的好友和一串客户，原因是某些动不动就要发视频闲聊的猥琐男实在是让老娘头疼，而这家伙是怎么混进来的？二者，我什么时候说我要卖号了？

所以我实在是非常狐疑："我什么时候说我要卖号了？"

风吹鼻毛两边倒："你不卖？"

我挠头："我为什么要卖？"

风吹鼻毛两边倒："你不会删号吧？那号你新换的流转，重铸的七十套装，唔，加极品炼化，拆了太可惜了，我出三千。"

我终于记起这厮是谁："[呲牙]你个死人妖骗子，你居然还敢出现！"

他停顿了一下，半晌发了句："我在论坛上看见这张贴子。"后面附了一个链接。

这网络其实很小，真的，一行关键字、一串域名地址，鼠标轻轻一点可以去到我们要去的任何地方。

那是一张猜测贴，很多柯南们头头是道地猜测着我和鸭子这场杯具婚礼的始末，我一贴一贴看下去，大约有这么几个版本：

古言版：鸭子其实是为正义化身，一心想诱出这个招摇撞骗的不法之徒，以彼之道还施彼身，让丫尝尝被骗的滋味。GM我错了，我错怪了金庸大侠。我一直以为我是小龙女他是杨过，诚未想到他是郭靖，老娘是梅超风啊！

现言版：鸭子是某心地善良、思想单纯的白领男，惨遭某无耻女人骗婚，被诈去财物若干，女骗子临场落跑，其亲人围追堵截，未获。此女骗子现今仍在逃亡当中。此版中鸭子是绝世好男人，老娘是万恶猥琐女。

青春版：鸭子与青梅情深意重，已经开始谈婚论嫁，于某次网友见面，被某窥视其姿色的大龄女凌辱。鸭子欲负责到底，娶其为妻，不料此女乃惯犯，鸭子惨遭骗财骗色。此版中老娘是猥琐大叔，他是清纯萝莉！

玄幻版：某夜，漆黑不见五指，有温柔体贴好鸭子被一女网友拐上大床，发现其乃双性人，大惊，遂临婚不至，双性女骗子捂脸逃走。＝＝

科幻悬疑网游短篇版：婚礼上，网友新娘哪去了？

那个贴子太长，我没能翻到最后，下面有更多有才人士将这案画成了一篇四格漫画！

我想掀桌！

但掀完桌我还是不明白。

"这和我要删号、拆号、卖号有什么关系？"

风吹鼻毛两边倒："你和其他女孩不一样。"

此句深得我心："当然，老娘是齐天大剩！"

风吹鼻毛两边倒："介意告诉我到底发生了什么事吗？我现在很好奇。"

我决定回答得直接些："你个死人妖骗子，死一边去！"

风吹鼻毛两边倒："……"

登上游戏,这场婚礼的真相已经大白于天下,我看见满屏地区、门派、当前、天下频道议论纷纷,这真相很真,真的让我看不出来是在议论我们。

于是……GM,我又成众人之矢了。

工会频道里老圣在训花猪,花猪很沮丧。

[势力]斑点花猪:我……他们很多人都问我,我说了一点,不知道他们为什么就理解成这样了啊!

[势力主]圣骑士:我该怎么说你!

[好友]真梵对你说:仙哥,我对不起你!

[好友]斑点花猪对你说:仙哥哥,[大哭]我没有说你坏话!

[好友]你对斑点花猪说:我知道。

传言失真的故事,还少吗?

[好友]圣骑士对你说:死人妖,事情……已经没有一点挽回的余地了吗?就算是任何代价,真的没有一点可能了吗?

常在网游中,你也许会见到很多世界消息,澄清的、道歉的、言辞深情追回前女友的。当黄色的字体慢慢飘移过你的屏幕上方,你是不是也会有,哪怕一点点的艳羡之意?

傻孩子,其实成熟的人都是不会愿意这么做的。当相爱的时候,也许他们会诚揽天下祝福,而放手的时候,更愿意静静地离开。

鸭子没有上天下发过任何一个信息,这让我着实是自在了不少。

我们不是猴,我们的爱,也都不是猴戏,不需要天下同赏。

如果他在这时候不停地发天下,不管是为谁解释什么,还是想挽回什么,我都会觉得困扰。他一直沉默,这个人,从始至终都是这样,是我想象的模样。

我静静地回老圣消息。

[好友]你对圣骑士说:老圣,那些都过去了。

你可能还会记得小学时未能及格的某一科,但是那些,都已经过去了。

[好友]圣骑士对你说:我明白了。死人妖?

[好友]你对圣骑士说:?

[好友]圣骑士对你说:对不起。

我笑。

[好友]你对圣骑士说:与你有什么相关。

[好友]圣骑士对你说:对不起。

我第一次见老圣的道歉,为一件和他其实并没有多大关系的事。

这一卷太过厚重,但总算落幕。

我驱着琉璃仙偶尔和温如玉、青荇下战场,后来整队被花猪叫去帮过任务,回来的路上看见雅灭蝶,我召了仙鹤宝宝,冲过去开红,然后接一个郁风。最后开马技能化心魔,平砍加退鬼强杀。

那时候琉璃仙化心魔的物理攻击和法术攻击加成,算下来一剑平砍可以达到三千加伤害,会心、要害伤害另计,一个符惊鬼神可以达到七千加伤害。马技能增加正面状态的持续时间,四十秒心魔状态。她一共最多也不过两万多点血,被郁气吟唱技能会打断,再加上仙鹤宝宝能晕她,放不出加血技能,能挨几刀啊。

娇弱的医生美人儿啊地一声轻叹,往地上一倒,由光彩照人化作了一具黑白的遗体。然后开始发天下口水哗哗地骂我。

温如玉很不解。

[队伍领袖]温如玉:师父,你为什么老杀紫蝶啊?

[队伍]琉璃仙:徒儿,不知道为啥,为师总觉得杀了她能掉六十套装的下摆。(六十套装的下摆:由三十级副本玉狐宫的BOSS九尾狐狸精掉落。)

[队伍]青荇不语:= =

[队伍]温如玉:……

后来呐,曼陀罗就亲自来了蒙鸿天下,不惜纡尊降贵地亲自问我:

[势力]曼陀罗:琉璃仙,你说你和我老婆到底有什么深仇大恨?我知道她嘴坏,大家兄弟一场,就别计较了行不行?

我决定装死,你知道朋友要做,可是为了这个朋友容忍那只老是惹老娘生气的,抱歉!可是温如玉他实在是太老实了:

[势力]温如玉:我师父说她觉得杀了紫蝶会掉落六十级套装的下摆。

[势力]青荇不语:……

[势力主]圣骑士:[冷汗]

[势力]曼陀罗：[挑眉]

[势力尚书]琉璃仙：→_→

晕，温如玉，你真的没听出来我是在骂丫是只狐狸精吗……

那天下午，我去了趟武汉，历时两天。回来后大荒就变天了。

这两天发生了两件非常重大的事，第一，卓尔不群婚外恋，被花猪抓了现形。第二，青荇不语借了真梵的号，洗劫了蒙鸿天下和红袖堂的国库。

且不说青荇不语是我的徒弟，除了我，谁也不知道她的底细（当然GM作证，就算是我也不知道丫的底细啊，你收个徒弟，还能把她祖宗十八代都调查清楚？），单说在她借真梵的号之前，我也用过真梵的号，不用怀疑，那号的账号、密码、密保卡，我是知道的。

再者，我连续两天没有上过线，在旁人眼里，这就是制造不在场证明，再加上前段时间和鸭子那段闹得风风雨雨的纠葛……

于是GM，我这个骗子的身份终于如了众人所愿——坐实了。

琉璃仙又成了大荒的头号通缉犯！

我发誓，我这辈子就没见过这么晦气的账号！

自此，对那只死人妖骗子更是恨之入骨，我说你是见不得哥好是吧！

于是那一天，我把那只昵称叫"风吹鼻毛两边倒"的家伙从QQ里拖出来，把他的祖先从旧石器时代一直问候到了二零一二。

反正骂他又不要喇叭，不骂白不骂！

终于在长达三个小时的礼貌问候之后，丫冒了出来。

风吹鼻毛两边倒：泥给恶笔最！

话说当时我确实是土鳖一只啊，研究了半天，将英语、日语中最恶毒的骂人单句都理了出来，最终也没明白，GM，这嘛意思啊？

最后还是查了百度，于是在一个写魔兽世界的贴子里找到了答案——他让老娘闭嘴！

好在这事并没有影响我和真梵、老圣这几只的关系。晚上真梵打电话给我，让我去L市看看花猪，说是怕她想不开。

我心里当时就是一哆嗦，不会这么严重吧？不过想想还真难说，那丫头其实很死心眼，而且人对于自己的第一次总是有抛不开的杂念。

比如游戏里面的第一个老公，那时候会爱得很纯很深刻，到分手的时

候,就觉得整个大荒的天都塌下来了。

但是到第二次的时候就会平静很多,顶多也就是怀里揣了个盘子挖宝,眼看着挖出了一个六十套装的帽子,结果正要掉拾取的时候你掉线了。难过、愤恨多少会有,但至少大荒的天是稳稳地不会塌了。

到第三次分手的时候呢,就跟自己一个不小心用月钻把白装砸到一了差不多,咬牙切齿是会有,但是也不会怎么在意了,不就七八十金吗,爷掏得起,哼!

再到后来呢,感觉会跟组了个固定队差不多,每天下梦奕剑副本的时候你会因为今天队伍里的头像不是昨天那几只了,而耿耿于怀吗?

如此,也算是进化的一种吧。

因为老圣隔得近,我驱车到L市的时候他已经在花猪学校了。

那天花猪没有去上课,这边的女生宿舍管理得并不非常严苛,只规定十点以后男生不能逗留,所以我去的时候老圣在花猪宿舍。

她的眼睛已经红成了桃子,却还是笑着,告诉我们她没事。我坐在她床上,那是一个很普通的女生宿舍,八个人,四张高低床,花猪睡在三号床下铺。

尽管我出发得很早,可是那时候还是已经下午了。我看老圣:"都没吃东西呢?去看看外面有什么吃的东西,随便带点回来吧。"

他点头:"等我一会儿。"

他走之后花猪才好意思哭,坐在我身边,把头埋在我的肩膀上,默默地流眼泪。我不是个擅于安慰人的主儿,我顺着她的长发:"猪,哥讲个故事给你听吧。"

她不好意思抬头,只是低低地嗯了一声,眼泪浸透了我肩头棉质的衣料,传来凉凉的湿意。

"我忘记了是哪一年,反正是哥在读大三的时候,认识了一个男孩子。呵,那个时候他很帅气,在当时看来,懂得也非常得多。因为家庭环境不好,而且大多数人觉得读书没什么用。他大一的时候就辍学了,在一家网吧做网管。

那个时候网吧没有现在这么多,我们学校旁边也不过两家。

男孩一直很热心，而且知道很多哥不知道的东西，所以哥有什么问题也会习惯性地找他。慢慢地，哥发现他抽烟的样子很帅，淡吐烟圈的样子简直是帅呆了。"

花猪抬头看我，她实在是个非常容易被转移注意力的娃："仙哥哥，你喜欢上了他？"

"是的，"我点头，"你知道，学校里面的男生，大多心高气傲，但他们都还花着父母的钱做着米虫，而且不会修电脑，长得又一片歪瓜劣枣，好不容易遇上这么一只另类的，哥无疑就动了春心。"

猪开始好奇："后来呢？"

"后来我们天天牵着对方的手海誓山盟的，就想和对方在一起了。可是哥父母不同意，他们说就这么一个什么都没有的男人，以后怎么养得起你哥？"

"那你怎么答？"

"哥当时豪气冲天啊，就觉得也不是所有的女人都需要男人养着的嘛，我自己就不能养活我自己？所以哥一直坚持。

最后哥的老妈哭闹无效，老爹棒喝劝阻无效之后，声称要和哥脱离父女关系。哥当时一股热血冲了脑门，就跟着男孩走了。"

"你真走了？"

"真走了，他说他带我去一个人间天堂，我们一起，面对大海，春暖花开。"

"那时候你们一定很相爱。"

"嗯，很爱很爱。所以我们牵着手一起去了南方的一座城市。临走时我老爹吼我：'如果今天你从这里走出去，以后你就算死在外面，也不准回来。'哥当时就告诉他，就算我死在外面，也不会再回来。"

"那你们……为什么没有在一起呢？"

"因为我们都忘了，就算是人间天堂，也需要吃饭啊。我们在那座天堂呆了半年，半年来他一直没有找到一份像样的工作，后来终于在某一天，自觉愧对于我，没有办法实现当初的承诺，留书一封，然后就仙踪难觅了。"

猪睁大眼睛看我，我也颇觉好笑："那个时候我住在廉价的出租房里，怀着两个月的身孕，在这座素有人间天堂之称的城市里举目无亲，走投无

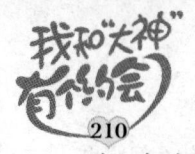

路。当时哥就傻眼了,面朝大海,春暖花开……呵呵。"

"仙哥哥……"

我点了支烟,笑得自嘲:"我没脸回去,也没有办法要那个小孩,我当时别说养它了,就连堕胎的钱都没有。

在龙岗区的平湖镇,我从一个每天十一块五毛钱的车间女工做到每个月八百块钱的前台,我用着每个月八百块钱的工资一边生活,一边修着那个与我擦肩而过的大学文凭。

后来呢,我从前台做到客服专员,在三个月内升客服主管。

而那个时候业务员的工资,比在办公室要高很多。所以我辞了职,在另一家公司开始跑业务,公司里带我的都是老鸟,你知道业务都是抢饭碗的事,谁会认真教你什么?

你有权利抱怨,但不管你再怎么抱怨,你都只有两个选择——走,或者留。我选择了留下来。"

我低头,她又哭了,我无奈,你说我把自己的老底都抖出来了,你怎么还忘不了这破事呢!

"好了,别哭了,爱情是死不了人的,痛痛就过去了。"

她扑在我的怀里哭,我轻拍着她的背,傻瓜,其实成长或多或少地都会经历一些疼痛,风雨固然可畏,你若不坚强,谁替你勇敢?

我这厢正黯然感慨呢,老圣却不知道什么时候已经回来,提着几袋盒子,也不进门,站在门外走神。

事实证明,猪确实是很能哭,老娘的衣服,今天算是遭了水灾了。

不行,明天得让真梵赔我!

吃的是老圣在校门口的小吃店随便买的,但含义深刻。

我拈着绝味的鸭脖,看着那根细长的脖子散发着诱人的香气,瞬间也有些啼笑皆非。花猪正满嘴流油地啃着卤猪蹄儿,她终于发现原来猪蹄儿,实在是泄愤的好物啊!

于是最后,我消灭了大半盒鸭脖子,猪啃了两个小时的猪蹄。

其实我觉得所有为情所困想不开的娃们都可以试试这方法,两个小时,是足够你啃到手脚抽筋,乃至再怎么酝酿也生不起半点悲伤之意的。

也许也只有这时候你会发现:所谓情啊爱啊,那都是扯淡的东西,哪有猪蹄儿和鸭脖子美好……

下午，我要先回去了。

老圣在旁边啰嗦，曰半路有人招手千万不要停车，途中遇到车祸千万不要下车去看，这年头世风日下，很多骗子都是瞄准了单身女人下手云云。

听得我是颇为不耐烦，我又不是孙悟空，为什么要听他念经啊！

当下便开了车门，朝他挥手："好了好了，老娘什么时候不是一个人啊，要死早死了！闪一边去，老娘走了！"

他黑着脸站道边去了。

回到S市，已经是第二天。

洗漱完毕一直睡到晚上八点多，醒来再上线。

小唐打电话过来表示对我的关心及慰问，并扬言要送我个宠物，以免我对家没有归属感云云，还问我最喜欢啥宠物。

我当时就很诚实地答了："大熊猫！"

她吼了一句："滚！"

上线的时候QQ头像在闪动，处理完几个客户的留言，为了让某人深刻牢记欺骗我是要被下降头的、是要被扎小人的、是要被浸猪笼的，我照例调戏了一下这只死人妖骗子："喂，你死啦？"

这次他却回得很快——

风吹鼻毛两边倒：＝＝

说来好笑，每次发消息给他的时候他都没好气，却也没有把我拉到黑名单。我想我必须要天天调戏丫的，让丫的牢牢记着不要再接近我了，阿门！

于是上线的第一件事，由以前的登陆游戏变成了现在的登陆QQ，并且为他单独建了一个组，冠名的是他的昵称，所以该组就叫——鼻毛！

以便于我随手点开，随手发消息诅咒之！

诅咒完毕，登陆游戏。

琉璃仙上线的地点又被定在了九黎太守区——没办法，窥视其美色的人实在是太多了。

去仙音山抢天珠的时候遇到卓尔不群，所以说啊，兄弟们，出来混，早

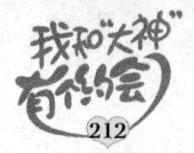

晚是要还的。我退了蒙鸿天下的势力,以示此乃私人恩怨。

开了红,屏幕右下角,破系统悄悄地道:琉璃仙狂性大发了!

道士PK天机,赢面很高,我似乎说过,这是职业相克。但这种情况也要例外,就是他现在是手持满攻真•天域,平均装备十五钻。

而琉璃仙,满攻流转十二钻,全身平均不到十钻。

他看见我,也已经开始警惕,周围有奔来抢天珠的都不走了,整个地区就见——

[地区]虚虚真可爱:兄弟们,仙音山有惊天大八卦!

[地区]虚虚很可爱:仙音山大八卦,速来。

……

一般天机打道士,起手大多是丢拖鞋,咳,也就是飞云断,这是天机仅有的两个远程攻击技能之一,射程十八米,减速百分之五十。

天机打太虚,要近战,非用这个技能拉近距离不可。

这时候很多道士起手一般会用定身,定住他拉开距离,但定身技能的吟唱时间需要零点五秒……看起来很短对不对?

但是我用真梵的号,零点五秒可以跑四点二五米……

这个距离,已经足够对方近身了。而天机和战士都有近战王都之称,太虚和他肉博纯粹找死。

所以这招你要对一般装备的天机还成,你要对红翅膀、精装备的高追电天机,风险太大。他开个鸟阵很可能就会抵抗掉。

而对于喜欢先丢拖鞋的天机,在你对自己的反应速度都有信心的情况下一定要让他近身,因为飞云断有个致命的缺点,它需要调息一点五秒才可以施放其他技能。

他用零点五秒时间追上了你,咳,却是放不出来技能的。

所以这时候我通常会符惊鬼神先恐惧住丫的,然后迅速退开,这时候就要拉开距离,不要再近身了,尤其是半血之后,天机可以出绝技暴虎,中了一下就够你头疼的了!

所以在抽干他的蓝之前,千万不能近身。

这时候用人影双符惊,惊完后人和影子一起用破技,这个天机的蓝就干了。

然后开回生，化心魔，平砍加退鬼，人和宝宝一起上，还砍不死他我可以直接吊死在仙音山上了。

于是整个过程，他就丢中了我一记拖鞋……

周围一片消息，我没有说话，卓尔不群好歹是一联盟势力主，这时候轮倒他，恐怕等不了一刻钟就会有大批人过来轮我了！

此时不走，更待何时！

于是当下一声不吭，立刻策马至仙音山神石，点传送去了幽州。一路飞去了祈风台。

站在高高的石台上，这里和海边又是另一番景象。这里的山石风化得厉害，像一场老去的传说，在岁月的洪流中，于一片青山碧海间沉默。

我驱着琉璃仙在台边坐下来，这里荒无人烟，就只有道士的邪影宝宝，不言不语，不离不弃。天下里面一行一行的黄色小字飘移而过，代表着各式各样的愤怒，但是目的却都空前一致——琉璃仙，有种出来单挑，老躲着做缩头乌龟算什么本事？

我笑着去倒了杯水，过来时看见几行密语：

[好友]斑点花猪对你说：仙哥哥，[转圈]明天估计论坛上要出刚才的视频了。

[好友]斑点花猪对你说：[口水]仙哥哥，刚刚你在山道上跑位、吟唱技能的时候好萌啊，真的好萌啊！真的很奇怪，以前觉得他顶强大顶强大的，刚才看见你们PK的时候我都不明白了，我是怎么会喜欢上他的呢？仙哥哥，你不要再杀他了吧，我不再讨厌他了。

其实……你是不想我去招惹整个卓越联盟吧？

GM你看，竟然连猪也成熟起来了呢。

[好友]你对斑点花猪说：我杀他和你没关系。去看看温如玉在做什么，告诉他一会儿我们三个下战场。

[好友]斑点花猪对你说：真的？仙哥哥，我真的可以和你们一起下战场吗？

[好友]你对斑点花猪说：等我挂完红。

半个小时后，在战场入口处，温如玉和花猪站在一起。现在的温如玉已

213

经不再是当初的小白了,我让他换的天机七十级战场套装,力敏加风行,整套装备堆重击和会心,这个号现在已经是一个战场杀人号了。

咳,当然,下副本就废柴了点。不过熊掌和鱼,你不能全部都要。何况我就觉着吧,下战场死了,也就死你一个,要下副本死了,大家都得陪着。天机嘛,你操作不好不是你的错,可你操作不好还出来扛副本就是你的错了。于是算起来还是下战场能把危害性减到最小吧……

两个小时的战场之后,我也累了。跟大家打了个招呼,选择下线。退QQ的时候例行问候一下死人妖骗子:"戳菊花,我睡了。"

风吹鼻毛两边倒:= =

第二天去公司里面晃了一圈,以示我还活着,上午九点半开例会,各部门主管汇报上周总结、下周任务以及需要各部门提供的协助事宜,会毕我照例要鼓舞人心,于是便将昨天我们用来示醒大家切勿上当受骗的一个传销碟子里那段讲师的演讲拿来用了,当即唾沫横飞地讲了一通,内容不外乎也就是——要好好练级,要努力打怪,要赚钱吃肉!

会毕,这些家伙一脸鄙视地回去工作了,这个我可以不在意,开会嘛,没人睡觉就行!

在办公室登了QQ,照例给死人妖骗子发去温馨的早安问候:"你丫好吗?"

风吹鼻毛两边倒:= =

成功得到丫回复后我开始打开邮箱,看看邮件、新闻。不想那边QQ头像又跳了起来:

风吹鼻毛两边倒:今天怎么现在才上线。睡过头了?

我不屑,我什么时候起床,需要跟你一个死人妖骗子报告吗?于是回得也很直接:"我什么时候上线、起床关你鸟事啊?人妖骗子死开!"

风吹鼻毛两边倒:……

到十一点二十的时候,我驱着琉璃仙上线,天下在不断地变啊变,到如今除了那个大大的exe图标以外,别的东西已经让我觉得陌生。

那时候琉璃仙站在祈风台上,我有时候会想也许那个叫做只羡鸳鸯不羡仙的医师就在我脚下的那片沙滩上,只要我跳下去,就会遇上他。

我也知道他大部分时间还待在东海之滨，在那片海岸迂回处，静默地站立。

但我始终没有再去找过他，我找了个借口去了花猪和温如玉的战队，这个战队名字很有意思，叫做温猪！温如玉的温，斑点花猪的猪……

我进去以后温如玉问我要不要改成温仙猪，我当时就是"虎躯一震"，差点从幽州上空栽倒下来，赶忙无比坚定地拒绝了，GM，这么一个让人拍案叫绝的战队名，改了是要遭天谴的啊！

于是那以后，我很少见到鸭子。以前我总觉得同一个服务器那就是同一个屋檐，经常地都是抬头不见低头见。现在才明白其实不是这样的。如果这个人你经常遇见，那或许是他有意在等你，而你自己也想遇见他。

如此而已。

所以这周周一的时候，我加到瘟猪……呃，GM原谅我，是温猪战队混竞技场声望。进场的时候把四灵匣里面打好了钻的白装交到了国库。老圣私下里密我：这是干什么？

我只能是笑着，然后是系统确定：

[势力系统]确定把国库3-1、3-2、3-3……指定给只羡鸳鸯不羡仙？

我点了确定，破系统很爽快地答：指定成功。

这是天下势力国库的功能，势力的管理员能够指定特定物品提取人。

势力里很安静，鸳鸯在线，他用了很长很长的时间来提取这十八件装备，我们都没有开口。

瘟猪战队排名很低，这个你可以想象，但是这也有很大的好处，就是你遇到的对手都会很菜。

打第一场的时候很轻松——对方是荒火战士、刺客、法师三个组，里面竟然只有一个白翅膀，而且这只唯一有翅膀的还是个法师！GM，我很久没有遇到这样的战队了。

我没来得及看荒火的装备，不过在我开回生的时候，他的刀基本戳我不动我。三只全灭那只是一种必然，甚至根本就不用去描述。

只是令我万般无语的是——花猪被砸趴下了。

我和温如玉蹲在她黑白的尸身面前，非常的费解。

[队伍]琉璃仙：我说，太丢人了吧！

[队伍]斑点花猪：5555……仙哥哥，她催眠我！

[队伍领袖]温如玉：你可以一直用失心戳她，封她负面技能啊！

[队伍]斑点花猪：呜……可是我追不上她啊……

[队伍领袖]温如玉：那你丢她止行，缓速她啊。

[队伍]斑点花猪：5555……我丢止行的时候她已经跑很远了啊……

[队伍领袖]温如玉：傻瓜，师父不是有说过吗，下副本和下战场的时候技能快捷键要换的。

[队伍]斑点花猪：[头顶感叹号]仙哥哥，我的键位要怎么换？

[队伍]琉璃仙：你设两套技能快捷栏，一个主治疗技能，一个主针系近身技能，还有你不是有两套装备吗，在装备那一栏选择一套和二套装备进行保存，不用一件一件地换……

这样一扯，就扯到了十二点多，我重新倒回椅子里，才看见屏幕右下角一下一下跳得欢快的QQ：

风吹鼻毛两边倒：我在看这张贴子。

后面跟的链接，我就知道这人渣不会看什么好东西，果然就是上次的那个我的逃婚事迹贴。这个贴子已经突破九百多楼了，我草草浏览了下，问他："这有什么好看的？"

风吹鼻毛两边倒：倒数第二页第二楼是亮点。

我于是点到了倒数第二页，那是一段很长很长的贴子，发贴的人没有分段，没有隔行，反正就是那种你看一眼就头晕，看两眼就骂娘的排版！

我耐着性子看下去，那是一个对于我逃婚的最真记录版——

天快亮的时候仙哥哥一直站在窗口，周阿姨她们都说她紧张，只有我知道不是的。曼陀罗偷袭她，她定住他逃跑的时候还不忘叮嘱我别忘了地上的七眼天珠！她这样的人，怎么会紧张呢？我觉得她只是在等天亮，可是为什么要等天亮？天不用等也会亮啊，我一直不明白。我们在鸭子哥哥的家里等到十点多，没有人过来接亲，那一天仙哥哥美得像童话里的公主——她就是穿着这身公主般耀目的婚纱去了那个女人家里，然后非常优雅地暴打了那个女人一顿，她下楼的时候其实我和哥哥都追下去了，但是我们都没有勇气上去拦住她，那个背影，那样的孤独骄傲啊。那是我见过的最美丽的新娘子，就算鸳鸯哥哥帮我打了苏幕，还帮我刷了涵露，可是我恨他，我从来没有那么讨厌过一个对我这么好的人。我不知道你们到底是什么居心，要把整个事实歪曲成这样，但我知道仙哥哥不会开口，因为她根本就不屑在你们身上浪费她一点点的时间……

我和你一样，看不下去排版不好的贴子和文章，所以我直接把贴子拉到了最下方，那个发贴时间，是我从花猪那里回L市的凌晨两点钟。

那个时候我在回S市的途中。

我颇有些想笑，果然文字的修饰力是无穷的，如果这贴子不是发在这里，不是发贴人这个笨笨的ID，我根本不可能想到这是写的我自己。

猪啊，你真的没看出来那只是失败的一种方式吗？这世间人各有各的成功，而失败的静默却只有一种。

我重新缩进椅子里，心情不错。其实不管什么时候，当有一个傻子凌晨两点钟不睡，爬上去哭着为你写很笨很笨的贴子的时候，你的心情也一样会很好，就算这些东西，只会招来各种各样的冷嘲热讽。

这些年，不管圈子里怎么传言，娱乐八卦的小杂志怎么写，苏如是从来没有回应过。我老东家是太阳，而我不管怎么着，始终是一个借他之辉的小星星罢了。一个商业巨子，一个白手起家的商业巨子，旁边还有一个从小员工一路直捧上来的区域销售总监，多么火爆激情。

其实这些人都一样，他们要的不是真相，只是一个可以用以娱乐消遣的题材。

于是……又何必解释呢傻瓜。

风吹鼻毛两边倒：看完了？

我没回。

风吹鼻毛两边倒：你为什么要等到婚礼上才走呢？

我顺手打了三个字："你说呢？"

风吹鼻毛两边倒：上面这些傻帽们都说你是因为太爱鸭子了，给鸭子机会，一直不肯放手。可是我觉得除此之外，你有私心。

"哦？"

风吹鼻毛两边倒：你选在这时候走，就是想让所有的人都知道你是因为

那个女人才走的吧?

我一怔:"哦?"

风吹鼻毛两边倒:这件事闹得这么难看,那个女人想再进鸳鸯家门,怕是不可能了。这招很损啊,不愧是猥琐妖道,临走时还不忘往人家锅里扬一把沙子,你拿不走,人也吃不了了。

"哦?"我有些心惊,其实当初几次见到这个程程的时候,我就估摸着丫应该不是第一次阻挠鸭子的婚事了,但以前的估计鸭子自己不上心,周围没人明白。

当时鸭子妈她们过来拉住我的时候,我并不是想再补那个程程几拳几脚——老娘又不是练散打的,就算多打几下,还不是隔几天就好了?我只是想告诉她——就算我输了,你也赢不了。

其实人生就像是一桌麻将,我赢不了,却又不喜欢这个对手,最好的结果就是流局了。

GM,我是不是早就说过我是一个没有风度的人?

这个没得改,天生就是。

风吹鼻毛两边倒:这下面真的是你的故事吗?

下面?

我看了看某个笨蛋的那张长长的贴子,想来这人妖骗子的品味确实非凡,那么多排版整齐的贴子他略过不看,专盯最让人头疼的这张:"想必是吧。"

风吹鼻毛两边倒:我研究了一天。

我瞬间警惕:"你不会是打算来骗我吧?"

风吹鼻毛两边倒:= =

我正准备点聊天窗口上面的叉,他又发了一条消息——

风吹鼻毛两边倒:给个机会呗。

说起这个人妖骗子捏,其实我对他的好奇心并不亚于当初的鸳鸯,骗尽服务器装备评价榜前一百个男玩家,这厮该是何等的风华绝代啊!

但是我在游戏里面生平最恨的两样,他都占上了。

这两样一是人妖,二是骗子!

这要从很久很久以前开始说起了。

话说那时候盘古开天……呃，咳，好吧那时候盘古开天辟地已经很久了，只是天下新开了一个服，我收了几个徒弟，有个特有慧根的，我昨天还跟她聊女人的安全期呐，然则某一天出差归来，在流光梦境见着丫的，那犀利的操作、那忧郁的眼神、那稀拉的胡茬、那拉风的装备……她变成男号了！

第二就是骗子，这个你都看到了，老娘用八百块钱，换了个全天下最欠扁的号！过了一段最欠扁的日子，并且现在还继续欠扁着！

所以关于这个给个机会呗……

我敲字过去：''地球有多远，你就给我死多远！''

风吹鼻毛两边倒：= =

答完，下去吃午饭。杨叔和小唐、小刘加上技术部两只，财务部两只，市场部两只一共九只决定和我一块去，我不知道你在一个地方呆久了最讨厌的事情是什么，反正我是最讨厌有人问我午餐吃什么。

后来还是杨叔提议说有一家黑豆花火锅不错，我们去试试。

在S市，也许是因为气候炎热，火锅不是很多，所以平时也就吃得比较少，于是我和小唐、小刘都没意见。

小刘开车，七拐八拐地很快就到了。

这地方不大，菜也简单，在杨叔一再申明这餐由我买单，并且不准报销后，我只让点了总价不超过七百块钱的菜。

不过好在这里配菜比较多，倒也够了。

刚开始动筷，他们又谈起了我的终身大事，GM，人世间最痛苦的事这也算一个。

杨叔：''小苏啊，一般人到你这年龄，可是娃都会打酱油了，你不能老这样拖着啊。''

小刘：''是啊苏总，唉，我看电视上最近在搞那啥'非诚勿扰'，要么您去试试？''

小周：''老大啊，要是实在没人要，干脆我来做这好人好事算了……''

众呱唧呱唧……

小唐：''继续继续，我决定吃饱了再发表意见。''

饭至中途,突然桌子中央的电磁炉下面爬出了一只蟑螂,这只蟑螂同志摇着长长的触须左右看了一看,决定横穿赤道,由我这边向杨叔那边进军。

杨叔眼神不好,小唐眼神可不差,当即来了个狮子吼:"老板!"

老板赔着笑过来,一桌子人面无表情地看着那只蟑螂顽强地环游世界。

一瞬间,我只觉得眼前黑影一闪,蟑螂兄已经没有了影子。定睛一看,原来竟是老板一个拈花指将其收入手中,然后以迅雷不及掩耳的速度放进了衣服口袋里。其速度之快,惊为天人。

一桌人俱呆!

这位武林高手点头微笑:"嘿嘿,天气热了,难免的。没爬进锅里,没事没事。继续继续,吃好喝好哈。"

然后当这位哥们儿的蹁蹁英姿消失在厨房门口时,我们还沉浸在惊艳的余味之中。

醒过神来时我就后悔了:"要是老娘刚刚一筷子把小强夹到锅里就好了。"

七百块钱呀,心痛!

再回到办公室,快两点了。

那时候QQ一直在闪,点开来,是鼻毛那家伙留的言——

风吹鼻毛两边倒:苏如是,如果你忘记第一个男人真的用了近十年时间,你还有一个十年,用来忘记第二个男人吗?

于是下午我没有待在公司,在外面逛了一圈,发现没什么东西好买,只好回了家。第二天,我在床上冥想到十一点多,有人敲门。

这时候来敲我门的人通常不会是公司里面的人,因为俗话说狡兔三窟嘛,我的窝不止这一处,他们吃不准我到底住在哪个区,所以一般会先打电话确定。也不会是送牛奶、报纸、外卖的人,因为我没有订。

我蓬头垢面地爬起来,当时也没想到隔着猫眼看看,光天化日的,老娘怕啥。

但是开门之后我就愣了。

门外站着一个男人,利落的板寸头,几缕刘海不羁地滑落在额边,眼睛不大,偶尔一眼滑过去,透出几分叛逆。那个脸型很正,唇很薄,生生地像是某技术精湛的美工巧设的一样。

这时候的S市，已经热起来了。他穿着一件黑色的纯棉T恤，上面绘着很是别致的京剧脸谱，蓝色的水磨牛仔裤，白色的板鞋，笑起来一副人畜无害的样子。

我有些反应迟钝，GM，这是哪部漫画里面走出来的小子……

"苏如是？"他看着我确认。

我顶着满头问号点头。他微笑着点头，以示打了个招呼，然后开始从包里翻东西。

"你好，我叫陆小东，生于一九八四年三月六日，现年二十六岁，祖籍陕西，这是我的身份证。"

他递了一张二代身份证过来，我麻木。

"现在未婚，无纠缠不清的狗血感情史，喏，这是未婚证。职业是一名刺青师，这是我的名片。"

我："……"

"家里现有父母、爷爷奶奶、哥哥、嫂嫂，还有一个小侄女。父母均是老教师，现在已经退休了，这是户口薄。"

"……"

"年收入……呃，年收入不是很稳定，因为我们收费是按照刺青的大小、色彩搭配以及刺青部位来算的。我只能统计去年年收入约在二十一万，今年因为去年日本和台湾的两场比赛，身价有所上涨，我知道这个不是很高，但是我正在努力，以前大多是追求自己爱好的想法比较多，如果以后成家立业的话，想必考虑的就不一样了。所有比赛的奖杯、证书什么的，我全部可以提供。"

我终于从天降神雷的状态下回过神来，手里还捏着他的几个证件："说重点。"

在我打量奥特曼、史莱克的狐疑目光下，丫依然很镇定，非常从容自若地道："我是来向你求婚的，苏如是小姐，嫁给我吧。"

……我当即被雷了个风中凌乱。

GM，这是个神马世界，外星人侵占地球了……

琼瑶阿姨，这是你新研制出来的狗血吗……

尽管已经被雷得口吐白沫,但我还是有问题必须要弄清楚的:"你是谁,怎么知道我,又怎么知道我住这里的?"

"我叫陆小东。"

我手握着他的一干证件黑线:"我知道了!"

"咳,好吧,"他一直镇定自若的脸上终于出现了一丝腼腆:"我今天登了一下琉璃仙的号。"

我:= =

"上面有上次登陆的IP地址显示。"

我:= =

"我根据这个IP地址查到了你们公司。"

我:= =

"上次支付宝交易的时候有你的实名,我在你们公司问了问,他们就很热情洋溢地把有可能窝藏你的三处地址全都写给我了。这是第三处。"

当时就有两道闪电闪过我的脑海:

一是:靠,你们这群白眼狼……

二是:哎呀喝,你这个死人妖骗子!

如果某天一大早,你开门突然遇到一人妖骗子站在门口向你求婚,你的反应是什么?反正我当时的第一反应就是——GM,这家伙脑袋被门夹了吧?

然后当然就是挽袖,横眉竖目地吼了他一顿:"你吃饱了撑着没事做啦?再不走我叫保安啦!"

嗯?不对!

我本来就应该找保安才对啊!

我立刻返回客厅,把座机从沙发的几件衣服里面扯出来打保安部的电话。门口那厮立刻撒腿跑了。

我接通了电话,开始是门卫接的,我让他上来捉住这个死人妖骗子,他还一个劲地说:"那孩子看着不像坏人啊?"

我怒道:"坏人脸上会写上我是坏人吗?"

他还弱弱地说道:"可是他说他是你朋友啊……"

GM,这天下怎么会有这么笨的保安呢!

"那我还说我是武则天呐，我是吗？"

……

最后还是他们队长接了电话，告诉我以后死也不会放那个人渣进来了云云。

此事遂了。

但是关门的时候我就发现不对了——他的证件全部在我这儿。

你知道的，这年头要没有身份证这些在身上，指不定什么时候就被当黑人给抓走了。但转念想想……嗯，反正就一死人妖骗子，被抓走了算了！

无事时拨拉他的证件，嗯，各种比赛证书还挺多的，就是不知道是不是自己颁发的。

要么咱全都收起来？然后扫描了放游戏论坛上人肉丫的！

虽然我不经常混论坛，但跟官方论坛上的某版主却是比较熟的。这个说起认识的经过嘛，其实很是缠绵悱恻。那时候天下出了一款熊猫珠子，除了价格昂贵以外没有任何作用。咳，当然我们都应该习惯，天下是经常做这种事情的。

但是价格昂贵那也有一个好处，就是拉风，而一般来说，拉风的东西，总是哄骗清纯MM的好物啊！

于是这家伙便弄了一颗，无事时于游戏里面瞎得瑟诱惑无知少女。

当时我也是一太虚，满级刚好七十，一腔热血正义，遇到了这种不平事，当然就得拔剑管一管，以免丫祸害红颜啊！

于是当时整天最爱做的事就是爆这家伙的珠子，而且必须得是当着MM的面爆。

爆来爆去，就熟了。

咳，当然不止是熟，简直是被丫恨之入骨了！

终于某一天，在发了几篇技术贴之后我手贱，见一贴子实在是严肃得让人鬼火乱窜，于是就往里面摁了一爪子，浇了一大桶水，然后丫立刻以百米冲刺的速度不知道从哪个角落里冲出来对我就来了个一剑封喉，封了我的ID。

想来宁惹君子，勿惹小人这话，着实是有着非常深刻的道理。

及至后来某天，我玩到了无生趣卖了号，这个陈年旧ID，却不知道什么

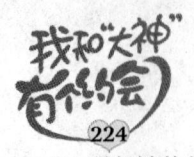

时候被他从黑屋子里放了出来。后来我琢磨了很久,莫非他因恨生爱?

多凄美的一段有缘无分的感情啊,想想伊人已去,他变了个熊猫珠子站在野外,再没有那销魂的一剑横来,他一定忍受了很久的寂寞,在那个三岔路口任思念在回忆里疯长……想起来怎不令人无限唏嘘感慨。(GM吐血身亡。)

往事回忆完毕,我从某个角落里翻出那个已经遍布了蜘蛛网的论坛ID,登陆上去。嗯,贴子名字嘛,这个我还是很擅长的,你知道的,公司的宣传语就是我定的!所以贴子的名字我很快就拟定完毕,就叫做——扒下人妖骗子的底裤!

先是简单介绍了死人妖骗子的丰功伟绩,然后咱啥也不说了,上图上真相!

扫描仪反应比平时都快,证件一张一张被飞快地扫描了上去,很快,这个贴子被提亮,回复与点击节节攀升,吾心甚慰。

发完收工,我登陆了琉璃仙的号,然后就惊呆了!

[地区]卖报的小行家:卖报卖报,人妖骗子终于被扒了底裤了,琉璃仙真名陆小东,是个男的!

[地区]东成西就:靠,这家伙还真是个男的?!那鸭子还真被仙人跳了?

[门派]虚虚真可爱:仙哥,咳,我是不是该叫你东哥?

[陌生人]虚虚很可爱对你说:东哥,小弟看见你的真身了,OMG,照片真帅!

[好友]圣骑士对你说:陆小东?你把号找回了?苏如是呢?

[好友]斑点花猪对你说:坏人妖[抽打],把号还给仙哥哥!

[好友]温如玉对你说:死人妖,把号还给我师父!

[好友]只羡鸳鸯不羡仙对你说:死人妖,你真叫陆小东是吧?这号值不了多少钱,如果你真的要,我拿我的号跟你换,这个医生号绝对比你的号值钱得多,这号你卖给谁的还回谁那去!

[好友]轻云消逝了无痕对你说:死人妖,你太没品了!卖出去的东西还找回,是男人吗你!还得过那么多奖,你也不缺这几个钱吧?

[天下]卓尔不群点燃普天同庆礼炮……并在上面刻上了**最真挚的祝福**：死人妖，找回得好，找回得好！

……

我看着那一屏各种颜色的消息栏……GM，古人说自作孽不可活，诚不欺我啊……麻烦迅速帮我把那破贴子删掉先！

其实他们认为死人妖骗子把号找回了也是有依据的，账号官方是不支持出售的，而因为盗号猖獗，为了保证玩家的虚拟财产，系统规定能成功提供账号安全码、注册身份证的账号，原主人是可以找回的。

不管是官方还是账号出售中介，一旦账号原主人找回，都不负任何责任。

说实话就人妖骗子那家伙的人品，不找回他们才觉得奇怪了。这样一说，我也就奇怪了，这号我买来之后连密码都没改，这家伙怎么就没找回呢？

后来呢，老圣就打了电话给我，我想向他解释事情的始末，话到嘴边的时候突然不想说了。

其实这样也好，让一切是非对错都就此揭过，也很好不是吗？

我回天下，只是想飞，骑着自己永远不会过期的灵兽，飞过这碧海晴空。如今已经可以了，如此，又何必再让琉璃仙承载那么多的过往呢？

所以我笑着告诉老圣："是啊，那号现在不是我在玩了。"

他沉默了一阵："要么咱把外星人的号拾掇拾掇拿来用？"

我轻笑："我是真不想玩了。"

"要么练个小号吧死人妖，会长大人亲自带你，保证三周七十级，一个半月满级。"

我笑得弯了腰："不玩了，我回归我的魔兽世界去了！"

他只是沉默。

网络上有一句很流行的话，说这网络最远的距离，是你在电信，我在网通。

而对于游戏来说，也许最远的距离，是你在天下，我在魔兽，一旦游戏分开了，共同话题少了，游戏中结识的好友慢慢地也就不在了。

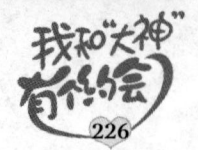

挂电话的时候他说他帮我练一个号，什么时候想回来就打电话找他，我笑，弄得好像生离死别一样。

我让老圣把琉璃仙逐出蒙鸿天下，老圣却只把她降成了普通势力成员，他笑着说就算这个号已经落回了那个人妖骗子手上，他依然舍不得让琉璃仙形单影只。

好友栏里面很多人都弃我而去，只剩下鸭子、老圣、真梵、花猪和温如玉固执地留了下来。就好像某首歌里面唱的，月下一杯酒，一切又重头。

我虽然搬起石头砸了自己一记，这时候却觉得豪情万丈，琉璃仙，这天下，只是我们的天下了！

下午心情不错，决定晃去公司，那时候太阳很大，我穿着白底水墨风格的T恤，及足踝的长裙，头发盘上来，刘海斜过去，然后在鬓边别了只蜘蛛形的水钻发爪，嗯，因为气温太高，就不画皮了，喷了两滴香水，便香喷喷地出门了。

因为这里离公司很近，我也没开车过来，你知道的，车停在小区车库，每个月是要交三百多块钱的，要是三处住所都买个车位的话，我一个月光物管这些乱七八糟的费用就要两千，岂不是很划不来。

去到公司，坏蛋们一律用非常奇怪的眼神打量我，我微笑，以最和蔼可亲的语气问："今天谁给小东写我地址的呀？"

立刻就有几个人高举了双手："我我我，老大，有奖励不？"

我依然微笑："很好，你、你、你、你，你们几个，这个月的奖金，没了。"

几个人耷拉着脑袋，有一只在那里捂着嘴乐。我奇怪："你笑什么？"

他捧腹："小唐姐估计这一年的奖金都没了，她后来又把您的电话写给那小子了。"

下午办公室里杨叔又和我老生常谈，我索性去和小唐算了半天的项目预算，但是结果是……GM，谁发明的阿拉伯数字，我讨厌他！

下午六点多，头昏脑涨地出来。公司门口，一个黑影在那里杵着。

我瞄了一眼，那黑影挺眼熟的啊……正疑惑间，就听见小刘招呼：

"哟,东哥,来接我们苏总下班啊?"

于是我再定睛一瞧……

东哥?什么时候熟络的?

"你在这里干什么?"彼时这里人来人往,你知道的,寡妇门前是非多,剩女门前是非更多。何况这时候正值下班时间,周围人来人往。

"这里不是你家了吧?"他靠过来,唇角勾起来,加上额前那几根翘出来的刘海,显得有几分匪气,"叫不了保安了吧?"

我嘴角抽搐:"干吗?"

他嘿嘿嘿嘿地奸笑了几声,然后耸肩:"其实我只是来送你回家的。"

我抛桌:"你没来之前我就没回过家?"

然后,小唐她们就过来了:"哈,小样,还说你们不认识。"

小唐你就别来添乱了……

杨叔过来,挤眉弄眼地对我低声道:"嘿嘿,小伙子不错,东南亚纹身绣艺艺术大赛和国际TATTOO大赛都得过奖呢。"然后又拍着鼻毛那厮的肩膀,"不错不错,勇气可嘉!继续努力!"

杨叔你嘛意思……

鼻毛那厮笑得很是匪气:"我会的。"

我黑线!

"东哥,你明天还会过来吗?我那画稿要么您再帮我看看?"

"嗯。"

"小东,你说那纹身真能遮妊娠纹?"

"嗯,要过两天等我纹身机和颜料运过来,到时候我那里有以前的纹身作品,你还可以再挑挑。我个人觉得以你现在的这种妊娠纹的话,纹长蔓玫瑰是最适合的。"

"那行,到时候你那儿好了一定跟我说一声啊。"

"好。"

"苏总,那我先回去了。"

众:"看,我就说两人是因爱生恨了吧?你们不信……"

GM,这群人是什么时候这么熟络的啊——

当然,这不是理论的时候,要理论也得离开这个是非之地再说啊!

我黑着脸往前面走,他在后面慢悠悠地跟过来。我知道我要是问他为什么跟着我,他必然就要还嘴说这路是你家的吗,所以我决定告诉他老娘今天扒了他的底裤了。

谁知他听完甚是平静,只是眼观鼻鼻观心地嗯了一声,我就费解了,难道扒错底裤啦?

"我说,你不生气啊?"

"我当然生气啊!"

"那你怎么不表现出来呢?"

他答得很平静:"我怕我表现出来了把你丢半路上,你被人劫色谋财害命了怎么办!"

我很讶异这厮连生气也可以生得这么冷静:"那你就这么憋着不难受啊?"

他依然答得漫不经心:"我把气留着回家生去。"

GM,还有这方法的……

他送我到小区门口,我正犹豫要不要把他的底裤们都还给他,他突然微笑:"苏如是,我是认真的,你应该知道。"

他笑起来的时候脸上有两个小酒窝,加上那个发型便显得有些小坏小坏,很痞:"陆小东敢做敢当,不怕被人肉。如果你是想用这个方式告诉我你的态度……"他轻轻摇头,随后又出了个提议,"苏如是,也许女人挨近了三十,经济应该比男人更能让自己安心吧?"

我抬眼望他,他修长的手指拐过额前那几根刘海,以此掩饰初见的那种腼腆:"你看这样好不好,我们在一起,等同于组一个工会,你是会长,我是成员,每个月我定期交帮贡,所有支出,一概需要得到你的同意方能提取。"

那时候太阳开始下山了,一路走过来大约也就二十分钟,吹了二十分钟的风,人总也不是那么暴躁。所以我只是很冷静地答他:"条件是不错,可惜,我对你这类型的男人,没有兴趣。"

"你不是没有兴趣,你只是不能接受在那么短的时间内更换身边的男人,就算你和他在一起的时间也很短。"

老娘抛桌，GM，我讨厌这个人！

"你就一人妖骗子，有什么资格要我给你机会？"

他针锋相对："鸳鸯是好人，于是你给了他机会，结果呢？"

我靠！这家伙怎么专捡老娘的痛处踩！

我是真炸毛了："老娘爱给谁机会关你鸟事啊？走开！有多远走多远！"

那时候小区外依然车水马龙，傍晚的光景衬得他的目光非常深邃："其实那选择本来也没有错，只是地利、人和，我们都算漏了天时。"他伸手过来撩我的长发，那指尖仿佛沾染着颜料的味道，"总把伤口裹得太紧，会化脓的。"

说这句话的时候，他的语气显出与外表绝不相符的成熟。

我有些心惊，这死人妖骗子，得防，得严防啊！于是立刻转身，进大门，穿过绿化区，上楼！

他没有再跟进来。

咳，好吧，门卫室有保安，他也跟不进来。

晚上一个人做饭，饭完后上游戏。

琉璃仙在祈风台挂机，我想驱着她做周常的，但现实是……琉璃仙的有缘人那一栏，没有人在线。

人生如厮，何其寂寞。

我决定找点乐子来玩，于是……

[地区]琉璃仙：[敲钟念经]求个真心人绑红线，求个真心人绑红线……

然后意料之中的一石丢进茅坑，激起了民粪（愤）——

[地区]泰山压顶：[瞪眼]老婆，出来看人妖了！

[地区]子曾经曰过：靠，死骗子！

[地区]残菊手：猥琐妖道，吃老娘一手！

我已经开始登陆遥借东风的小号了，世人凉薄着呐，现在跟我绑红线，无异于就是与大半个服的人公开为敌。

输入遥借东风的账号密码，转到琉璃仙的游戏窗口，就看见一行紫红色的密语——

[陌生人]魂师对你说：在哪里？

我报了坐标，他很快过来了。这家伙也是只道士，我仔细地看了一下他的装备，首先确定了一点——男号！

GM作证，我现在对女号确实是产生了很重的戒心——谁知道那死人妖会不会再从哪里拱出来。但是这个魂师就无所谓了——他是个纯爷们！

他也是个蓝翅膀，不过身上穿了四件不灭套装，四件森罗套装（道士七十级世界套装和七十级战场套装），首饰是一套战场首饰，见过他的操作，总的来说，也是非常满意。

嗯，好吧，就他了。

你知道比遇到一只猥琐妖道更让人抓狂的是什么吗？

就是遇到了两只猥琐妖道！

我们紧密团结在以玑哥为核心的太虚观周围，战场上坚持"见了装备差的就追、见了装备好的就跑"的原则，努力贯彻实施"秒了血薄的，定住血厚的，人头是哥的，苦力是你的"的方针战略。

当晚天下，无人入眠。

战场上，留下了无数关于哥们儿的传说。（当然大多数都是被鄙视的……）

刚从战场出来，QQ在跳。我把游戏最小化，点开可爱的小企鹅，又是那只人妖骗子！

风吹鼻毛两边倒：苏如是。

"干吗，想聊天啊？如果是想拿回你的证件的话，一千块钱一份，提钱来取吧。[戴墨镜得瑟]"

风吹鼻毛两边倒：= =

风吹鼻毛两边倒：那我聊天。

我呸！

风吹鼻毛两边倒：你为什么不改琉璃仙的密码和密保卡呢？

我不耐："我改了你就无法找回了？"

风吹鼻毛两边倒：能，这个号是用我的身份证注册的。

"那我干吗还费那精神去改啊？"

风吹鼻毛两边倒：……

然后我又好奇了："哎，说起来奇怪哈，你为什么没找回呢？"

他也学着我的口气：

风吹鼻毛两边倒：哎，说来奇怪哈，我都卖给你了，为什么还要找回呢？

"可是你本来就是个骗子啊，那么没品的事都干，为什么不找回这号呢？"

风吹鼻毛两边倒：嗯，因为我盗亦有道啊！

"滚！"

风吹鼻毛两边倒：好了，早点睡。明天早上叫你起来跑步！

GM，我居然跟这个人妖骗子聊上了！

"滚，再敢打扰老娘，明天就贴你的身份证写征婚！"

风吹鼻毛两边倒：＝＝

13 毛哥

第二天早上，被电话铃声吵醒，我莫名其妙，一看时间——六点半，我怒了，这时候谁扰人清梦呢！

接起电话，我更怒了。不错，是鼻毛，隔着电话悠哉游哉地道："来，跑跑步，呼吸一下外面的新鲜空气。"

"鼻毛，你找死是吗？吃饱了撑着去跳帝王大厦！"

吼完，挂之。

丫再接再厉，我再挂，丫再打，我关机！刚躺下来，他开始打座机。

GM，你打个雷劈死这只吧！

最后逼得我把电话线给拔了，这世界，终于清静了。说起来我就奇怪了，都说S市控制流动人口特别严格，怎么这厮这么久了还没被捉住遣送回去

呢……

于是倒床上继续调戏周公。

十一点，爬起来。洗漱完毕，登QQ，调出人妖骗子的QQ……呃，我还是别招惹丫的了！

然后开天下，登陆游戏。上线后照例日常，去到江南永宁镇，花猪在做童趣，但是小灰狼出来了之后她在面前被一口一口地啃，愣是不打，我费解——不可能这时候人不在吧？

半晌，我忍不住。

[好友]你对斑点花猪说：你在干吗？

[好友]斑点花猪对你说：[挑眉]谁要你个死人妖骗子管！

然后我看她的血量，一会儿少一点，一会儿少一点，但固本培元的正面BUFF每五秒钟一次回血回蓝，很快又给她加满，然后我终于明白她在做什么了——她想学鸳鸯脱了衣服发大毒打怪，但是血量下不了百分之六十！

看着那个时缩时涨的血条，我揪心！GM，让我深呼吸一口气先！

[好友]你对斑点花猪说：把固本培元去掉，先脱衣服，脱完给自己上润脉，发大毒，然后接任务。

[好友]斑点花猪对你说：……

做完童趣，出去做诗与酒任务，路遇雅灭蝶，顺手灭之，未留意旁边还有曼陀罗联盟的人，被轮，还被问候了老母。

我带死了一只，雅灭蝶原地复活救起，我一个符惊鬼神下去，她和救起的那只都没蓝了，被带死。

我顶重生又带死了一只，雅灭蝶再原地复活打算再救，再被符惊恐惧，蓝被抽干，再被带死。嗑了口农药，再加一口战场大蓝药，我又带死了两只，终于被扑倒。死回幽州，破系统提示红名四小时。

为防对方买天眼查坐标，我坐在名为国色天香的坐骑上飞于幽州上空。现在没有开空中作战，地上数只四十五度角仰望老娘骂娘。

半响：

[好友]魂师对你说：来做新童趣。

[好友]你对魂师说：挂红ing。

[好友]魂师对你说：……在哪儿？

我丢了坐标给他。

不久，他骑着灵兽飞在我身边：

天下、地区、当前频道都极是热闹，二人却无话，在幽州上空呆了四个小时。

我洗完衣服、浇完花，杀了数次流星蝴蝶剑的单人通关版，下午三点半，杀戮状态结束，问魂师是否继续新童趣，他道好。

路遇岳不群，随手杀之，后再被轮，需挂红四小时。魂师连带被轮，需挂红两小时。

俩道士回幽州上空继续默默挂机。

我先找了《锦衣卫》，末了，切到游戏窗口，发现只过去了一个多小时，于是又找了《叶问》，再切过去发现还有一个多小时，于是又找了《断背山》……

果然断背山的力量是强大的，再切换过来的时候总算是挂红OK。

问魂师是否继续童趣，他沉默了半晌，道好。

一起前往孔雀坪，路遇紫心海，上前杀之。耽误期间被卓越联盟找到，二人见势不妙，脚底抹油，被追杀至丹坪寨，敌人终弃。

问魂师是否继续童趣，他沉默了半晌，道好。

一起再前往孔雀坪，本着死道友不死贫道的原则，我让魂师先下去。被守在一边的曼陀罗联盟围殴，因敌人奸诈且人数众多，其惨遭爆菊。复活至幽州，问魂师是否继续童趣，他沉默半晌，道：等我绑好复活神石。

我：＝＝

第二天一早，因为S市有个动漫展，政府号召所有的动漫机构都参加。当然这个不用号召，你想啊，这大小企业，哪一个不想着这免费的广告机会，于是我也从旮旯里翻出那套职业装，洗漱完毕赶了过去。

展厅里面S市大大小小的同行全部都来了，小唐和市场部的几只已经在开始布置，众人支展架的支展架，贴海报的贴海报，摆作品的摆作品，我在厅里面游手好闲。

转悠间看见某人正在帮着接电源线，是鼻毛！我黑线，你说这家伙怎么

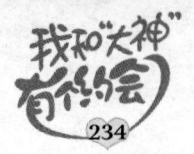

十九打锣十处都在呢!

"你们谁让他来的?"我问小唐,那家伙何其狡猾,立时便道,"报告首长,他自己来的。"

"……"

他很快把线接好,拍拍手上的灰将电脑连到投影仪上,边开机边看我:"给你带了早餐,去休息区吃。"

我倒塌,这……不是,我说你丫也太自来熟了吧,当自己是谁啊!见过脸皮厚的,就没见过脸皮这么厚的!

转身想去看看展柜里面的东西,身后一个声音叫我:"小苏。"

我听声音也知道是老东家,而这时候我们的立场已经非常尴尬,周围的目光都有些暧昧,我微笑着跟他打招呼,礼貌而疏离。他没有走过来,径直去了萤火时代的展区。

投影仪上开始播放一些公司接过的有特色的项目,PPT是小唐做的,传给我的时候我没有细看,其实宣传资料这东西,你知道的,换汤不换药,也就那么回事。

展览会到中途,由各方公司法人致词,这个也是老套,咳,官方喜欢搞这些,也就说点本地行业的发展情况,表明企业对其大力支持的感恩之心云云等漂亮话也就OK。

当时我和老东家其实离得挺远,咳,你知道的,要避嫌。

发言环节都很顺利,到最后记者提问的时候,下方第二排有个穿白衬衣打领带的记者站起来,言语间很是正义凛然:"苏总,请问您对当年您在萤火时代的时候破坏傅总家庭的事怎么看?傅总当初虽然提升您可能是另有原因,但也算对您有知遇之恩了,对于最后您自立门户,带走了萤火时代二十多位技术骨干、恩将仇报的事,您是否觉得自己三观不正并为此感到羞耻呢?"

全场俱静。

这事不是第一次。有时候你真的很难说清楚,这世界到底怎么了?

男人手下破格提升上来的女人就一定要跟他上过床?

这些年我们除了上下级关系之外,没有任何暧昧的地方,可是后来,我们讨论一个方案的时候必须要扯上其他同事在场；公司聚餐，我不能坐在靠近他的地方；下班不敢顺道送对方一程，就算是同一个方向。

我苏如是这一辈子，敢说没有对不起任何一个人，可是过往的事实，这样的传言，该感到羞耻的到底是谁？

那个小个子记者稳稳地等着我的回答，脸上依然是一脸正义凛然——我想如果这世上真有正义站在这里，那想必尴尬的也必然是正义自己。

这就是这个世界。

如果是在网游里，那一行黄色的字迹从屏幕上方飘过去，我就当他在放屁。而现实当中，我不能过激，因为那样会显得我苏如是心虚而且没有风度，我不能无视，因为那样他们会写苏如是无言以对，难堪默认。我也不能让自己难堪，因为在场有投资商的人在，而我的难堪，和公司的难堪、萤火时代的难堪，没有区别。

所以我唯有微笑，我以居高临下的姿态看他，右手优雅从容地转着手中的钢笔，微笑着道："新来的？你自己看着随便写就成。"

他站也不是坐也不是，展厅开始冷场，我的老东家出言打破了僵局，开始谈S市动漫行业近两年取得的成绩，话题成功转换。

我不能有颓势，当你所代表的不是个人的时候，个人的感情，就不能代入进去。这已经不是小孩子玩过家家了，而且他们都扯了这么年了，老娘脸皮的厚度，也在逐年增加。

在你游泳的时候，如果没有救生圈，没有游泳教练，而地方又是在风急浪涌的深海，我想你学得一定比在游泳池里快很多——因为学不会，就会被淹死。

而当你真正被淹死，沉入海底的时候，旁观者只会笑着指指点点，然后在某个茶余饭后拿出来，装模作样地唏嘘感慨。

说来好笑，也许没有他们，没有这片深海，就没有今天的苏如是。

有时候实在是说不清楚，暗处的箭，是伤害了你，还是成就了你。

或者每个人都是一块璞玉，无情的雕凿与篆刻后，或者价值连城，或者一文不名。

我甚至没有补妆，以最佳的状态坚持到展会最后，政府相关部门领导打着官腔做了非常冗长的讲话，然后宣布我们被刑满释放了。

大家开始收拾自家的东西，老东家从我身边过去，二人相视一笑，疏离地打招呼。他也老了，额际白发更显了。

也许现在你能明白为什么大部分时间我都浸在游戏里，说实话我宁愿天天被游戏里那群家伙四处追杀，也不愿意坐在这个劳什子破主席台上。

小刘在收作品，他给我开了两年多的车，无事时也学着跑业务，晒得有些黑，露齿一笑就显得牙特别白："苏总，我们都以你为荣的！"

柳琪还愤愤："这些混蛋，就见不得别人好！"

跟小唐打了个招呼，说我不回公司了。她这次没有贫嘴，那只手捋过我额前的刘海："回去休息一下，那些人的话，当他们在放屁。"

……

这就是我的朋友，也许没有多余的话，但是在这个有着人间天堂之称的城市里，苏如是最留恋的不过是这素手划过脸颊、这一句淡淡的话，而非这世界之窗灯红酒绿的繁华。

走出展厅的时候，一个黑影进来，是鼻毛。我以为他走了呢。他手里提着一口袋冰淇淋……然后问我想要哪根儿。

这时候我没心情跟他生气，也没胃口吃东西，他在袋子里拨拉了一阵，递来一根塞我手里，然后拿进去把袋子给了小唐。

我没走几步他就跟上来，当时正值下午五点半，阳光很烈，将地上的影子拉得极长。

我不想打车，就想吹吹风。不知道什么时候拆了那个冰淇淋，慢慢地啃。鼻毛跟在后面，久了我就有些奇怪："你为什么不说话呢？"

他很坦白："我在等你对我发脾气。"

我笑："我为什么要对你发脾气啊？"

他耸肩："你们女人不是一向喜欢迁怒于人的吗？"

丫一边说话，右手微握，拇指轻轻地划过我的嘴角，以一个非常暧昧的动作擦去上面的奶油。

我当即给了他一记右勾拳，GM，我终于找到理由对他发脾气了。

他揉着下巴，低着头不吭声，双手插裤袋里，在身后默默地跟着。

我便觉得自己有点过分，其实这时候心情本就不好，那一下子其实下手也不轻的。而且几十岁的人了，人妖骗子也不能乱打撒，于是便有点心虚，讪讪地问："疼吗？"

他低着头，半晌却问："这些年，一直都这样过吗？"

我吃不准此话何意，他终于抬头看我："我知道你心里不好受，如是，"他拍拍自己的肩膀，"这个肩膀或许不是铜浇铁铸，但是只要你愿意，它可以为你，扛起一切风雨。"

当然，彼时我只是心情不好而已，脑袋可还清醒，你就一只人妖骗子，信誓旦旦的话谁都会讲，又有几分能信？

所以我决定装死，当做没听见。

"苏如是！"他伸指头戳我："你至少给个机会呗，什么时候这么磨磨叽叽了？"

我低着头，闷不吭声地往前面走，他在后面跟着："喂！晚上请我吃饭！"

我怒道："我欠你的？"

他哼："谁让你打我的！"

然后厚着脸皮，理所当然地跟了上来。

进门，我去厨房做饭，他一点也不客气，躺沙发上看电视。

这家伙，还说追求老娘呢，也不表现一下，哼！

小区下面突然人声喧哗，我探头望去，下面绿化区不知道是谁拴的狼狗扯掉了链子，一提肉归来的大婶被追着到处乱跑！

这狗目标既明确又现实。周围有人在看，但谁也不敢上去，我开始往楼下跑，这狗要真咬上人，那就是连啃几口还不松嘴的那种。谁这么不小心！

到客厅，唔，发现鼻毛不见了。

这时候也没空管他，下到楼下时，却发现狗已经安静了，正在啃大婶的肉……呃，吓吓吓，是啃大婶买的牛肉。

大婶开始叉腰大骂，一根指头指着鼻毛，咒鼻毛生个儿子没那啥，声音震天，二十余分钟声势不减。物管劝说无效，反被问候老母，愤而离开。

我迷惑，这……关鼻毛啥事？

问及旁人，有人说情急之中鼻毛硬扯了大婶的牛肉丢给了狼狗。

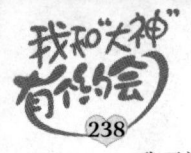

我无语,这……不可能还要他赔她牛肉吧……

整个小区不得安宁,众人纷纷出来看热闹。鼻毛站在拴狗的树下,有对话一段:

大婶曰:"看看我的腿,被狗咬成什么样了?"

鼻毛瞄了一眼,曰:"不就是个人腿样呗,还能咬成狗腿样?"

大婶大怒:"狗咬了人,你还这么嚣张?"

鼻毛很淡定:"怪了,你也说是狗咬的了,又不是我咬的。"

大婶火冒三丈:"你这个人怎么说话的呢,反正这个医药费你得赔,还有我这几天走不了路,误工费你得赔!"

鼻毛耸肩:"那多麻烦呀,要不打个商量,您也去咬它的腿一口,就此扯平?"

大婶全身发抖:"你、你……"

"要不……"鼻毛小心翼翼地商量,"让您多咬一口?"

大婶吐血:"我要报警……"

鼻毛赶紧掏手机,顺便拨好110递过去,大婶一番血泪控诉之后,众人纷纷劝说鼻毛:"纵犬伤人,警察来了你要被拘留的。"

鼻毛很是迷惑:"奇怪了,狗又不是我的,为什么拘留我?"

众:"……"

鼻毛,有没有人说过你丫真的很讨打哎!

我趴在栏杆上笑,鼻毛在众人一片鄙视的目光中走过来,依然带着痞痞的笑:"对啊,这样笑起来多好看,来,毛哥抱抱——"

老娘囧道:"滚!"

回到屋子里,炒了个油爆玉米青椒,一个酱爆牛肉,一个凉拌茄子,做了一个素瓜汤。

端饭的时候他还在沙发上躺着,我不乐意了:"为什么不过来帮忙!"

他答得极坦然:"怕再被台风尾扫到。"

我以为那家伙要死皮赖脸地待很久呢,岂知他吃过饭,帮忙收了碗筷,就很自觉地起身走了。我很奇怪:"你就不好奇今天的事?"

"什么事?那个傅什么?"他嗤之以鼻,仰头一甩额前那几根刘海,"我年轻英俊的陆小东难道会比不过这么一个半只脚都踩进泥坑……哦不,是火匣子里面了的糟老头子？"

话完，在我勃然大怒之前迅速钻进楼梯口，跑了。

那一天，天下九黎城更新。

由以前的简洁，变成了如今的浓墨重彩。

我带着邪影宝宝，背着长剑行走在这天地山水之间，颇有一种穿越到了阿凡达世界的惶恐。或许总有那么一天，这国韵二字，会变成科幻奇幻吧。

我走过丹朱村时遇到了鸭子，那里靠近十四级副本，他像是在等人。游戏里的数据再生动，我也看不到他的表情。我想他应该是没有看见我，这天下，我们都习惯了F11键屏蔽，所有非队友的，全部隐去。

所以那个穿着一套蒹葭时装的医师站在人来人往的传送石边，那距离很近，真的，不过是一个郁风的攻击距离，只是数据与数据之间，短暂交集之后，即须分流而去。

所以GM你看，琉璃仙满攻的木灵剑还在包裹里沉睡，而这天下，已经面目全非。

我没有过去，本来是双开了小号想刷点师徒声望的，但还没有进副本，破系统就提示战场申请成功。我传送去了战场。

现在满级的号在战场已经不再金贵了，我策马行走在小道上，指望碰上一两只落单的，不想就看见花猪和温如玉。

GM，人间何处不相逢。

他们是敌对方，调戏一下那还是十分有必要的，好歹我教了这么久了。

于是当下便走过去，一个定身丢给了花猪，然后惹温如玉，花猪如我所料没有用清明清掉定身——她一向只知道清明能加一丁点儿血，是个非常废柴的加血技能。

温如玉果然向我丢拖鞋，不是说了丢完后有一点五秒的CD时间吗，所以他朝我冲过来，我朝反方向跑，这不是怕他追上，而是要引着他脱离花猪的加血范围，否则医生一个逆转一万多的血，我这个一分钟坚挺的道士要砍翻他还真有难度。

撞上他一共用了一点五秒，然后他技能还在冷却，我一个符惊鬼神下去。

他就捂嘴恐惧了。

惊完后退开,影子宝宝上去再符惊,然后人再上前用定身定花猪,她继续站那儿干着急。

宝宝惊完后,按F2键和角色一起退开,然后一起唱破技,温如玉的蓝就剩了那么一点儿,然后我的符惊鬼神又好了。

上去再符惊了一记,他的蓝就没了。

人影双符惊其实没有什么诀窍,但记住不要太快,你需要给自己时间冷却技能,所以一般我们都是在上一个负面状态持续的时间已经快结束了,刚好够下一个技能的吟唱时间之后再动手,慢是慢了一点,但是万无一失。

如此再人和宝宝上前砍温如玉,他也不退到医生身边,就站那儿跟我干耗,天机战士平砍攻击本就不高,你哪能耗得过一个还有半管蓝的道士,当时就黑白,死回复活圈里去了。

花猪一只就更好解决了。

我连宝宝都没有换,上前丢了一个郁风,然后人化心魔,宝宝自动施法,直接砍死。

看着哗啦啦的两个人头,我叹气,路漫漫其修远兮啊。

正在寻找下一个目标呢,接到破系统的消息:魂师向你发出入队申请,同意/拒绝?

我点了同意。

[队伍]魂师:别下战场了,今天逛九黎城吧!

[队伍领袖]琉璃仙:有什么好逛的。

[队伍]魂师:耶,怎么一点好奇心也没有哎?太守区,来。

我退了战场,传去了太守区,跟着他一起逛大荒。

也不知道什么时候去的燕丘鸟巢,总之到那里的时候发现涯边曼陀罗居然还抱着雅灭蝶,两个人相拥着在涯边看风景,我着实是万分眼红!

本着"此天下鸳鸯,能棒打几只是几只"的想法,我抽了剑上去,刚准备开红,突然一行密语惊得我手一哆嗦:

[陌生人]曼陀罗对你说:你又想干什么?

GM,丫不是在挂机……

彼时我已经冲过去了，手这么一哆嗦，W键多按了一下，于是琉璃仙便从高高的鸟巢直坠而下了。

后来过祈风台的时候又遇到了花猪和温如玉，二人在台边甜甜蜜蜜地玩抱抱。

要按我的想法，那就是一人一脚，俩都踹到台子下面的海里去！可惜破系统不让我这么做。

逛到了十一点四十，一对对情侣闪瞎了老娘的狗眼，GM，我沮丧地下了！

跟魂师打了招呼，他只是淡淡地道："晚安！"

因为现在琉璃仙的名声不好（它的名声什么时候好过啊……），摆的摊也不一定能卖掉，所以我现在有什么道具都丢寄售店里，价格放低点，爱要不要吧。于是也免去了通宵挂机的习惯。

在御庭园下线，魂师站在身边。

[队伍]魂师：你先走吧。我钓鱼。

于是我就下线了。

第二天一早，依然是六点半被手机铃声吵醒，接起来，是鼻毛。依然让我出去跑步……GM，我当时特别想出去找他练散打！

咳，可是我又怕打不过他……

挂断关机，然后条件反射地去客厅拔了电话线，倒下继续睡。下午一点多去公司，鼻毛也在。

谁能告诉我为什么我不管在哪里都能看见丫的！

彼时丫在画室，小唐在做设计稿，他站在她身后，用红蓝铅笔修改着她原作的线条，一边不紧不慢地讲说更改意见。

那是个非常暧昧的角度，小唐像是被他半环在画板中间一样，却只是静静地听他说话，竟然没有别扭，这和她平时的性格，唔，真的挺不相符的。

我没有进去，小唐是原画的好手，鼻毛既然做纹身，色彩搭配、美术功底那肯定不会差，要不然刺个蜜蜂像苍蝇，谁敢让他刺啊……

兴趣相投，二人自然也是颇有共同话题的。

至少目前看上去就是一副相谈甚欢的和谐局面，我心中想着还是提醒小

唐几句，当时却不好意思再进去了。

下午有两个投资方打电话过来，说是要和我们谈项目合作。非常奇怪，问之，他们却说是那场展示会上看过我们公司的作品……公司太多，家家大同小异，他们就记住了那个记者所提的狗屁问题，记住了苏如是，记住了这个公司。

所以GM你看，原来我也像凤姐一样——多炒炒也是可以让人印象深刻的。

那天一直到四点多，小唐才进来我办公室，拿了那副卡通造型的人设进来，很是得意："行家一出手，就知有没有。怎么样怎么样？不错吧？"

我虽然画不出来，但是没吃过肥猪肉，总见过肥猪走吧，这些年一直做市场，作品好坏至少还辨得出来。

那角色是不错，功底给予其肉体，想象力赋予其灵魂。呃，请原谅，艺术这东西，我这种肉眼凡胎，很难理解，我只能从一个观赏者的角度去看，因此无法再给予更专业、更贴切的形容了。

"他九岁开始画画，太了不起了。纹身应该比我们做原画对美术要求更严格吧。"小唐在那里滔滔不绝，"苏，我想有空找他给纹一个看看。"

我对此种近乎自残的行为表示打击："我说，好端端的偏要在身上刺个花不溜丢的，自虐啊？"

她不屑："你这种土鳖知道什么，这叫做贴近自然。我要是纹一条藤蔓，一对翅膀……"

我笑："贴近自然？那你往背上纹一龟壳吧，又古典，又自然，又含义深刻，绝不肤浅。"

她柳眉倒竖："滚！"

她今天神采飞扬，精神一直很好，我找不到合适的机会来揭露鼻毛的真面目。

下午下班，小唐提议去酒吧，我不想去，鼻毛反正是寸步不离地跟着我，她揪住不让我走。知道的，我这个人其实对自己喜欢的MM，那是很怜香惜玉的，她一揪我就没办法了。

我们去了A+，因为就三个人，便随便找了大堂的一张桌位。

外面天光仍亮，里面却已经暗下来，桌上用玻璃座装水，里面漂浮着一小盏烛火，匠心别具。

小唐喜欢烈酒，点了伏特兰，我点了龙舌兰加柠檬，鼻毛要杰克丹尼。三人空坐无趣，小唐提议玩猜拳，小而精致的舞台上有歌手唱歌，激情满满地吼着一首英文歌。

我只跟着他们猜了几个回合便累了，小唐和鼻毛开始摇骰子，我很久没有见她如此精力旺盛过了。GM，不会真的女为悦己者容吧……

台上不知道什么时候换了一首舞曲，有几个很是妖娆的舞者带着大伙儿一块跳舞。小唐拉我出来，GM，跳舞这东西，我还是别出去丢人了！她于是拉了鼻毛出去，看得出来鼻毛也是个跳舞的好手，我觉得也许是我开始老了，这种太过吵闹的环境已经不是很适应了。

找侍者要了葡萄干、爆米花之类的小零食，边吃边看他们跳舞。发现一个不争的事实，唔，这个死人妖骗子，其实身材很好呐！

这种身材，舞跳得这么性感，一般是用来勾引攻的吧……那丫应该是个受吧……

GM，我……扯远了。

一曲终，他们回来。小唐去洗手间补妆，鼻毛坐在我身边，突然转头深深地瞅我。我大惊，这个受不会跳舞跳得兽、性、大发了吧？！

他缓缓地，以一个强攻想要强行H小受的气势靠近我，我警觉地往后闪，他还是深深地凝视着我靠过来，这次变成了鬼畜攻的气势，而且目标很明确——他盯着我的嘴唇。

靠，丫居然想吻我？怕他突然扑过来，我飞快地瞄桌上，想拿个酒杯、酒瓶啥的自卫，他突然非常正经严肃地拿了我旁边侍者送过来的白水，非常严肃正经地喝了一口，然后非常严肃正经地坐好。

……

那感觉就像某天你着一身清凉夏装坐在公园的长椅上，旁边一个色狼一直盯着你看，从你的人字拖看到大腿，从你的短裙看到细腰，从细腰看到酥胸，然后流着口水、伸着爪子慢慢地靠近你，越来越近……越来越近，然后正当你想要大声尖叫的时候，他过来拿了你身边长椅上不知道谁放的一份报纸，然后非常坦荡地转身走了。

……

如果一定要问我当时有什么话想说的话,我只想说——鼻毛,你赶紧去死吧!

某个月黑风高的夜里,鼻毛冲到我这里拿了身份证,然后我才知道他居然真的在S市开了一家纹身店。

我对纹身实在是不感兴趣,但财务黄姐还真的去他那儿纹了一枝长蔓玫瑰,那几乎妖异的图案遮去了原本的妊娠纹,她在我们几只面前显摆了N多天,小唐啧啧地称那简直是化腐朽为神奇。

小唐本是个有贼心没贼胆的家伙,听说这针要刺破肌肤,多少还是有些犹豫。便趁着某天鼻毛来接我下班的时候揪住了他。

"东哥,这个……痛吗?"

那时候鼻毛在小莲那里拿了杯子,自顾自倒了一杯水,语气一如平时的淡:"这个根据个人体质、皮肤的敏感程度,痛多少都会有,有些人觉得很痛,有些人觉得还好。"

听完我就笑了,小唐天生怕痛,平时打个针还是磨磨蹭蹭呢。

"能用麻药吗?"

"不用。刺青像影子一样,是要跟随自己一辈子的东西,轻微的一点痛,也是享受的过程。"他喝了一口水,语气极为专业,不给人商量的余地。

小唐在犹豫了两天之后,终于痛下决心——纹!

我笑她舍命为小人,被她追着打……

陪她去的时候是上午九点多,我第一次去鼻毛的店里,那店址离我们公司最多也就二十分钟,店面不大,而且整个店里竟然就只有他一个人。

我左右望望:"就你一只?"

他倒了两杯水给我和小唐:"一只够了。"

他带着小唐去电脑上选图案,这店里墙上挂着很多他以前的纹身作品和画作,素描、油画、粉彩,种类很多。

我一张一张地慢慢看,觉得这些东西比一身T恤牛仔裤的他顺眼多了。

于是我很疑惑:"鼻毛,这些真的是你画的?不会是剽的吧?"

鼻毛：＝＝

小唐选了十几张刺青照片，鼻毛的声音很无奈："要这些东西全纹身上的话，你就成七彩神兽了！"

小唐很纠结，半晌羞答答地道："那你帮我看看纹在我背上哪种比较适合吧。"

鼻毛过来我这边，从茶几下面拿出一本画册："这个怎么样？"

我凑过去，咳，当然，那图案绝对不是龟壳……

那是一对以黑色为基调的翅膀，明明是刺入肌肤的东西，却让人觉得欲振翅而起一般，极是震撼。

小唐没有意见，鼻毛开始开单子："有几点你要先清楚，纹身一旦纹上，是无法彻底清除的。会有一定疼痛，我这里不用麻药，因为这没有什么效果，而且会影响着色。如果没其他问题，时间就定明天上午九点半，有问题吗？"

我突然发现原来这家伙也可以这般正经严肃的。

小唐摇头："可以。多少钱呢？"

我立刻发表意见："喂，不许开高价！"

他抬头望了我一眼，唇角微勾，又露了一个不怀好意的笑："你纹的话我免费。"

第二天，我睡到十一点多才起床，陪着小唐过来的时候，才知道原来刺青师是要提前预约的！

他当时在帮一个小MM纹一条小鱼，遮住腕间那道深深的伤疤，那个伤口太独特，明眼人或许一眼可以看出由来。

鼻毛没时间招呼我们，他手上戴着一次性医用手套，右手持纹身机，一针一针，似在雕琢一件稀世珍品。神色间的专注，我完全无法联想到那个猥琐的人妖骗子。

我坐藤椅上拿了桌上的杂志打发时间，小唐倚在旁边亦看得专注。

颜料放在旁边的架子上，那色料杯比眼影盒还小，他蘸着颜料，纹身针极其熟练地在MM腕间穿行，起针时他低声问她："疼吗？"

MM抿着唇点头，他轻声安抚："很快就好。"

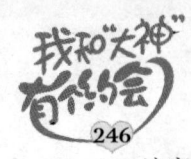

这家伙的声音,真要放低了听,也很是勾魂的,MM羞涩地点头。

约摸一个小时后,他开始用纹彩爽肤水细致地清洁MM的纹身部位,然后涂上纹彩消炎啫喱,还覆上了一层保鲜膜。

我想我对他的敌意,就在那个时候消了。

也许一个能把工作细致到这种程度的人,不会坏到哪儿去吧……就算他在天下,只是一个人妖骗子。

包完绷带,他抬头看我:"中午吃什么?"

"啊?"还包午饭啊?我愣住:"吃最贵的!"

他于是打电话订了餐。

那天,我们四个人——连同那个女孩儿一起吃午饭,他点的套餐,还有奶茶。四个人就小唐和那个MM议论着纹身的事,时不时也问鼻毛纹完有什么要注意的,谈到工作,这家伙就分外严肃,六小时内不能洗澡啊,不能抓挠或者撕痂啊之类都说了。

我默默吃饭,他突然从自己餐盘里夹了一块鱼给我……喂,我们很熟吗?

我抬眼瞪他,他犹不自觉,从我餐盘里夹了一块柿椒肉片过去尝尝,还看着我:"挺好的啊,不喜欢吗?"

"哼!"我要不是看在有其他MM在的分上……

后来呢,他拆了膜,用纸巾把浸出来的组织液和血珠吸干,一尾金红的游鱼便灵气四溢地游动在她如玉的皓腕上,旧时的伤痕完全被覆盖,我也忍不住凑上去看。

GM,刺青师……真是一个神奇的职业。

本来下午小唐想纹的,鼻毛活动着右手拒绝:"你的图案大约要五六个小时,当天只能做一个,不然达不到最好效果。明天吧。"

小唐红着脸问他那他下午做什么,他很随意:"画画。"然后扬扬下巴指我:"然后接她下班。"

我决定闭好嘴巴。

一起回去的路上,小唐突然由女王变成了小弱,迟疑着问我:"如是,你……你喜欢东哥吗?"

我想我们终于找着机会可以开诚布公地谈一谈了。

所以我立刻毫不犹豫地向她讲了这一段故事，关于那个猥琐的风吹鼻毛两边倒，关于那个骗尽服务器排名前一百位的男号，关于伽蓝和青荇不语。

当然，另外的一些人一些事，被默默隐去。

最后是总结："或者网络只能反映人的一个侧面，但是我们不能否认，一个侧面是人妖骗子的猥琐男，能好到哪去？"

所以尽管敌意消除，深交，却是不大靠谱的。

"如是，"小唐仰起头，突然出了一个令我心惊的论调，"你说会不会每个男人心里，都有猥琐的一面？"

我不是哲学家，不能把一个简单的问题看得那么深层而复杂，是不是每个人的心里，都有猥琐的一面？

所以我只有如斯反驳："网游装备也是虚拟财产的一种，我们先不论大是大非，至少这在法律上来讲，也是一种犯罪吧？"

至少……至少在鸭子心里，应该没有猥琐的一面吧。一个声音在我心里偷偷道。那时候我才发觉，其实自离开之后，我很少想到他。

也许是因为在游戏里面琉璃仙有魂师随时跟着，而现实里面，苏如是有鼻毛天天烦着。和他在一起的那段日子，已经在开始淡却，很难想象我竟然连梦里也极少去想。

"如是？如是？"小唐扯我，"想什么呢？"

我淡笑："没事，你就算动春心，也选个靠谱点的吧。"

"我和你可不一样，苏如是，我现在再郑重问你一遍，你到底对这个陆小东有没有企图？"她站到路边的一块条石上，以人民大会主持般严肃的神态问我，"一定要郑重回答，你若无意，我便下手了！"

我被雷倒了，很难想象这个在鼻毛面前无比娇羞的女孩儿，现在双手叉腰，女王般君临天下地站在这里。所以我也甚为郑重："唐蕾蕾，朕现在郑重回答你，朕对这个猥琐男没有兴趣，但请你一定要量力而行，朕非常担心这块老牛皮会崩坏了爱卿稚嫩的牙口！"

"好！"她只差没有振臂高呼了，"那我唐某人决定，就他了！"

一滴冷汗，从我的额头，以一个销魂的弧度坠落到泥土里。

说到这里，我觉得我有必要介绍一下小唐。

这家伙年方二八（真的是二十八……），身高一米六二，还习惯踩七寸高跟，身材极是不错，长发，发型因多变，故略过不述。

此君本是原画出身，以前在耀美实业萤火时代只是一个普通的原画师，因不满编导欣赏水准，屡起争执，人缘一向很坏。

又因当时从业不久，锋芒太盛，凡有风浪，必撞枪口。

但为人豪爽，性情那是不输男儿的。故这两年与我相处却是甚为和睦。

曾有丰功伟绩数条，简述如下：

一、×日下班，遇猥琐男甲抢包，此君仅凭一人一包打得该男抱头鼠窜而去。

二、×日挤公车，遇猥琐男乙于身后揩油，此君趁刹车之际以七寸鞋跟后退一步猛踩上其足，惨叫震天，同车者谓之曰："妇人心，毒矣！"

三、×年有小正太丙纠缠不休，被丫于大庭广众之下指着鼻子一通数落，N年未再出现一次。

以下种种，不一一赘述。

话说第二天上午九点半，小唐揪着我陪她去鼻毛店里准备纹身，路上反复交代等时机成熟，令我立刻离开，以免扰其计划。

我怒："那你干吗不自己去啊？"

她很是自得："他现在的心思还在你心上，看见你不去，肯定特失望。失望的心情之下，怎么能瞧得见臣妾的万种风情呢？大王你就行行好嘛……"

于是我就做了那千万炮灰中的一个。

去到鼻毛店里，他开始准备纹身针，我很好奇："话说你们不是要先在纸上画个轮廓啥的，然后拓背上吗？"

他抬眼瞄我一眼："三四年前，我这么做过。"

这纹身要纹背上，当然就要脱衣服啦。虽然只是趴在椅子上，但是前面也是会透光的，小唐很是为难，红着脸问鼻毛怎么办，鼻毛很是淡定："随便。"

最后却还是找了件自己的拉链的衣服，给她反穿上。

然后换针头，调颜料。

纹身开始时，小唐频频呼痛，我也有些忐忑，以前都说岳飞同志在背上刺"精忠报国"如何如何，其实比起这些在背上刺上一对大翅膀之类的娃，我们的民族英雄情何以堪！

鼻毛轻声安抚小唐，他的手不知道洗过多少次，嗯，又白又莹亮。我搭了凳子在旁边观望，半晌他抬起头："那边有杂志，有报纸，电脑里面有游戏，你随意。"

我点头，但没动。

半晌他又重复了一次，我不耐烦："你刺你的，我看我的啊！"

他的声音依然很轻："你在这里，我会分心。"

我竖中指："还宣扬自己得过什么什么奖呢，有个人在旁边看着就紧张了！见过蹩的，没见过你这么蹩的！"

他抿着唇笑，不说话。

是如此说，但小唐的纹身还是顶要紧的，这东西一旦纹坏了，洗都洗不干净。我去了旁边椅子上，店里有书架，我随手取了一本，是《源氏物语》，再取了一本，是《日本浮世绘图册》，再取一本，是《日本纹身艺术经典图集》。

GM，我还是继续看报纸吧。

一个多小时以后，觉得时机差不多了吧？

于是望小唐，她微微点头，于是依计行事，我起身："鼻毛，还要多久啊？"

天气比较热，室内虽然有空调，他额间还是出了细密的汗珠，身上的T恤背后已经被汗湿了，声音倒是和他的手一样沉稳："五个多小时吧。"

"那么久？"我起身，"那我先回去了，你们慢慢纹吧。"

他颇意外地抬头看了我一眼，又低头看了看小唐，这家伙心思何其敏锐，我怕他猜到他即将被转手的坷坎命运，再不多说，起身拿了包走了。

这场刺青真的用了近八个小时，鼻毛居然还过来接我下班，他换了一件天蓝色斜纹的T恤，依然是牛仔裤，白色板鞋。

我很迷惑："小唐呢？"

他不说话，拿了一次性杯子倒了水，右手估计是拿纹身机太久了，有些抖。

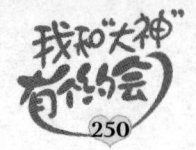

依然是两个人回家,任我怎么问,他一声不吭,我有些暗惊……不会小唐把他那啥啥了吧?一直到家,他也不说话,跟着进门。

一个人的时候我都是饿了再做饭,但有客人在还是不好意思的,我去下厨,他躺沙发上,连电视也没开。

我去厨房偷偷给小唐打电话,小唐安然无恙,表示明天早上见面再说。等我端菜上桌的时候,那家伙竟然躺沙发上睡着了。

我拿手指戳了他两下,他把我的手扯开:"我很累,别闹。"然后趴下继续睡。

小样儿……

其实这时候他单手枕着头,皮肤微微地泛着古铜色,肌肉鼓鼓很有力量感,闭上眼睛的时候显得很安静,人畜无害的模样。

要是再回到苏如是十八岁的时候,或许我就直接扑上去,摁住丫……嗯,那啥啥了。

而这时候的我,只是返回卧室,抱了一床夏凉被过来,扔他身上。

早上就讨厌了,六点半的时候丫敲门把我吵醒,无视我的勃然大怒,要我和他一起出去跑步。

我没去,他于是也没去——为了不让我继续睡。我就不明白了,我说鼻毛,老娘是不是上辈子跟你丫的有仇啊……

因为起得太早,去公司也早。

鼻毛的刺青店一般是九点多钟开门,以至于他还有时间把我送到公司楼下,兼附送了早餐。

我接了——不接白不接!

上楼,半晌,小唐进门,神色不善地打量我半晌,啪的一声拍在我桌上,将水晶镇纸都吓得一蹦:"苏如是,你这个家伙太不像话了啊!"

我心肝也跟着一蹦:"干吗?"

那家伙的表情痛心疾首:"我们小东,多好的一个人呐,人每天早送你上班、晚接你下班,天天心心念念全都是你,你说我和你共事了也快五年了吧?我怎么看没看出来你竟然是这么一禽兽呢?"

我满脸黑线。

丫却还愤愤不平:"小东昨天把你们的事都跟我说了,你说你也真是的,这么大年纪了,好好的老公不找,还玩弄人家感情。难怪上次让我给做婚纱呢,怎么,现在到手的肉又吃腻歪了?"

我一头雾水:"这都哪跟哪?我和他有什么事?我玩弄谁了?"

"还敢给我装糊涂!"她伸手敲我的头,"他都跟我说了,你在酒吧里把他扶回去,趁醉劫色,将人吃干抹净。人一提结婚,你却跑了。人家追来了你却这态度!"

我还没消化过来,她继续敲打我的头:"我说姓苏的,你吃干抹净了还把人往我身上推,忒不厚道了你!"

我挠头——GM,你确定我不是穿越、重生或者失忆了吧?

"得了得了,反正我也不想跟你一般见识了。这人啊,我完璧归赵,你可好好揣好了,别东送西送的,这家伙女人缘好着呢。多大个人了,结婚有啥好怕的。嗯?"

我挠破了头也没想明白,这都哪跟哪儿啊!

后来呢,公司里面就逐渐知道了事情的"真相":

某天他们的老大去×城市相亲,岂料对方是个侏儒,该君郁闷之下前往当地一酒吧借酒浇愁,不想拾回醉酒美男一只。此君色欲熏心之下,将醉酒美男扒了个精光,吃干抹净。后拍拍屁股,一走了之。

N久后醉酒美男寻来,此君竟然拒不相认,任其受尽凌辱⋯⋯

整个过程中,我就是抛夫弃子(怒:子哪来的?)的陈世美,鼻毛就是那带子千里寻夫的潘金莲⋯⋯(某君吐血:带子千里寻夫的那是秦香莲⋯⋯)

我仰头望天,捶胸长啸——包大人,出来为我做主啊⋯⋯我冤枉啊⋯⋯

自那以后,鼻毛的地位在我周围迅速奠定,丫的死缠烂打,被看作我们的出双入对。来这边找我更是理所当然的事,公司里的猪们一致承认了丫压寨夫人的身份。

我百般解释,徒费口舌。

鼻毛依旧每天早上来送我上班,下午接我下班,我懒得跟他再扯,便由得他去了。

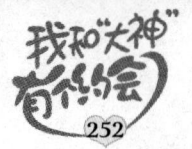

他的刺青店生意如何,我不大清楚,但他每天下午或早或晚都会过公司这边,在画室里画画,公司里几个做原画的喜欢绕着他转,偶尔也会有画稿让他给改改,他也不介意,拿着红蓝铅笔一改便是一下午。

某日需要一个素材,他让人加他QQ,在QQ空间里找,我甚是惊讶——就你那个风吹鼻毛两边倒的QQ,还好意思加人好友?

然而加过去的QQ号却非那猥琐昵称,上面就简简单单的三个字——琉璃仙。

事后我问起,他不甚在意,手中画笔不停,在画板上灵巧地轻勾细描,淡淡地道:"拜托,我明知道那号很麻烦,难道还要用常用QQ加你,让你天天找我吗?"

……我黑线,他唇角轻勾,笑得有些痞:"昵称猥琐一点,反正你一眼一看也知道我不是好人了,出了事自然也不会找我啊。"

我抓了盒子里的一支颜料,面无表情地将他画了四个小时的那张画给涂了。

及至后来,有人问我为啥叫陆小东鼻毛呢?

我坦然答:"他小名儿。"

于是此后,他们都叫他——毛哥。

鼻毛听闻,不置可否。

14 如是我闻

话说这天,公司组织去爬梧桐山,梧桐山分大梧桐和小梧桐,大伙齐约定分成两队,先到大梧桐为胜,输了的一方队长请吃饭。

我一听这个提议的时候,就很自觉地带好了钱。

鼻毛也不知道是不是真的没事,反正那天他也来了,来了当然就是和我一组了,我本不打算答应,他淡淡地道:"如果这队输了,我请吃饭吧。"

于是我就应了。

那一天,我把头发高高地扎起来,穿了一件白色纯棉的大T恤,下面是一条牛仔短裤,白色胶底的布鞋,背了一个咖啡色的帆布包,头上还戴了一顶鸭舌帽。

他颇为玩味地看了我一阵:"这样穿漂亮多了,十八岁一样。"

我只是瞪了他一眼,大伙都在,要注意形象啊……

梧桐山,是S市的景区之一。上去的时候是盘山公路,但极少有人开车上去,一是因为爬山嘛,爬是乐趣所在嘛。

至于二嘛……山顶没有停车场……

因为要比赛谁先到,老走大道就太绕了,所以更多的时候,我们也从大道的山坡上直接爬上去。(好孩子别学啊……)

鼻毛一直跟在我身边,爬上去的时候小刘和他拉我们这一队的女孩子,他最后才伸手把我拉上去。

那是我第一次触到他的手,那手掌并不是特别漂亮,而这个炎夏,自然也称不上温暖,只是很有力,保险绳一样的安全。被他拉上来的时候我另一只手甚至没有试图扶一下旁边的草木。

突然地就想起鸭子,在L市小河区的某小桥上,他牵着我的手说要把这种恋爱的感觉维持到八十岁。

这一想就走了神,以至于他放开手的时候我还在发呆,他于是又伸手过来握着,好似做了很大牺牲一般道:"不想放手就牵着好了。"

我不知道我是不是脸红了……用力甩开他,吼了一句:"滚!"他的神色又从玩味变得郑重:"苏如是,给我一个机会吧。"

那时候是早上八点四十多分,太阳还未能照进山林,周围是一众杂木,无一名贵。枝叶上面还覆着薄薄的尘土,地上有落叶,更多的是被众人踩踏之后留下的各式各样的泥坑,这实在是算不得浪漫的一个场景。

他的手捋过我额前的刘海:"过去的已经过去了,如果不把腐坏了的那一部分切除,新的肌体,怎么长出来呢?"

我依稀还记得这句话,这是当初一直想对鸭子说的话,其实我和他都是一样的人,拿得起,却放不下去。

而到了最后,我们……都已经没有十年时间再去忘记一个人了啊……

鼻毛这家伙,要论起来实在是一个非常懂得打蛇随棍上的人,我心有所动,再反应过来的时候已经被丫搂在怀里了。

那时候山间的气温不高,没有出汗,他身上只有淡淡的颜料香气,双手温柔地环过我的腰,我伏在他的肩头。

其实我并不是个轻易妥协的人,可是那么一瞬,我不想再选了。

"鼻毛。"

"嗯?"

"我是不是老了?"

他将我环得更紧一些,语声低沉而温柔:"你只是累了。"

我想也许是吧,所以我没有挣开他。梧桐山的早晨,清露犹沾叶,飞鸟脆鸣,隔却凡世喧嚣。

他并没有得寸近尺地试图进一步地动作,比如吻我,比如占便宜啥的。

这家伙的耐性,着实是非常好的。

拥了一阵,他松开手牵着我:"先上去吧,不然他们会以为我们潜逃了呢。"

也许你也曾这样,和一个人分开后,觉得要接受另一个人很难。其实那只是因为我们固执着过往,不肯退让罢了。但这一步退开来,其实新的开始,并没有所想的那般艰难。

他牵着我的手,走得却是不快,显然是并没有让杨叔和小唐请客的打算。

"鼻毛。"

"嗯?"

"我还是觉得很不放心。"

"说。"

"你为什么喜欢我呢?"

"你给青荇不语的一百金,一金一年,我卖给你一百年。"

"啊?"我扬头看他,他却抿着唇,再不说话。

我们一路磨蹭着到了大梧桐,山顶处有一排石阶,呈七十度向上,极为陡峭。

我在下面看着就心惊胆战,鼻毛拉着我的手:"来。"

我跟着他爬上去,那七十度的倾斜度让我有些恐高。他几乎是半抱着我,低声道:"不怕,不怕。"

其实怕我倒是不怕,若是真要上去,就算是九十度直角,不也一样得爬上去吗?可是在他身边,听着他柔声地劝哄安抚,我甚觉受用。

终于到了山顶,那个时候是十一点四十,公司里面绝大多数的人都到了。

什么,你说我太慢了?

你有空跟刚刚跟你表白的家伙一起去爬了试试,看看能比别人快吗!

我们坐在山顶的小空地上歇息,鼻毛拿了水递给我。

我蹭蹭他:"鼻毛,我想吃冰淇淋。"

他抬眼看了我一下,遂起身,往下爬了近三百梯的石阶,去买冰淇淋。

小唐在旁边起哄:"大王,你在下面又不说,太折腾人了!"

杨叔在剥火腿肠,还能板着脸训我:"小苏!都这么大的人了,成熟点行吗?小伙子人不错,好好揣着,别太过分了!"

我只有低头喝水。

鼻毛,如果以后你发觉我其实是个非常麻烦的人,怎么办呐……

过了约二十多分钟,他提了一袋子冰淇淋上来,几乎见者有份,人手一个。给我的是一个提子的。

我撕开包装袋瞧了瞧,再靠过去蹭了蹭:"我要草莓的。"

他抬手,用T恤的短袖抹去一头汗水:"还要别的吗?"

我一愣,他不像是不高兴的样子。

"还要冰冻的果粒橙。"

"嗯。"他答完，然后起身，继续去穿越那条长长陡陡的石阶去了。

我往小唐身边坐点——因为杨叔想用火腿肠敲我的头。

他这次回来用了近半个小时，一样地提了一袋冰淇淋过来，随手放我面前的塑料布上面："看看这些行吗？"

我从包里掏湿巾："生气吗？"

他继续抬手用短袖擦汗："生什么气？"

我于是帮他擦汗："是嘛，有什么可生气的呢。人家周幽王烽火戏诸侯就为了褒姒一笑，我给你笑了那么多下，不过才让你丫的买几个冰淇淋……"

鼻毛：＝＝

就是那一天，鼻毛作为老娘压寨夫人的身份，就此落实。晚上回家，因为出了一身汗，我去浴室洗澡。

穿了睡衣出来，发现鼻毛在沙发上看杂志。见我看他，他没有丝毫要走的意思，径直去浴室洗澡。我有些犹豫，在鸭子身上受挫，让我对速食爱情也失了那种勇敢。

半响，他洗完澡出来，身上裹了一条浴巾。我第一次这样近距离看他，这家伙，宽肩窄腰，屁屁极翘，许是长期锻炼的缘故，身上肌肉很坚实，没有一丝赘肉，小腹甚至能看见六块腹肌。

我刀枪不入的脸皮，终于开始发烫了——当然我无法肯定是不是刚洗澡，水开太热了，给烫的。

他笑得极坏，得瑟着朝我走过来。拇指轻巧地擦过我唇角。

我承认当时时机还不成熟，但是我又不姓柳，美色于前，有几个人能够坐怀不乱的。所以当时我就想着如果他扑过来的话……嗯，我就半推半就地把他啃了吧。

（众：竖中指、扔香蕉皮……）

他低头看了我一阵，果然一手抬起我的下巴，吻在我唇上。

那温润的触感，我当时就是娇、躯、一、震。

他却是拥着我，浅吻渐深，唇齿交缠，舌尖灵巧地划过口腔，如同电火相击的刹那光华。他环着我倒在沙发上,我伸手去扯他的浴巾,他将我的手拉上来,轻轻地摇头。

这意思……是说不要吗?

当下也无心跟他计较——你去爬一天山,然后去聚餐,再去唱K唱到十二点,回来的时候天大的事你也会无心计较的。

我想爬起来,他却环着我的腰:"陪我睡会儿?"

"去床上呗。"话一说完我就后悔了,他却没有乘胜追击,反倒是调戏老娘,"床上,早晚要去的,急什么。"

靠,我伸脚踹他,被他握住。然后俯身下来:"去床上,哥的定力就不一定有这么好了。"

我懒得理他,沙发虽然很宽,两个人睡还是挺挤的,我侧身,他半环过来,开着空调,倒也不觉得热。

朦胧中他起身去关灯,我被惊醒过来,醒过来也不动,他便继续俯下身,半环着我睡了。

这家伙又一个让我叹服的地方——整个睡觉过程中,他连手都是规规矩矩的,就揽着我肩头,不该摸的地方绝不乱摸……(某:哪里是该摸的?)

第二天早上就讨厌了,他六点半起床,然后把我吵醒,要求一起出去跑步。

我忍无可忍,想想算了,就当遛狗吧!

换了衣服,一起出去跑步,这对我而言算是破天荒的事了,但刚养了只小受,带他走走也不过分。

毕竟如果真的是想要在一起,生活习惯这东西,还是互相迁就的好。不过对付一只前科如此之多的小受,还是不得不防啊。

所以当天,我和他边跑步边讨论这个问题。

他不动声色:"你怎么想?"

既然他问得如此直接,我也就无所谓了,对付男人呐,有一招很直接有效,不过姐妹们千万都、别、学啊……

"按你先前所说,我做势力主,要求每个月按时交帮贡。所有支出,必

须透明制。"

他甚至连犹豫也没有犹豫一下:"可以。"

以前我老娘对付我老爸的时候,曾出一经典名言:"蛇掐七寸,男人吧,如果你实在不放心,就掐牢了他的钱。老娘还就不信了,连开房的钱都没有,他还敢玩女人?"

鼻毛说做就做,回去后就开了他的收入清单,所有的积蓄全部非常坦白地上交,其实我还是挺不好意思的,这有点买卖的味道了。但是没有办法,当某一天游戏里面的骗神出现在你面前,信誓旦旦地要娶你,什么能令你最安心?

就是他所有的钱都交到你这里。

不是每一个男人,都有这样的勇气的。就算有,也不一定能贯彻执行多久。现在我们并没有结婚,如果他中途要净身出户,咳,那就请便吧。

列完单子,我问他身上需要留多少钱零花呢?他很是认真地皱着眉算了算:"两百成吗?"

于是那以后,我就保持他每天身上至少有两百的现金,当然我最开始一直以为这小受只是一时心血来潮,久了他就会后悔了。

后来经观察,发现他只是不愿管钱。

他每天的收入、支出,连买烟、买水也会写得详详细细,然后回来找我报账。偶尔要买颜料、付房租之类,也会乖乖地提前请示。

坦白说如此一来,我确实也放心了不少。

我以入股的方式将他的钱注到公司,计划按股东分红制,如此一来,他也算一小股东了,当然,没告诉他而已。

而他的所有证件也都非常自觉地放我这里,要的时候伸手,用完又交回来让我放好。这确实如他所言,我就像一个势力主,国库的钱,只有经我的手可以提出来。他每个月收、支全部透明制,每一笔费用都会经过我眼皮子底下。

可能你会觉得女人可怕,可是如果不这样,我怎么能放心?如果我不放心,又怎么能真诚待他呢?

反正就是从那天开始,我试着相信他吧。

GM，谁能料到我苏如是堂堂青春美少女（GM：等我先吐下……），最后竟然要配给这个人妖骗子，这实在是让我情何以堪呐！

那一天，他接了一个狮子头的纹身，据说很是繁复，打电话过来说大约要三四点才能回来，让我不用等他了，先睡觉。

其实男人这东西，一旦成了自己的，还真是由不得你不心疼的，所以我就问他："你手能受得了啊？"

电话那头，他却只是淡淡地道："这是我的工作嘛，早点睡，嗯？"

我耸肩："对了，把你的魂师号给我，帮你周常。"

电话那头他顿了一下："你早就知道？"

我笑："我又不傻，这时候了除了你，谁还会愿意待在一个人妖骗子身边呢。"

他挂了电话，随后便把账号、密码、密保卡、安全码都发给了我。

我回他短信：不怕我盗号啊？

他很快就回了：反正你自己的东西，喜欢什么就拿吧。

我甚是满意：收工就回来啊。

他回得很是温情：我爱你。

我不知道于他而言，这三个字的分量有多重，但是两个人相处就是这样，你的感觉如果不说出来，对方怎么知道呢？

有的时候就是这种情话，说的人说着说着就当了真，听的人听着听着也当了真。

我开始反省我和鸭子之间，也许我们都太矜持了。

所以我也回了一个：鼻毛爱妃，本王也很爱你。

这次他回得就简单多了：= =

我做完周常，他还没有回来，于是去做两个号的日常任务，最后等我把号的任务都清得差不多了，他还没出现。

然后我就出门去找了。

去到他店里时，是凌晨四点半。

纹身的是个男人，膀大腰圆，嗯，这么长一段时间下来，那家伙已经是坐不住了，鼻毛却还很冷静："不要急，纹身是一辈子的事，精细一些的好。"

我凑过去看，他把我赶开。

最后又等了两个多小时，天都亮了，终于OK。

男人很满意，说是一定介绍朋友过来，鼻毛只是淡淡地送他出去，然后回头看我："苏如是，我想我们必须得约法三章！"

我抬头看他，他极是严肃："第一，晚上十二点之后不准一个人出门；第二，以后这种吊带、短裙、短裤之类，全部给我好好收起来；第三……"

我当时就不乐意了，我一夜没睡等到现在，你就不能先说点别的吗！

"等等，陆小东，第一，我什么时候出门，不要你管；第二，爱穿什么，是哥的自由，别说吊带、短裤了，就算哥穿一点式呢，你管不着。第三……呃，你刚说的第三点是啥？"

他与我对视了一阵，默不作声地关灯拉闸，把门锁好，扯着我回家。

因为只有六点多，街上人很少，车也不好打。我们在路边等了一阵，他牵着我打算走回去了。我欲甩开他的手，他不让，仍是紧紧地握着。

到家，他径直去洗澡，然后我就有点内疚了，其实他连着工作了这么久，也挺辛苦的。

于是去浴室敲门，它居然就径自开了，咳，我探了一下头，又站到浴室外面："喂？"

他往身上抹沐浴露，闷闷地应："嗯？"

我忍不住偷偷地瞄了一下，啧啧，那胸那腿那腰……

背靠在浴室的门框上，我听着里面莲花喷洒哗哗的水声，该小受完全无视我，将身上的泡沫冲掉，又随手挤了洗发水开始洗头。

我想走进去，又觉得挺不好意思……（众：你还会不好意思……）

"来。"和着水声，他声音模糊。

我不确定当时眼中是否冒了绿光，当时我就响应了小受的召唤，踏进了这水雾朦胧的浴室。地上是向日葵的瓷砖……呃，请不要问我为什么会选向日葵，你不觉得这花远比菊花雄壮威武吗？

咳，好吧，我跑题了。

话说我一脚踏进浴室，花洒溅了水珠到我身上，里面温度略高，美受于前，嗯……GM，我先啃哪里呢？

伸了俩爪子去抚摸他的胸肌、腹肌，嗯——

"如何？"他眯起眼睛，低声问，我甚为满意："弹性极佳。"

他轻笑，扯了我的手："摸哪呢，来，帮我擦擦背。"

于是我开始给他搓背，他的背部皮肤也呈微微的古铜色，不同于女子皮肤的细滑，指尖滑过时紧实中带着微微的粗糙。

好吧GM，我要沉住气，待老娘摸他一个X火焚身，还怕这小受不乖乖躺平？

他却是很镇定自若地抽了毛巾，把头擦干，打泡沫重新洗了一个喷喷香，然后扯了浴巾来将自己裹了。然后回身用花洒淋了我一身的水："好了，洗澡睡觉。"

GM，难道我真的就老到连一个小受都勾引不动了？

不至于吧……

胡乱地洗完澡出来，他这次很乖，自己躺床上去了，我刚睡下去，他便伸了胳膊将我揽在怀里。

我有点不明白这只小受，抬头去咬他的下巴，他下巴刮得颇为干净，但那里的皮肤当然是算不得光滑的，要不成太监了。

他揽着我的手紧了紧，拍拍我的肩，道："好好睡。"

我就有点存疑了，小声道："鼻毛你是不是不行啊……"

不想丫大怒："要不要掏出来给你看看啊！"

我囧。但是想想要啃小受嘛，脸皮不厚怎么行？反正当时也关了灯又拉下了窗帘，于是当即调戏之："哦？那你倒是掏出来给朕看看啊！"

他拉着我的手往身下引了引，最终又缓缓收回来，言语间又变得非常严肃："苏如是，你爱我吗？"

坦白讲这个问题，有点深奥。我和他之间相差四岁，不错差别不是很

大,可是他三十四岁的时候正值壮年,而苏如是三十八岁的时候呢?

这世界最脆弱的东西,除了爱情,便是女人的青春了。

而我和他之间算什么呢?也许这就一年少无知的小屁孩儿,闲得没事在游戏中骗人取乐,而某一天通过一张乱七八糟的贴子看到了一个女人的一部分,自以为爱情就这么降临到了自己头上。

你知道的,玩艺术的人,思维总是有些不同常人,而这种突如其来的爱,能持续多久呢?

如果说某天我回来,发现家里被搬了个精光而他不在,我想我一点儿也不会惊讶。也许他的离开也会这样——像他突然出现的这样。

所以爱,怎么去爱呢?

我只是不讨厌他,这么样的一个男人,不论是身材相貌、言行举止,我都不讨厌他。

于是便在一起。

如果婚姻一定要像一场赌局一样输赢不明,我至少可以让自己输得起。至于情爱之类,不过是赌局以外的东西。

"苏如是,"他支起身唤我,我看不清他的表情,只有他的声音,一字一句维系着先前的严肃郑重,"我不愿意我们就这样在一起,在陆小东眼里,性——代表爱。如果我和某个女人在一起做,那必然是因为我们相爱。"

他的手滑过我的脸,那距离太近,我可以感觉到他的呼吸:"所以我希望在我们做的时候,陆小东在苏如是的眼里,是爱人,而不是床伴。"

他握着我的手摁在自己胸口,我可以感觉到他的心跳:"我可以等,等某一天你觉得陆小东会跟着你一辈子,相爱相持、不离不弃的时候,你再把自己都交给我。"

我深深地吸气,那一刻这只小受居然流露出了一只攻的气势。

真精彩的表白,情真意切,剖心挖腹:"鼻毛,你不会对你以前的每个女人都这么说过吧?"

黑暗中他很诚实:"说过。"

我觉得有点失落:"都一个版本吗?"

他轻声答:"嗯。"

我伸手掐他:"你就不能多升级几个版本吗?"

他的声音依然很轻:"所以她离开我的时候,还是处女。"

我抚额,好吧,虽然这年头要找一个没有前科的男人、女人实在是太不容易了,但是这还有完没完了!

"她不会再回来找你了吧?"

"如是,"他俯身轻触我的脸:"我和鸭子不一样。"

我轻笑:"是啊,你比他坏。"

他也笑了,低头吻我的额头:"这个我承认。"

和小受一直睡到下午两点,有人敲门。

我醒过来,小受也醒了,很自觉地套了T恤短裤,出去开门,我没有起身,外面也没什么动静。

半响,他回来,脱了衣服上床继续睡。

你问他谁呐,他抱着我的腰,淡淡地道:"送水的。"

我很奇怪:"我没有订水呀?"

他让我把头枕在自己胳膊上:"嗯,他送错门了。"

后来呢,他就搬到我这边来了。两个人的关系……唔,勉强算是同居吧。

这家伙生活习惯还好,唔,出于互相迁就的考虑,我挪了阳光充足的客房给他当画室,他画的东西很多,素描、速写、粉彩、水墨、油画,临摹和原创都有。偶尔他说要帮我画肖像,我一直想不明白,我直接用数码相机咔嚓一下多快,用得着这样费时费力费工夫吗?

鼻毛闻之,也不勉强。

于是后来呢,我把他的画里面选了N多,好好地裱起来,用精致的画框框了,公司里或者家里,需要就拿去挂上!

当然啦,这是一篇网游小言吗,怎么能少了游戏呢?

所以没事的时候我们依然一起做任务,一起逛大荒。而那个时候的天下,再不是旧时模样。

也许是无聊得很了，我打算把遥借东风这个法师小号练起来。

法师实在是一个脆弱的职业，何况是她这一身垃圾，纵然等级已经能够升五十了，身上还是一套十四级副本的装备。

准确地说，这已经不是垃圾二字可以形容的了，但就算是这样的装备，在穿上法师三代弟子服之后，也丝毫不影响她的美貌。

小法师踩着云朵，她的风雷火三卷技能，除了拉风的可以当光圈来用的心法点满，也很拉风的加速技能小云朵点满以外，其他的均为初始状态。

换一句话说就是……这其实是一根表面光鲜的废柴……

鼻毛倒没有嫌弃的意思，无事时他经常也上号，帮着我升级、打装备、养马。

这时候法师的六十级套装已经很便宜了，所以等遥借东风六十级的时候，他用自己的烟钱帮她弄了一套法师的世界套装，全身月白炉子炼化，加攻击速度、吟唱速度和移动速度。隐藏属性出魂，主要属性点还是魂敏，加法术和会心攻击。

其实玩号也和做人一样，满级的号是寂寞的，只有小号、因为不圆满，才有动力去将它圆满。所以才有那么多人，说成功的乐趣其实在于过程。

所以那时候我主要玩的是这个法师号，而琉璃仙和魂师，绝大多数时间在祈风台挂机。

某一次因为鼻毛账号下的一个医生和遥借东风差不多大，我登陆了打算组队做一下密探，不料号只是堪堪上线，立刻遭到众多势力围剿，根本就不能踏出安全区半步。其天怒人怨的程度，丝毫不逊于当初的琉璃仙半分。

我无奈，遂驱着遥借东风去江南刷地区求组密探了。

但是当时该服务器已经是老区了，六十几级的号，那可真的是小号中的小号了，要组队做密探，还真不容易。

以至于我吼了半天也没吼来一只。

老娘掀桌！

半响，终于有人密语我：

[陌生人]温如玉对你说：来我们势力吧，朋友比较多，可以一起任务。

我按F11键取消了屏蔽，便看见这个七十五级的天机战士，彼时他一身天机七十级战场套装，全身平均十九钻，全疾加风行炼化，主要堆重击和会心。手上的天国也已经升级成真•天域，俨然已是大神一蹲了。

GM，古人说士别三日当刮目相看，诚不欺我也。

可是他头上的那个蒙鸿天下的标徽，已经变成了一个温字——那个势力，叫做虚怀若谷，当然你就不要再挑这个名字了，它不叫温猪已经是不幸中的万幸了。

于是呢，我就加到这个势力里面。

你知道的，游戏里面，女孩毕竟是少数，何况法师本来就是花瓶职业，唯一拿得出手的，就是角色的美貌了。故而我一进去，还是受到了势力里面空前热烈的欢迎。

当下就有不少猥琐男发了消息意图调戏老娘，被温如玉很是严肃地喝止了。

他很快组了一队人开始密探，这个任务对队友有等级限制，需要等级相近的队友才能完成。我跟着几只一起杀怪做任务去了，他还不忘打招呼：

[势力主]温如玉：要好好照顾新人，杀怪的时候记得等她一下。

[势力]大海啊全是水：嘿嘿，老大，美人交到我手上，你就放心吧。

[势力]骏马啊四条腿：[怒]大海！

[势力]大海啊全是水：咳，当然，我个人是非常严肃的。我表明我的心里除了骏马再无二人。新来的MM，你可千万不要迷恋哥哦。

[势力]遥借东风：＝＝

[势力]小溪流水：嘿嘿，别理他们两口子，没事找抽的。我们出发吧！

[势力主]温如玉：嗯，你们先去吧，密探完我组织坎水洞和刑天双本。

[势力]骏马啊四条腿：[举叉大笑]老大，你真好！

[势力]大海啊全是水：[掀桌]

[势力]骏马啊四条腿：咳，当然，老公你是最好的。我对老大只是很单纯的崇拜，对你那才是真正的爱情……

这下所有人的观点都齐了：

[势力尚书]碧海银沙：[吐]

[势力尚书]路漫漫：[吐]

[势力元老]凉风习习：[吐]

[势力]恋上哀伤：[吐]

……

在这个势力呆了一下午，终于弄明白目前情况。

这是一个新势力，是蒙鸿天下唯一一个联盟势力（红袖堂这些是蒙鸿天下的附属势力，不算在内），但归结却是在曼陀罗联盟里面。

当然这个虽然谁也没说什么，但大都知道和卓越联盟的卓尔不群脱不了什么干系吧。

四点多钟，温如玉组团带六十四级的刑天谷双本，我进团的时候花猪已经在里面了，说是要跟着一起刷马。

一团人行至刑天谷的时候，遇卓越联盟的开红。

你知道的，法师本来就是一个攻高皮脆的职业，一般来说就是躲在人群之后煽个风点个火之类，你要杀它，就两三刀的事儿，你要留着它，它杀你也是两三下子的事。所以被偷袭的时候一般就是首当其冲，是对手"优先照顾"的对象。

所以当时就算我躲在了人群之后，一个刺客也潜到了我身边，过来就给了我一个影杀。生平第一次，一个六十四级的刺客跟我开红了。

他一身杂装，但这也彻底证实了法师的皮有多脆，一刀下了我四千多血。我踩着云朵，当下第一反应就是水缓，缓行住他，然后飞速后退，催眠丫的，立刻接火天罚罚之，丫操作也就一般，冲过来的时候居然不带隐身的。

于是我在他冲过来的时候接火地眩和水狂，然后嗑个药……（咳，嗑药就别说了吧……＝ ＝）

幸好他装备不是很好，当下就躺倒在哥脚下了。

我没有再冲上去——大号那么多，用得着我一个皮脆血薄的法师上去冲锋陷阵？

但总得说来，温如玉已经变化太多，这个时候不仅一边拒敌，一边还能发消息从曼陀罗联盟搬救兵。

曼陀罗的人很快就到了刑天谷,卓越那边也不断有人支援,刑天谷副本外面,杀得是难解难分。

我一直躲在秒敌三千身后,羽毛和道士能看到隐身的刺客,关键时候,还是躲在他们身后安全。有多远躲多远,瞧着人堆里唱天罚,虽然这个号才六十五级,不过法师嘛,抢人头还是很好用的。

一场下来,我没死。

曼陀罗和卓越的人都不少,NC的都很多,故此一场下来,两败俱伤。

最后卓越骂骂咧咧地散了。

温如玉和卓尔不群PK了好几次,我说过同门相残在天下是最让人头疼的——大家都太了解对方了。

但这也有个好处——至少不存在职业相克。

温如玉也不知道在多少同门身上练习过,这场PK那叫一个行云流水,最后卓尔不群被他一个爆虎万分不甘地爆死了。

[势力尚书]碧海银沙:[星星眼]大神啊大神——

[势力主]温如玉:?

[势力尚书]碧海银沙:哈哈,老温,居然把岳不群给轮了!

[势力主]温如玉:沙子,你没有见过真正的大神。

[势力尚书]碧海银沙:[头顶问号]

[势力主]温如玉:真正的大神,就是一身蓝翅膀装备,单骑过战场,血不下一半,没有人会上去单P。

还有这等高手?我口水……

[势力]遥借东风:[口水]还有这样的高手?在哪在哪?我去勾引他!

[势力元老]路漫漫:[瞪眼]

[势力主]温如玉:有,不过她不玩了。

一团人说说笑笑地下副本,三个BOSS对于温如玉来说,也已经是小菜一碟了。花猪跟在他身后,其实看见温如玉开怪,我就能想到花猪要做什么——她加血的水平基本是起手逆转丹行,然后就可以看见所有的大怪小怪

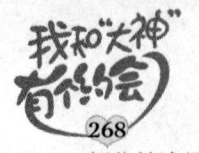

都往她这里涌。

所以我开始锁定她为圆心,唱火天罚。

花猪果然不负我所望,出手就丢了逆转丹行。

我觉得如果要评最勇敢的医生,这家伙肯定能算一个。

眼看着怪已经把她包围了,她还敢来个大毒,又不用调气,这纯属自杀了。我吐血,幸好当时天罚已经唱了出来,大怪小怪开始往我这里跑,我绕着大海啊全是水转圈,他很是迅速地给我丢了一个八荒,主要加回避。

我顶着八荒飞奔,虽然就十秒,至少也足够大伙把仇恨拉过去了。

团队里面没人说话,想是大家都麻木了。

[团队]斑点花猪:[掀桌]为什么一开怪它们老追我!

[团队领袖]温如玉:[笑]它们喜欢你啊。

[团队]大海啊全是水:[吐血]我说会长夫人,您就不能出手先别逆转吗……或者您要真喜欢逆转,您逆完后调气行吗?

[团队]骏马啊四条腿:猪猪,你先妙手吧。老大刚刚开怪,别用仇恨大的技能。

[团队]百科全书:我觉得应该先来个清明。

[团队]骏马啊四条腿:滚,你一个荒火,知道什么?

[团队]……

半响,一行黄色的小字以极其虚弱的姿态出现在屏幕左下角的团队聊天频道里:

[团队领袖]温如玉:我说……你们还是起手先七星唤魂复活我吧……[抹泪]

大家定睛一看,得,势力主温如玉同志已经在乌康BOSS的身下,挂了。

最后温如玉带我去六十五级副本,其实这个本于遥借东风而言倒是无所谓,我本来是打算让她继续升级七十套世界套装的,而且现在她身上一套六十级套装,又不用换忠心玉,自然就没必要下这个副本了。

不过好意总是最难拒的吗,故而我也没有说啥。

一路上花猪最擅长的依然是抢仇恨,但是好在七十级的医生世界套装在六十五级的副本里面还是没那么脆的，故而我通常一个大技能砸下去能保证她最多挨两下，于是没有出现团灭的悲剧。

次数一多，大海啊全是水也看透了其中"奥妙"，反正在怪多的时候，花猪一出手，他的下一手必然是给我上八荒。

一直打到护泽，猪很开心。

[团队]斑点花猪：[举叉大笑]我竟然一次也没有死哦！

[团队]大海啊全是水：[冷汗]恭喜啊。

[团队]骏马啊四条腿：……

[团队领袖]温如玉：有进步，有进步。

[团队]遥借东风：继续努力。

全团休整了一下，开始开怪了。

好吧，虽然温如玉现在的装备已经很牛，可是带着三个六十五级的小号打护泽，咳，还加上一个七十三级的医生……本来这也不是问题，但是如果医生是花猪，估计就困难。

[好友]你对温如玉说：等等。

[好友]温如玉对你说：？

我交易给了他一颗七十八级的炎妖珠子——不用怀疑，从魂师号上扒到遥借东风身上，现在遥借东风等级太低，用不了这个珠子，是帮忙喂的。

遥借东风向温如玉发起了交易请求，温如玉没有点接收。

[好友]温如玉对你说：要是我不肯还你怎么办？

我笑，我又不是圣母，要是信不过你，会给你？

[好友]你对温如玉说：你会不肯还我？

他于是就接受了。

炎妖也是一颗能打能扛的珠子，他开始幻化了打护泽，这次花猪没能抢到仇恨。

一直到打完出来，温如玉立刻把珠子还给了我，里面本来就只剩二十几条魂魄（珠子摘下来之后魂魄值归零，需要补充后才能继续使用），倒也谈不上心疼。

一团人互加了好友，温如玉说带花猪去战场，余下的人不好意思（等级

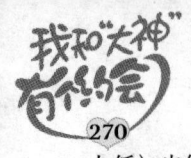

太低）也做不了电灯泡，便各自散了。

到下午六点多，鼻毛回家。

我打算去做饭，他抱着我不让去，抱了半晌才道："晚上我有两个朋友过来，一起出去吃吧？"

那时候我才突然意识到——他也是有朋友的，也有他自己的生活圈子。

就为了一个贴子，孤身来到千里之外的另一个城市，然后默默地安定下来，而从来没有人关心过他习不习惯，寂不寂寞。

我一直把他当一个骗子，即使相处的时候也时刻防着，却很少关心过他的想法和感受。GM，我以为自己可以当一个好攻了，诚没想到却一直是个渣受。

我去公司拿了车，那天的晚饭是在一个叫蓝波湾的餐厅吃的，订了一个叫蓝色月亮的包房。他的两个朋友也都是做刺青的，长得都挺帅气，只是个子比他矮。

怕我融不进去，枯坐无聊，三个人都极少谈刺青方面的东西，顺着我谈谈S市的风土人情，气氛倒也非常融洽。

后来呢，三人提到他们以前的街舞团，我才知道鼻毛也是擅跳街舞的。低声跟他道回家跳来看看啊，他笑，亲昵地拍拍我的头。

因为要开车，我没有喝酒，三个小男人倒是想来个一醉方休，被我喝止了，三只啊，真要都醉了，我只有把他们扔大马路上了。

所以回到家时鼻毛还很清醒，可是后来我就无语了——他洗完澡出来，把客厅的灯光调暗，抽了花瓶里的一枝玫瑰，在我面前大跳脱衣舞。

其实脱衣舞我见过不少，包括钢管舞、大腿舞也没少看，但我确实是第一次见着男人跳。

当时他穿的是一件黑色的衬衣，上面三颗扣子都没有扣，灯光昏暗，隐约可见里面结实的胸肌，最开始还只是握着那枝玫瑰，到后来就索性咬在嘴里，一边跳一边轻解衬衣的扣子，每一个动作、每一个眼神都性感无比。

衬衣扣子解到还剩中间一颗，他五指缓缓滑过腰间的皮带扣，然后肩微微后仰，腰向前顶，仿一个暧昧的姿势。

我不知道热血太沸腾的时候是不是真的会流鼻血，反正那时候我只觉得喉咙发干，然后下意识地咽了咽口水。

他越跳越靠近坐在沙发上的我，以一个极优雅的姿势解开腰间的皮带，然后站在沙发前，以一个居高临下的姿态外加很攻很邪艳的眼神看我，最后握着我的手，从他的胸口自右向上极缓极慢地挑过去，指腹摩擦着他胸前的肌肤，指尖挑起他的衬衣，半个胸膛便露了出来。

他保持单膝半跪的姿势，横咬在嘴里的玫瑰带着隐约的香气摩挲着我的脸，当视线平齐，老娘的兽性……终于大发了。

扑上去准备将他压倒，他反手将我摁在沙发上，右手拿了那枝玫瑰，玩闹地搔了搔我的脖子，轻声道："可惜没有音乐，如果有重金属乐的话更有感觉一些。"

啊啊啊啊啊啊啊——我才不管什么重金属乐呢！

再朝他扑上去，他还是单膝半跪在沙发前，张臂静静地抱住我，唇在我脸颊处烫了烫，那时候周围很静，我只能感觉到他手的温度，隔着桑蚕丝的衣料印在我的腰间。

于是所有的欲念都散去，我只想这么静静地抱着他。

人说很久以前，性只是生息繁衍的一种方式，到后来，性成为爱和责任的结合，而现在，性在沉重的道德枷锁压迫下居然沦为了一种享乐。

只有爱啊，在所有人都不相信它的时候固执地存在，只一个眼神、一个拥抱，便可以让人走火入魔、妄图天长地久。

"鼻毛。"

"嗯？"

"我爱你。"我这样告诉他，掩饰着羞涩，像十八岁那样温柔。

他将我抱得更紧一些："我知道了。"

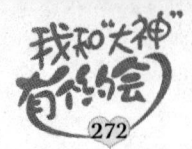

15 且共相爱，不用化蝶

我在温如玉的虚怀若谷待了下来，这不同于蒙鸿天下——至少看不惯谁你就可以杀谁，不存在影响势力与联盟的平衡。

鼻毛经常驱着魂师号帮遥借东风过任务、下副本——他除了这个号以外，没有哪个号是能活着走出安全区、走到任务目的地的。

于是虚怀若谷的人都知道我有一个操作流的道士老公。

他除了自己的小号……呃，现在还加上我的小号以外，从来不收徒弟。偶尔也会有女号勾搭他，他的反应通常都是装死，任人发满一屏消息，愣是一声不吭，直接无视。

游戏里从来不参与闲聊，虚怀若谷的人都说他酷得要命，我想如果让她们知道这只就是那个骗尽大荒的"死人妖骗子"，不知道他们都作何感想。

六月中旬，鼻毛说台湾有场纹身绣艺大赛，他要出去约摸十天。

我问他要不要带模特呢？他笑："我的模特都是到场现找的。"

我把日常用品都给他收好，他把自己的纹身工具也都收了，临走前返身过来抱住我："等回来，我们结婚好不好？"

我挑眉："你这就算求婚了吗？"

他忙斩钉截铁地道："不算！"

那是我和他最长的一次分别，他每天晚上会准时给我电话。

一般八点后他会在线，驱着魂师跟琉璃仙下战场，或者带遥借东风过任务、下副本，如果队伍里只剩我们两个，他就是一超级话痨，或者说说比赛的事，或者问我一天的"行踪"或者汇报他一天的"行踪"。

但如果队伍里有第三个人，他就是一超级大哑巴，十句回一句还得是我问的。

晚上，温如玉发天下消息向花猪正式求婚。

虚怀若谷、蒙鸿天下、曼陀罗的人全部沸腾了，天下刷过一片片黄色的消息。咳，当然，最高兴的可能还是游戏运营商了。

我当时在江南桃溪副本外面的高山上，那时候江南依然开满了桃花，绿色的草地上时不时浮现粉红的花瓣，风景如画。

遥借东风穿着法师三代弟子服，开着风吟法当光圈，在桃花深处跳舞。

鼻毛驱着魂师，坐在桃树下，他的邪影宝宝站在他身后，一副也看得津津有味的样子。

温如玉的消息我自然也是有看到的，当下也刷了几条上去凑个热闹，第一次见到温如玉的时候，怎料到这竟然会是一对啊。

可是不久，一个很不和谐的消息破坏了这片和谐——

[天下]卓尔不群：娶到一个破鞋，用得着这么欢天喜地吗。

……

有时候我很不明白男人，真的很不明白。

[队伍]遥借东风：我靠！这家伙疯了吗！

[队伍领袖]魂师：他还喜欢着斑点花猪吧。

你看，我果然是很不明白男人。

[队伍]遥借东风：喜欢到当众侮辱她？

[队伍领袖]魂师：也许他一直就喜欢着这个家伙的可爱和单纯，所以她离开的时候，他才会受不了。卓尔不群虽然是个烂人，但一个联盟的势力主，如果就这点风度的话，卓越不会混到今天。之所以耿耿于怀，其实只是因为还有爱，还舍不得分开。

[队伍]遥借东风：那他又和猪分手？

[队伍领袖]魂师：傻瓜，爱一个人，和在不在一起是两码事。他喜欢她，但又不能对她从一而终。

我完全不能理解：

[队伍]遥借东风：也有可能只是他面子受损，下不来台呢？

[队伍领袖]魂师：那他只会说一声恭喜，恭喜前妻改嫁，自己给自己铺

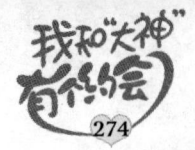

个台阶，多潇洒。

[队伍]遥借东风：……

我有些害怕这家伙，这游戏对他始终是一场游戏，他以一个世外高人的姿态冷眼相望，对大荒的聚散离合洞若观火。

[队伍领袖]魂师：好了，不喜欢我不说了。很生气吗？要么我开个号去再洗他国库一次？

我鄙视！

[队伍]遥借东风：我说，你以后不许再骗人了！

[队伍领袖]魂师：[捩唇]哦。

[队伍]遥借东风：[抽打]我是说真的！

[队伍领袖]魂师：我很认真地在答啊。

[队伍]遥借东风：可是我还是很不放心。

[队伍领袖]魂师：那你好好想想办法吧，怎么样做这个人妖骗子的终结者。

[队伍]遥借东风：……

世界消息栏已经一片混乱，卓尔不群祖宗一百八十代都被拖出来问候了个干净，他却再没有回过一句话，我突然相信了，其实很多男人都是这样，什么风度啊、心胸啊，都不过是一副面具，不踩到他心里的痛处，他不会摘下来，不会失态。

花猪肯定气哭了。

我打了电话给花猪，她很快就接了，声音在笑，却残留着哭过的痕迹。也许她一辈子也不会知道，卓尔不群其实也喜欢着她，就算再不屑，就算这种喜欢无法抵过生性的孟浪，但喜欢就是喜欢，无论多少，总归是存在过。

我没有提这件事情，花猪也没有告诉我——她真的成熟了，也许这事情郁闷不了多久，很快就会散了。她会带着对他的不齿，开始新的生活。

临挂电话时她羞怯地告诉我她下周二和温如玉结婚，让我一定要上游戏观礼。

我说好。

那一天曼陀罗和蒙鸿天下对战卓越联盟，卓尔不群没有参加。那条冲动得像个孩子、刻薄得像白雪公主后妈的消息，是他对自己和花猪这段感情的唯一评价。

许是太安静了吧，以至于我上了琉璃仙的号，用天眼查着他的坐标，最后在白羽湖底找到他的时候，没有上去杀他。

那个红翅膀的联盟势力主静静地沉在白羽湖底，湖水隐约，水草翩摇，原来就算是代表着RMB玩家身份的天域红翅膀，也可以红得那般落魄萧索。

花猪和温如玉婚礼的那一天，鹊桥仙境那一片红刺得人眼花缭乱。曼陀罗和蒙鸿天下的人都有到场，虚怀若谷的人就不必说了，一个不漏全在了。

所有人都很高兴——这个副本杀手终于有人要了。我驱着遥借东风站在舞台旁边临水的栏杆前，人太多了，进去就很卡。他们都在舞台上组队跳舞，白色的消息一行一行刷过去，集中着"百年好合""永寿偕老"，咳，甚至还有"早生贵子"等诸多美好愿望。

[当前]温如玉：[头顶问号]猪，师父不是说她今天要来吗？

[当前]曼陀罗：[瞪眼]在哪儿？

[当前]秒敌三千：[瞪眼]

[当前]真梵：[瞪眼]

[当前]圣骑士：你打过电话给她了？

[当前]斑点花猪：我问问。

她肯定没能打通我的电话——我关机了。

这游戏琉璃仙已经脱离了出去，何必再回来呢？栏杆外我遇见了鸭子，也是，这种场合，他怎么可能不在呢。今天是老圣的司仪，想着法子逗着温如玉和花猪，一会儿要新娘子和谁PK，一会儿又要新郎和谁抱抱。

我站在人群之外看这场繁华，喜气会感染周围所有人的，他们都很兴奋，在中间PK，或者化了珠子走来走去。

鸭子离我并不远，在桥上的小亭子里。背景音乐舒扬，其实想想很好笑，不过是两个3D模型而已，哪来那么多的恩怨纠缠？

只是一场角色扮演……而扮演的人当了真啊。

[天下]斑点花猪：[大哭]仙哥哥，你骗我，你说了今天会来参加我婚礼

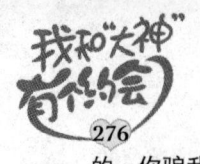

的,你骗我!

这样的消息她刷了三条,我在人群之外远远地望着那个一身凤冠霞帔的新娘。

亲爱的,其实苏如是一直都在,只是这就是网络啊,扒了琉璃仙三个字的马甲,还剩下什么?

我并没有在鹊桥仙境待很久,桥上小亭里那个着一身蒹葭的医生也一直没有走下来,我策马行过他身边,竟然还有微微的心痛。

然后便是魂师的消息:

[好友]魂师对你说:来,夫君这里有颗珠子,拿去玩吧。

我突然很感激他,这段日子如果不是他一直在我身边,连胡思乱想的时间都给霸占了去,苏如是不知道会潦倒成什么样子。

按着W键,遥借东风开始策马狂奔,鹊桥仙境的传送石边,那个银发白衣的医师终于再也看不见。GM,我知道我应该放开,可是看见他,我依然难以释怀。

努力地摒弃这个人的影子,我回魂师消息:

[好友]你对魂师说:[口水]云妖吗?

[系统]魂师向你发出组队邀请,同意/拒绝?

我点了同意,在幽州祈风台找着了他。

他依然穿着那套裘马的时装,露着销魂的小胸肌,咳,后面跟着手持抚尘、一身道装、严肃的邪影宝宝……

[队伍]遥借东风:那个……如果这套衣服你不喜欢的话,就换了吧。

[队伍领袖]魂师:我今天下战场了。

[队伍]遥借东风:啊?

[队伍领袖]魂师:一天机追着我打,还嘲笑:这个刺客,都不会隐身的。

[队伍]遥借东风:[冷汗]

[队伍领袖]魂师:这感觉不错。

[队伍]遥借东风:批准继续穿着。

[队伍领袖]魂师:得令。

然后两个人并肩站在祈风台,在被风化的石雕下,我第一次拥抱他,他不动,任我调好角度抱着。

[队伍]遥借东风:鼻毛爱妃。

[队伍领袖]魂师:嗯?

[队伍]遥借东风:我刚去参加了花猪的婚礼。

[队伍领袖]魂师:嗯。

[队伍]遥借东风:也许是那里太热闹了,朕觉得很空虚。

[队伍领袖]魂师:然后呢?

尽管隔着屏幕,我还是老脸发烫。

[队伍]遥借东风:然后朕就想你了。

他隔了好半晌才回我消息:

[队伍领袖]魂师:先睡。

[系统]好友魂师下线了。

我遂觉万分失落。我万分失落地下线,万分失落地洗完澡,万分失落地睡了。

到近两点的时候,我被惊醒,从床上坐起来,看见鼻毛正在脱衣服……

揉了揉万分朦胧的睡眼,发现我确实没看错,他脱了衣服,从衣橱里找了睡衣,准备去洗澡。我想我当时的表情一定很傻:"鼻毛?"

"嗯?"他转头若无其事地看我。

"你什么时候回来的?"

"刚刚。"

"可是……"

"先睡,我先洗澡。"

于是他去洗澡了。我坐在床上,尚不明是何状况。

半晌,他洗完澡,过来关灯,上床。

然后抱着我:"好了,睡吧。"

这时候被吵醒,一般都很难睡着的:"你怎么回来的?"

"我打电话问了航空公司,他们有一班飞机是九点四十五起飞的,本来

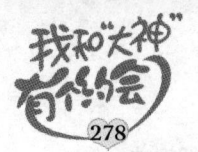

我赶过去的时候已经晚了，谁知道那班飞机也晚点了。所以我就回来了。"

你一定觉得很浪漫，可惜就算我那时候睡得再糊涂，我也知道台湾到S市，是不可能有一班"九点四十五"的航班的。

所以唯一的答案是……他并不在台湾。

可是从他前几次给我打的电话来看，是台湾的号码，那么也就是说他其实几天前已经从台湾回来了，至少他的回程地点，绝对不在台湾。

但是他应该不会做什么坏事——如果做了，他绝对不会留下这么明显的破绽。所以当时我嘛也没问，反正今晚可以抱着小受睡了，我可以不失落了，这是真的不错的。

蹭到他身边，将他的双手摁在枕头上，他轻声叹气："睡了。"

我低下头吻他的唇，他迟疑了一下，任我摁着，很是顺从地来了个深深地吻舌。难得小受如此顺从，不进一步探索，岂非枉费我一世"攻名"？

所以我当时便从他的唇一路吻到他的胸，正探着他结实的胸肌呢，他突然抓住我的手："既然你现在不打算睡，我有事跟你谈。"

他的声音很严肃，我也没有嬉皮笑脸："说。"

"我们的婚事。"

"啊？"

"婚姻大事，至少得让父母知道对不对？"

我当时就僵硬了："鼻毛，我……"

"我知道，"他握了我的手，将我揽进怀里，"你不好意思回去。可是已经这么多年了，你不可能逃避一辈子。"

其实我并没有自己想象的那么勇敢："鼻毛，你不知道我爸爸的个性，他说出的话，十头牛也拉不回来的。当初我和他……"

"你不是在怕他，你是在怕你自己。"他抱紧我，"可是现在和当初不一样了，因为你有我，明白吗？"

我不屑一顾："有你顶什么用，你知道吗，当初我老爸和我叔伯吵架，到我叔伯死他也没去看过他。何况当初我……我让他丢尽了脸。"

"你不是怕他不原谅你，其实现实远没有你想象的可怕，你只是在怕你自己，明白吗？"

我摇头，我觉得自己很清楚这件事情的结果——无非是再被我老爹用扫把轰将出来，然后在所有街坊邻居面前宣布他和我苏如是素不相识："你不知道，鼻毛，你什么都不知道。"

"我只知道你已经知错了，我知道要多深的愧疚，才可以让一个女人孤身漂泊十载无颜回家，无颜面对父母。"

我没有回答——我已经习惯了他老踩我痛脚的毛病了。

他揽紧我的腰，在我耳边低声道："别害怕，老公在这里，什么都不用怕。"

我想我是入了魔了，竟然信了他的鬼话！

计算了到N市的时间，我们早上七点多钟出发，收拾了行礼，上车时我手心全是汗。这个嵌进了骨子里的城市，而今必须正视——在我逃避了十一年之后。

我承认我紧张，青葱年岁的事，我以为早已忘记了，可实际上我一直记得很清楚。于是在三十岁之时，从记忆的箱底翻出来，还明艳如昔。

我还记得那时候老爸的表情，他指着我的鼻子吼："如果今天你从这里走出去，以后你就算死在外面，也不准回来。"

然后我坚定地告诉他，就算我死在外面，也不会再回来。

跟着就是十一年的别离，我失去了后悔的资格，便连想念也不敢承认。

驱车从S市到N市，行驶了三十九个小时，晚上都是鼻毛开车。我却没有丝毫睡意，如果你也曾经漂泊在外，也许你会理解这种心情。期待、感慨加上隐隐的不安，山水入眼，乡土渐近时，回忆便千丝万缕、层层叠涌。

这一场离开回来，青山不改，老却的只是我们，年华、容颜、心境，面目全非啊。

到行入市区的时候，已经是下午五点多了，除了更光鲜一些，这小城变化不大，十一年于它而言，不过弹指。

车穿行其间，渐渐地往小镇的方向行驶，我甚至还能看到那趟巴士——它可以直达我家门口。这阔别已久的地方，让苏如是的一生，如若一场大

梦。

小镇离城区约两小时，它的变化远比城区大，旁边的瓦房大都变成了小楼，公路被拓宽，从柏油路变成了水泥路，中间还隔着绿化带。道旁的杨树还在，树干靠近根部的石灰粉似是新刷，一层纯纯的白。

路边还可以看见田地庄稼、鸡鸭，偶尔有水牛在田边悠闲地啃草。

"哎，要是当年你不跑出来，说不定毕业之后岳父岳母大人就把你嫁给这里镇上的首富了吧？"

我本来正心中忐忑，闻言也不禁好笑："当初这镇上首富就是你的岳父大人。"

"哦？"他装模作样地揉着眼睛，"那小婿真是有眼不识泰山了。"

谈笑间已到了镇上，我把车停在路边，看这片阔别十年的故土。

"怎么样，还记得地方吗？"鼻毛斜靠在车头，点了支烟，笑着问我。

我亦笑，怎么会不记得？那栋小楼，十一年未变模样。院子里低洼处甚至还盛开着那丛栀子花，也许是长年浇水的缘故，它们葱郁繁茂、花蕾微绽，散发着沉郁的香气。

这是镇上的第一栋小楼，那时候多么的意气风发啊，只是现在，在众多新房的映衬下，它已呈出老态。

我在楼下徘徊，鼻毛轻弹了一下烟灰："上去啊。"

我居然觉得恐惧，真好笑，我在S市赤手空拳地混了十一年，如今却在一栋老楼前觉得恐惧。

"鼻毛，我……要么我们还是明天再来吧？"

他掐了烟，过来拎了我就往楼上爬。我们没有爬上三楼，在二楼的转角，我看到了他们——我的爸爸、妈妈。

所有的忧虑都抛开了，身体失去了感觉，我只是静静地站在原地，那一刻我突然释然，不管他们怎么教训我，我无憾了，此生无憾了。

可是他们没来得及教训我，我老妈扑到我的身上，抱着我哭。老爸站在原地，他们都老了，脸上的皱纹、额边的白发，悄然述说这十一年的风霜。

我爸爸站在原地，我看见他的眼泪，他站得很直，倔强的不肯用手去擦。我记得那一年，他在部队上伤到了左眼，我去看他时他抿着的唇，那时候也是这么倔强,不肯现一丝疼痛给旁人看。

可是现在,我看见了他的眼泪。

他向我和妈妈走过来,妈妈死死地抱着我哭着吼他:"你再赶走我的女儿,我和你拼命!"我的眼泪就流了一脸。

而他只是走过来,张臂静静地拥着我和妈妈,我把下巴靠在他的肩上,他伸手缓缓拨好我被弄乱的长发,那动作那么的细致温柔,像我只有三岁一样。

在楼道上站了许久,我突然想起鼻毛,转身将他拉过来:"爸爸,妈妈,这是陆小东。"我这样跟他们介绍。

他们却并不惊讶,半晌,老爸拍拍鼻毛的肩:"老站在外面像什么话,都进屋。"那声音犹带哽咽。

家里居然还是老样子,我房间里面的摆设都未改变一丝一毫。我的水晶笔筒,我的汉白玉镇纸,我临到一半的隶书字帖。

老妈一刻不停地忙开了,她说苏苏,妈妈煲了你最爱吃的红枣莲子粥,快来尝尝。然后又叫苏苏,妈妈还做了水晶肘子,你试试味道还喜欢不。最后她又抱着我哭,她说宝贝,这十一年零六个月,差点没把妈妈急疯……

我觉得心里面有把钝刀,一刀一刀刻过去,痛若断指切肤。

我发现我们的行礼是多余的,老妈把我们的拖鞋睡衣、牙刷牙膏毛巾什么地全都准备好了。晚上鼻毛和我老爸睡,我和老妈一起睡,两个人一直唠嗑,她告诉我自我走后十一年零六个月十八天,家里没有换一把锁,两个人就没敢换过手机号码。她说有一次老爸的手机丢了,那个时候镇上的移动营业厅已经关门了,他跑到工作人员住的地方,硬缠着人帮他补卡,她笑着轻声地叹:"他嘴上不说,却只是怕你会打回来啊。"

到天都快亮的时候,她才浅浅入睡——睡了还抱着我,生怕一醒来就会不见了一样。

我只觉得心酸,任她抱着,那一觉,竟然睡得无比香甜。

醒来的时候已经十一点多,老妈正在张罗着午饭,鼻毛和老爸在沙发上下象棋,两个人都不是什么高手,就下着玩玩而已。

我去厨房帮忙,她笑着道:"放下妈来,你啊,还是只有等着吃饭的

料。"

我只是笑着帮她剖鱼,你看妈妈,我已经不再是十八岁了呢。

下午,老爸主张让我带鼻毛出去玩,老妈主张让我们一家去亲戚家走动走动。

最终我们顺从了老妈。

礼物都是鼻毛挑的,进超市时他向我伸手,我半天才明白过来,掏了钱给他。结果被老爸训:"哪有把男人管得这么严的!"

老妈笑而不语。

下午回来,鼻毛说带我去一个地方。我当时就笑了,小样儿,这好歹是我的地盘好吧,你还能找着什么新奇的东西吗?

他却只是拉着我出来,老爸老妈明显已经"反水"了,他们现在很是偏袒他。

于是只在我们出门时老妈交代了一声:"早点回来,晚上我们吃韭菜饺子。"

我挣脱鼻毛:"我们先回去吃饺子,老妈包的可香了。"

他突然回头吻住了我,还是一个深深的舌吻,我一口气没上来,差点憋死。他把我拖到车上,车开往市区的方向。

行驶了近一个小时后,他停在嘉陵与顺庆两个区交界的地方,那里有个小小的洗车加水店,他开到店门外的空地上,里面很快出来一个男人,因为是夏天,他坦露着上身,只穿了一条灰色的中长短裤。见到我们倒是一脸微笑:"洗车还是加水?"

鼻毛开了车门出去:"洗车。"

言罢,他过来帮我开车门,我由他牵着手出来。那时候是傍晚,这里因为是城郊,人并不是很多,车也并不是很脏,我困惑地望着鼻毛,他只是微笑。

当时夕阳是红色的,余晖斜斜地洒落在地上。那个男人已经开始举着水龙头洗车,我怕水喷到身上,退到了小店的屋檐下,鼻毛还站在车边,静静地看那个男人洗车。

我颇有些啼笑皆非：他莫不是怕人家洗不干净吧。

往小屋里望了望，发现这里也卖零食的，一个女人坐在柜台上，怀里还抱着一个小孩儿，旁边的桌上，一个六七岁的男孩在做作业。

现在天虽然还没黑，屋子里却比较暗，故开了一盏昏黄的灯。

我要了两个雪糕，剥了一个提子的过去喂给鼻毛。他也不肯伸手过来接，就着我的手吃。那模样太像给嘴嘴喂食了，我便拿在手上由得他慢慢舔了。

"已经好了，您看可以了吗？"男人的声音传过来，那天因为天气很热，我穿着宽领的T恤，上面是鼻毛手绘的水墨锦竹，下装依然是及足踝的长裙，脚上是白色的布鞋。

因为水管压力很高，有水溅在我的裙子、鞋子上，鼻毛抽了纸巾，俯下身帮我擦去裙角的泥点，我笑着转过身去，边掏钱边问："多少钱？"

"十块。"他抹了一把头上的汗，伸手过来的时候我们都愣了。

"苏……苏苏……"他的声音有些颤，穿过十一年的时光重现在我耳边。我微微地往后退了一步，鼻毛起身揽住了我。

那个男人身上湿了大半，分不清是水是汗。他的身体亦不复当初的结实，小腹微凸，皮肤已经很黑，眼中的神采，再难见当年的灵动。

我无法相信，真的我无法相信，苏如是十八岁那年在N大门外邂逅的男孩，十一年后会是这个样子。

那感觉就好像一个身负血海深仇的少年，耗尽一生去修习神功，只为了某天能战胜他的仇人。而当他踌躇满志地站到仇人面前的时候，发现时间已经把他锈蚀成了一个不堪一击的老人。

我觉得整个人都石化了，我们就那么静静地看着，这目光穿透了这十一年的时光，我在他的眼神中看到疼痛，他轻声地唤我："苏苏。"

我像被点穴而后又解穴，在一片如血的斜阳中我浅浅地微笑，然后右手得体地伸过去："嗨，你好吗？"

他怔了半晌，未伸手与我相握。

我于是把十块钱递过去，他缓缓地接了，那一张纸币被揉皱，紧紧地握在他手掌心里。我转身去了车里。

那个近乎陌生的男人垂首站在车窗边，昨日种种仿佛还在眼前，而转瞬间，爱，已隔沧海桑田。

鼻毛开车，我坐在副驾驶座上。

彼时夕阳正浓，晚蝉高歌。在我的心里深埋了十数载的一根刺，就这么血淋淋地挑出来，因为太快，便连痛也不甚明显。所以我还能微笑："你怎么找到他的？"

鼻毛专注地开车，闻言亦不曾转头："那天无意中看到你的身份证，因为当时有事顺路，过来N市看看。跟岳父、岳母谈起当年的事情，他们提到那个男人，我在你们学校周围打听了一阵，有人告诉我他在那里。我去看过，然后发现……"他依然不曾转头，笑容坏坏地显得很痞，"你的眼光真的很矬哎苏如是。"

我竟然没有跟他一般见识，想来最近的一系列事已经让苏如是的攻品大大提高了吧。不和小受一般见识，不也是一个好攻手则之一吗？

我只奇怪一点："为什么你跟我报账的时候，没提到来这边的费用呢？"

他万年不变的淡定中终于又现了一丝腼腆："咳，我卖了两幅画，冲抵了。"

我颇为意外，他的画是从来不卖的。当下心里面便觉得自己有点过分："下次你直接告诉我，正常支出，嗯，还是必要的。"

他以单音节回应："嗯。"

接下来的半个月，就很忙很忙。

他说带我去咸阳，那个传说中秦朝的都城。临行前他跟家中父母通了电话，他的父母挂了电话又特意打过来，这次直接跟我爸爸妈妈唠上嗑了。

这一场通话大约用了五十几分钟，那就是一场互捧之战。我老爸老妈夸他们养了个多么优秀的儿子，那边他们说什么我听不见，不过料想也与这差不多。

我当时就很疑惑："鼻毛，你父母太痛快了吧？都没见着我呢。"

他仰躺在沙发上双手枕着头，一副高深莫测的姿态："他们自己儿子的眼光，错不了。"

结果那天，我们到咸阳的时候是下午四点多，鼻毛一家五口人十二点一刻已经在机场等着了。

GM，我受宠若惊。

如果说人与人之间只有一种最快拉近距离的方法的话，我想那一定是互捧……

自出了机场，鼻毛老妈拉着我和我老妈的手就没放过，鼻毛很淡定："这是爸、这是妈妈、这是大哥、这是大嫂、这是婷婷。"

大家的脸都笑成了花，我一手任鼻毛妈妈牵着，一手牵着他的小侄女，他陪着我和他家老爸，场面那叫一个和谐有爱、那叫一个皆大欢喜。

我们在咸阳并没有待多久，婚礼经由双方家长协商，定在S市，准备时间两周。

写请柬的时候把老圣、真梵和花猪也填了进去。晚上老圣打电话问我他能带鸭子过来吗，我略微犹豫了一下，他急着解释说鸭子不是那种会捣乱的人。我唯有苦笑，其实他是什么人，我很清楚，只是……只是结局已定，又何必徒增伤情。但转念之间，又觉得终归是结局，完整一点也无甚不好。于是低声道请他一起吧。

那一晚，老妈留下来陪我，鼻毛订了房间。老圣他们并没有过来——他是个谨慎的人，可能只是怕我和鸭子尴尬。吃完饭，大家便以"新娘要睡足觉气色才好"为由，早早地离开了。

老妈也没有和我多聊，她对鼻毛是放心的。只是三番五次叮嘱我以后不许欺负人家。其实这担心完全没必要嘛，我怎么会欺负自己的小受呢。

她回房去睡了，也拍着我的头让我早点睡。从喧闹中突然安静下来，我颇不习惯。

点了一支烟开了电脑，依然是上游戏登了琉璃仙的号，太久没上线，倒是天下没什么变化。反正黑人继续骗钱、红名继续杀人、老实的忙着做任务、游手好闲的依然看风景逛大荒。

花猪和温如玉他们都不在,我无事时驱号四处溜达,在鸟巢又看见曼陀罗,以一个半跪的姿势帅气地蹲在悬崖边。雅灭蝶以一个坐下相依的姿势靠着他,角度调得非常和谐。红色和白色的翅膀光效相辉相映,给人一种天长地久的错觉。

琉璃仙在崖边看着,那也是第一次,我见到雅灭蝶没有想到上去开红。

在这个空虚的国度,曾有那么多男男女女渴望着幸福,而最后,九黎巴蜀、中原江南、燕丘幽州,许是寂寞太长,或者地图茫远,太多的人在某个路口分散。

但是毕竟还是有人能够走到最后的,所以再多情伤,总还有希望。

"嗯?你就这样盯着人看,不怕长针眼啊?"突来的声音将我吓了一跳,回头就碰在鼻毛脸上。

我黑线:"你……"

"嘘……"他做了一个悄声的手势,得意地小声道:"我偷偷溜回来的。"

"干吗?"

"我才不会让你一个人待一夜,你又要胡思乱想了。"他说得如此煞有介事,我也笑了,"你哪只眼睛看见我胡思乱想了。"

他伸手过来抱住了我,低声道:"两只眼睛都看见了。"

= =

躺在床上,裹着毯子靠在他胸口,我却睡不着,翻了几次身,他就搂着我:"再挑逗我不客气了啊。"

= =

结果那天晚上,我们都没睡,一起坐在阳台上看星星看月亮。

……好吧,其实S市的夜晚,星月之辉均被人间灯火掩埋。我们看到的,不过是这不夜城的阑珊夜色。

"如是。"

"嗯?"

他环拥着我,握着我的手,声音很低很低:"我只想告诉你,我们会在一起,相伴很久很久。"

我靠在他胸口,感觉到他的体温和心跳,我愿意相信他的话。我想你也和我一样,曾经历过一些无奈的过往。也许曾错过、也许被负过,伤情之后,也许会赌气地道我再也不会爱了。但到最后等你遇到对的那一个的时候,再念及这些往事,就会觉得那不过是浮云啊浮云。

我不知道人生是不是真有宿命一说,但我想我们终归需要勇气和希望。

所有未在一起的,都不是自己的。可以放手,但不能绝望,我们要永远保留爱和热忱,只为了不薄待对的那个人。

因为——他将会伴我们很久很久。

我醒来的时候是在床上,我不知道自己是什么时候睡着的,当然就更不知道他是什么时候走的了。

反正早上是老妈把我从床上揪起来的。

换上了白色的婚纱,还在定妆,鼻毛已经领着接亲的人过来了。

小唐扒紧了门,要求九万九千九百九十九块钱的红包,不然不给开门。最后杨叔大手一挥,找了接亲队伍里的几个小伙,宣称要把防盗门的门锁给卸了。

小唐看看他们要动真格的,底气顿泄,最后大吼新郎无赖,一边把红包降到了九百九十九块。

好家伙,这缩水可真厉害。

他们冲进来的时候我看到鼻毛脸上的笑意,他缓缓地走过来,丝毫不脸红地道:"来,夫君抱你出去。"

然后他就不顾身后的哄笑声,把我抱上了车。

婚礼的阵容,比我预想的强大——因为来客很多。还好在场人手也多,倒也不至于手忙脚乱。

双方父母都在招呼客人,其实来人中很多他们都不认得,但他们的笑容是那样的真诚热烈。我觉得自己很傻,谁的父母会和自己的骨肉一般计较呢。

令我意外的是,我的老东家竟然也来了,手边还挽着他的夫人——我们叫她余姐。她这次见到我显得很热情,握着我的手不断地夸鼻毛年轻英俊,

我只是淡笑,等老东家把鼻毛拉到一边介绍几个朋友去了,她的笑容突然有些苦涩:"小苏,你还在怪我吗?"

我怔得一怔,随即反应过来,我想这个时候也许我能表明自己的清白:"余姐,不管你相不相信,我只有一句话,我和你的丈夫之间,是绝对清白的。"

她只是握着我的手,眉眼之间突然现出说不出的疲惫:"我知道,其实……我一直就知道。可是小苏啊,这就是女人的悲哀,当心随人老,最昂贵的化妆品也掩不住你的老态的时候,我不得不防患于未然。"

我只觉得震惊,她的笑颇为无奈:"小苏,原谅我吧。"

我伸手与她相握,我想我们之间再不会有深交,而我非圣母,不会因为某个人的几句话,就将过去完全抹煞。但我仍愿给她这种假象,她的一番真言,无疑也是求个心安,让自己释怀。

我想冲着老东家,我有义务这么做。

后来呢,老圣他们就来了,让我意外的是花猪带来了温如玉。那是个老实憨厚的人,却自有那么一种山一样安全可靠的气质。

我们握手,他看我的目光还带着敬仰,并且非常恭敬地叫了一声:"师父。"

我唯有无言。

鸭子在老圣身边,我老妈很热情地和他握手,招呼他随便坐,他笑着伸手与她回握,那动作很是机械。

老圣很为难地看我:"琉璃仙,我知道我现在不应该再对你说这些,可是……可是……"我没有让他继续说下去,我从侍者的托盘里拿了两杯酒过去,鸭子双手微微握着,竟然现出几分紧张。

我递给他一杯,从近处看他,才发现他消瘦了很多,我突然觉得也许曾经我们的爱,比我们自己想象的深刻。

但是晚了,一切,都太晚太晚了。

我轻轻地与他碰杯,低头轻抿了一口酒,他突然拉住我的手,然后突然就红了眼:"他说你已经和他结婚了,他说你们已经结婚了!"

我以为只羡鸳鸯不羡仙一直都是那么风月博雅的,我以为我们之间所谓的爱,不过是找个人来将就。当我离开他的时候,我发现我爱着他。而此时此刻,他手里握着我的喜酒时,我知道他其实也爱着我。

也许这爱就像卓尔不群对花猪一样,但至少,它曾经存在过。

这就够了。

我曾说过他像我的墨罂粟,其实那个时候我错了。

——他不是墨罂粟,那是我的天罚。

我缓缓地抽出手,老圣迅速侧身挡住了众人的视线。

"鸭子,你干什么,放手!"他低喝,用力掰开鸭子的手,鸭子的五指本是修长而漂亮的,现在却只握得指节发白。我腕间欧根纱的纱袖被他揉皱,我只是静静地站着,看老圣将那纱一寸一寸地从他手中剥离出来。

他的手没有摊开,我知道那手中放着一枚戒指,一枚莲花座戒托的钻石戒指。最后一寸纱从他手中剥落,他微侧脸仰起头,我看见那个侧面,在酒店大堂蕴蕴的光线中,泛出莹莹水光。

然后他转身,抿着唇仰头将杯酒饮尽。

台上司仪在叫我,我以极雍容华贵的姿态走向我的小受,他牵着我到舞台上,证婚人本来是杨叔的,后来因为老东家也来了,杨叔自然就让给他了。

他煞有介事地让我们宣誓,然后司仪百般地折腾我们。

不知道是有意无意,我瞟过鸭子,他真的是不胜酒力的,老圣远远地给我打手势,说他要带鸭子先走了。

那时候我在台上唱歌,是那首《传奇》。那歌词需要我唱得很空灵很空灵,它说只是因为在人群中多看了你一眼,再也没能忘掉你容颜。它说宁愿相信我们前世有约,今生的爱情故事不会再改变。它说宁愿用一生等你发现,我一直在你身旁从未走远。

老圣半扶半拽地拖着鸭子出去,那身影出了酒店大厅。

旧爱如梦,旧爱成空。

晚上是洞房花烛夜,你一定看过很多性事的描写,可是你知道吗,由爱

而发的性是写不出来的。没有一夜情的刺激,没有AV、GV的多姿情趣,那只是一种水到渠成,像春天花开,像秋天果熟,做的人只是爱上那种你中有我、我中有你的感觉。

那以后我极少听到鸭子的消息。某一天花猪说起他结婚了,和一个相亲半个月的女孩。我觉得这很好,就算不能相濡以沫,也请不要相濡以恨。我们都能过得很好,便可以放下过去的负累。

某日驱遥借东风路过江南,一个号奋力地打天灾小妖。在只剩血皮的时候接到系统提示:只羡鸳鸯不羡仙对你施展了逆转丹行,你回复气血××××点。

我回头便看见了他,依然银发,着一身兼葭。

[当前]遥借东风:谢谢。

[当前]只羡鸳鸯不羡仙:不客气。

他召了白马,策马东去。人生只停在初见。

其实这样,很好。

番外 两个人的天下

如来佛祖是个道士，也是个升级狂。天下开新服务器之前，他按照官方公布的资料，画了最合理任务路线图，中午十二点半，新服务器刚刚开放，他就一穷二白地降生于这个大荒。头十分钟骑着系统赠送的马符接任务，为了避免和涌入新服的大军抢怪，他舍弃一切需要打怪或者收集材料的任务，只接了有奖励衣服、裤子、靴子的"太虚历练"和"初来乍到"两个任务。

其余全部是对话、跑腿流。

十一分钟后如来佛祖十级，级别开始小幅领先。他开了九黎城的地图，经过丁字口把奖励道士葫芦的任务做完，一身装备就凑了个七七八八。十三级的时候压着等级嗑着药单挑魂谷的尸兵队长，杀得起劲，突然接到密语：

[陌生人]释迦牟尼对你说：组我。

如来佛祖一回头，就看见了释迦牟尼。

同在一个服务器，等级相差不远，在冲级的路上，就是抬头不见低头见。再加上ID名实在是让人泪流满面，俩大老爷们几乎没出声，就默默地组了个队。

这在当时也确实是无奈之举——道士是个让人头疼的职业，无攻无防，打不了扛不住，那时候在副本里根本就是个鸡肋，实在上不得台面。天下八大门派天机能扛，法师、刺客、战士高攻，剑客能打能扛，弓箭手纵横战场，更不要提副本战场缺一不可的医生了。只余下了可怜的道士，副本没人要，战场没人组，定身技能七个门派有六个能够破解，控制技能十个BOSS有九个能够免疫……大荒人送外号狗不理。

两个狗不理都是实干派，开新区的时候时间宝贵，连MM都没时间调戏，更别说和一个大老爷们废话了。

开服后一个小时，如来佛祖和释迦牟尼十七级，一起冲刺木克村和白水台，到天合关时，虽然经验早已经够二十级了，但两个人都压着没有升级。

天合关的怪物比较密集，是十八级刷怪的宝地。

[队伍领袖]如来佛祖：开双杀怪吧？

[队伍]释迦牟尼：好！

两个道士开了双倍经验，背抵着背，站在怪物中间，默默地杀出一个圆圈，两个麒麟宝宝在周围跑来跑去地引怪，经验下雨一般地涨。天下里面怪物杀得越快，刷新速度就会越快，是以两个人都没有跑动，直接原地群怪。

一个小时之后两个人对彼此都十分满意。

[队伍领袖]如来佛祖：一起过吧？

[队伍]释迦牟尼：好！

从此以后，两个人搭伙过日子，从主线任务到支线任务再到周常、日常，外加特殊活动任务，纵横九黎、巴蜀、中原、江南。

但两个男人混大荒也有颇多好处——没有女人来破坏他们的幸福啊。一切自食其力，不会开口求带，不会开口要装备，不会缠着对方看风景截图拍照搂搂抱抱。升级狂的路途没有风景，只有一串串数字，代表经验和技能点。

那个时候没有那么多活动，经验来之不易，但是日子过得却轻松，想来就来，想走就走，打架费时间，吵架费精神，所以两个人一直很和谐。遇事最多就占占卜，谁运气好依谁。

一时之间也算是焦不离孟、孟不离焦。只可惜两个男号，伐九黎城无尽之木燃不出半点火花。

三十级之后，两个人花了几十块钱，买了点钻，将全身装备升到四级。这时候不论是等级还是装备，都算是佼佼者了。

五十级之后，二人一起加了个名叫卓越的工会混势力战、城战。

工会会长叫风姿绰约，是个女医生，不擅管事，公会成立不久后收了个叫卓尔不群的天机做尚书，之后就下下副本、逛逛风景，帮务是再不理会了。

会长名存实亡，卓尔不群一手遮天。那时候大家都小，谈不上什么操作、走位，但此君凝聚力极强，笼络人心很有一套，是工会里名副其实的主心骨。

风姿绰约原意是建个志同道合的帮会，但卓尔不群接手之后，迅速将入会要求调到了四十级以上，并将公会里四十级以下的小号全部踢了出去。现在看来这个等级低得可笑，但当时全服满四十五级的不到二十个。

新服里医生是熊猫，卓尔不群对风姿绰约极尽宠爱，大伙明里不说，暗里都视其为会长面首。

那个时候副本装备很紧俏，但凡一团人下副本，最先必须满足风姿绰约的装备需求，硬甲需要先满足卓尔不群。至于如来佛祖和释迦牟尼这种副本狗不理一般都是最后才轮得上。

于是副本里经常出现这种情况：

[团队]风姿绰约：如来，释迦，清风链可不可以给我，我差一个紫色石头。[脸红]真是不好意思，但我的针还差一个石头就能四色炼化了。

清风链是紫色项链，加快施法吟唱时间、减少法术耗蓝属性，是法攻职业不可多得的小极品。拆分之后能够得到一个紫色石头，炼化装备后可以增加法术或者物理攻击。如来佛祖和释迦牟尼还没开口说话，卓尔不群已经开口了：

[团队领袖]卓尔不群：先满足医生，你们两个大老爷们，总不能跟女人抢东西吧。

[团队]释迦牟尼：随便。

[团队]如来佛祖：无所谓。

于是两个人下副本无数，唯一所得就是两个五十二级副本出的道士葫芦。

只是好歹同一个公会，也没那么多好计较的：

[队伍领袖]如来佛祖：老释，我们走PVP吧，下战场换虎啸套装。

[队伍]释迦牟尼：好。

于是两个人开始结队战场，为了战场首饰装备而奋斗。卓尔不群如果不是实在缺人，也不会想起这两个人。

一个月后，如来佛祖和释迦牟尼六十八级，卓尔不群六十四级，会长风姿绰约因为十多天没上，只有五十八级。公会里另一个女医生此情不待

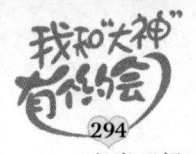

六十三级,终日跟在卓尔不群身边。

风水轮流转,以前的心肝宝贝、御用医生被贬下了凡尘,这是个很尴尬的等级,高不成低不就。如来佛祖是个怜香惜玉的,也就带着她升到六十级,一起下战场,刷PVP装备。

半个月之后,如来佛祖和释迦牟尼六十九级,卓尔不群六十七级,公会里面来了一个六十九级的大医生。而此情不待彼时六十六级,一身副本装备,钻不够,操作、走位也一般。于是卓尔不群毅然舍弃了自己的御用医生,又和这个六十九级的大医生抱成了团。

此情不待不能接受这种落差,难过了好几天。如来佛祖看不得MM失意,发天下表达了自己对此情不待MM的无穷爱意,遂将此情不待也捡了过来,四个人一起下战场,刷PVP装备。

释迦牟尼虽然不大说话,但毕竟也是大老爷们,平日里都让着两个妹子,不管副本还是任务,一律先满足两个妹子的需要。此情不待和风姿绰约慢慢地也就把卓尔不群给抛诸脑后了。

两个女号都是很争气的妹子,跟着两个升级狂,很快也都满级了。

俗话说饱暖思淫欲,妹子满级之后就被猥琐男勾引走了,队伍里仍然只剩下释迦牟尼和如来佛祖。两个人也不气馁,仍旧天天周常、日常。

后来,天下开了个补天任务,需要男女搭配,男号提交阴元,女号提交阳元。如来佛祖很恼火:

[队伍领袖]如来佛祖:我说老释,干脆你建个女号嫁给老子吧?

[队伍]释迦牟尼:= =

话是这么说,谁也不好意思真让对方动手,各自建了个女号,蹦蹦跳跳升到三十级,跟着一起做任务。慢慢的天下出了有缘人的活动,一些任务绑定有缘人有经验加成。如来佛祖和释迦牟尼自然也绑了。

当时盛传天下要开结婚系统,两个狗不理很愁:

[队伍领袖]如来佛祖:老释,真开结婚系统你把你小号嫁给我吧。我不要娶自己小号!

[队伍]释迦牟尼:= =

[队伍领袖]如来佛祖:别这样嘛,我把我小号也嫁给你。

[队伍]释迦牟尼：我不娶人妖。

[队伍领袖]如来佛祖：呃，老释，其实我是女的。

[队伍领袖]如来佛祖：喂喂，我靠你别走啊！

经验渐渐满了，马也养大了。不知道什么时候开始，升级不再是游戏的主题了。于是渐渐的空出了不少时间，如来佛祖和释迦牟尼除了战场，更多时候就是切磋，不断地研究道士的微操和走位。

两个大老爷们脾气都不好，有时候切着切着就开红强杀。你追我赶，能杀上大半天。实在无聊了，如来佛祖开始挂机，在游戏上待的时间越来越少。随后释迦牟尼就捡了个徒弟，叫流萤。

这个小姑娘很厉害，开口师父，闭口师叔，哄得两个妖道天天带副本。释迦牟尼对她是真不错，包带副本、包下战场，还帮她砸了个平均八钻的白翅膀。这姑娘更是口上抹蜜，天天跟着他转悠。及至有一天卓尔不群发现了这个漂亮MM，伸出了他的魔爪。

这个MM就一边说着"我永远是师父的徒弟"，一边投入了卓尔不群的怀抱。

如来佛祖勃然大怒，曰兄弟如手足，老婆如衣服。你穿我兄弟衣服，我断了你丫的手足！由此公然挑战卓尔不群。

卓尔不群哪里是他的对手，且不提操作、装备，单是职业克制就不能比。当下应都没应一声，就将二人踢出了卓越公会，并发动公会追杀令。

当时公会名义上的会长还是风姿绰约，这家伙也狠，当天把公会所有人全部逐了出去，然后把国库里的东西全部分给如来佛祖和释迦牟尼，道理很简单：

[队伍]风姿绰约：留着以后修装备吧，有什么需要叫我。

两个妖道都无所谓，他们上游戏也多是下战场或者切磋，并不影响。倒是卓尔不群边骂骂咧咧边重新组了一个公会，仍旧叫卓越。

如来佛祖和释迦牟尼闲得慌，等不到卓尔不群前来追杀，天天上线刷卓尔不群。一个月下来，把卓尔不群杀得差点都哭了。释迦牟尼终于开口："要么算了？看他也挺可怜的。"

如来佛祖无所谓："你不生气了？"

释迦牟尼似乎笑了:"你知不知道我为什么收流萤作徒弟?"

如来佛祖摊手:"为什么?"

释迦牟尼开了红,一个郁风丢过去:"给你找点事做啊。"

这一天,如来佛祖心情不好,一路没精打采,做三仙的时候,两次开怪都忘了召唤宝宝。释迦牟尼为了自己的生命安全,终于忍不住开了口:

[队伍领袖]释迦牟尼:有事?

[队伍]如来佛祖:嗯。

[队伍领袖]释迦牟尼:说来听听。

[队伍]如来佛祖:有个人怀疑我和他的对象有一腿,当众撕破了老子的脸,骂得老子都快跳墙了。满城风雨啊,老子死的心都有了。MD,真是委屈,一路混到现在,也不知道图什么。

[队伍领袖]释迦牟尼:委屈?甘罗十二为上卿,十三岁病死,委不委屈?李牧一心卫赵,反被昏君赐死,委不委屈?司马迁为友正名受宫刑,委不委屈?朱云被人陷害,修城墙修到汉元帝死,委不委屈?有空多读点书,看看《上下五千年》。你什么东西,你好意思委屈?!

……

这是两个人第一次谈及私事,细数下来,也不过这么寥寥数语。其实世事本就顺逆无常,功不成,业未尽,无半分成就声名,怎敢委屈?

那时候伏地魔轰然倒地,如来佛祖上了马,跟在释迦牟尼身后,往下一个任务点跑。

[队伍]如来佛祖:有道理!

开服三个月后,满级的号开始遍地都是,但装备好的还不多。如来佛祖开始不再经常上线。释迦牟尼一直没有加入别的公会,单人一骑,成了战场的常客。只是一直少遇对手,这大荒有许多道士,但毕竟不是每个道士都是如来佛祖。

晚上九点多,他正追杀一个天机,突然注意到屏幕上方一蓝色的消息:您的好友如来佛祖上线了。

习惯性地发组队邀请过去,那边也很快地接了。

[队伍]如来佛祖:老释,战场呢?

他放走了天机，停下来打字：

[队伍领袖]释迦牟尼：来不来？

那天机发现他不追了，竟然反过来追他！他放了一个缚足，驱着宝宝上前挡他，人往后退。

[队伍]如来佛祖：不去了。战场完了你来盐泉村一趟。

天机还在苟延残喘，释迦牟尼腾出手来回他：

[队伍领袖]释迦牟尼：好。

杀了天机，他退了战场，径自去往巴蜀盐泉村。

盐泉湖边，如来佛祖坐在地上，一张大叔脸，着浅蓝色的门派弟子服，斜背着宝剑，莫名地透出三分亲切。见到他过来，如来佛祖站起身来：

[队伍]如来佛祖：老释，老子这边有点事，不玩游戏了。这个号上有点钻、天珠什么的，转给你算了。

[队伍领袖]释迦牟尼：……怎么突然不玩了？

[队伍]如来佛祖：有事呗，等忙完了，也许回来再玩个小号吧。咱就不搞"无为在歧路，儿女共沾巾"那套了。东西你收下。以后这个号上线就不是我了。

接下来是两分钟的沉默。

[队伍领袖]释迦牟尼：嗯。

如来佛祖利用这两分钟发了个天下：

[天下]如来佛祖：本号易主，此后一切行为与本人无关。

那行金黄色的小字默默地横过屏幕上方，释迦牟尼愣愣地看，不说话。如来佛祖嘿嘿地笑：

[队伍]如来佛祖：老释，跟你说个事儿。

[队伍领袖]释迦牟尼：说。

[队伍]如来佛祖：我是女的。

[队伍领袖]释迦牟尼：滚！

[队伍]如来佛祖：哈哈哈哈！真的，走了。

除了游戏，两个人没有过任何交集。所以释迦牟尼一直不知道，那句真的，究竟是指他真的是个女的，还是指他真的走了。

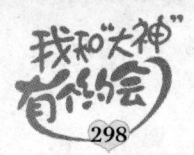

如来佛祖发完天下,静默地下了线。释迦牟尼一直坐在巴蜀盐泉湖边,这不是一个适合告别的地点,身边人群往来熙攘,令别离碎散,愁不成殇。

一分钟之后,如来佛祖再次上线。一张大叔脸,着浅蓝色的门派弟子服,斜背着宝剑,他漠然地穿过身边的道士,离开了盐泉湖,没有看释迦牟尼一眼。

他不知道这大荒有过两个升级狂,也曾朝暮相伴,也曾亲密无间。

只是此后天下,无以为家。昨日并肩策马,今朝各自天涯。

四年以后,苏如是坐在沙发上,一脸苦相:"嘤嘤嘤嘤,陆小东,这本书看得心里好闷。"

一只手从背后伸过来,轻轻地将书页合上,陆小东摸摸她隆起的小腹,语声温柔:"傻瓜,小说里面写的,都是假的啊。"

小说里面写的都是假的吗?

我不知道。

(全文完)

图书在版编目（CIP）数据

我和"大神"有个约会 / 一度君华著.-- 北京：
当代世界出版社, 2012.11
 ISBN 978-7-5090-0857-7

Ⅰ.①我… Ⅱ.①一… Ⅲ.①长篇小说—中国—当代 Ⅳ.①I247.5

中国版本图书馆CIP数据核字（2012）第195124号

我和"大神"有个约会

作　　者：	一度君华
出版发行：	当代世界出版社
地　　址：	北京市复兴路4号（100860）
网　　址：	hppt://www.worldpress.com.cn
编务电话：	（010）83908456
发行电话：	（010）83908410（传真）
	（010）83908408
	（010）83908409
	（010）83908423（邮购）
经　　销：	新华书店
印　　刷：	北京普瑞德印刷厂
开　　本：	730mm×960mm　1/32
印　　张：	9.5
字　　数：	210千字
版　　次：	2012年11月第1版
印　　次：	2012年11月第1次
书　　号：	978-7-5090-0857-7
定　　价：	25.00元

如发现印装质量问题，请与承印厂联系调换。
版权所有，翻印必究；未经许可，不得转载！